The Man
Who Didn't Call

일러두기

· 옮긴이 주는 괄호 안에 표기했습니다.
· 등장인물의 나이는 원서에 준하여 출간 시기와 차이가 있습니다.

THE MAN WHO DIDN'T CALL

THE MAN WHO DIDN'T CALL

전화하지 않는 남자
사랑에 빠진 여자

The Man Who Didn't Call

로지 월쉬 장편소설 | 박산호 옮김

RHK
알에이치코리아

∽

오늘도 오지 않는 전화를 기다리며
가슴앓이를 하고 있을 이들에게
이 이야기를 바칩니다.

특히 자기가 이럴 줄 몰랐던 사람들에게.

우리는 아마도
상대에 대해 잘 모를 때
그 사람과 사랑에 빠질 수 있을 것이다.

알랭 드 보통, 《왜 나는 너를 사랑하는가》에서

Part 1

Dear You,

1

사랑하는 너에게

우리가 싱긋 웃으며 작별 인사를 나누었던 그 눈부신 아침으로부
터 정확히 19년이란 세월이 흘렀어. 그때 우리는 당연히 금방 다시
만날 거라고 생각했지. 그 때가 언제냐지 다시 만나는 건 확실하다
고 생각했어. 사실, 그것도 문제라고 할 것도 없었지. 그때 우리에게
미래란 꿈의 한 자락처럼 실체가 없었지만 그 미래에 우리가 함께
있다는 점만큼은 너무나 확실했거든. 우리 둘의 미래.

그런데 그런 일은 일어나지 않았어. 그 오랜 세월이 흘렀는데도
아직도 그것 때문에 깜짝깜짝 놀라곤 해.

그날로부터 19년이라니. 19년이란 세월이 통째로 흘러가다니!
그런데도 난 아직 널 찾고 있어. 절대 너를 찾는 걸 멈추지 않을거야.

너는 종종 불쑥 나타나서 나를 놀라게 하지……. 오늘만 해도 아까 쓸데없이 어두운 생각에 빠져 있느라 내 몸이 마치 강철 주먹을 쥔 것처럼 사정없이 경직돼 있었어. 그런데 갑자기 네가 거기 있었어. 칙칙한 잔디밭 위로 데굴데굴 굴러가던 바로 그 환한 가을 단풍잎으로. 나는 한없이 웅크리고 있던 몸을 쭉 펴고, 생명의 향기를 맡아 보고, 발에 닿는 이슬의 감촉을 느껴보고, 다채로운 종류의 초록색을 감상했어. 난 이리저리 까불고 다니면서 꼼지락거리며 낄낄 웃고 있는 그 생기 넘치는 단풍잎, 그러니까 너를 잡아보려고 했어. 너의 손을 잡고, 너의 얼굴을 똑바로 보려 했지만, 마치 곁눈질을 해야만 슬쩍 보이는 까만 점처럼 너는 항상 소리 없이 옆으로 쓱 미끄러져 나가지. 넌 언제나 내가 잡을 수 없는 곳에 있어.

그래도 언제까지나 너를 찾을 거야.

2

일곱 번째 날:

우리 둘 다 알고 있는 날

풀밭이 축축해졌다. 그곳은 어둡고 축축하며 부지런히 꼼지락거리는 생명들로 가득 차 있었다. 시커메진 숲의 가장자리를 향해 곧게 뻗어 있는 풀밭은 개미 부대들과 느릿느릿 움직이는 달팽이들과 가늘고 얇은 거미줄을 짜는 거미들의 움직임으로 미세하게 떨리고 있었다.

에디는 내 옆에 누워 「스타워즈」의 주제가를 흥얼거리고 있었다. 에디의 엄지가 내 엄지를 쓰다듬었다. 마치 하늘에 떠 있는 달을 가로질러가는 구름떼처럼 천천히 아주 부드럽게. 아까 보랏빛 하늘이 서서히 진한 자주색으로 물들어가고 있을 때 에디가 말했다. "외계인들을 찾으러 갑시다." 하지만 우리는 아직도 누워 있었다.

언덕 위쪽 멀리서 마지막 기차가 터널 속으로 사라지며 내는 한숨 소리를 들으며 피식 웃다가 한나와 내가 어렸을 때 여기서 텐트

치고 놀았던 시절이 떠올랐다. 그때까지만 해도 아직 작게 느껴지던 세상의 눈을 피해 바로 이 작은 계곡의 작은 들판에 숨었는데.

여름이 올 기미가 보이자마자 한나는 텐트를 쳐달라고 부모님을 졸랐다. "좋아. 우리 정원에서 놀기만 한다면야." 부모님은 이렇게 말씀하셨다.

우리 집 정원 바닥은 평평했다. 그리고 집 앞에 있어서 집 안의 어느 창문에서나 그곳을 내다볼 수 있었다. 하지만 한나는 그 정도로는 결코 만족하지 못했다. 나는 한나의 모험 정신을(나보다 다섯 살이나 어리지만)따라잡을 수 없었다. 한나는 들판에서 캠핑하고 싶어 했다. 들판은 우리 집 뒤쪽에 있는 가파른 언덕 위로 올라가다가 꼭대기에 도착하면 텐트 하나를 칠 수 있을 정도의 평평한 자리가 나왔다. 그 곳은 탁 트인 하늘 말고는 사방에 아무것도 없이 뻥 뚫려 있었다. 동글납작한 소똥 덩어리들이 여기저기 흩어져 있고 상당히 높아서 거기 서면 밑에 있는 우리 집이 보였다.

한나가 들판에서 캠핑하고 싶다고 하자 부모님이 마뜩잖아 했다.

"하지만 난 아무 일 없이 재밌게 놀 거야." 한나는 평소처럼 귀여우면서도 거만한 목소리로 박박 우겼다 (아, 얼마나 그리운 목소리인지).

"알렉스랑 같이 갈 거야." 한나의 단짝 친구인 알렉스는 우리 집에서 살다시피 했다. "사라 언니도 같이 갈 거고. 만약 살인자들이 오면 사라 언니가 우리를 지켜줄 수 있잖아요."

내가 마치 건장한 체격에 주먹도 무지하게 센 장정처럼 말하는구나.

"우리가 캠핑을 하러 가면 엄마는 우리에게 저녁을 안 차려줘도 되잖아요. 그리고 우리 아침밥은……."

한나는 끝도 없이 밀어붙이는 꼬마 불도저 같았고 결국 예상대로 부모님이 백기를 들었다. 처음에는 부모님도 우리와 같이 들판에서 캠핑했지만, 나중에 내가 사춘기라는 정글에 들어가 줄기차게 투쟁해서 부모님은 나를 보디가드로 삼는다는 조건 하에 한나와 알렉스가 들판에서 캠핑할 수 있게 허락해줬다.

우리는 아빠의 낡은 축제용 텐트 속에 누워—오렌지색 캔버스로 만든 고물 텐트로 미니 방갈로 같았다—텐트 바깥에 있는 풀밭 속에서 들리는 소리의 교향곡을 듣곤 했다. 내 꼬마 동생과 동생 친구가 잠이 든 후에도 나는 오랫동안 잠을 이루지 못한 채 만약 누군가 느닷없이 텐트에 들이닥치면 내가 아이들을 어떻게 보호할 수 있을지 생각했다. 동생인 한나를 보호해야 한다는 의무감이—텐트에서 잘 때만이 아니라 항상—내 마음속에서 언제 터질지 모르는 화산처럼 부글부글 끓어오르고 있었다. 하지만 내가 실제로 뭘 할 수 있을까? 십 대인 내 가녀린 손목으로 가라데 하는 것처럼 놈들의 급소를 내리쳐? 아니면 마시멜로 굽는 꼬챙이로 놈들을 찌를까?

"사라는 평소에 종종 망설이는 모습이 보이며 자신감이 많이 부족합니다." 학교 생활기록부에 묘사된 내 성격이다.

"어머나, 참 대단히 유익한 조언이네." 엄마는 보통 아빠를 혼낼 때 쓰는 목소리로 말했다. "이런 말은 무시해, 사라. 너 하고 싶은 대로 하고 살아! 십 대가 자신감이 넘치는 게 오히려 비정상이지."

나는 동생을 보호해야 한다는 의무감과 무력감 사이에서 씨름하다 결국 지쳐서 잠들었다. 다음 날 아침에는 일찍 일어나 한나와 알렉스가 악명 높은 〈〈아침식사용 샌드위치〉〉를 만들기 위해 싸온 역겨운 재료들을 이리저리 조합해서 샌드위치를 만들어줬다.

나는 가슴에 한 손을 얹으며 추억의 전등들의 밝기를 낮췄다. 오늘 저녁은 과거의 슬픔을 되씹는 시간이 아니라 현재를 위한 시간이다. 에디와 나, 우리 사이에 점점 커져가는 소중한 뭔가를 위한 시간.

나는 밤이 깊어가면서 숲속 빈터에서 들리는 여러 소리에 정신을 집중했다. 무척추동물들의 바스락거리는 소리, 포유류 동물들이 이리저리 움직이는 소리. 살랑거리는 나뭇잎들의 초록색 속삭임, 편안하게 오르락내리락하는 에디의 숨소리. 나는 스웨터 밑에서 규칙적으로 뛰는 그의 심장 소리를 들으며 언제나 꾸준한 그 리듬에 감탄했다. "두고 보면 언제나 더 많은 면이 드러난단다." 아빠는 사람들에 대해 입버릇처럼 이렇게 말했다. 하지만 이 남자를 일주일째 지켜보고 있는데 그 어떤 동요나 불안한 기색도 감지하지 못했다. 에디를 보고 있노라면 직장에서 내가 사람들에게 보여주려고 다년간 훈련해서 만든 이미지가 떠올랐다. 믿음직스러우면서, 이성적이고, 비영리 단체 업계의 변덕스러운 흐름과 어려움에도 여간해선 흔들리지 않는 이미지. 하지만 나는 그런 사람이 되기위해 다년간 연습한 반면, 에디는 이렇게 타고난 사람 같았다.

내 가슴이 정신없이 쿵쿵 뛰는 소리를 에디가 들을 수 있을지 궁금했다. 불과 며칠 전만 해도 나는 남편과 별거해서, 이혼을 앞둔

데다, 마흔이 코앞이었다. 그런데 이런 일이 벌어지다니. 그와.

"아! 오소리다!" 어두워진 시야의 가장자리로 작은 동물 하나가 쓱 지나가는 모습을 보고 내가 소리쳤다. "쟤 세드릭일지 궁금하네."

"세드릭?"

"네. 아무래도 아닌 것 같지만. 오소리들이 보통 몇 살까지 살죠?"

"한 10년 정도." 에드는 빙긋 웃고 있었다. 보이지 않지만 느낄 수 있었다.

"음, 그럼 확실히 세드릭은 아니네. 하지만 세드릭의 아들일지도 몰라. 아니면 손자거나." 나는 잠시 입을 다물었다가 다시 말했다. "우린 세드릭을 사랑했는데."

그가 웃음을 터트리는 바람에 그의 몸이 흔들리는 느낌이 내 몸에 전해졌다. "우리가 누구죠?"

"나와 내 여동생. 우리는 이 근처에서 자주 캠핑했거든요."

에디는 몸을 굴려서 옆으로 누워 내 얼굴에 자기 얼굴을 바짝 들이댔다. 그의 눈에서 장난기 어린 표정을 볼 수 있었다.

"오소리 세드릭이라니. 난……." 에디는 조용히 말하다 입을 다물었다. 그리고 손가락으로 내 머리를 쓰다듬었다. "당신이 좋아요. 당신과 내가 좋아요. 사실 아주 많이요."

나는 빙긋 웃었다. 그의 다정하고 진심 어린 눈을 보며 활짝 미소를 지었다. 웃으면 생기는 눈가의 주름에, 날카로운 턱선에 대고 미소를 지었다. 나는 그의 손을 잡고 손가락 끝에 하나하나 키스했다. 20년 동안 목공 일을 하면서 거칠어지고 얼룩지고 갈라진 손가락에. 내가 그를 알아 온 지 벌써 몇 년 된 것 같은 느낌이 들었다.

평생 알아 온 사람 같았다. 누군가 우리가 태어나는 순간부터 우리를 짝 지워준 후 마침내 엿새 전에 처음 만날 때까지 계속 우리 옆구리를 찌르고 계획하고 작전을 짜서 실행했다는 느낌이 들었다.

"방금 너무 감상적인 생각을 했어요." 나는 오랫동안 입을 다물고 있다가 말했다.

"나도. 지난 한 주가 마치 휘몰아치는 바이올린 연주 두어 곡을 들은 것처럼 쏜살같이 지나가 버린 느낌이에요." 에디가 한숨을 쉬며 말했다.

내가 웃자 그가 내 코에 키스했다. 어떻게 사람이 몇 주, 몇 달―혹은 몇 년 동안―그냥 아무 생각 없이, 바뀌는 것 하나 없이 살다가 갑자기 몇 시간 만에 인생의 극본이 통째로 바뀔 수 있는지 경이로웠다. 그날 내가 집에서 조금만 더 늦게 나갔더라도 곧장 버스를 타는 바람에 그를 만나지 못했을 것이다. 그 결과 내가 지금 느끼는 이 새로운 확신은 나도 모르는 사이에 놓쳐버린 기회들과 안 좋은 타이밍이라는 상황에서 애초에 존재하지도 않았을 것이다.

"당신 이야기를 더 해줘요. 난 아직 당신을 잘 모르잖아. 당신에 대한 모든 걸 알고 싶어요. 나쁜 부분까지 다 있는 사라 에블린 매키의 무삭제판 이야기가 궁금해요." 에디가 말했다.

순간 숨이 컥 막혔다.

언젠가 이런 일이 일어나리라는 걸 모르진 않았다. 그보다는 막상 그 때가 되면 어떻게 해야 할지 결정을 내리지 못했기 때문에 그랬다. 나쁜 부분까지 다 있는 *사라 에블린 매키의 무삭제판 이야*

기. 에디는 그 이야기를 받아들일 수 있을 것이다, 아마도. 이 남자는 마치 정신의 갑옷을 입은 것처럼 오래된 방파제나 오크 나무를 연상시키는, 조용한 강인함이 느껴진다. 아마 그럴 것이다.

에디는 내 엉덩이와 흉곽 사이의 부드러운 곡선을 한 손으로 쓸어내리고 있었다. "마음에 드는 곡선인데요." 그가 말했다. 이토록 느긋하고 자연스러우며 정신적으로 안정된 남자라면 어떤 비밀도, 어떤 진실도 다 털어놓을 수 있을 것이다. 이런 사람이라면 내 말에 흔들리지 않고, 동요하지 않고 그 비밀을 지켜줄 수 있을 것이다.

당연히 그에게 말할 수 있지.

"좋은 아이디어가 떠올랐어요. 오늘 밤 여기 밖에서 캠핑해요. 혈기 넘치는 젊은이들 흉내를 내보자고요. 불도 피우고, 소시지도 굽고, 이야기도 실컷 하고. 당신에게 텐트가 있다고 치고, 있죠? 당신은 집에 텐트가 있는 남자처럼 보이는데."

"난 텐트 있는 남자죠." 그가 확인해줬다.

"좋았어! 그럼 그렇게 해요. 그때 다 이야기해줄게요. 난……." 나는 몸을 옆으로 돌려서 어두운 밤을 바라봤다. 숲 가장자리에 있는 마로니에 위에 아직 꺼지지 않은 넓적한 양초들이 희미하게 빛나고 있었다. 우리 얼굴 근처 어둠 속에서 미나리아재비 하나가 바람에 흔들리고 있었다. 한나는 왜 그런지 이유는 말해주지 않았지만 항상 미나리아재비를 지독하게 싫어했다.

순간 뭔가 울컥해졌다. "이렇게 나와 있으니 정말 좋은데요. 수많은 추억이 떠올라."

"좋아. 캠핑해요. 하지만 먼저, 이리 와 봐요." 에디가 미소를 지으며 말했다.

그는 내 입에 키스했다. 마치 누군가가 버튼을 누르거나 다이얼을 돌려버린 것처럼 잠시 온 세상의 소리가 다 꺼졌다.

"내일이 우리의 마지막 날이 아니면 얼마나 좋을까." 키스가 끝났을 때 그가 말했다. 그러면서 좀 더 세게 나를 끌어안았다. 그의 탄탄한 가슴과 배의 기분 좋은 온기, 그의 짧은 머리가 내 손바닥을 간질이는 느낌을 한껏 음미했다.

이렇게 누군가와 가까이 있어 본 지도 참 오랜만이라고 생각하면서 나는 그의 피부에서 나는 깨끗한 향기를 들이마셨다. 루벤과 사이가 멀어진 후 우리는 마치 북엔드의 양쪽 끝처럼 침대 위에서 최대한 멀리 떨어져 잤다. 우리 사이에 있는, 아무도 건드리지 않는 시트 자락이 우리가 결혼에 실패했다는 걸 일깨워주는 상징이 됐다.

"매트리스가 우리 둘을 갈라놓을 때까지." 어느 날 밤 내가 농담처럼 말했지만 루벤은 웃지 않았다.

에디가 내게서 몸을 떼서 그의 얼굴을 볼 수 있었다. "내가…… 그러니까, 있죠. 우리 각자 계획을 취소하는 게 어떨까 생각해봤어요. 내 휴가와 당신의 런던 여행 계획 말이에요. 그러면 우리 둘이 이 들판에서 한 주 더 굴러다닐 수 있잖아요."

나는 상체를 반쯤 일으켜서 팔꿈치에 기대어 생각했다. *내가 얼마나 그러고 싶은지 당신은 결코 모를 거예요. 난 17년 동안 한 남자의 아내로 살아왔지만, 남편에게 단 한 번도 지금 당신에게 느끼는 그런 감정을 느껴본 적이 없었어요.*

"이렇게 한 주 더 같이 지낸다면 완벽하겠죠. 하지만 당신 휴가를 취소해선 안 돼요. 당신이 돌아오면 난 여전히 여기 있을 건데요 뭘."

"하지만 당신은 여기가 아니라 런던에 있을 거잖아요."

"지금 삐진 거예요?"

"그래." 그가 내 쇄골에 키스했다.

"아, 그러지 말아요. 당신이 돌아온 후에 나도 곧 글로스터셔로 돌아올 거예요."

에디는 아쉬운 표정이었다.

"삐지지 않겠다고 약속하면 내가 먼저 돌아와서 공항으로 마중 나갈 수 있어요. 다른 사람들처럼 당신 이름을 쓴 큰 도화지를 들고 서 있고, 차는 단기 주차장에 세워놓고 오는 거죠."

에디는 잠시 내 제안을 고려해보는 것 같았다. "그럼 아주 좋겠어요. 사실 정말 좋겠는데." 그가 말했다.

"그럼 그렇게 해요."

"그리고"─그는 갑자기 자신이 없어 보였다─"이런 말을 하긴 좀 이르다는 건 알지만, 당신이 그동안 살아온 이야기를 하고 내가 먹을 수 있을지 없을지 모를 소시지를 구운 후에, 당신은 캘리포니아에 살고 나는 영국에 사는 이 현실에 대해 진지하게 대화를 해보고 싶어요. 이번에 당신이 영국에 놀러 온 기간은 너무 짧아요."

"나도 알아요."

그는 진한 초록색 풀 한 줄기를 잡아당겼다. "내가 휴가에서 돌아오면, 우리는 한 주 정도 같이 있게 되나요? 당신이 미국으로 돌아가기 전에."

나는 고개를 끄덕였다. 우리가 함께 있었던 한 주 동안 우리 머리 위에 떠 있던 유일한 먹구름은 바로 이것, 우리의 필연적인 작별이었다.

"음, 그렇다면, 내 생각에 우리는…… 나도 모르겠어요. 뭔가 해야지. 뭔가 결정해야 하지 않나. 우리 사이를 그냥 이렇게 끝내버릴 순 없어요. 모처럼 당신이란 사람과 만났는데 마냥 헤어져 있을 수는 없어요. 이 관계가 지속될 수 있도록 시도해봐야죠."

"그래요. 나도 같은 마음이에요." 나는 조용히 대답했다. 그리고 그의 소매 속에 한 손을 쓱 밀어 넣었다. "나도 그런 생각을 하고 있었지만, 매번 그 이야기를 하려고 할 때마다 용기가 나지 않았어요."

"정말?" 웃음을 터트리는 그의 목소리에서 안도한 기색이 역력해서 상당히 큰 용기를 내서 이 이야기를 꺼냈다는 사실을 깨달았다. "사라, 당신은 지금까지 내가 만나본 여자들 중에 가장 자신만만한데."

"ㅇㅇㅇ음."

"정말 그래요. 그게 내가 당신을 좋아하는 이유 중 하나에요. 사실 수많은 이유 중 하나지."

가게에 간판을 다는 것처럼 간단하게 나에게 자신감을 주입할 수 있기까지 얼마나 오랜 세월이 흘렀는지 모른다. 하지만 지금 내 모습이 자연스럽게 보이고, 내가 전 세계를 대상으로 한 의료 회의에서 자신만만하게 발표하고, 뉴스 촬영 팀과 인터뷰를 하고, 자선 단체를 운영하고 있더라도 사람들이 말을 할 때마다 매번 내심 불안해졌다. 불안해지거나 아니면 사방에 노출된 기분이랄까. 마치 언덕 위에서 몰려오는 폭풍우를 맨몸으로 맞는 것 같은 기분이었다.

그때 에디가 다시 키스하자 그 모든 불안이 단숨에 녹아버리는 게 느껴졌다. 과거의 슬픔, 미래의 불확실함 모두. 이 일이 일어난 건 우리의 운명이었다. *우리의 운명.*

3

15일 후

"그에게 뭔가 끔찍한 일이 일어났어."

"예를 들면 뭐?"

"죽었거나. 어쩌면 죽진 않았을지도 모르지. 하지만 혹시 모르잖아? 우리 할머니는 마흔 넷에 갑자기 돌아가셨어."

조수석에 앉아 있는 조가 나를 향해 고개를 돌렸다. "사라."

나는 그녀와 눈을 맞추지 않았다.

조는 대신 토미를 봤다. 토미는 M4 도로를 따라 서쪽으로 차를 몰고 있었다. "사라가 한 말 들었어?" 조가 물었다.

토미는 대답하지 않았다. 그는 입을 굳게 다물고 있었는데 관자놀이의 흰 피부가 마치 그 속에 누가 갇혀 있다가 뛰쳐나오려고 하는 것처럼 불뚝 불뚝 뛰고 있었다.

조와 나는 *따라오지 말 걸,* 나는 다시 생각했다. 우리는 토미가 가장 오래된 두 친구의 응원을 받고 싶어 할 거라고 생각했다. 어쨌든 학교 다닐 때 자기를 괴롭혔던 인간과 나란히 서서 카메라 세례를 받아야 하는 일은 자주 일어나지 않으니까. 하지만 빗방울이 흩날리는 지루한 길을 달리는 동안 우리가 그의 걱정을 덜어주기보다 오히려 늘리는 쪽에 일조하고 있는 건 분명해 보였다.

오늘 토미에게 필요한 건 그를 가장 잘 아는 사람들이 없는 상황에서 억지로 만들어낸 자신감을 사람들에게 보여줄 수 있는 자유였는데. 사람들 앞에서 과거는 다 지나간 일인 척 연기하는 것이다. 내가 지금 얼마나 성공한 스포츠 컨설턴트가 됐는지 다 보란 말이야. 모교에 내가 운영하는 프로그램을 발표하러 왔다고! 내가 이 학교의 체육부장 교사와 같이 일하게 돼서 얼마나 기분 좋아 보이는지 보란 말이야. 학교 다닐 때 내 배를 주먹으로 때리고 내가 잔디밭에 얼굴을 처박고 울었을 때 웃음을 터트린 바로 그 괴물 같은 자식과 말이야!

설상가상으로 조의 일곱 살 먹은 아들 루디가 차 뒷좌석에서 나와 나란히 앉아 있었다. 루디 아빠는 취업 면접을 보러 가야 했고, 조는 아이를 봐줄 사람을 찾을 시간이 없었다. 루디는 에디의 실종에 대해 우리가 나누는 대화에 아주 큰 관심을 가지고 듣고 있었다.

"그러니까 사라 이모는 지금 자기 남자친구가 죽었다고 생각하는데 엄마는 화가 났구나." 루디가 지금 이 상황을 아주 간단하게 요약했다. 루디는 어른들의 곤혹스러운 대화를 듣고 한 줄로 재치 있게 요약하는 단계에 이르렀다. 거기다 그 방면에 아주 뛰어나기까지 하다.

"그 사람은 사라 이모의 남자친구가 아니야. 둘은 일주일을 같이 보냈을 뿐이야." 조가 말했다.

차 안에 다시 침묵이 찾아왔다. "사라 이모. 일주일 남친이 죽었다고 생각해." 루디는 러시아 억양으로 말했다. 루디에게 최근에 알렉산드르라고 새 친구가 생겼다. 그 아이는 우크라이나 국경 근처 어딘가에 살다가 최근에 런던으로 왔다. "그 사람은 분명 첩보원에게 살해된 거야. 엄마는 아니라고 생각해. 그래서 사라 이모에게 화가 났고."

"화 안 났어. 그냥 걱정돼서 그렇지." 조는 화난 말투로 말했다.

루디는 엄마가 한 말을 생각해보고 말했다. "내 생각에 엄마 말은 거짓말이야."

조는 그 말을 부인할 수 없어서 그냥 입을 다물었다. 조를 더 화나게 만들고 싶지 않아서 나도 침묵을 지켰다. 토미는 지난 두 시간 동안 입도 벙긋하지 않았고 계속 조용히 있었다. 루디는 흥미를 잃고 아이패드 게임으로 돌아갔다. 어른들은 이해도 안 되고 쓸데없는 문제만 많아 보이겠지.

루디가 양배추처럼 생긴 것을 파괴하는 모습을 지켜보다 갑자기 루디의 순수함과 일곱 살짜리 눈으로 세상을 보는 관점을 갖고 싶다는 크나큰 열망에 사로잡혔다. 루디에게 핸드폰은 사람의 마음을 고문하는 도구가 아니라 게임기일 것이고, 그에 대한 엄마의 사랑은 심장이 뛰는 것만큼이나 확실할 테니까.

어른이 되는 것에 어떤 의미가 있다 해도 그건 오늘 나를 피해 사라져 버렸다. 누군들 어른으로 살아가느니 차라리 양배추들을 죽이고 러시아 억양으로 말하는 편을 선호하지 않겠는가? 누군들 다른 사람이 아침을 차려주고 옷을 골라주는 편이 더 좋지 않을까? 어른인 나는 며칠 전까지만 해도 내 인생의 전부처럼 느꼈던 남자가 어찌 된 일인지 갑자기 아무것도 아니게 돼버린 사태가 일어나 끔찍한 절망 속에서 허우적거리고 있다. 그것도 17년 동안 결혼해서 같이 살아온 남자가 아니라 정확히 7일 동안 알고 지낸 남자 하나 때문. 이 차에 탄 사람들 모두 내가 미쳤다고 생각하는 것도 당연하다.

"있지. 나도 지금 이 상황이 십 대의 한심한 풋사랑처럼 보이는 건 알아. 그리고 너는 분명 내게 화가 났고. 하지만 그에게 무슨 일이 일어난 게 분명하다고 난 확신해." 내가 결국 입을 열었다.

조는 토미 차의 조수석 사물함을 열고 거기서 커다란 초콜릿을 하나 꺼내서 힘을 주어 크게 한 조각을 잘라냈다.

"엄마, 그게 뭐야?" 루디가 물었다.

요놈은 그게 뭔지 정확히 알고 있으면서. 조가 아무 대꾸도 하지 않고 아들에게 조금 떼어줬다. 루디가 엄마에게 이를 다 드러내며 활짝 미소를 지었다. 그러자 점점 짜증이 치밀어 오르는 와중에도 조는 아들에게 미소를 지어 보였다. "이게 끝이야. 더 먹으면 배탈 나." 조가 경고했다.

루디는 결국 엄마가 질 것을 확신하기 때문에 아무 대꾸도 하지 않았다.

조가 내게 얼굴을 돌렸다. "있지, 사라. 나도 너 마음 아프게 하고 싶진 않지만 에디가 죽지 않았다는 사실을 인정해야 한다고 생각해. 거기다 다치지도 않았고, 전화기가 고장 났거나 치명적인 병에 걸려 누워 있는 것도 아니라고."

"정말? 네가 병원마다 전화 걸어서 확인해봤어? 지역 검시관하고 이야기해봤어?"

"맙소사. 설마 네가 그렇게 해본 거 아니야, 사라? 아니라고 해, 제발!" 조가 내 얼굴을 빤히 보면서 물었다.

"맙소사." 루디가 속삭였다.

"하지 마." 조가 아들에게 말했다.

"엄마가 먼저 시작했잖아."

조가 루디에게 초콜릿을 더 떼어주자 루디는 다시 아이패드 게임으로 돌아갔다. 그 초콜릿은 내가 미국에서 루디 선물로 가지고 온 것으로, 아까 루디는 세상 그 무엇보다 그 초콜릿이 더 마음에 든다고 내게 말했다. 그 말을 듣고 내가 웃고 있는데 갑자기 뺨으로 눈물이 주르륵 흘러서 루디가 당황했다. 내가 울었던 이유는 루디가 그 말을 엄마에게 배웠다는 걸 알고 있기 때문이다. 내 친구 조, 그러니까 조안나 몽크는 어렸을 때 힘들게 컸지만, 본인은 아주 훌륭한 엄마가 됐다.

"했어?"

"당연히 안 했지. 무슨 소리를 하는 거야, 조." 나는 한숨을 쉬면서 전화선에 여기저기 흩어져 앉아 있는 까마귀들을 내다봤다.

"확실해?"

"당연히 확실해. 내 요지는 너나 나나 에디에게 무슨 일이 일어났는지 모르기는 마찬가지란 뜻이야."

"하지만 남자들은 그런 짓을 항상 해! 남자들이 그런다는 거 너도 알잖아!" 조가 폭발했다.

"난 데이트에 대해선 아무것도 몰라. 난 지난 17년 동안 유부녀로 살아왔다고."

"음, 내 말이니 믿어도 좋아. 변한 건 하나도 없어. 남자들은 예나 지금이나 전화하지 않아." 조가 씁쓸하게 말했다.

조가 토미에게 고개를 돌렸지만 토미는 여전히 아무 반응이 없었다. 오늘 참석하게 될 큰 행사에서 자신 있는 척하던 모습은 아침 안개처럼 흔적도 없이 사라져버렸고, 차가 출발한 후로 토미는 거의 한 마디도 하지 않았다. 오다가 들른 주유소에서 지역 신문사 세 곳이 오늘 행사에 참석하겠다는 메시지를 확인했을 때만 해도 토미는 잠깐 허세를 부렸지만 몇 분 후에 WH Smith(먹을거리와 음료, 잡지를 파는 영국의 상점 – 옮긴이)에서 줄을 서 있을 때 토미가 나를 "사라"라고 불렀다. 토미는 극도로 긴장하고 있을 때만 나를 사라라고 부른다(토미는 우리가 열세 살이 되고, 자신이 팔굽혀 펴기를 시작하고 애프터셰이브 로션을 바르기 시작한 후로 나를 죽 '해링턴'이라고 불렀다).

차 안의 침묵이 깊어졌고, 나는 런던을 떠난 후로 계속 싸우고 있던 전쟁에서 졌다.

나는 지금 글로스터셔로 가는 중이에요. 내 친구 토미를 응원하러. 토미가 우리가 옛날에 같이 다녔던 학교에서 큰 스포츠 프로젝트를 시작하거든요. 거기서 나와 만나고 싶으면, 난 우리 부모님 집에 있을 테니까 연락해요. 이야기 좀 하고 싶어요. 사라. 나는 에디에게 번개같이 문자를 날렸다.

자존심도 없고, 부끄러움도 없다. 어쩌다 이렇게 됐는지 모르겠지만 나는 그 선을 넘어버렸다. 나는 핸드폰 화면을 몇 초 간격으로 두드리면서 문자가 제대로 전달됐는지 기다렸다.

문자가 전송됐습니다, 핸드폰 화면에 이 말이 의기양양하게 올라왔다.

나는 화면을 보면서 상대가 문자를 치느라 보글보글 거리는 표시가 올라오는지 확인했다. 그렇다면 답장을 쓰고 있다는 뜻일 텐데.

하지만 그건 보이지 않았다.

나는 다시 봤다. 여전히 아무것도 없었다.

나는 또다시 봤다. 여전히 화면은 텅 비어 있었다. 나는 핸드폰이 내 눈에 보이지 않게 핸드백에 넣어버렸다. *이런 짓은 사춘기라는 상처받기 쉽고 고통스러운 시기를 통과하는 소녀들이나 하는 거야,* 나는 생각했다. 자신을 사랑하는 법을 배우는 중이고, 지난 금요일 어느 길거리 모퉁이에서 키스했던 땀 냄새 펄펄 풍기는 소년의 전화를 기다리느라 가벼운 히스테리를 일으키기 직전인 소녀들 말이다. 이건 서른일곱 살이나 먹은 여자가 할 짓이 아니다. 전 세계를 출장 다니고, 비극에서 살아남고, 자선단체를 운영하는 여자에겐 너무나 어울리지 않는다.

비가 그치고 있었다. 조금 열어놓은 창문 틈으로 젖은 도로의 타맥 냄새와 축축한 연기 향이 나는 흙냄새를 맡을 수 있었다. 난 고통에 빠져 있다. 나는 멍하니 동그란 건초 꾸러미들이 쌓여 있는 들판을 바라봤다. 그 건초 꾸러미들은 마치 통통한 다리에 억지로 신은 팬티스타킹처럼 반짝거리는 검은 비닐봉지 속에서 금방이라도 터질 것처럼 꽉 차 있었다. 이 고통의 가장자리에서 금방이라도 떨어질 것 같았다. 그에게 무슨 일이 일어났는지 알아내지 못하면 거기서 떨어져 한도 끝도 없이 추락할 것 같았다.

나는 핸드폰을 다시 확인했다. 핸드폰의 심 카드를 꺼냈다가 재부팅을 한 지 24시간이 지났다. 다시 해봐야 할 때가 됐다.

$$\backsim$$

30분 후에 우리가 탄 차는 사이런세스터로 가는 중앙 분리대가 있는 고속도로를 달리고 있었다. 루디는 엄마에게 구름들이 왜 제각각 다른 방향으로 움직이느냐고 묻고 있었고.

이제 몇 마일만 가면 내가 그를 만났던 곳이 나온다. 나는 눈을 감고, 그 더운 날 아침 했던 산책을 떠올려 보려고 애썼다. 에디를 만나기 전까지는 복잡할 것 없었던 그 몇 시간. 활짝 핀 딱총나무 꽃의 시큼한 우유 같은 달달한 향기. 햇볕에 타서 누렇게 시들어버린 풀. 격렬한 더위에 놀라 허공에서 이리저리 날아다니던 나비들. 거기에는 공기가 뜨거워서 헐떡이면서 이리저리 툭툭 불거져 나온, 진한 초록색 카펫 같은 보리밭이 있었다. 거기서 가끔 깜짝 놀란 토끼 한 마리가 폭발하는 것처럼 뛰쳐나오기도 했다. 그날 마을은 지글지글 끓어오르는 고요한 열기 속에서 여기저기 비밀이 흩어져 있는 것처럼 기묘하게 뭔가 기대하게 만드는 분위기가 있었다.

느닷없이 거기서 몇 분을 빨리 뒤로 감아버린 테이프처럼 내 기억은 에디를 처음 만났던 그 순간으로 점프해버렸다. 따뜻한 눈빛에 밝은 표정의 솔직하고 싹싹해 보이는 한 남자가 우리에서 탈출한 양 한 마리와 재미있는 대화를 나누고 있었다. 그러자 마치 엉망으로 엉켜 있는 잡초처럼 내 마음은 고통과 혼란으로 헝클어졌다.

"내가 현실을 부인하고 있다고 말해도 돼. 하지만 그건 단순한 불장난이 아니었어. 그건…… 그건 우리의 전부였어. 우리 둘 다 그걸 알고 있었어. 그래서 그에게 무슨 일이 일어났다고 확신하는 거야." 나는 모두 입을 다물고 있는 차에서 말했다.

그 생각만 해도 입안이 바짝바짝 말랐다.

"뭐라고 말 좀 해봐. 쟤한테 무슨 말이든 해보라고." 조가 토미에게 말했다.

"내 직업은 스포츠 컨설턴트야. 난 몸을 치료하지, 마음은 치료하지 않아." 토미가 중얼거렸다. 얼마나 난감했는지 그의 목이 불그스름해졌다.

"마음은 누가 치료해?" 루디가 물었다. 루디는 여전히 어른들의 대화를 아주 열심히 듣고 있었다.

"심리 치료사들이 마음을 치료하지. 엄마도 하고." 조가 지친 목소리로 말했다.

심리 치요사. 조는 치요사라고 발음했다. 조는 대단히 건전하고 선량한 런던 토박이로 일포드에서 태어나고 자랐다. 나는 조를 사랑한다. 조의 직설적이면서 활달한 기질을 사랑하고, 그녀의 대담함을(다른 사람들은 조가 종종 선을 넘는다고 하기도 하지만) 사랑하고, 무엇보다 아들이라면 죽고 못 사는 열렬한 모정을 사랑한다. 나는

조의 모든 면을 다 사랑하지만 그래도 오늘은 그녀와 같이 차에 있는 게 너무나 불편하다.

루디는 거의 다 왔냐고 내게 물었다. 나는 그렇다고 대답했다. "저기가 이모 다니던 학교야?" 루디는 산업 단지 하나를 가리키며 말했다.

"아니, 하지만 건물이 좀 닮았다."

"저게 이모 학교예요?"

"아니야. 저긴 웨이트로스야(영국의 고급 슈퍼마켓―옮긴이)."

"얼마나 더 가야 해요?"

"얼마 안 남았어."

"몇 분?"

"20분쯤?"

루디는 어른들이 자기를 보고 있는 걸 의식하면서 절망한 척 의자에 쓰러졌다. "아직도 한참 남았잖아. 엄마, 나 새 게임 하고 싶은데. 새 게임 사도 돼요?" 루디가 중얼거렸다.

조는 안 된다고 했지만 루디는 어쨌든 그걸 구입하는 절차를 시작했다. 루디가 아이패드에 조의 애플 아이디와 비번을 아무렇지도 않게 입력하는 모습을 보며 나는 경이로워했다.

"어, 저기 있잖아." 내가 속삭였다. 루디가 고개를 들어 나를 올려다봤다. 아이의 금발 아프로 머리가 후광처럼 작은 얼굴을 둘러싸고 있었다. 루디는 아몬드 모양의 장난기 넘치는 눈동자로 주위를 슥 훑어봤다. 그러더니 비밀이라는 표시로 입에 지퍼를 채우는 동작을 하더니 내게 손가락질을 하면서 엄마에게 이르지 말라고 경고했다. 나는 이 꼬맹이를 너무나 사랑하기 때문에 시키는 대로 했다.

루디 엄마는 뒷좌석에 앉은 또 다른 철부지에게 다시 관심을 돌렸다.

"있지, 나 좀 봐." 조는 내 다리에 통통한 손을 하나 올려놓으면서 말했다. 오늘은 그 손톱에 진한 회색과 갈색을 섞은 것 같은 색의 매니큐어가 칠해져 있었다. "난 네가 현실을 직시해야 한다고 생각해. 넌 어떤 남자를 만나서, 일주일 동안 같이 지냈어. 그다음에 그 사람은 휴가를 갔고 다시는 너에게 전화하지 않았어. 그게 현실이야."

그 사실들이 지금은 너무나 고통스러웠다. 난 차라리 그럴듯한 이론이나 가정이 좋은데.

"그 남자가 너에게 연락할 시간이 15일이나 있었어, 사라. 넌 그 남자에게 전화하고, 메시지 보내고, 정말 너 같은 사람은 절대 하지 않을 거라고 생각했던 별의별 짓을 다 했어. 그런데도 아무 반응이 없잖아. 나도 사랑 그거 해봤는데 엄청 아파. 하지만 네가 진실을 받아들이고 새 출발 하기 전까지는 그 고통이 멈추질 않는다고."

"그가 단순히 내게 관심이 없는 걸 확인하면 나도 새 출발하겠어. 하지만 지금은 그걸 모르잖아."

조가 한숨을 쉬었다. "토미, 제발 나 좀 도와줘."

차 안에서 오랫동안 침묵이 흘렀다. 이보다 더한 굴욕이 있을까? 문득 그런 생각이 들었다. 마흔이 다 된 나이에 아직도 이런 대화를 나눠야 하다니. 3주 전 오늘 나는 나잇값을 제대로 하는 성숙한 어른이었다. 나는 이사회에서 의장을 맡았다. 그리고 우리 자선 단체가 곧 일을 시작하게 될 아동병원에 대한 보고서를 썼다. 나는 그날 제대로 끼니를 찾아 먹고, 근사하게 차려 입고, 농담도 여러 번 하고, 질문을 받아 대답했고, 여러 통의 이메일에 답장했다. 그런데 지금은 내 옆에 앉아 있는 일곱 살짜리보다도 더 감정을 추스르지 못하고 있다.

나는 토미가 무슨 말을 하려는지 보려고 백미러로 슬쩍 그의 눈썹을 확인했다. 이십 대 초반부터 머리가 빠진 후로 토미의 눈썹은 마치 개별적인 생명체처럼 활발하게 움직여서 그의 말보다 눈썹의 움직임으로 그의 생각을 더 확실하게 읽을 수 있었다.

지금 그는 눈썹을 한껏 찡그리고 있었다. "실은." 토미가 입을 열었다. 그러다 다시 입을 다물었고, 나는 지금 자기 문제만으로도 머리가 터질 것 같은 토미가 내 문제를 고민하기 위해 무지 노력하고 있다는 걸 알아차렸다. "실은, 조. 넌 사라에 대해 너와 내가 생각이 같을 거라고 넘겨짚고 있지만. 사실 나는 잘 모르겠어." 토미의 목소리는 마치 위험을 피하는 고양이처럼 부드러우면서 아주 조심스러웠다.

"뭐라고?"

"이러다 난리 난다." 루디가 속삭였다.

토미는 다시 눈썹을 사정없이 찡그리면서 다음 말을 이어갔다. "나도 대부분의 남자가 여자에게 전화하지 않는 이유는 그냥 관심이 없어서라는 걸 알아. 하지만 이 경우는 뭔가 심각한 사정이 있는 것 같아. 그들은 어쨌든 한 주를 같이 보냈잖아. 7일 내내 한 사람과 같이 지내다니 넌 상상할 수 있어? 만약 에디란 사람이 여자에게 그렇고 그런 것만 노리는 남자였다면, 하룻밤 같이 자고 난 후에 사라졌을 거야."

조는 콧방귀를 뀌었다. "7일 내내 그 짓을 실컷 할 수 있는데 왜 하룻밤만 하고 가?"

"조, 그런 소리 하지 마! 그건 스무 살짜리 남자애들이나 하는 짓이지, 마흔이 다된 남자들은 그러지 않아!"

"지금 섹스 이야기 하는 거야?" 루디가 물었다.

"어, 뭐? 네가 섹스에 대해 뭘 안다고?" 조는 깜짝 놀랐다.

토미의 반응에 더럭 겁이 난 루디는 얼른 아이패드 사기 행각으로 돌아갔다.

조는 루디를 유심히 살펴봤지만, 루디는 아이패드 화면에만 고개를 처박고 러시아 억양으로 뭐라고 중얼거리고 있었다.

나는 심호흡을 했다. "계속 그가 자기 휴가를 취소하겠다고 제안한 말만 계속 생각나. 그가 왜 그런-"

"나 쉬 마려." 루디가 갑자기 선언했다. "쌀 것 같아." 루디는 조가 뭐라고 물어보기도 전에 바로 덧붙였다.

우리는 농업대학 밖에 차를 세웠다. 그 대학은 에디가 다니던 종합 중등학교에서 도로 건너 맞은편에 있다. 에디의 학교 표지판을 보고 있자니 회색 안개 같은 고통이 어른거렸다. 나는 열두 살 먹은 에디가 저 교문 밖으로 뛰어나오는 모습을 상상해보려고 애썼다. 동그랗고 작은 얼굴, 그 후로 수많은 세월이 흐르면서 생긴 웃을 때마다 눈가에 주름이 지는 그 환한 미소.

방금 당신이 다니던 학교를 지나쳤어요. 나는 미처 자제할 틈을 내기도 전에 반사적으로 그에게 문자를 보냈다. 당신에게 무슨 일이 생긴 건지 알 수 있다면 좋을 텐데.

루디와 같이 다시 차로 돌아온 조는 이상하게도 굉장히 긍정적으로 변해 있었다. 조는 오늘은 화창한 날이 될 것이고, 이렇게 다 같이 시골길을 드라이브할 수 있어서 아주 행복하다고 말했다.

"엄마가 이모에게 못되게 굴었다고 내가 엄마를 야단쳤어." 루디가 속삭였다. "이모 치즈 한 조각 먹을래?" 루디는 조가 아까 줬던 샌드위치에서 먹기 싫어서 뺀 치즈를 넣어놓은 플라스틱 용기를 토닥였다.

나는 아이의 머리카락을 헝클었다. "아니. 하지만 사랑한다. 고마워." 나도 아이에게 속삭였다.

조는 우리 둘의 대화를 못 들은 척 했다. "너 아까 에디가 자기 휴가를 취소하겠다고 제안했다는 이야기를 하고 있었잖아." 조가 아주 밝은 목소리로 말했다.

순간 내 심장의 길게 갈라진 틈들이 조금씩 열리는 것 같은 느낌이 들었다. 나도 물론 조가 왜 그렇게 이 일에 조바심을 내는지 알고 있으니까. 조가 루디를 낳기 몇 년 전까지 온 마음을 다 바친(그리고 종종 몸도) 수 많은 남자 중에서 그녀에게 전화한 남자는 거의 없었다. 그나마 전화했던 몇 안 되는 남자들은 항상 다른 여자들에게 작업을 걸다가 발각됐다. 그런데도 조는 매번 그 남자들이 그녀에게 사랑한다고 거짓말하게 놔뒀다. 자신이 사랑받고 있다는 희망을 포기할 수 없어서였다. 그러다 숀 오피크라는 인간이 나타났고, 조가 임신을 했고, 숀이 조의 집으로 들어와 동거를 시작했다. 그는 조가 자기를 받아주고 먹여 살릴 거라는 걸 알고 있었으니까. 그는 그동안 일을 한 적이 단 하루도 없었다. 그러면서 종종 어디 있었는지 말도 안 하고 며칠 밤씩 외박을 하곤 했다. 그가 오늘 '면접'을 본다는 이야기는 오랫동안 계속된 거짓말이었다.

하지만 조는 7년 동안이나 그런 그를 참아줬다. 그녀와 쇼가 조금만 더 노력하면, 그가 철이 들 때까지 조금만 더 기다리면 사랑이 활짝 피어나리라고 스스로를 설득했기 때문이다. 조는 자기가 어렸을 때는 결코 가질 수 없었던 단란한 가정을 숀과 이룰 수 있을 거라고 생각했다.

그러니까 조는 현실 부정의 전문가였다.

하지만 지금 나의 이런 상황을 조는 도무지 용납할 수 없는 것처럼 보였다. 조는 에디가 지상에서 실종된 날부터 내 기분을 맞춰주려고 노력하고, 내가 쉴 새 없이 늘어놓는 에디가 실종된 이유에 대한 이론들을 억지로 들어주고, 내일이면 에디가 전화할지도 모른다고 말해줬다. 하지만 내심 그렇지 않을 거라고 믿고 있다가 이제 인내심의 한계에 달한 것이다. *나처럼 남자에게 이용당하지 마. 아직 할 수 있을 때 떠나란 말이야.* 그녀는 내게 그렇게 말하고 있었다.

문제는 내가 그럴 수 없다는 것이다.

에디가 단순히 내게 흥미를 잃어서 연락을 끊었다는 생각을 시험 삼아 해봤다. 내 휴대폰이 침묵을 지키고 있던 15일 내내 하고 또 했다. 그와 함께 보냈던 보드라우면서도 눈부시게 빛나는 순간 하나하나를 철저하게 분석해서, 혹시라도 그 어디에 틈이 있었는지, 그가 나만큼 우리 관계에 확신이 있었던 건 아니었다는 불길한 조짐이라도 찾아내려고 노력했지만 아무것도 나오지 않았다.

전에는 페이스북은 쳐다보지도 않던 내가 하루 내내 페이스북에 붙어살면서 그가 살아 있다는 신호를 찾아 그의 페이스북 프로파일을 샅샅이 뒤졌다. 변심보다 더 끔찍한 일이지만 나 아닌 다른 여자가 있는지도 찾아봤다.

아무도 없었다.

나는 그에게 전화하고 메시지를 보냈다. 심지어 한심하기 그지없는 트위터까지 날렸다. 거기다 페이스북 메신저와 왓츠앱을 다운받아서 그가 나타났는지 보려고 그날 내내 체크했다. 하지만 매번 똑같았다. 에디 데이비드는 2주 전부터, 그러니까 그가 스페인으로 휴가를 떠날 준비를 하게 내가 그의 집을 떠난 그 날 이후로 온라인에 접속하지 않았다.

끝없이 밀려드는 수치심과 절망에 낙심한 나는 그가 등록했는지 확인하려고 수많은 데이트 앱까지 다운받았다.

하지만 그것도 아니었다.

나는 결코 통제할 수 없는 이 상황을 너무나도 간절히 통제하고 싶었다. 밤에는 잠이 오지 않았고, 음식 생각만 해도 속이 뒤집어질 것 같았다. 아무것도 집중할 수 없었고 핸드폰이 윙 소리를 내며 울리기만 하면 굶주린 짐승처럼 사납게 달려들었다. 하루 종일 그렇게 기진맥진한 상태로 보내다 가끔은 숨이 막힐 것 같기도 했다. 하지만 밤에는 또다시 잠 못 이루고 눈을 말똥말똥 뜬 채 런던 서

쪽에 있는 토미 집에서 칠흑 같은 어둠을 멍하니 응시하고 있었다.

묘한 건 나도 이것이 나답지 않다는 것을 알고 있다는 것이다. 이게 정상적인 행동이 아니라는 걸 알고, 내 상태가 점점 나아지는 게 아니라 악화되고 있다는 것도 알지만, 이런 상황에 개입할 의지도, 에너지도 없었다.

그는 왜 전화하지 않을까? 어느 날 구글에 이렇게 쳐봤다. 그러자 곧바로 허리케인처럼 맹렬한 기세로 글과 기사들이 떴다. 그나마 남아 있는 정신이라도 지키자 싶어서 얼른 그 페이지를 닫아버렸다.

대신 다시 구글에 에디를 검색해서 그의 목공 사이트에 들어가 찾아봤지만……. 이쯤 되자 이젠 내가 뭘 찾고 있는지조차 알 수 없었다. 당연히 아무것도 찾지 못했다.

"그 사람이 너에게 자신에 대해 다 말했다고 생각해? 예를 들어 그 사람에게 다른 여자는 없다고 확신해?" 토미가 물었다.

도로는 우묵한 그릇 같은 형태의 공원으로 들어갔는데 거기에 잘생긴 오크 나무들이 마치 흡연실에 나온 신사들처럼 우아하게 늘어서 있었다.

"다른 여자는 없어." 내가 말했다.

"네가 그걸 어떻게 알아?"

"어떻게 아냐면…… 그냥 알아. 그이는 싱글이야. 사람을 만나서 사귈 정신적 여유가 있었다고."

사슴 한 마리가 너도밤나무 숲속으로 들어가 사라지는 모습이 언뜻 보였다.

"알았어. 하지만 다른 미심쩍은 조짐들은 없었어? 뭔가 앞뒤가 안 맞는 말을 했다거나? 뭔가 숨기고 있다는 그런 느낌 없었어?" 토미가 끈질기게 물었다.

"없었어. 다만 내 짐작에……." 나는 입을 다물었다.

조가 돌아봤다. "뭔데?"

나는 한숨을 쉬었다. "우리가 처음 만났던 날 그 사람에게 전화가 몇 통 왔는데 안 받았어. 하지만 그때 딱 한 번뿐이었어." 나는 다급하게 덧붙였다. "그다음에는 전화가 올 때마다 꼬박꼬박 다 받았고. 이상한 전화를 받은 적도 없었고. 다 친구들, 그의 엄마, 사업 관련 문의 전화들……." 그리고 데렉이 있었지, 갑자기 생각이 났다. 데렉이 누군지는 결국 알아내지 못했지만.

토미는 눈썹을 사정없이 찡그리고 있었다.

"뭐? 대체 무슨 생각을 하고 있는 거야? 그냥 첫날만 그랬어, 토미. 그다음엔 누가 전화하든 다 받았다니까."

조는 입으로 아주 요란한 소리를 냈지만 나는 못 들은 척했다.

"이건 인터넷 데이트가 위험하다는 평소 내 생각보다 훨씬 더 큰 문제야. 네가 그 남자를 인터넷에서 만난 게 아니란 건 나도 알아. 하지만 어쨌든 비슷한 상황이잖아. 너희 두 사람은 공통의 친구도 없고 오랫동안 시간을 같이 보내면서 쌓아온 내력도 없어. 그 사람이 마음대로 자신을 포장해서 너에게 보여줄 수 있었다는 말이야."

나는 얼굴을 찌푸렸다. "하지만 그는 내게 페이스북 친구 신청을 했어. 만약 숨길 게 있었다면 왜 그런 짓을 하겠어? 그리고 하는 일의 성격상 트위터와 인스타그램 계정도 있어. 비즈니스 홈 페이지도 있고. 거기에 그 사람 사진이 있어. 난 그 사람 집에서 일주일이나 지냈고. 그의 포스팅은 에디 데이비드란 이름으로 올라와 있었어. 만약 그 사람이 에디 데이비드, 가구 만드는 사람 아니라면, 내가 그 사실을 알았을 거란 말이야."

우리는 이제 사이런세스터 공원에 넓게 펼쳐져 있는 오래된 숲 속 깊이 들어와 있었다. 할 말을 잃은 듯 멍하니 창밖만 보는 조의 드러난 허벅지를 동전만 한 햇살들이 비쳤다. 조금만 있으면 우리는 이 숲에서 나올 것이고, 거기서 또 조금만 가면 그 사고 현장에 도착할 것이다.

그 생각이 떠오르자 갑자기 누군가가 차에서 산소를 뽑아낸 것처럼 숨이 막히는 것 같았다.

몇 분 후에 우리가 탄 차는 시골 들판들이 펼쳐진 환한 밖으로 나왔다. 나는 눈을 감았다. 그토록 오랜 시간이 흘렀는데도 여전히 앰뷸런스를 타고 온 응급 구조 요원들이 그녀를 거기다 눕히고 피할 수 없었던 그 사태를 막아보려고 애를 썼던 그 풀밭 가장자리를 차마 내 눈으로 볼 수 없었다.

조가 내 무릎에 손을 내려놨다.

"왜 그러고 있어?" 눈치 빠른 루디가 물었다. "엄마? 왜 사라 이모 다리에 손을 대고 있어? 왜 저 나무에 꽃다발들이 묶여 있어? 왜 모두-?"

"루디. 아이 스파이(아이들 중 한 명이 눈에 보이는 사물을 가리키는 첫 글자를 말하면 나머지 아이들이 그걸 추측해내는 놀이-옮긴이)할까? 'ㄱ'으로 시작하는 뭔가가 내 눈에 보이는데?"

루디는 잠시 입을 다물었다가 말했다. "난 이제 그딴 거 할 나이가 아니야." 루디가 기분이 상해서 말했다. 루디는 자기만 아무것도 모르는 이런 상황을 싫어했다.

"고래. 고구마. 고무." 루디가 마지못해 대답했다.

"괜찮아, 해링턴?" 토미가 날 배려하느라 잠시 입을 다물고 있다가 물었다.

"응." 나는 눈을 떴다. 밀밭, 허물어질 것 같은 돌담, 말이 풀을 뜯어먹은 풀밭에 마치 번개가 친 것처럼 이리저리 갈라져 있는 오솔길들이 보였다.

"괜찮아."

이건 절대 쉬워지지 않았다. 19년이란 세월이 가장자리를 마모시키고, 옹이의 가장 심하게 튀어나온 부분을 대패질하듯 다듬어 어느 정도 평탄해졌지만 고통은 여전했다.

"에디 문제를 좀 더 이야기해보는 게 어때?" 조가 제안했다. 나는 그래, 라고 말하려 했지만 목소리가 나오다가 다시 쑥 들어가 버렸다. "네가 편할 때 해." 조가 내 다리를 토닥이면서 말했다.

"음, 그가 사고를 당했을지도 모른다는 생각이 들어. 스페인 남부로 윈드서핑을 하러 간다고 그랬거든." 나는 다시 말을 하는 게 가능해졌을 때 그렇게 말했다.

토미의 눈썹이 움직이는 거로 봐서 내가 한 말을 찬찬히 생각해보는 게 분명했다. "그럴듯한 이론 같다."

조는 내가 에디와 페이스북 친구라는 점을 지적했다. "그 사람이 다쳤다면 그 사람 페이지에 뭐라도 하나 올라왔을 거 아니야."

"그의 전화기가 망가졌을 가능성도 과소평가해선 안 돼." 내가 말했다. 희망의 길들이 차례차례 닫히면서 내 목소리에 풀이 죽어 갔다. "만약 그랬다면 그는-"

"자기야. 그 사람 전화기는 고장 나지 않았어. 네가 전화했을 때 신호가 갔잖아." 조가 부드럽게 끼어들었다.

나는 비참하게 고개를 끄덕였다.

감자 칩을 먹고 있던 루디가 조의 의자 뒤쪽을 발로 찼다. "시이이이이이이이심심해."

"그만해. 그리고 뭐 먹고 있을 때 말하지 말라고 했지." 조가 말했다.

엄마에겐 보이지 않게 루디가 내게 몸을 돌리고 입을 벌려서 반쯤 씹은 감자 칩 덩어리를 보여줬다. 이유는 모르겠지만 유감스럽게도 루디는 이것이 우리 둘만 아는 농담이라고 판단한 모양이었다.

나는 손을 가방의 옆 주머니에 넣어서 내게 남은 마지막 희망을 쥐었다. "하지만 마우스." 나는 한심하게 말했다. 뜨거운 눈물이 볼을 타고 흘러내렸다. "그 사람이 내게 마우스를 줬단 말이야."

나는 그 생쥐 조각상을 내 손바닥 안에 올려놓고 두 손으로 동그랗게 모아 쥐었다. 반들반들한데다 닳을 대로 닳았고, 호두보다 작은 크기의 생쥐였다. 에디가 고작 아홉 살이었을 때 나무로 깎아서 만든 인형이다. "이 아이는 나와 함께 아주 많은 일을 겪었어요. 이 아이는 내 부적이에요." 에디가 말했다.

이 생쥐를 보면 내가 GCSE(영국의 중등 교육 자격 검정 시험-옮긴이) 시험을 보는 날 책상 위에 올려놓을 마스코트로 아빠가 선물해 준 황동 펭귄 인형이 떠올랐다. 그 펭귄은 내가 시험지를 펼쳐 볼 때마다 아주 근엄한 표정으로 나를 쏘아봤다. 지금도 나는 그 펭귄을 아주 사랑한다. 그걸 다른 사람에게 맡기는 건 상상도 할 수 없다.

생쥐는 에디에게도 같은 의미였다는 걸 안다. 그런데도 내게 줬다. "내가 돌아올 때까지 이 아이를 안전하게 지켜줘요. 내게 아주 큰 의미가 있는 아이니까." 그때 그가 이렇게 말했다.

조가 나를 힐끗 돌아보더니 한숨을 쉬었다. 조는 이미 마우스에 대해 알고 있다. "살다 보면 마음이 바뀌기도 해. 그로서는 너와 연락을 하는 것보다는 열쇠고리를 포기하는 편이 더 쉬웠을 수도 있어." 조는 조용히 말했다.

"마우스는 단순한 열쇠고리가 아니야. 마우스는……." 나는 설명하려다 포기했다.

조가 다시 이야기를 시작했을 때 목소리는 아까보다 더 부드러웠다.

"있지, 사라. 그 사람에게 무슨 일이 일어났다고 그렇게 확신한다면, 다른 방법은 다 때려치우고 그냥 그 사람 페이스북 담벼락에 메시지를 남겨놓는 게 어때? 거긴 사람들이 다 볼 수 있는 곳이잖아? 그 사람이 걱정된다고 써. 그 사람에게 연락받은 사람 없냐고 물어봐."

나는 침을 꿀꺽 삼켰다. "그게 무슨 말이야?"

"방금 한 말 그대로야. 그 사람 친구들에게 그에 대한 정보를 알려달라고 호소해봐. 넌 왜 그렇게 안 하는데?"

나는 고개를 돌려서 창밖을 내다봤다. 그 말에 대답할 수 없어서였다.

조는 집요하게 계속 권했다. "내 생각에 네가 그렇게 안 하는 이유는 창피해서 그런 것 같아. 하지만 네가 정말로, 진심으로 그에게 뭔가 나쁜 일이 일어났다고 믿는다면, 창피하고 말고 할 것 없잖아."

우리가 탄 차는 오래된 군 비행장을 지나고 있었다. 텅 빈 활주로 위에서 빛이 바랜 오렌지색 풍향계가 돌아가고 있었다. 아빠가 예전에 그 풍향계가 커다란 오렌지색 고추처럼 생겼다고 했을 때 한나가 폭소를 터트렸던 기억이 느닷없이 떠올랐다. "고추 싸개!" 한나가 소리를 지르자 엄마는 웃음이 나오는 한편으로 야단을 쳐야 한다는 생각에 쩔쩔맸었다.

루디가 아이패드에서 조의 음악 라이브러리를 열어서 "동부 해안 랩"이라는 제목의 플레이리스트를 골랐다.

내가 그동안 열성적으로 말했던 것처럼 정말 에디가 걱정됐다면 나는 왜 그의 페이스북에 메시지를 남기지 않았을까? 사실 조의 말이 맞는 걸까?

코츠월드의 챌퍼드에 있는 석재 주택들이 보이기 시작했다. 그 집들은 마치 구조를 기다리는 것처럼 비탈길에 단단히 매달려 있었다. 챌퍼드를 지나면 브림스콤이 나올 것이고, 그다음엔 트럽, 그다음이 스트라우드다. 거기에 토미를 기다리는 교사들, 학생들, 언론사 기자들이 우리가 예전에 다니던 학교에 모여 있다. 이제 정신을 차려야 했다.

"잠깐만." 토미가 갑자기 말했다. 그는 루디가 틀어놓은 음악소리의 볼륨을 줄이고 백미러로 내 얼굴을 봤다. "해링턴, 너 에디에게 결혼한 적이 있다고 말했어?"

"아니."

토미의 눈썹이 사정없이 움직였다. "그 사람에게 너에 대해 전부 다 말했다며!"

"그랬어. 하지만 그렇다고 개인 사정을 일일이 체크해가면서 이야기한 건 아니라고. 그랬다면…… 그런 이야기를 하다 보면 좀 불편해질 수 있잖아. 내 말은 우리는 마흔이 다 됐는데……." 나는 말끝을 흐렸다. 에디와 그 이야기를 해야 했나? "그동안 우리가 어떻게 살아왔는지 다 이야기하려고 했는데 어쩌다 보니 못했어. 다만 우리 둘 다 싱글이라는 점은 확인했던 말이야."

토미는 백미러로 내 얼굴을 보고 있었다. "너와 루벤이 나온 너희 회사 홈페이지는 업데이트했어?"

나는 얼굴을 찡그리면서 토미가 대체 무슨 말을 하려고 하는지 이해하려고 애썼다.

그러다 깨달았다. "아, 안 돼." 내가 속삭였다. 순간 무시무시한 냉기가 배를 스치고 지나가는 것 같았다.

"뭔데? 지금 무슨 이야기를 하는 건데?" 루디가 소리를 질렀다.

"사라 이모의 자선 회사 홈페이지. 거기에 사라 이모와 루벤 아저씨에 대한 이야기가 한 페이지 정도 올라와 있거든. 두 사람이

1990년대에 결혼해서 어떻게 클라운닥터라는 자선 단체를 설립하게 됐는지. 그리고 지금도 어떻게 공동 경영하고 있는지 말이야." 조가 아들에게 설명했다.

"아!" 루디가 말했다. 그는 아이패드를 내려놓고 마침내 그 미스터리를 풀게 돼서 좋아 죽으려고 했다. "사라 이모의 남자친구가 그 홈페이지를 보고 심장이 찢어진 거야! 그래서 죽었어. 심장이 고장 나면 살 수 없으니까."

하지만 그때 조가 조용히 말했다. "미안하지만 난 그 생각에 동의하지 않아. 만약 그 사람이 너와 같이 한 주를 보냈다면, 그 사람이 너만큼 그 관계에 대해 심각했다면, 그 정도로 쉽게 물러서진 않았을 거야. 적어도 너에게 어떻게 된 거냐고 일단 물어봤을 거라고. 그냥 죽어가는 고양이처럼 흔적도 없이 사라지진 않았을 거야."

하지만 나는 이미 망할 메신저에 들어가서 그에게 메시지를 쓰고 있었다.

4

우리가 처음 만난 날

내가 에디 데이비드를 처음 만난 날은 온 세상이 용광로에 들어가 있는 것처럼 절절 끓던 날이었다. 시골길은 녹아서 웅덩이가 고이고 있었고, 새들은 나무에 숨어 꼼짝도 안 하고 있었고, 벌들은 끝없이 치솟는 온도에 취해 있었다. 생판 모르는 타인과 사랑에 빠질만한 오후처럼 느껴지는 날은 아니었다. 이날은 내가 2년에 한 번씩 6월 2일에 이곳을 걸을 때마다 느껴지는 것과 정확히 똑같은 느낌을 받은 그런 날이었다. 조용하고, 슬프고, 마음이 한없이 무거운 날. 너무나 익숙한 날.

에디의 모습이 보이기 전에 목소리부터 들렸다. 나는 버스 정류장에 서서 오늘이 무슨 요일인지 기억하려고 애를 쓰다가 오늘이 목요일이라고 판단했다. 그렇다면 거의 한 시간을 기다려야 버스가 온다는 뜻이다. 이렇게 살인적으로 더운 날 버스를 타면 분명

통구이가 되겠지. 나는 마을을 향해 걷기 시작하면서 그늘을 찾았다. 자글자글 끓는 공기 속에서 근처 초등학교에서 노는 아이들 소리가 들렸다.

그러다 내가 가던 길 위쪽 어딘가에서 갑자기 양 소리가 들렸다. 매애애애. 매애애! 양이 소리쳤다.

그러자 거기에 화답해 큰 소리로 웃는 남자 목소리가 들렸다. 그 웃음소리는 답답하고 뜨거운 공기 속에서 한 줄기 청량한 바람처럼 날아왔다. 그 남자의 얼굴을 보기도 전에 저절로 미소가 지어졌다. 그의 웃음소리는 양의 귀엽고 멍청한 얼굴과 양의 옆으로 길게 찢어진 눈에 대해 느낀 모든 감정이 들어가 있었으니까.

그들은 내가 가던 길에서 조금 위쪽에 위치한 마을 공터에 있었다. 남자 하나가 나를 등진 채 앉아 있었고, 양은 거기서 몇 발짝 떨어진 곳에 있었다. 그 바보 같은 옆 눈으로 남자를 빤히 보면서. 양이 또다시 매애애 라고 하자 남자가 뭐라고 대꾸했는데 내겐 들리지 않았다.

내가 그 공터에 도착했을 때쯤 그들은 대화에 열중하고 있었다.

나는 햇볕에 노랗게 타들어 간 풀밭 가장자리에 서서 그들을 지켜보다가 문득 오래된 지인을 만난 것 같은 느낌이 들었다. 나는 이 남자를 모르지만 그는 어렸을 때 같이 학교 다녔던 수많은 소년들의 매력적인 복사판처럼 보였다. 기분 좋게 큰 머리, 짧게 깎은 머리에 비스킷 같은 갈색 피부, 웨스트 컨트리 학교 교복이었던 카고 반바지에 빛이 바랜 티셔츠. 그는 분명 선반 정도는 눈을 감고도 달고, 서핑도 할 수 있을 것이며, 성격은 좋지만 약간 정신 나간 엄마가 준 낡은 골프를 몰고 다닐 것 같았다.

언젠가 결혼하고 싶은 남자로 내가 십 대 시절 다이어리에 써놨을 만한 그런 남자아이. (〈언젠가〉는 구체적으로 정하지 않은 미래의 어느 한때를 가리킨다. 예를 들어 볼품없는 번데기에서 아름다운 나비로 변신하는 것처럼 맨디와 클레어를 따라다니는, 얼굴도 평범하고 인기도 별로 없는 조연이라는 내 역할을 그만두고 자신의 눈에 들어온 어느 남자든 그 남자의 마음을 끌 수 있는 대담 하고 아름다운 여자로 변신하는 날을 가리킨다). 내 남편감은 이 마을 출신일 것이고—새퍼튼이나 혹은 뭐 그 근처에서—분명 골프를 몰 것이다. (그때는 왜 그랬는지 모르겠는데 골프가 인기 최고였다. 나의 환상 속에서 우리는 그 골프를 몰고 콘월로 신혼여행을 갔고, 거기서 나는 서핑보드를 겨드랑이에 끼고 용감하게 바닷속으로 뛰어들어서 그를 놀라게 했다.)

그러나 현실의 나는 여자 같은 미국 광대와 결혼했다. 진짜 광대, 빨간 코와 우쿨렐레와 바보 같은 모자들로 가득 찬 박스를 가지고 있었던 남자와. 두어 시간 후에 환한 캘리포니아 햇살이 우리 아파트 벽을 물들이기 시작하면 그는 일어나려고 몸을 뒤척일 것이다. 아마 하품을 하다가, 돌아누워서 새 여자 친구의 몸에 코를 문지르다가 일어나 에어컨을 세게 틀고 그녀에게 맛대가리 없는 초록색 주스를 만들어주겠지.

"안녕하세요." 내가 말했다.

"아, 안녕하세요." 그 남자는 주위를 둘러보며 말했다. *아, 안녕하세요.* 마치 몇 년 동안 알고 지내던 사람처럼 인사를 한다. "내가 양을 한 마리 발견했답니다."

양은 그 남자에게서 눈을 떼지 않은 채 또다시 경적을 울리는 것처럼 매애애 하고 울었다. "우린 만난 지 몇 분밖에 안 됐지만 둘 다 서로에게 진지한 마음을 품게 됐어요." 남자가 내게 말했다.

"그렇군요. 그거 합법적인 건가요?" 나는 싱긋 웃으며 말했다.

"사랑은 법으로 판단할 수 없죠." 그는 유쾌하게 응수했다.

그때 불쑥 이런 생각이 떠올랐다. 영국이 그립다는 생각.

"둘이 어떻게 만났어요?" 나는 풀밭으로 들어가면서 물었다.

그가 양을 보며 미소를 지었다. "어, 내가 여기 앉아서 살짝 신세 한탄을 하고 있는데, 이 젊은 아가씨가 난데없이 나타났지 뭡니까. 그래서 이야기를 시작했는데 어느새 같이 살 궁리를 하고 있더라고요."

"아가씨가 아니라 청년인데요. 내가 양에 대해 아는 건 없지만 이 청년이 아가씨가 아니라는 건 나도 알겠어요." 내가 말했다.

잠시 후에 그 남자는 몸을 뒤로 기울여서 양의 다리 밑을 확인했다.

"앗."

양은 여전히 그 멍청한 옆 눈으로 그를 빤히 보고 있었다.

"네 이름이 루시가 아니었어?" 그가 물었다. 양은 아무 대답도 하지 않았다. "이 친구가 자기 이름이 루시라고 했는데."

"이 친구 이름은 루시가 아니에요." 내가 사실을 확인해줬다.

양이 다시 매애애 울자 남자가 웃었다. 우리 뒤쪽 길에 있는 나무에서 더위 먹은 갈까귀 한 마리가 날개를 퍼덕이며 날아갔다.

어쩌다 보니 나는 이제 그들 바로 옆에 서 있었다. 그 남자, 그

양과 나 우리 셋은 모두 햇볕에 누렇게 탄 공터에 같이 있었다. 그가 고개를 들어 나를 바라봤다. 눈빛이 이국의 바다 색깔 같다고 나는 생각했다. 온기와 선의로 가득 찬 눈.

그는 상당히 매력적인 남자였다.

다른 남자에게 진지한 감정이 생기기까지는 좀 오래 걸릴 겁니다, 오늘 아침에 이런 말을 들었는데. 이 충고는 이별 코치라는 허무맹랑한 앱에서 제공한 것으로 나와 루벤이 헤어지기로 했다고 발표한 다음 날 LA에서 가장 친한 친구인 제니 카마이클이 내 핸드폰에 (내 허락도 없이) 다운받은 것이다. 매일 아침 이 앱에서 내가 지금 겪고 있는 정서적 트라우마에 대한 묘사와 함께 그게 얼마나 전적으로 건강하고 정상적인 현상인지 설명하는 문자 알림이 들어온다.

다만 나는 정서적 트라우마를 전혀 겪지 않았다. 루벤이 미안하지만 이혼해야겠다고 말했을 때조차 그의 마음을 상하지 않기 위해 억지로 울어야 했을 정도였다. 앱에서 나의 갈기갈기 찢긴 심장과 낙심한 마음에 대해 말했을 때는 다른 사람에게 가야 할 문자를 잘 못 보낸 게 아닌가 하는 생각이 들 정도였다.

하지만 내가 그 메시지들을 읽는 모습을 제니가 보면 흐뭇해하니 망할 앱을 지울 수도 없었다. 제니의 정신 건강은—곧 마흔이 되면서 아이를 낳을 수 있는 희망도 사라지고 있기 때문에 아주 민감해서—도움이 필요한 사람들을 돌봐줄 수 있는 자신의 능력에 의지하고 있다.

그 남자는 다시 양에게 고개를 돌렸다. "음, 이거 참 안타깝군. 우리에게 미래가 있다고 생각했는데, 루시와 나 말이죠." 그때 그의 핸드폰이 울렸다.

"괜찮겠어요?" 내가 물었다.

그는 주머니에서 핸드폰을 꺼내더니 통화 거부를 눌렀다. "아, 난 괜찮을 겁니다. 적어도 그러길 바라야죠."

나는 주위에 또 다른 양이나, 농부나, 도움을 줄 만한 목양견이 없는지 둘러봤다. "이 아이를 어떻게 해줘야 할 것 같은 기분이 드는 데, 당신은 안 그런가요?"

"아마도요." 그 남자는 일어섰다. "내가 프랭크에게 전화를 걸어볼게요. 여기 있는 양들의 대부분이 프랭크 거니까." 그는 핸드폰으로 어딘가에 전화를 걸었고, 나는 마른 침을 삼키며 조금 불안해졌다. 일단 이 양 문제를 처리하면 농담 따먹기는 끝나고 일상적인 대화를 해야 하니까.

나는 풀밭 위에 서서 기다렸다. 양은 심드렁한 표정으로 주위에 있는 풀을 뜯어 먹으면서 계속 우리를 예의 주시하고 있었다. 양은 최근에 양털을 깎았지만 그래도 여전히 무지하게 더워보였다.

갑자기 내가 여기서 왜 이러고 있는지 궁금해졌다. 이 남자가 좀 전에 왜 신세 한탄을 하고 있었는지도 궁금했다. 왜 지금 내가 한손으로 머리를 쓸어 넘기고 있는지도 궁금해졌다. 그는 킬킬 웃으면서 프랭크란 사람과 통화하고 있었다. "오케이, 친구. 최선을 다해볼게. 알았어." 그는 이야기하면서 나를 보고 있었다. 그의 눈은 정말 아름다웠다.

(아우, 주책 좀 그만 떨자!)

"프랭크는 빨라도 한 시간 후에야 올 수 있을 것 같아요. 루시가 펍(영국의 대중적인 술집－옮긴이) 옆에 있는 들판에서 빠져나왔다고 하네요." 그는 양에게 돌아섰다. "너 아주 멀리까지 왔구나. 대단해."

양은 아무 대꾸 없이 계속 먹기만 해서 그는 대신 나를 바라봤다.

"저 아이를 데리고 가볼까 하는데. 좀 도와줄래요?"

"물론이죠. 어차피 점심 먹으러 저 길로 가던 중이었어요."

나는 저 길로 점심 먹으러 가던 중이 아니었다. 나는 사실 사이런세스터로 가는 54번 버스를 기다리고 있었다. 거기에 우리 가족이 있을 것이고 우리 부모님 집에는 아무도 없었으니까. 어젯밤 레스터에 있는 로얄 병원 응급실 간호사가 전화해서 내 외할아버지가 고관절 골절로 입원하셨다고 말했다. 할아버지는 연세가 아흔 셋이다. 할아버지는 또한 지독하게 괴팍한 성격으로 악명이 높았지만 가족이라곤 우리 엄마와 레슬리 이모밖에 없는데 이모는 지금 세 번째 남편과 같이 몰디브에서 살고 있다.

엄마가 망설이자 내가 말했다. "가세요." 엄마는 날 실망시키기 싫어했다. 매년 6월마다 엄마는 내가 올 것에 대비해 집안 곳곳에 꽃을 꽂아두고 맛있는 음식을 준비하면서 나를 맞을 채비를 한다. 엄마는 영국에서 사는 것이 캘리포니아에서 사는 것보다 훨씬 더 낫다고 나를 설득할 수 있는 것이면 뭐든 준비하려고 했다.

"하지만…… 넌 혼자 있게 되잖아." 나는 엄마가 낙심하는 모습을 지켜봤다.

"난 괜찮을 거예요. 게다가 엄마가 가서 할아버지를 대신해서 사과하지 않으면 또 금방 병원에서 쫓겨나실걸요." 내가 말했다.

지난번에 할아버지가 병원에 입원했을 때 유감스럽게도 고문 의사와 대판 싸운 일이 있었다. 할아버지는 그 의사를 계속 "바보 천치 같은 의대생"이라고 불렀다.

엄마는 자식의 도리와 부모의 책임감 사이에서 고민하느라 잠시 아무 말도 하지 않았다.

"나는 여기서 며칠 있다가 레스터로 갈게요." 내가 말했다.

엄마가 아빠를 봤지만 두 사람 다 선뜻 선택하지 못했다. 나는 생각했다. 두 분이 언제부터 이렇게 우유부단해졌을까? 부모님은 전보다 더 나이 들어 보이고 더 작아 보였다. 특히 엄마가 더 그랬다. 마치 엄마의 몸이 이제 엄마에게 더 이상 맞지 않는 것처럼 보였다. (그게 내 잘못일까? 내가 엄마를 줄어들게 한 장본인가? 내가 계속 외국에서 산다고 고집을 부려서 그런 걸까?)

"하지만 넌 이 집에서 지내는 걸 싫어하잖아?" 아빠가 어떻게 돌려 말해야 할 지 몰라서 그냥 노골적으로 말해버렸다. 이 상황을 재치 있게 표현할 말을 찾지 못한(처음으로) 아빠 때문에 순간 숨통이 막힌 것처럼 답답했다.

"무슨 소리세요! 당연히 좋아요!"

"거기다 우리가 차를 가지고 가야 하는데. 여기서 어떻게 다니려고 그러니?"

"버스가 있잖아요."

"버스 정류장이 얼마나 먼데."

"전 걷는 거 좋아해요. 진심으로 하는 말이니까 가세요. 엄마가 항상 노래를 부르는 것처럼 이참에 푹 쉴게요. 책도 읽고. 엄마가 만든 이 어마어마한 음식도 다 먹고."

그래서 오늘 아침 떠나는 부모님에게 손을 흔들어주고 나자 갑자기 혼자 남았다는 사실을 깨달았다. 그것도 내가 좋아하지 않는 집에서. 특히 나 혼자 있을 때는 더 싫은데.

그래서 나는 혼자 펍에 점심 먹으러 데인웨이에 가던 길이 아니었다. 사실 생판 모르는 이 남자와 술 한 잔 마시려고 시도하는 중이었다. 오늘 아침 앱에서 다른 남자와 시시덕거려봤자 눈물만 흘리게 될 것이라는 경고 메시지를 보냈는데도. 명심하세요. 당신은 지금 새로운 사람을 만날 때가 아니에요. 이 메시지와 함께 여자가 산더미처럼 쌓인 아주 편해 보이는 베개 뭉치에 얼굴을 파묻고 울고 있는 그림이 왔다.

그 남자의 핸드폰이 다시 울렸다. 이번에는 안 받고 계속 울리다 멈추게 내버려 뒀다.

"좋았어, 이제 너를 잡아보자." 그가 말했다. 그가 루시를 향해 움직이자 루시는 째려보더니 돌아서서 달려갔다. "당신은 저쪽으로 가요." 그 남자가 내게 소리쳤다. "우리 둘이 루시를 길로 몰아갑시다. 으앗! 이런!" 그는 풀밭 위를 껑충껑충 뛰어서 아까 있던 자리에 놔두고 온 샌들을 가지러 달려갔다.

나는 왼쪽으로 돌아서 공기가 시럽처럼 죽죽 흘러내릴 것 같은 무시무시한 열기 속에서 최대한 빨리 달렸다. 루시는 도망치다 남자가 기다리고 있는 오른쪽으로 방향을 홱 틀었다. 남자가 웃음을 터트렸다. 루시는 함정에 빠진 걸 인정하고 툴툴거리며 펍으로 이어지는 작은 길로 달려갔다. 그러면서 계속 매애애 하며 항의했다.

고맙습니다, 신인지 우주인지, 운명인지 모르겠지만, 나는 생각했다. 이 양과 이 남자와 영국의 생울타리를 주셔서 감사합니다.

내가 겪어야 하는 슬픔에 대해 아무것도 모르는 낯선 타인과 이야기를 하게 돼서 얼마나 마음이 놓이는지. 나와 이야기할 때 고개를 갸웃거리며 동정의 눈빛으로 보지 않는 사람. 그냥 나를 웃게 만드는 사람을 보내주셔서 감사합니다.

루시는 펍으로 가는 길에 몇 번이나 자유를 찾아 도망치려고 했지만 우리가 강력한 팀워크로 루시를 다시 들판에 돌려놨다. 그는 나뭇가지 하나를 꺾어서 루시가 도망친 울타리의 구멍을 막아놓고 돌아서서 웃었다. "다 됐어요."

"그러네요." 내가 대답했다. 우리는 펍 바로 옆에 서 있었다. "제게 맥주 한 잔 빚졌어요."

그는 웃더니 그 정도면 합리적인 것 같다고 말했다.

그래서 그렇게 됐다.

5

7일 후에 에디와 나는 서로에게 작별 인사를 했다. 하지만 그건 프랑스식 작별 인사인 또 봐, 안녕이었다. 다음번에 만날 때까지만 안녕!

그것은 작별이 아니었다. 결코 아니었다. "작별"이란 말에 언제부터 "당신과 사랑에 빠진 것 같아요"란 뜻이 포함돼 있었나?

나는 강가를 따라 부모님 집으로 가면서 행복해서 콧노래를 흥얼거렸다. 그날 강물은 눈부시게 맑았고, 초록 이끼가 낀 돌들과 깨끗한 자갈들 위로 잔물결이 일었고, 그런 풍경을 뾰족뾰족한 부들이 내려다보고 있었다. 예전에 한나가 미나리아재비 꽃을 꺾으려다 미끄러져서 물속에 엉덩방아를 찧는 바람에 놀란 내가 큰 소리로 웃음을 터트렸던 곳을 지나쳤다. 지난 한 주 간의 기억으로 가득 찬 내 심장이 기쁨에 차서 노래를 불렀다. 한밤에 나눴던 대화들, 치즈 샌드위치, 터져 나오던 웃음소리, 빨랫줄에서 말라가는 목욕 타월들. 넓고 듬직한 에디의 몸, 아주 가는 밀가루를 흩뿌리며 오는 것처럼 그의 헛간 바깥에 있는 나무들 사이로 가볍게 살랑이며 불어오던 바람, 나는 거기 나올 때 그가 했던 말들을 계속 떠올리고 또 떠올렸다.

나는 그날 저녁 레스터에 도착했다. 병원으로 가는 택시 속에서 폭풍우가 시작됐다. 시내는 어두워졌고 신호등의 빨간 불빛이 차의 앞 유리로 수프처럼 흘러내렸다. 나는 더운 병실에서 할아버지를 찾아냈다. 할아버지는 성미는 여전히 괴팍하지만 좀 충격을 받은 상태였고, 우리 부모님은 녹초가 돼 있었다.

그날 밤 에디에게선 전화 한 통 오지 않았다. 어느 항공편으로 돌아올 것인지 알려주는 메시지도 없었다. 나는 파자마를 입으면서 잠시 그 이유를 생각해봤다. *아마 바빠서 그랬을 거야. 친구랑 있어서 그랬을지도 모르고. 그리고 생각했다. 그이는 날 사랑해. 전화할거야!*

하지만 에디 데이비드는 전화하지 않았다. 전화 한 통도 없이 계속 시간이 흘러갔다.

며칠 동안 나는 괜찮다고 굳게 믿었다. 우리 사이에 무슨 일이 일어나지 않았을까 의심하는 건 터무니없고 말이 안 된다는 생각까지 했다. 하지만 하루하루가 너무나 고통스럽게 흘러가서 마침내 한 주가 되자 파도처럼 밀려오는 공포를 더 이상 막을 수 없다는 사실을 깨달았다.

"그이는 스페인에서 멋진 시간을 보내고 있어." 예정대로 런던에 있는 토미 집에 도착했을 때 나는 거짓말을 했다.

며칠 후에 조와 점심을 먹다가 결국 무너졌다. "그 사람이 전화를 안 해." 나는 현실을 인정했다. 공포와 굴욕의 눈물이 눈가에 고였다. "그이에게 무슨 일이 일어난 거야. 그건 단순한 불장난이 아니었어, 조이. 내 모든 걸 바꿔놓은 사랑이었단 말이야."

토미와 조는 내게 친절하게 대해줬다. 내가 하는 이야기를 들어주고 내가 "아주 잘 대처하고 있다고" 말해줬지만 사실 자기들이 지금까지 알던 사라라는 사람이 형편없이 허물어지는 모습을 보고 충격을 받았다는 걸 눈치챌 수 있었다. 나는 비극의 먹구름 속에서 LA로 달아나 인생을 획기적으로 바꾼 여자였잖아? 훌륭한 아동 자선 단체를 설립하고, 대단히 미국적인 남자랑 결혼했고, 지금은 전 세계를 돌아다니며 기조연설을 하는 여자가 어쩌다 이렇게 됐지?

그랬던 여자가 지금은 친구인 토미 아파트에서 2주 동안 두문불출하면서 7일 동안 같이 지냈던 남자를 스토킹이나 하는 인간으로 전락해버렸다.

그동안 영국은 EU 국민 투표 때문에 금방이라도 폭발할 것처럼 정세가 불안해지고, 외할아버지는 수술을 두 번이나 받고, 우리 부모님은 할아버지 집에서 사실상 죄수처럼 갇혀 지내고 있는데 말이다. 내 회사는 상당한 거액의 보조금을 받았고, 제니는 보험금으로 충당할 체외 수정의 마지막 단계를 잘 치르고 있었다. 나는 지금 살아가면서 겪을 수 있는 현실적인 일들을 수없이 겪고 있지만 이 중 하나라도 제대로 정신을 쏟기 위해 안간힘을 써야 했다.

전에 나도 이런 친구들을 많이 봤다. 그들이 사귀던 남자의 핸드폰이 고장 났다고, 그의 다리가 부러졌다고, 그가 다쳐서 아무도 못 보는 도랑 속에 누워 방치돼 있을 거라고 주장하는 친구들을 보며 놀라워했다. 그들은 같이 있을 때 자기가 무심코 한 경솔한 말 때문에 "남자가 놀라서 도망친" 거라고 주장하면서 그래서 "오해를 풀어야 한다고" 주장했다. 나는 그들이 자존심도 던져버리고, 마음이 산산조각으로 박살 난 채, 이성도 잃어버리고 결코 전화하지 않는 남자를 못 잊어 힘들어 하는 모습을 봐왔다. 전화를 안 하는 건 고사하고, 잘 알지도 못하는 남자에게.

그런데 내가 지금 그 꼴이 됐다. 토미의 차를 타고 가는 나는 자존심은 이미 박살났고, 가슴은 미어지고, 정신은 집 나간 지 오래 됐다. 난 이제 정말 유부녀가 아니라고 필사적으로 호소하는 메시지나 쓰고 있고, 그 이혼도 전남편과 합의하에 아무 문제없이 헤어졌다고 설명하는 한심한 꼬락서니라니.

빗방울이 차 앞 유리를 소리 없이 적시기 시작하는 순간 토미가 우리 모교의 교문 근처에 차를 세웠다. 평소와 달리 바퀴 하나가 연석에 올라가는 형편없는 주차를 했지만 그보다 더 놀라운 건 다시 제대로 주차하려는 시도조차 하지 않았다는 점이다. 나는 두툼한 너도밤나무 생울타리, 도로에 노란색으로 지그재그 그어진 선들, 교문 옆에 있는 표지판을 눈여겨 봤다. 그러자 뱃속에서부터 불안이 차오르기 시작했다. 나는 핸드폰을 핸드백에 넣었다. 에디에게 문자를 보내는 건 기다려야겠다.

"도착했어!" 신나지도 않으면서 그런 척 하려다 보니 토미의 목소리는 빨래를 너무 많이 넌 빨랫줄처럼 말하다 중간에 축 처져

버렸다. "빨리 가야겠어. 난 5분 후에 연설해야 하는데!"

하지만 토미는 차에서 나가지 않았고, 우리도 움직이지 않았다. 루디가 우리를 빤히 바라봤다. "왜 다들 차에서 안 나가?" 루디가 물었다. 아무도 대답하지 않았다. 몇 초가 지난 후에 루디가 뛰쳐나가서 교문을 향해 쏜살같이 달려갔다. 루디가 달리다가 서서히 속도를 줄이면서 주머니에 두 손을 찔러 넣은 채 천천히 걷다 교문 앞에 아무렇지 않게 멈춰서 학교 운동장에 가면 무슨 재미있는 일이 있을지 가늠해보는 모습을 우리는 말 없이 지켜봤다. 루디는 잠시 실눈을 뜨고 운동장을 보다가 다시 차를 향해 몸을 돌렸다. 만족스러운 표정이 아니었다.

불쌍한 루디. 조가 루디를 오늘 뭘로 유혹해서 데려왔는지 모르겠지만 진실을 말해줬을 것 같진 않다. 중등학교에서 스포츠 프로그램을 시작하는 이 행사에서 루디가 거기 나오는 피트니스 워치나 심장박동을 잴 수 있는 조끼들을 입어볼 수 있거나 같이 놀 또래 아이들이 있다면 그나마 좀 나았을 것이다. 하지만 토미가 만든 이 프로그램의 핵심이 되는 기술 상품들은 이 학교의 체육부장이 직접 뽑은 "장래가 촉망되는 운동선수들"이 소개할 텐데 제일 어린 참가자가 열네 살이다.

루디는 몹시 언짢은 표정으로 차 근처에 서 있었다. 조는 루디와 이야기하려고 나갔고, 갑자기 말이 없어진 토미는 자기 얼굴을 살펴보려고 백미러를 향해 얼굴을 기울였다. 토미는 겁에 질려 있어, 그에 대한 동정심이 커지는 걸 느끼며 나는 생각했다. 우리 학교 남자아이들은 어린 토미를 끔찍하게 괴롭혔다. 그 나쁜 무리 중 하나였던 매튜 마틴은 화려한 것을 좋아하는 토미 엄마가 12살이 된 토미의 헤어스타일을 최신식으로 꾸며주자 토미가 동성연애자라고 주장했다. 토미는 울었고, 매튜의 주장은 사실로 굳어져 버렸다. 매튜 패거리는 매일 토미의 자리에 "동성애자가 안 되는" 공식을 스프레이 페인트로 낙서해 놨다. 그리고 토미의 책상 뚜껑에 벌거 벗은 남자들의 사진들을 붙여 놨다. 토미는 열네 살 때 칼라 프랭클린과 데이트를 시작했는데 그들은 칼라를 수염이라고 불렀다. 토미는 자기 엄마가 집에 꾸며 놓은 체육관에서 몇 시간씩 운동을 하는 습관을 들였지만 새로 생긴 근육 때문에 상황은 더 악화됐다. 그 패거리는 심심하면 운동장에서 토미를 두들겨 팼다. 토미 가족이 1995년 미국으로 이민 갔을 때 토미는 운동 장애와 경미한 말더듬이와 함께 남자 친구는 하나도 없었다.

몇 년 후에—토미가 영국으로 돌아오고 오랜 시간이 흐른 후에—돈 많은 테크놀로지 전문 변호사인 조이 마컴이 토미를 자기의 개인 운동 트레이너로 고용했다. 그즈음에 런던에서 잘 나가는 여자들이 토미에게 개인 트레이닝을 받겠다고 회원 등록을 많이 했는데, 그중 많은 여자들이 대놓고 그에게 집적거렸다. 토미는 내게 이런 말을 했다. "내 생각에 그건 일종의 판타지 같아. 이를테면 장비 벨트를 허리에 찬 섹시한 잡역부 같은 거지. 그들에게 나는 육체노동을 하는 근육남인 거야." 토미는 우쭐한 한편으로 넌더리를 내며 말했다.

듣자 하니 조이 마컴은 그런 여자들과 달랐다. 둘은 "환상적으로 잘 맞으며" "진짜 잘 통했고" 무엇보다 조이는 자기를 날씬하고 아름답게(그녀는 이미 날씬하고 아름답다)만들어줄 능력이 있는 고용인으로 토미를 보는 게 아니라 "온전한 한 인간"으로 봤다.

몇 달 동안 가볍게 사귄 후에 그녀는 자신의 오랜 지인을 통해 토미가 스포츠 컨설팅 업계에 진출할 수 있게 다리를 놓아줬다. 토미는 고맙다는 인사를 하려고 그녀에게 저녁을 대접했다. 그녀는 토미를 데리고 자기 집에 가서 옷을 홀라당 벗어버렸다. "이제 진짜 일대일 수업을 할 때가 된 것 같은데, 안 그래?" 그녀가 토미에게 이렇게 말했다고 한다.

조이는 토미에게 있어 진정으로 의미 있는 첫 번째 여자 친구였다. 여러모로 자기보다 월등하게 뛰어난 여자 친구는 조이가 처음이라고 토미는 생각했다. 토미에게 조이는 여신이자 기적이고 해묵은 상처에 매일 매일 바르는 약과 같았다. 조이가 토미에게 홀랜드 파크에 있는 자기 아파트에서 같이 살자고 했을 때 토미가 내게 이렇게 말했다. "그 개자식들에게 말할 수 있으면 얼마나 좋을까. 내가 조이 같은 매력적인 여자의 마음을 끌 수 있다는 걸 놈들에게 보여주고 싶어." 그때 나는 이렇게 대꾸했다. "그래, 그러면 얼마나 고소할까?" 그런 일이 일어나지 않을 거라고 생각했기 때문에 그렇게 말했다. 그런 일은 절대 일어나지 않는다.

다만, 토미의 경우에는, 정말로 일어났다.

약 일 년 전에 토미는 영국에 있는 모든 중등학교 교장들에게 자신이 만든 중등학교 스포츠 프로그램 안내 책자를 보냈다. 그 프로그램에는 조이의 큰 고객 중 하나인 다국적 테크놀로지 기업에서 제조하는 심장박동 측정 조끼, 피트니스 워치 같은 착용 가능한 스포츠 기술 제품을 기부하는 부분도 포함돼 있었다. 그것은 토미의 자부심이자 기쁨이었다. 그래서 우리가 예전에 같이 다녔던 학교의 여자 교장 선생님에게 전화가 왔을 때 토미는 애처롭게도 아주 기뻐했다. "교장 선생님이 나더러 와서 체육부장 교사를 만나보라고 하셨어! 정말 끝내주지 않아?" 토미는 나와 스카이프를 하다가 그 소식을 전했다. 다만 그 체육부장 교사가 십 대 때 그를 유달리 못살게 굴던 매튜 마틴이라는 사실을 알게 되자 들떴던 마음이 확식어버렸다.

하지만 매튜와 이야기를 잘 나눴다고 토미가 날 안심시켰다. 처음에는 좀 어색했지만 매튜가 십 대 때는 다들 머저리였다는 말을 하면서 토미의 팔을 툭툭 치며 그를 "친구"라고 불렀다고 했다. 둘은 나중에 아주 오랜 친구처럼 서로의 근황을 묻고 답했다. 매튜는 토미에게 자기 가족사진을 보여줬고, 토미는—자신의 행운을 믿을 수 없어 하면서—매튜에게 자신의 아름답고, 근사한 옷을 입고, 운동으로 다져진 몸매가 환상적인 여자 친구가 런던의 세련된 아파트 주방에서 찍은 사진을 보여줬다.

내가 6월 초에 에디 때문에 심란한 마음을 안고 토미와 조이가 사는 런던 아파트에 도착했을 때 토미는 학교에 그 프로그램을 전달한 후였다. 토미는 과거의 문제들이 다 해결됐다고 말했다. 학교에서 예전에 그에게 일어났던 일들은 다 (〈지나간 일이고〉), 이제 그 프로그램 발표 행사에게 다시 매튜 마틴을 보게 될 일이 정말 기대된다고 했다. 그리고 "조이도 거기 와"라고 마치 그제야 생각난 것처럼 덧붙였다. "매튜에게 조이를 소개하면 완전 끝내줄 거야."

나는 그때 토미를 안아주고 싶었다. 토미에게 너는 지금 이대로도 아주 멋진 사람이라고 말해주고 싶었다. 너의 주가를 높이려고 조이를 대동하고 갈 필요가 없는 사람이라고.

하지만 나는 토미의 장단에 맞춰줬다. 토미가 그러길 원하니까.

조이는 그 행사가 있기 나흘 전에 같이 가겠다는 계획을 취소해버렸다. "고객 때문에 홍콩에 가야 해. 정말 중요한 일이야. 미안해, 토미." 조이가 말했다.

그게 미안한 태도냐, 나는 생각했다. 조이는 이게 토미에게 얼마나 중요한 일인지 알고 있었다. 토미의 얼굴은 백지장처럼 하얗게 질려버렸다.

"하지만…… 학교에서는 네가 오는 걸로 알고 있는데!"

조이는 얼굴을 찌푸렸다. "내가 없어도 다들 잘 알아서 살아남을 거야. 그들은 내가 아니라 지역 언론사에 잘 보이려고 과시하는 거잖아."

"홍콩에 하루만 더 늦게 가면 안 되는 거야?" 토미가 애원했다. 차마 눈 뜨고 볼 수 없을 정도로 안타까운 광경이었다.

"안 돼. 그럴 수 없어. 하지만 내가 이 출장을 가는 걸 자기도 고마워하게 될 거야. 거기에 문화, 미디어, 스포츠부 담당자도 오거든. 거기 자문 위원회에 자기를 넣어줄 수 있을 것 같아." 조이가 말했다.

토미는 고개를 저었다. "내가 말했잖아. 그런데 관심 없다고."

"내가 말했잖아, 토미. 관심을 가져야 한다고."

그래서 조이 대신 조와 내가 토미를 응원하러 나섰다.

나라고 모교에 돌아오고 싶었을까? 당연히 아니다. 나는 다시는 그 곳을 볼일이 없기를 빌었다. 하지만 토미에게 내가 필요하다고 생각했고, 그런 친구를 돕는 것이 지금 내가 할 수 있는 유일한 기분 전환이었다. 게다가 무서울 게 뭐 있나? 맨디와 클레어는 1990년 대에 그 학교를 떠났다. 걔들이나 그때 내가 도망쳤던 사람들 중 오늘 학교에 올 사람은 하나도 없다.

"해링턴." 토미가 고개를 돌려 나를 봤다. "너 괜찮아?"

"미안, 응."

"있지, 너에게 할 말이 있어."

나는 토미의 얼굴을 봤다. 토미의 눈썹을 보니 좋은 소식이 아닌 것 같았다. "아까 지역 언론사에서도 온다는 매튜 메시지를 받았는데 거기에 다른 내용도 있었어. 그게-" 토미는 말을 하다 멈췄고 그때 진짜 나쁜 소식이 기다리고 있는 걸 알았다.

"매튜가 클레어 페들러와 결혼했어. 전에 그 이야기를 안 한 이유는 네가 걔 이름을 듣고 싶어 하지 않을 거라고 생각해서 그런 거야. 하지만 매튜가 지역 언론사에서 취재하러 온다고 문자를 보내면서 거기다 또…….."

안 돼. "…… 클레어도 오기로 했대. 그리고 클레어가…….."

맨디도 달고 온다는 소리겠지.

"우리 동창 몇 명도 데리고 온다는 거야. 맨디 리까지 포함해서 말이야."

나는 갑자기 온 몸에 힘이 쭉 빠지면서 나도 모르게 의자 등에 고개를 기댔다.

6

우리 만난 지 1일,

한 잔 마시려다 12시간이 지나버렸네

"사라 매키. M-A-C-K-E-Y." 내가 말했다.

술집 주인이 내게 사과주 한 잔을 갖다 줬다.

공터에서 만난 그 남자는 웃기만 했다. "나도 매키의 철자 정도
는 알거든요. 하지만 알려줘서 고마워요. 난 에디 데이비드라고
해요."

"미안해요. 난 미국에서 살아요. 이게 다소 미국식 성이라고 생
각해서 그랬죠. 여기 와서 내 이름을 말할 때면 사람들에게 종종
철자를 말해줘야 하니까. 게다가 나는 분명하게 정리 해두는 걸 좋
아해서." 내가 생긋 웃으며 말했다.

"지금 보니 그렇군요." 에디가 말했다. 그는 바에 몸을 옆으로 기
울인 채 나를 지켜보고 있었다. 그의 커다란 갈색 손가락 사이에
접힌 10파운드짜리 지폐가 있었다. 이 남자의 육체적 비율이 아주

마음에 들었다. 그는 나보다 훨씬 더 키가 크고, 체격도 듬직하고, 힘도 셌다. 루벤과 나는 키가 같은데.

우리는 펍의 정원에 앉아 있었다. 새퍼튼 빌리지 밑에 있는 작은 계곡에 여러 가지 꽃과 피크닉용 테이블들이 놓여 있는 오아시스 같은 곳이었다. 펍의 주차장 주변에 있는 초원을 둘러싼, 보이지 않지만 가느다란 리본 같은 프롬 강이 졸졸 흐르고 있었고, 활짝 핀 들장미 가지들이 쓰러질 듯 앞으로 기울어져 있었다. 산책하던 사람들 두어 명이 맥주를 한 잔 마시고 있었고, 헐떡거리는 코카 스파니엘 한 마리가 그들의 다리 밑에서 날 빤히 보고 있었다. 테이블에 꽂힌 커다란 양산 밑에 내가 앉자마자 그 개가 내게 다가와 발치에 앉으면서 아주 크게 한숨을 쉬었다.

에디가 웃음을 터트렸다.

계곡 어딘가에서 귀에 거슬리는 동력 사슬톱 소리가 시작됐다가 멈췄다. 놀란 새 몇 마리가 우리 머리 위 숲속에서 멍하니 지저귀었다. 나는 차가운 사과주 한 모금을 마시고 신음을 내뱉었다. "그래, 이 맛이야." 내가 말했다.

"그렇죠." 에디가 동의했다. 우리는 짠, 하고 잔을 부딪치며 건배했고, 나는 서서히 즐거워졌다. 오늘 아침 부모님의 텅 빈 집에 혼자 남겨지자 인정하고 싶지 않았지만 기분이 아주 비참했고, 집에서 나와 버스 정류장을 향해 걸어갈 때도 속상한 마음은 달라지지 않았다. 하지만 지금 여기에서 차가운 사과주와 아주 친절하고 다정한 남자와 있으니 바짝 날이 서 있던 마음이 서서히 풀어지고 있었다. 오늘은 좋은 날이 될 것 같았다.

"난 이 펍을 사랑해요. 어렸을 때 여기 자주 왔어요. 동생이랑 내가 야생의 아이들처럼 돌아다니면서 시냇물에서 노는 동안 부모님과 친구들은 여기서 과하게 기분을 내셨죠."

에디는 벌컥벌컥 마셨다. "나는 사이런세스터에서 컸어요. 시내 한가운데서 야생의 아이들처럼 돌아다니긴 좀 힘들었죠. 하지만 우리 가족도 여기 한두 번 왔어요."

"아, 정말이요? 언제 왔는데요? 지금 나이가 어떻게 되세요?"

"스물한 살. 사람들은 내가 생각보다 동안이라고 하던데요." 에디가 기분 좋게 말했다.

그 말에 내가 깔깔거리며 웃어도 그는 개의치 않았다. "서른아홉이에요. 내가, 그때 몇 살이었더라?" 그는 결국 자기 나이를 밝혔다. "열 살 때쯤 이 정원을 뛰어다니던 기억이 나요. 그러다 어머니가 90년대 후반에 이곳으로 이사 오셨어요. 그래서 여기에 자주 왔죠. 당신은 몇 살이에요? 아마 우리 둘이 같이 야생의 아이들처럼 돌아다녔을지도 모르죠."

음, 이렇게 은근슬쩍 암시를 던지다니. 내 앱이 알면 분노하겠는걸.

"아, 아닐걸요. 난 아직 십 대였을 때 LA로 갔거든요."

"정말요? 대단히 큰 변화였군요."

나는 고개를 끄덕였다.

"부모님 중 한 분이 거기 취직하신 건가요?"

"그런 비슷한 거죠."

"부모님은 아직 거기 사세요?"

"아뇨. 부모님은 이 근처에 사세요. 스트라우드 쪽에."

나는 그렇게 하면 사소한 거짓말을 한 것에 대한 변명이라도 되는 것처럼 고개를 옆으로 돌렸다. "자, 에디. 오늘 같은 평일 오후에 새퍼튼 공터에서 뭘 하고 있었는지 말해줘요."

그는 허리를 숙여서 옆 테이블에서 술 마시고 있는 산책 커플의 개를 쓰다듬어 줬다. "어머니를 보러 왔어요. 어머니는 학교 근처에 사세요." 그의 목소리에서 순간 아주 미세하게 금이 가는 것 같은 느낌이 들었다. "당신은 뭐 하고 있었어요?" 그가 물었다.

"나는 프램튼 만셀에서 걸어왔어요." 나는 부모님이 사는 마을 쪽을 향해 고개를 끄덕여 보였다.

그는 얼굴을 찡그렸다. "하지만 당신은 계곡 쪽에서 온 게 아니라 언덕 위에서 왔잖아요."

"그게…… 운동을 좀 제대로 하고 싶어서 언덕 위까지 올라갔다 왔어요. 브로드 라이드를 따라 걸었는데 많이 바뀌었더군요." 나는 재빨리 덧붙였다. 이건 완전 지뢰밭이 따로 없군. "풀이 너무 자라서 정글 같았어요! 원래는 널찍하고 우아한 곳이었는데. 사람들이 전에는 거기서 신나게 달려보려고 말을 끌고 갔는데. 지금은 오솔길만 하나 남았더군요."

그는 고개를 끄덕였다. "지금은 금지되긴 했지만 사람들은 아직도 말을 타고 거기를 오르락내리락하긴 해요. 그중 한 마리는 나를 치어 죽일 뻔했어요."

나는 말이건 다른 동물이건 이렇게 크고 듬직한 남자를 치어 죽일 수 있을 것 같지 않아 웃기만 했다. 이 사람도 비밀의 초록색 통로를 따라서 걸어왔다니 기뻤다.

"마치 내가 새퍼튼을 걷는 모세가 된 것 같은 기분이었어요. 흰 야생화들이 홍해처럼 양쪽으로 쩍 갈라지는 풍경이었거든요." 그가 말했다.

우리는 둘 다 술을 홀짝거리며 마셨다.

"그래서 여기 근처에 살아요?"

"그래요. 다만 런던에서도 주문이 많이 들어와서 런던에도 자주 가요." 그는 갑자기 내 종아리를 '탁' 쳤다.

"말파리였어요." 그가 손바닥에서 죽은 벌레를 튕겨내면서 조용히 말했다. "당신 다리를 파먹고 있더라고요. 미안해요."

사과주를 길게 한 모금 마시자 알코올과 가벼운 취기가 섞여 머리가 어질어질해지면서 가벼운 쾌감이 일었다. "6월에 말파리들이 말썽을 부리죠. 하긴 일 년 내내 골칫거리긴 하지만 6월에 특히 더해요." 에디가 말했다.

그는 팔뚝에 물려 붉게 성이 난 자국 두 개를 보여줬다. "하나는 오늘 아침에 물린 거예요."

"당신도 같이 물어주지 그랬어요?"

에디가 웃었다. "난 안 물었어요. 하루 종일 말똥 위에 앉아서 빈둥거리는 놈들이라."

"그렇군요. 당연히 그러겠네요."

나는 그에게 허락도 받지 않고 대뜸 말파리에 물린 부분을 만져봤다. "불쌍한 팔뚝." 나도 모르게 저지른 짓이라 당혹스러워서 아주 사무적인 목소리로 말했다.

에디는 웃음을 멈추고 고개를 돌려 나를 바라봤다. 나와 눈이 마주친 그의 눈빛에 의문이 담겨 있었다.

먼저 고개를 돌린 사람은 나였다.

얼마 후에 나는 편하고 기분 좋게 취했다. 에디는 술집에 우리의 석 잔째, 혹은 넉 잔째 술을 사러 들어갔다. 주인이 주문을 받으면서 계산기에서 떵떵 울리는 소리가 들렸고 그것과 함께 뭔가 바삭거리는 소리가 들렸다. 그게 부디 감자 칩 소리이길 바랐다. 하늘을 천천히 가로지르는 비행기의 나른하게 윙윙거리는 소리도 들렸다.

우리가 앉아 있는 낡은 피크닉용 테이블의 이끼 낀 표면이 부드러운 내 허벅지에 스치자 사포처럼 거칠었다. 좀 매끄러운 테이블을 찾아 주위를 둘러봤지만 하나도 없어서 아까 내 발치에 있었던 개처럼 잔디 위에 그대로 누워버렸다. 나는 기분도 좋고 얼근하게 취해서 싱글거렸다. 풀이 내 귀를 간질거렸다. 이곳을 떠나고 싶지 않았다. 그냥 여기 이대로 있고 싶었다. 핸드폰도 없고 책임도 없는 곳. 에디 데이비드와 나만 있는 곳.

하늘을 올려다보는데, 땅바닥의 뜨뜻한 온기가 느껴지면서 추억의 물결이 밀려왔다. *바로 이거야*, 나는 나른하게 생각했다. 따뜻한 풀 냄새, 윙윙거리는 곤충 소리와 토막토막 들리는 콧노래 소리들, 조용하게 바스락거리는 소리와 후드득 소리가 겹겹이 어우러졌다. 예전엔 이렇게 살았는데. 토미가 미국으로 가기 전에 그리고 사춘기라는 괴물이 지뢰처럼 내 발밑에서 폭발하기 전에는 이것만으로도 충분히 행복했는데.

"사람이 쓰러졌다." 에디가 맥주 한 잔과 사과주 한잔과—에디를 찬양하라!—감자 칩 두어 봉지를 가지고 계단을 내려오며 말했다.

"아까 술 세다고 했잖아요."

"사과주가 독하다는 걸 깜박했어요." 내가 인정했다. "하지만 기절한 건 아니에요. 저 따끔거리는 벤치에 질렸을 뿐이에요." 나는 팔꿈치를 들어서 거기에 상체를 기댔다. "어쨌든 그 감자 칩 당장 열어봐요."

에디는 내 옆에 앉으면서 주머니에서 불편해 보이는 열쇠 한 다발을 꺼냈다. 그 열쇠들은 생쥐 모양의 목재 열쇠고리에 걸려 있었다.

"그 꼬맹이는 누구예요? 마음에 드는 소년인데요." 에디가 내게 술을 건네는 사이에 물었다.

에디는 고개를 돌려서 그 열쇠고리를 물끄러미 봤다. 잠시 후에 싱긋 웃었다. "이 숙녀 이름은 마우스라고 해요. 내가 아홉 살 때 만들었어요."

"당신이 만들었다고요? 나무로?"

"그래요."

"와! 정말 예뻐요."

에디는 손가락으로 그 마우스를 쓸어내렸다. "이 아이는 나랑 아주 많은 일을 겪었어요. 행운의 부적인 셈이죠. 어쨌든, 건배." 그는 팔꿈치에 기대서 몸을 뒤로 기울이면서 햇빛을 피해 고개를 돌렸다.

"그래서 우리가 이렇게 낮술을 마시고 있군요. 다른 사람들은 다 일하고 있는데. 그냥 여기 이렇게 앉아서 마시고 있네요." 나는 아주 행복하게 이 상황을 요약했다.

"그렇죠."

"우리는 낮술을 마시는 중인 데다 꽤 취했어요. 그리고 아주 즐겁기도하고, 내 생각엔 말이죠."

"나랑 다시 대화할 건가요? 아니면 계속 그렇게 이 상황에 대한 발표만 할 건가요?"

나는 웃음을 터트렸다. "아까 말한 것처럼, 에디. 내가 명확하게 정리하는 걸 좋아한다니까요. 그게 내가 정도를 걷는 방법이죠."

"오케이, 알았어요. 난 감자 칩에다 맥주나 마시고 있을래요. 그 발표가 끝나면 알려줘요."

그는 과자 봉지들을 뜯어서 내게 건네줬다.

이 사람이 좋다, 나는 생각했다.

이 비밀의 정원에 도착한 후로 에디와 나는 유년기의 추억들을 서로 나누면서 우리의 운명이 교차된 길을 수백 개나 발견했다. 우리는 같은 언덕을 올라갔고, 땀 냄새가 물씬 풍기는 같은 나이트클럽에 다녔고, 해 질 무렵에 같은 뱃길에 앉아 오래된 스트라우드 워터 운하에 있는 갈대밭 위를 춤추며 맴도는 잠자리들을 세어봤다.

이 모든 일들이 불과 2년 간격으로 일어났다. 나는 열여섯인 내가 열여덟 살인 에디를 만나는 모습을 상상해보면서 에디가 그때 나를 좋아할지 궁금해 했다. 지금의 나는 마음에 드는지도 궁금했다.

아까 그에게 내가 운영하는 비영리 단체에 대해 이야기하자 그는 아주 기뻐하면서 수도 없이 질문을 해댔다. 그는 우리 단체인 클라운닥터(절반은 광대, 절반은 의사 복장으로 병원을 방문해 어린 환자들을 즐겁게 해주는 사람들―옮긴이)들과 아동 병원에 정기적으로 위문 공연을 가는 엔터테이너들의 차이를 곧바로 이해했다. 그리고 우리가 아무리 거액의 지원금 삭감을 당해도, 우리 직원들이 단순한 파티 광대 취급을 아무리 자주 받아도 그 일을 그만둘 수 없다는 점도 잘 이해했다. 그에게 우리 클라운 닥터 두 명이 너무 겁이 나서 수술을 받지 않으려 하는 아이를 달래는 영상을 보여주자 에디가 와, 라고 감탄했다. 정말로 울컥해서 감정을 추스르지 못하는 것처럼 보였다. "정말 놀랍네요. 난…… 당신은 정말 좋은 일을 하고 있군요, 사라."

에디는 내게 시카리지 숲 가장자리에 있는 자기 작업장에서 만든 가구와 수납장들을 찍은 사진들을 보여줬다. 그게 그의 직업이었다. 사람들이 그에게 자기 집에서 쓸 아름다운 물건들 그러니까 주방, 수납장, 식탁, 의자, 주방 같은 것들을 만들어달라고 의뢰한다. 그는 나무를 사랑한다. 가구도 사랑한다. 그는 나무에 쓰는 왁스와 비스킷 모양의 목재 조인트를 사랑한다고 말했다. 좀 더 돈을 많이 벌 수 있을 것 같은 다른 일을 억지로 해보려는 노력을 포기했다고 했다.

그는 내게 낡은 헛간 사진을 하나 보여줬다. 지붕이 완만하게 기울어진 그 작은 석조 헛간은 안데르센 동화에서 튀어나온 것처럼 그림 같은 숲속 빈터에 자리 잡고 있었다.

"이게 내 작업장이에요. 집이기도 하고. 난 진정한 은둔자의 삶을 살고 있죠. 숲속 헛간에서 살고 있으니까."

"아, 좋은데요! 난 항상 은둔자를 만나보고 싶었어요! 당신이 몇 주 만에 처음 말해본 사람이 나인가요?"

"맞아요!" 그러더니 "아니에요." 그는 재빨리 덧붙였다. 그의 눈에서 이해할 수 없는 어떤 감정이 언뜻 스쳐 갔다. "사실 진짜 은둔자는 아니에요. 친구들도 있고 가족도 있고 바쁘게 살고 있으니까."

잠시 후에 그는 미소를 지었다. "이런 말은 안 해도 되는데, 그렇죠?"

"아마도요."

그가 핸드폰에 나온 헛간 사진 창을 닫고 있는데 전화벨이 울렸다. 이번에는 별 짜증스러운 기색 없이 그냥 핸드폰을 꺼버렸다.

"음, 어쨌든 이게 내가 하는 일이에요. 난 이 일을 사랑해요. 돈을 거의 못 벌었던 적도 몇 년 있었지만. 그때는 재미가 좀 덜했죠." 그의 팔뚝 위로 아주 작은 거미 한 마리가 살금살금 올라왔다. 그것이 그의 티셔츠 소매 속으로 들어가려고 하자 그가 부드럽게 밀어내버렸다. "몇 년 전에는 제대로 된 일자리를 잡을 생각도 해봤어요. 월급이 꼬박꼬박 나오는 직장 말이에요. 하지만 나는 9시에서 5시까지 사무실에 앉아서 하는 일은 못 해요. 그러면 아마…… 아마 못 버틸 거예요. 죽을지도 모르고. 안 좋은 일이 생길지도 모르고. 아무튼 힘들 것 같아요."

나는 그 말을 생각해봤다.

그러다 결국 말을 하고 말았다. "나는 그런 말을 들으면 좀 짜증

78

이 나요. 실제로 사무실에서 9시부터 5시까지 일하는 직장을 좋아서 선택하는 사람은 얼마 안 될 거라고 생각해요. 하지만 대부분의 사람들에게 선택의 여지가 없다는 걸 기억해두세요. 당신은 그런 면에서 꽤 특혜받은 사람이에요. 코츠월드 작업장에서 수납장 같은 걸 만들며 살 수 있으니 말이에요."

"그건 사실이에요. 그리고 물론 당신이 무슨 말을 하는지도 잘 알지만 그래도 동의는 못 하겠어요. 나는 어떤 일이건 사람들은 선택할 수 있다고 생각해요. 어느 정도까지는 말이죠." 그가 말했다.

나는 그를 찬찬히 봤다.

"무슨 일을 하고, 어떻게 느끼고, 무슨 말을 하는지는 선택할 수 있어요. 그냥 어쩌다 보니 다들 우리에게 선택권이 없다는 사회적 통념을 믿게 된 것뿐이죠. 사람들은 뭐든 다 자기가 선택할 수 없다고 믿고 있어요. 직업, 인간관계, 행복 모두 다 자기가 통제할 수 없다고 생각하죠." 그는 손을 휘이휘이 저어서 그 작은 거미가 다시 잔디 위로 올라가게 했다.

"모두 다 자기 문제에 대해 불평만 늘어놓으면서 해결책은 이야기하고 싶어 하지 않는 모습을 보면 좌절하게 돼요. 다들 자기가 세상의 희생자라고 믿으면서 아무것도 하지 않으려 하죠." 아까 그의 목소리에서 느껴지던 아주 가는 균열이 다시 돌아왔다.

잠시 후에 그는 내게 고개를 돌리면서 미소를 지었다. "내가 아주 재수 없는 말을 했죠?"

"조금요."

"당신 말에 공감하지 않는다는 뜻이 아니라 그저……."

"괜찮아요. 무슨 말을 하려고 하는지 알아요. 흥미로운 생각이기도 하고."

"그럴지도 몰라요. 하지만 표현 방식이 형편없었어요. 미안해요. 난 그저…….' 그는 잠시 입을 다물었다가 다시 말했다.

"요즘 어머니 때문에 상당히 지쳐 있었거든요. 물론 어머니를 사랑하지만 가끔은 어머니가 한 번이라도 정말 행복해지길 원하는 건지 의심이 들 때가 있어요. 그러다 또 비참해지죠. 그건 그냥 어머니의 머릿속에서 일어나는 화학 작용일 뿐, 어머니는 당연히 행복해지고 싶을 테니까요."

그는 정강이를 긁었다. "당신은 지난 며칠 동안 나와 이야기한 사람 중에 처음으로 신세 한탄을 하지 않는 사람이었어요. 그래서 그만 흥분해버렸어요. 미안해요. 고맙고. 이걸로 이 이야기는 그만 합시다."

나는 웃음을 터트렸다. 그는 몸을 뒤로 기울이면서, 무릎 하나를 옆으로 내리다가 내 무릎과 닿았다. "나는 아까 루시와 있을 때보다 당신과 훨씬 더 즐거운 시간을 보내고 있어요. 고마워요, 사라 매키. 목요일 오후 시간을 포기하고 나랑 술을 마셔줘서 고마워요."

나는 너무 행복해서 벅찬 기분이 들었다. 이런 행복을 만끽하는 게 좋아서 아무 생각 없이 푹 빠져 있었다.

에디가 그 후에 화장실에 가 있는 동안 핸드폰에 제니가 깔아준 앱을 삭제했다. 실연을 달래기 위한 짧은 만남이든 아니든 남자와 같이 있으면서(남자를 떠나 다른 사람과 같이 있으면서) 이렇게 행복해 보긴 아주 오랜만이었다.

"이 계곡에 뭔가 있어요, 그렇지 않아요?" 에디가 나중에 말했다. 이제는 그도 목소리에 취기가 올라와 있었다. 술집 주인은 오후에 쉬려고 문을 잠그면서 우리에게 정원에서 있고 싶은 대로 있다가 가라고 했다.

"지옥의 용광로?" 나는 손으로 얼굴을 부채처럼 부치면서 대답했다. "나는 캘리포니아 남부에 살지만 여긴 정말 너무 덥네요. 태평양은 어디 있죠? 아니면 수영장이라도. 최소한 에어컨이라도 있으면 좋겠다."

에디가 웃으면서 날 향해 고개를 돌렸다. "당신 집에는 수영장이 있어요?"

"당연히 없죠! 난 비영리 단체를 운영한다니까요!"

"수영장이 있을 정도로 월급이 두둑한 비영리 단체 대표들도 분명 있을걸요."

"음, 난 아니랍니다. 난 아파트 한 채 없어요."

그는 다시 지글지글 끓는 하늘을 바라봤다. "맞아요. 지옥의 용광로가 여기 있군요." 그는 생각에 잠겨 말했다. "하지만 그거 말고도 뭔가 있어요, 그렇게 생각 안 해요? 뭔가 오래되거나 은밀한 것. 내게 이 작은 계곡은 항상 바지 뒷주머니처럼 느껴졌어요. 모든 이야기들과 추억들을 쑤셔 박아 넣은 곳 말이에요. 낡은 표 쪼가리들 같은 것들."

전적으로 동의해요, 나는 생각했다. 나는 이 계곡 뒤쪽에 생각하기도 싫을 만큼 너무나 많은 추억을 쑤셔 박아 놨다. 내가 여기를 얼마나 오랫동안 떠나 있었는지는 중요하지 않았다. 매번 돌아올 때마다 그 추억들은 항상 그대로 이곳에 남아 있었다. 실처럼 가는 프롬 강의 굽이마다 메아리처럼 울려 퍼지는 내 여동생의 목소리. 오래된 너도밤나무 나무들 사이에서 토막토막 들리는 노랫소리. 내 손을 잡는 동생 손의 감촉. 거울처럼 잔잔한 호수. 우리가 병원에서 차를 타고 돌아오던 바로 그날처럼. 그것은 아직도 여기 있었다. 눈에는 보이지 않았지만 내 마음에서 한 번도 떠난 적이 없었다.

우리는 거기서 몇 시간 동안 누워 있었는데 그의 몸이 항상 내 몸과 조금씩 닿아 있었다. 내 심장은 뜨거운 금속처럼 늘어났다 줄어들었다.

여기서 뭔가가 일어나려고 했다. 아니, 이미 일어났다. 우리 둘 다 그 걸 알고 있었다. 그러다 농부인 프랭크가 도착해서 자기 양들을 살펴보고 부서진 울타리를 수리한 후에 장 봐온 것 중에서 콜라와 체더치즈 한 꾸러미를 우리에게 줬다. "내가 신세를 졌네요." 그는 그렇게 말하더니 에디에게 윙크했다. 마치 나는 아무것도 못 보는 장님인 양 말이다.

우리는 콜라 한 병을 다 마시고 치즈를 거의 다 먹어치웠다. 나는 루벤의 새 여자친구가(이야기를 들어 보니 데이트에서 루벤을 주스 바에 데려간 모양이던데)사과주를 몇 잔이나 퍼마시고, 낯선 남자와 펍의 정원에서 뻗은 후에, 간식으로 콜라와 체더치즈를 먹은 적이 있는지 궁금했다. 그러다 그게 뭐가 중요하냐는 결론을 내렸다.

마치 집에 온 것처럼 편했다. 에디와 있어서 그런 것도 있지만 여기, 이 계곡, 내가 자란 곳에 있어서 더 그랬다. 어렸을 때 이후 처음으로 마침내 내가 있어야 할 곳에 있는 것 같은 기분이 들었다.

자글자글 끓던 해가 기울어지면서 우리의 은밀한 계곡도 마침내 서늘해졌다. 여우 한 마리가 주차장을 가로질러 쏜살같이 달려갔다. 사람들 한 무리가 왔다가 갔고, 잔들이 부딪치는 쨍그랑 소리와 포크와 나이프가 부딪치는 소리가 나른하게 흐느적거리는 나뭇잎들의 바스락 소리에 묻혀 희미해졌다. 잉크처럼 까만 하늘에 반짝이는 별들이 하나씩 찍히기 시작했다.

에디는 내 손을 잡고 있었다. 우리는 다시 아까 그 테이블에 앉아 있었다. 우리는 뭔가 먹었다. 라자냐였나? 기억이 잘 안 난다. 그는 자기 어머니와 그녀의 우울증이 다시 악화되기 시작했다는 이야기를 하고 있었다. 일주일 후에 친구와 같이 스페인으로 윈드서핑을 하러 가기로 했지만 어머니를 혼자 두고 가는 게 걱정스럽다고 했다. 막상 어머니는 괜찮다고 했지만.

"당신은 대단한 효자 같은데요." 내가 그렇게 말했다. 그는 아무 대꾸도 하지 않고 그저 나와 잡은 손을 들어서 내 손가락 마디에 키스했다.

이제 펍이 닫을 준비를 하고 있었고, 우리는 그러자고 의논도 하지 않았지만, 법적으로 따지면 나는 아직 유부녀로 극심한 정서적 트라우마에 빠져 허우적거리고 있어야 하지만, 나는 단 한 번도 낯선 남자의 집에 가본 적이 없지만, 특히 허허벌판에 있는 헛간에 가본 적은 없지만, 내가 오늘 밤 그의 집에 갈 거라는 사실은 하늘에 뜬 별만큼이나 분명해 보였다.

내 핸드폰 불빛에 의지해(그의 핸드폰은 너무 금이 많이 가서 그 기능이 작동되지 않았다) 우리는 손을 잡고 풀이 사정없이 엉켜 있는 오솔길을 따라 유리처럼 검고 투명한 물이 고인 웅덩이들을 지나쳤다.

그는 나를 은둔자의 헛간으로 인도했다. 그것은 숲속 빈터에 있는 건물로 오래되고 아름다운 마로니에들과 희미하게 빛나는 하얀 야생화에 둘러싸여 있었다. 하지만 사티로스나(고대 그리스 신화에서 숲의 신으로 남자의 얼굴과 몸에 염소의 다리와 뿔을 가진 모습-옮긴이) 비단처럼 머릿결이 매끄러운 요정들은 없었고, 낡은 군용 랜드로버 한 대와 어두워진 작은 잔디밭이 하나 있었다. 거기에 에디가 서서 열쇠를 꺼내면서 미심쩍은 눈빛으로 주위를 둘러봤다. "스티브?" 그가 속삭이는 소리가 들렸다. 나는 스티브가 누구냐고 묻지 않았다.

그는 헛간 문을 열었다. "들어와요." 그가 말했고 우리 둘 다 서로의 눈을 보지 못했다. 이제 그 일이 벌어지고 있었으니까. 우리 둘 다 이 순간이 얼마나 중요한지 알고 있었으니까.

우리가 그의 작업장에 있는 고요한 기계들을 지나치는 동안 나는 자른 나무에서 풍기는 톡 쏘는 것 같은 나무 향기를 들이마시며 여기서 일하는 에디의 모습을 상상했다. 대패로 깎고, 망치로 치고, 본드로 붙이고, 톱질하는 모습들을. 저 큰 갈색 손으로 아름다운 재료에서 아름다운 것들을 만들어내는 모습을 상상하면서 내 살에 닿는 그 손을 생각하자 머릿속이 멍해졌다.

우리는 묵직한 문 두 개를 지나쳤다. 톱밥을 통제하기 위해 필요한 장치라고 그가 말했다. 그렇게 계단을 올라가서 탁 트인 넓은 공간으로 들어갔다. 그곳은 낡은 램프들과 그늘이 진 기둥들과 부드럽게 삐걱거리는 소리로 가득 찼다. 밖은 어둠을 배경으로 검은 나무들이 천천히 움직이고 있었고, 가늘게 꼬인 구름이 전조등 같은 달을 가로지르며 흘러갔다.

나는 그의 부엌에서 물 한 잔을 따르면서 내 뒤에 있는 그의 소리를 들었다. 나는 눈을 감고 잠시 서 있으면서 내 맨 어깨에 닿는 그의 숨결을 느꼈다. 그러다 돌아서서 싱크대에 허리를 기댄 채 그에게 몸을 기울이자 그가 키스했다.

7

당신에게,

있죠, 난 유부녀예요. 당신이 그 사실을 이미 알고 있을 거라는 끔찍한 느낌이 들어요.

당신에게 내가 싱글이라고 했을 때 거짓말을 한 건 아니에요. 그리고 당신이 내게 어떤 감정을 느끼게 만들었는지에 대해 했던 말들도 분명 거짓말이 아니었고.

루벤과 나는 석 달 전에 헤어졌어요. 우리 사이가 끝난 이유는 내가 그에게 아이를 낳아줄 수 없었기 때문이에요. 하지만 우리 둘 다 우리 사이가 끝났다는 걸 아주 오래전에 알았다는 생각이 들어요. 말하자면 사연이 길어요. 페이스북 메신저로 전하기엔 너무 긴 이야기일 것이고, 하지만 루벤은 아주 힘들어했어요.

루벤이 나에게 좀 앉아 보라고 했을 때 난 너무나 안도했어요. 그가 무슨 말을 할지 알고 있었거든요. 다만 내가 먼저 용기를 내서 몇 년 전에 말했으면 좋았을 거란 생각이 들긴 했어요. 나는 그를 마주보면서 핸드폰 충전기를 들고 앉아서 코드를 계속 내 손가락에 감고 있었죠. 남편은 마침내 그걸 뺏어버렸어요. 그때 난 울음을 터트렸어요. 내가 그래주길 남편이 원한다는 걸 알고 있었으니까.

이것 때문에 그랬나요, 에디? 내가 유부녀이기 때문에 전화하지 않는 건가요? 만약 그게 이유라면, 제발 우리가 같이 있을 때 어떤 감정이었는지 기억해주길 바라요. 난 다 진심이었어요. 그 모든 키스, 모든 말들, 전부 다.

나는 이 메시지를 세 번 읽은 후에 다 지워버렸다. 그리고 이렇게 적었다.

에디에게

내가 유부녀란 사실을 당신이 알아냈을 것 같아요. 이 모든 사정을 당신과 직접 만나서 설명할 기회가 있다면 정말 좋을 것 같아요. 다만 난 이제 유부녀가 아니란 사실은 지금 당장 알아줬으면 해요. 우리 회사 홈페이지는 아직 업데이트를 안 한 옛날 거예요. 난 그때도 그랬고, 지금도 싱글이에요. 당신을 만나 사과하고 설명하고 싶어요.

사라

토미와 조와 루디는 오래전에 나갔다. 나는 거의 30분이나 토미의 차 뒷좌석에서 웅크리고 있었다.

이제 나가야 한다.

8

토미는 우리 모교 운동장 한가운데 있는 작고 초라한 연단에 서서 확성기에 대고 말하고 있었다. 토미는 자기가 말하고 있는데 확성기에서 간간이 트림 소리 같은 소음이 나오는 게 웃긴 척 연기하고 있었다.

나는 모여 있는 사람들을 재빨리 훑어봤다. 맨디와 클레어는 오늘 왜 온 거야? 그렇게 할 일이 없었나? 걔들은 일도 안 하나 보지? 폐가 갑자기 콩만 해져서 콧속으로 숨어버린 것처럼 가슴이 너무나 갑갑해졌다. 고것들을 본다고 생각하니 도저히 참을 수 없었다. 지금은 안 된다. 이런 상태로는 도저히.

"야. 너 괜찮아?" 어디선가 난데없이 조가 나타났다.

"괜찮아."

"다 잘 될 거야. 토미가 여기저기 인사 다녀야 한다고 쳐도 어쨌든 한 시간 안에 다 끝날 거야. 그리고 내가 널 지켜줄게." 조가 조용히 말했다.

토미가 매튜 마틴에 대한 이야기를 하는 동안 우리는 말없이 지켜봤다. 매튜가 학생들에게 진정한 영감을 주고 있고…… 이 프로그램을 열정적으로 진행시켰고…… 매튜와 같은 사람과 일을 한다는 건 정말 좋은 일이고…… 어쩌고저쩌고……

"있지, 저기…… 음, 걔들 여기 왔니?"

조는 내 팔에 슬그머니 손을 밀어 넣어 팔짱을 꼈다. "나도 몰라, 사라. 나는 걔들이 어떻게 생겼는지 모르잖아."

나는 고개를 끄덕이면서 숨을 깊이 들이마시려고 애썼다.

"어쨌든 지금까지 뭐 하고 있었어? 차에서 그렇게 꽁꽁 숨어서 말이야." 조가 물었다.

"음, 에디에게 메시지 보냈어. 결혼한 적이 있었다고. 그다음엔 화장을 고치다 보니 좀 진하게 해버렸고. 이제 여기 왔잖아."

갑자기 우레와 같은 박수 소리가 나서 돌아보자 토미가 매튜 마틴에게 마이크를 넘기고 있었다. 매튜는 운동 중독자처럼 운동을 지나치게 많이 해서 생긴 팔뚝의 어마어마한 근육 때문에 펭귄처럼 팔을 들어 올렸다. 그와 토미는 자리를 바꾸면서 서로 등을 한 번씩 쳤다.

"그랬구나. 난 가서 토미를 기다리는 게 좋을 것 같아. 매튜의 연설이 끝나면 다들 섞여서 이야기를 나눌 테니까." 나는 조가 걸어가는 모습을 속수무책으로 지켜봤다.

몇 분 후에 루디가 샴페인 한 잔을 들고 어슬렁어슬렁 다가왔다.

"너무 심심해, 사라 이모." 루디가 말했다.

"나도 알아."

"그리고 토미 삼촌은 이상해."

"긴장해서 그래." 난 루디가 들고 있던 샴페인 잔을 빼앗았다. "어른 흉내 내지 말라고 그랬지."

"싫은데." 루디가 생긋 웃더니 내가 학교 다닐 때는 없었던, 날씨에 상관없이 달릴 수 있는 육상 트랙을 가리켰다. 우리 근처에 있는 트랙에 경기용 장애물들이 놓여 있었다.

"가서 저거 해봐도 돼?"

"높이가 낮은 것들만 해본다고 약속하면."

"신난다!" 그는 달려간다.

다시 주위를 둘러보는 사이에 피부에서 마치 땀방울처럼 처참한 기억들이 흘러나왔다. 난 이 곳을 증오한다. 이렇게 말하면 너무나 유치하겠지만 매튜 마틴도 증오한다. 그때 그가 십 대였다는 건 관심 없다. 매튜는 토미를 울리고 또 울리고 또 울리고 또 울리면서 쾌감을 느낀 놈이었으니까. 게다가 이 자식은 이 망할 놈의 스포츠 프로그램을 디자인한 장본인이 토미가 아니라 자기인 것처럼 거들먹거리면서 말하고 있었다.

루디의 샴페인을 반쯤 마셨을 때 몰려 있는 사람들 뒤쪽에서 맨디와 클레어를 봤다. 내게서 한 10미터 아니 그보다 더 가까운 거리에 있었다. 걔들이 날 보기 전에 재빨리 고개를 돌려버렸는데 그 사이에 몇 가지가 눈에 들어왔다. 파란 색과 노란 색 원피스, 짧게 자른 앞머리, 브래지어 끈 사이로 삐져나오는 등의 군살. 나는 샴페인 잔을 내렸는데 마치 조잡한 만화영화에 나오는 로봇이 하는 동작처럼 어색했다. 내 얼굴이 시뻘겋게 달아올랐다.

그때 내 왼쪽 어깨 근처에서 속삭이는 목소리가 들렸다. "사라 해링턴? 너니?"

고개를 돌리자 영어 선생님인 러시비 선생님과 정통으로 얼굴이 마주쳤다. 선생님은 이제 머리가 조금 셌지만 학교 다닐 때 여학생들이 다들 따라 하려고 한 번씩 시도해본 우아한 곱슬머리 스타일을 고수하고 있었다.

"앗, 안녕하세요!" 내가 속삭였다. 내 목소리가 살짝 지나치게 올라갔다.

러시비 선생님이 나를 와락 끌어안았다. "오래전에 이렇게 안아주고 싶었는데 네가 미국으로 가버렸지. 어떻게 지내고 있니, 사라? 그동안 어떻게 살았어?" 선생님이 물었다.

"잘 지내요! 선생님은 어떠세요?" 난 거짓말을 했다.

"아주 잘 지낸단다, 고맙다." 선생님은 이렇게 말하고 잠시 입을 다물었다가 다시 말했다. "네가 잘 지낸다니 정말 기쁘구나. 네가 캘리포니아에서 잘 풀리기를 진심으로 빌었단다."

나는 감동받았다. 내가 잘 지내길 빌었다는 선생님의 마음뿐 아니라 선생님이 날 기억했다는 그 사실 자체에. 하지만 다시 생각해보니 내가 떠났을 즈음 난 평범한 학생은 아니었다.

잠시 많은 사람들 속에서 러시비 선생님에게 보호를 받으며 서 있자 아주 희미하게나마 자신감이 느껴지기 시작했다. 나는 농담을 몇 개 던졌고 선생님이 웃었을 때 한심하게도 기분이 좋았다. 좋아하는 선생님을 감동시키고 싶은 마음은 누구나 있잖아? 그런 생각이 들었다. 선생님의 영어 수업을 들은 지도 19년이 넘었지만, 선생님 앞에 선 나는 또다시 정통 복수 비극에 대해 재치 넘치는 농담을 하려고 노력하고 있었다.

내가 존 웹스터를(17세기 영국의 대표 비극을 쓴 극작가―옮긴이)기억하지 못한다는 사실을 알아차리자 선생님은 고맙게도 화제를 바꿨다. 선생님은 가족과 같이 캘리포니아에 휴가를 갔다가 내 자선단체에 대한 뉴스를 봤다고 했다. "병원에 입원한 아이들을 찾아가서 위문 공연하는 그런 거 아니니? 광대들이 가는?"

나는 좀 더 안전한 화제로 넘어가자 긴장이 풀렸다. 나는 수천 번도 넘게 했던 것처럼 '클라운 닥터'라고 설명했다. 그냥 광대가 아니라 광대 의사라고. 정식 훈련을 받고 어린 환자들이 병원에서 하는 치료들을 편하게 받아들이고, 병원에 대한 두려움도 덜어주는 역할을 하는 일이라고.

선생님에게 설명하면서 아직도 사람들 뒤쪽에 있는 맨디와 클레어를 슬쩍 봤다. 파란색과 노란색이 섞인 드레스를 입고 앞머리를 짧게 자른 사람은 클레어고, 등에 살이 뒤룩뒤룩 찐 사람은 맨디다. 예전엔 비쩍 말랐는데 학교를 졸업한 후로 최소 30킬로는 넘게 찐 것 같았다. 그때 맨디가 제발 저렇게 되라고 간절히 빌었었는데. 하지만 지금은 그 모습을 봐도 아무 느낌이 없다. 맨디가 날 보더니 고개를 홱 돌려버렸다.

러시비 선생님은 내게 양해를 구하고 다른 교사에게 뭔가 주려고 갔고 나는 루디가 가져온 샴페인을 다 비웠다. 바로 그때 멀리서 철도 건널목 경보기가 울렸다. 아주 오랜만에 들어보는 소리였다. 순간 나는 다시 1990년대로 돌아갔다. 그때 나는 자존감이 바닥으로 떨어진 와중에도 감정적으로는 거만한 사춘기를 거치면서 그냥 살아남으려고 노력하는 것만으로도 기진맥진한 십 대였다. 올이 풀린 스타킹을 신고, 세상만사 다 안다는 미소를 지으려고 안간힘을 쓰는 얼굴. 맨디 리와 클레어 페들러의 마음에 들어보려고 그토록 기를 썼던 그때의 나.

러시비 선생님은 여전히 바쁘고 기왕지사 내가 여기 온 걸 들켜버린 마당에 나는 다시 페이스북 메시지를 확인했다. 마치 중요한 업무 관련 이메일에 답장을 하는 것처럼 집중하는 표정을 지었다.

여전히 에디에게서 답장은 오지 않았다.

나는 핸드폰을 집어넣고 루디를 바라봤다. 루디는 너무 높은 허들을 넘어보려고 가늠을 하고 있었다. "루디, 안 돼." 나는 내 목을 손으로 좍 그어 보였다.

"할 수 있어." 루디가 내게 소리를 질렀다.

"안 된다니까. 넌 못 해." 나도 소리쳤다.

"할 수 있다니까!"

"그 허들로 한 발짝만 더 움직이면, 루디 오키프, 너희 엄마에게 네가 엄마 비번 쓰고 있다고 말한다."

루디가 믿을 수 없다는 표정으로 나를 바라봤다. 사라 이모는 절대 그런 짓을 하지 않을 텐데!

나는 뜻을 굽히지 않았다. 사라 이모는 정말 그렇게 할 거거든.

루디는 화가 난 얼굴로 더 낮은 허들이 있는 곳으로 돌아갔는데 그걸 보다가 트랙 중간에 잔디가 우거진 곳에서 누군가가 루디를 지켜보고 있는 모습이 눈에 들어왔다. 날씬한 소년 같은 체구의 어떤 사람이 벙벙한 청바지에 카키색 비옷을 입고 서 있었다. 비가 개었는데도 비옷의 모자까지 쓰고 있었다. 고등학생? 사진기자? 몇 초 후에 그의 시선이 루디가 아니라 내 쪽을 향해 있다는 사실을 깨달았다. 나는 주위를 돌아봤지만 근처에 있는 사람이라곤 러시비 선생님과 또 다른 교사뿐이었다. 저 사람이 날 보고 있다면 이상한 일이었다.

나는 눈을 가늘게 뜨고 봤다. 남자인가? 여자인가? 분간이 안 됐다. 순간 에디가 아닌가 하는 생각까지 했지만 에디는 이 사람보다 훨씬 체격이 크고, 키도 크다.

나는 다시 주위를 둘러보면서 그 사람이 쳐다볼만한 다른 사람이 있는지 확인했다. 없었다. 그 사람은 갑자기 몸을 돌려서 주 도로 쪽에 생긴 새 출입구를 향해 걸어갔다.

"미안, 사라야. 자, 이제 말해보렴. 네 남편은 어떤 사람이니? 텔레비전에서 그 사람을 본 기억이 난다. 아주 재능이 많아 보이던데." 러시비 선생님이 돌아와서 물었다.

나는 마지막으로 고개를 살짝 돌려서 그 사람이 있는지 확인했는데 마침 카키색 비옷을 입은 사람도 그러고 있었다. 그 사람은 나를 보고 있었다. *분명 나였다.* 하지만 그는 곧바로 몸을 돌려서 학교를 나갔다.

전기 버스 한 대가 웡 소리를 내며 도로를 달려갔다. 가는 햇살이 구름 사이로 삐져나왔고, 내 뱃속에서 뭔가가 불안하게 움직였다. 그 사람은 누구지?

나는 최근에 루벤과 헤어졌다는 소식을 전하면서 선생님의 얼굴이 축 쳐지는 모습을 지켜봤다. 이것도 익숙해지려면 시간이 좀 걸리겠네, 나는 생각했다. "하지만 우리는 여전히 회사를 같이 운영하고 있어요. 아주 사이좋고 성숙한 결별이었어요!" 내가 말했다.

"미안하다. 물어보지 말았어야 했는데." 선생님은 겸연쩍어서 팔짱을 끼며 얼굴을 찡그렸다.

"그러지 마세요." 루벤에 대해 이야기하는 게 얼마나 쉬운지―얼마나 당혹스러울 정도로 쉬운지―설명할 수 있으면 좋겠다는 생각이 들었다. *왜 그 비옷의 모자를 쓴 사람이 날 지켜보고 있었을까?* 나는 그게 알고 싶었다.

"음, 사라. 곧 다른 사람과 만나 행복하게 될 거야."

"그랬으면 좋겠어요!" 나는 그렇게 말하고 내가 생각해도 경악스럽게 이렇게 덧붙이고 말았다.

"사실 다른 사람이 있지만, 좀…… 어렵네요."

러시비 선생님이 깜짝 놀랐다. "그렇구나." 선생님은 그렇게 말하고 잠시 입을 다물었다가 다시 말했다. "에고, 저런."

나 대체 왜 이러니? 2주 만에 처음으로 다른 사람과 정상적인 대화를 해보려고 시도한 꼴이 이거냐! "죄송해요. 제가 사춘기 소녀 같은 말을 해버렸네요." 나는 한숨을 쉬었다.

선생님이 생긋 웃었다. "갈망하는 마음에 나이는 상관없다." 선생님이 다정하게 말했다. "누가 한 말인지 모르겠지만 나도 전적으로 공감하는 말이란다."

나는 뭐라고 할 말이 없어서 다시 사과만 했다.

"사라, 인류가 수천 년에 걸쳐 사랑의 고통과 믿음의 문제, 사랑을 잃고 그로 인해 자신도 잃게 되는 고통에 대한 글을 쓰지 않았다면 나는 영어 교사도 못 했을 거야."

네, 나는 비참하게 대답했다. 바로 그거다. 자기를 잃는다는 것. 에디가 단순히 변심했다는 생각보다는 그냥 에디가 죽었다는 생각을 선호하는 편이 더 쉬웠다는 것을 어찌 내 입으로 인정할 수 있을까? 난 괴물이다.

나는 사라 매키가 그리웠다. 그녀는 아주 정상적인 사람이었는데. 그녀는—

"아아아아악!"

나는 홱 돌아섰다. 루디가 너무 높은 허들을 공략한 게 틀림없었다. 루디는 다리를 움켜쥔 채 몸을 동그랗게 말고 땅바닥에 누워 있었다.

"앗, 씨발." 사람들이 모두 말문을 잃은 가운데 조가 낮은 소리로 말했다. 조가 루디에게 달려갔고 부모들과 교사들과 지역 기자들, 매튜 마틴의 운동선수들—매튜는 말할 것도 없고—모두 하나가 되어 운동장을 향해 비난의 말을 퍼부었다. *토미와 같이 나타난 저 여자는 누구야? 왜 저 꼬마는 오늘 학교에 안 갔지? 그리고 저 여자는 왜 욕을 하고 난리야?*

"죽인다." 어떤 여자가 하는 말이 들렸다. 맨디 목소리였다. 저 목소리라면 어디서든 알아들을 수 있지.

나는 꽥꽥 소리를 지르는 루디에게 달려가 루디의 다리를 살펴보는 조를 도왔다. "엄마." 루디가 울부짖었다. 루디가 조를 엄마라고 부르는 건 몇 년 만에 처음 들어본다. 조는 루디를 안고, 키스하면서, 괜찮다고 달래고 있었다. 턱이 뾰족하고 키가 큰 남자가 조에게 성큼성큼 걸어와서 자기가 응급 처치 요원이라고 밝혔다.

"제가 아이를 좀 볼게요." 그가 말하자 루디의 울부짖는 소리가 사이렌 소리처럼 커졌다. 루디는 사고를 당해도 화끈하게 반응하는 아이니까.

조가 루디를 택시에 태워서 스트라우드 병원으로 간 후에 나는 슬그머니 화장실로 가서 마음을 가라앉히려고 애를 썼다.

나는 화장실의 벽돌 벽을 손으로 쓸어내리면서, 여기 몇 겹으로 칠한 페인트 밑에 내 이름이 맨디와 클레어의 이름과 같이 새겨져 있었고 그 밑에 우리 셋 사이에 아무도 들어오지 못할 거라는 정열적인 말도 새겨져 있었던 걸 떠올렸다. 아이러니하게도 화장실 벽에 우리 셋의 우정이 천하무적이란 사실을 새기고 며칠 후에 그들은 나를 따돌리기로 해서 결국 바로 이 화장실에서 점심을 먹어야 했다. 그날 밖에는 비가 내리고 있어서 달리 갈 곳이 없었다. 점심으로 가져온 감자 칩 봉지가 부스럭거리는 동안 비참한 마음이 폭발할 것 같았고, 그때 누군가—자기 이름을 결코 밝히지 않았던 어떤 여자애—가 화장실 문 밑으로 내가 뭘 하고 있는지 들여다봤다.

나는 변기 물을 내리고 좀 전에 비옷의 모자 밑으로 날 지켜보고 있던 그 정체불명의 사람에 대해 생각했다. 내가 오늘 스트라우드에 있을 거라는 사실을 에디 말고 대체 누가 알 수 있었을까? 그 남자 혹은 여자가 정말 나를 보고 있었나? 그렇다면 왜 그랬을까?

나는 화장실에서 나가기 전에 다시 메시지를 확인했지만 에디는 여전히 답장하지 않았다. 우리가 마지막으로 본 그날 이후로 그는 계속 인터넷에 접속하지 않았다. 어쩌면 조의 말이 맞는지도 모르겠다는 생각이 들었다. 아무래도 그의 페이스북 담벼락에 글을 남겨야 할 것 같다. 어쨌든 지금 그걸 못 하고 있는 이유는 단 하나, 그걸 볼 다른 사람들이 어떻게 생각할까 두려워서였다. 또 에디는 어떻게 생각할지도 무섭고. 만약 내가 말했던 것처럼 정말 에디에게 나쁜 일이 생겼다고 확신한다면 이런 건 걱정거리도 안 될 텐데.

그 생각이 마치 방 안에 갇힌 새처럼 내 머릿속을 정신없이 돌아다녔다.

하지만 그때 안 돼! 라는 답이 나왔다. 그건 그렇게 간단한 문제가 아니다. 내가 그의 담벼락에 아직 아무 글도 쓰지 않은 이유는……

그 이유가 뭔데?

나는 뭔가 써야 할 것이다. 에디가 정말 어느 도로의 하수구 속에 빠져 있다면, 그가 정말 지브랄타 해협에 빠졌다면, 나는 지금 엄청난 시간 낭비를 하고 있는 셈이니까.

나는 그의 페이스북 페이지를 열고, 심호흡을 한 번 한 후에, 입력했다.

최근에 에디를 본 사람이 있나요? 제가 그와 연락을 하려고 노력하고 있었는데 안 되네요. 조금 걱정이 됩니다. 에디와 연락한 사람이 있다면 알려주세요. 감사합니다. 그리고 마음을 바꿀 기회가 생기기 전에 얼른 게시 버튼을 누르고 말았다.

갑자기 화장실이 내가 기억하고 있는 소리들로 가득 찼다. 카랑카랑한 목소리로 수다 떠는 소리, 화장품 파우치들의 지퍼를 여는 소리, 마스카라를 돌려서 여는 소리. 여자들 몇 명이 입을 동그랗게 모으고 립스틱을 바르면서 이야기를 하고 있었다. 까마득한 세월이 흘렀는데도 여전히 학교 화장실 거울을 보며 화장을 고치고 있다고 깔깔거리는 소리에 나도 모르게 미소가 지어졌다.

그때 누군가 말했다. "너 사라 해링턴 봤니? 정말 놀랍더라."

그러자 맨디의 목소리가 들렸다. "나도 봤어! 그런 식으로 나타나다니 완전 배짱 하나는 끝내주더라."

다들 그렇다고 중얼거리는 소리. "마스카라 좀 빌려줄래? 내 건 뭉쳤어." 수도꼭지들을 틀었다가 잠그는 소리. 결코 작동되는 일 없이 요란하기만 한 건조기 소리.

"솔직히 말하면 걔가 와서 좀 기분 잡쳤어." 클레어가 말하자 다른 여자들은 모두 조용해졌다. "난 그냥 마틴을 응원하면서 기분 좋게 오후를 보내려고 했는데 말이지. 내 말 무슨 말인지 알지?"

내 말 무슨 말인지 알지, 한동안 그들과 다시 친해지려고 저 말을 앵무새처럼 따라 했었는데.

"알지. 물론 걔도 여기 올 권리는 있지만…… 그래도, 좀 마음이 힘들더라. 적어도 우리는 그랬어." 맨디가 말했다.

클레어도 그렇다고 또 맞장구를 쳤다.

"걔는 아까 나를 보고도 못 본 척하더라. 그래서 나도 그렇게 했어. 그러니까 클레어 너도 그것 때문에 스트레스 받으면 무시해버려." 맨디가 말했다. 바로 이런 리더십 덕분에 맨디가 학교 다닐 때 인기가 있었다. *내일은 학교에서 클레어를 왕따 시키자. 가짜 신분증을 만들자. 다만 너는 안 돼, 사라. 넌 성인처럼 안 보이거든.* "지금 내 일만으로도 머리가 터질 것 같아서 사라 해링턴에게 쓸 정신적 에너지가 없거든."

또다시 다들 그렇다고 웅얼거렸다.

또 이런 말이 들렸다. "토미 스텐햄은 좋아 보이더라. 그렇게 생각 안 해?" 클레어가 대수롭지 않게 말했다.

아, 클레어는 저런 중상모략을 치명적으로 잘하지! 아무렇지 않게 불쌍한 사람을 화제로 삼은 후에—별 뜻 없는 척하면서 상대를 죽이는 말을 한다—마음을 졸이면서 맨디가 바통을 받아 이야기를 이끌어 가길 기다린다.

"정말 아주 좋아 보이더라. 다만 걔 여자 친구 보고 좀 황당하긴 했지만." 맨디가 웃음을 참으며 말했다.

나는 숨을 크게 쉬지 않으려고 애를 썼다.

"아, 그 여자는 토미 여자 친구 아니야. 토미 여자 친구는 변호사야. 사진 봤어. 아까 그 아이 데리고 온 여자보다는 훨씬 예쁜 모양이던데." 클레어가 말했다.

맨디가 말했다. "정말 놀라운 건 토미에게 여자 친구가 있다는 거 아니겠어."

그리고 마녀처럼 킬킬 웃어댔다. 수도꼭지를 트는 소리. 종이 타월로 닦는 소리. 다시 옛날이야기들. 내심 죄책감을 느끼면서도 치솟는 쾌감에 아까와 달라진 목소리로 그들은 토미에 대해 남자들이 예전에 했던 잔인한 짓들을 떠들어댔다. 그들은 큰 소리로 웃어대면서 옛날엔 다들 토미에게 *아주 못되게 굴었다는 점*에 동의했다. 그러더니 조의 원피스 길이와 용납할 수 없는 패션 취향에 대해, 그녀의 풍만한 몸매에 대해, 루디 때문에 벌어진 그 창피한 광경에 대해 떠들어대자 속이 부글부글 끓기 시작했다. 저것들이 나에 대해 이야기하는 걸 듣는 것만으로도 기분 나쁘지만 그건 이미 오랫동안 그럴 거라고 생각해 왔다. 하지만 토미에 대해? 조에 대해? 이건 아니지.

그래서 나는 화장실 문을 벌컥 열어젖히고 그들을 정면으로 봤다. 아주 세심하게 매만진 머리에 향수를 뿌리고 오늘 이 행사를 위해 일부러 샀다는 사실을 결코 인정하지 않을, 새 원피스를 입은 서른일곱 살짜리 여자들을 노려봤다. 모두 마스카라를 손에 들고, 입술에 역겨울 정도로 번쩍거리는 립스틱을 바른 여자들이 돌아봤다. 그들이 모두 나를 빤히 바라봤고, 나도 그들을 바라봤다.

나는 아무 말도 하지 않았다. 사라 매키, 기조연설자, 로비스트, 사회 운동가. 그녀는 옛 친구들 앞에서 말없이 서 있다가 도망쳤다.

9

8일째, 내가 떠난 날

"이번 주는 내 평생 최고의 한 주였어요." 내가 그의 집을 떠나던 날 에디가 말했다.

나는 그의 이런 면이 좋았다. 에디는 항상 마음속에 품은 생각을 하나도 더하거나 빼지 않고 있는 그대로 말하는 것 같았다. 나로서는 아주 새로운 경험이었다. 내가 영국에 돌아와서 만난 사람들은 모두 자기가 할 말을 머릿속에서 편집해서 했으니까.

에디는 활짝 웃으며 커다란 두 손으로 내 얼굴을 잡고 다시 키스했다. 내 마음이 한껏 열렸고, 내 인생도 다시 시작됐다. 내 평생 이보다 더 확신이 서는 일도 없었다.

"당신 부모님을 만나 뵙고 싶어요. 당신 이야기를 들어보니 좋은 분들 같고 무엇보다 당신을 낳아주셨으니까. 하지만 두 분이 집에 안 계셨던 것이 내겐 아주 기쁜 일이 됐어요." 그가 말했다.

"나도 그렇게 생각해요." 나는 그의 팔뚝 위쪽을 손가락으로 쓸어내리며 말했다.

"이제 와 생각해보니 정말 놀라운 신의 섭리처럼 느껴져요. 내가 마을 공터에 앉아서 양에게 말을 걸고 있었는데. 바로 그 순간 당신이 내 인생에 걸어 들어온 것 말이에요. 마치 신호가 떨어지길 기다리며 대기하고 있었던 것처럼. 그다음에 당신이랑 펍에 같이 갔는데, 당신이…… 날 마음에 들어 했죠." 그는 피식 웃었다. "적어도 그런 것처럼 보였어요."

"아주 많이." 나는 그렇게 말하고 그에게 바짝 다가서면서 손을 그의 반바지 주머니에 슥 밀어 넣었다. "정말 아주 많이."

밖에 있는 나뭇가지에서 찌르레기 한 마리의 노랫소리가 흘러들어왔다. 우리 둘 다 돌아서서 그 소리를 들었다.

"마지막이에요." 그가 말했다. 그리고 창턱에 있는 단지에 꽂아 둔 산사나무 꽃 한 송이를 내게 건넸다. 봄은 천천히 왔고, 꽃들이 마치 생크림처럼 나무를 온통 뒤덮고 있었다. "마지막으로 물어볼게요. 휴가 취소할까요?"

"그러지 말아요." 나는 어마어마한 의지력을 발휘해서 그렇게 말했다. 그러면서 손가락 사이에 그 가는 줄기를 끼워서 빙빙 돌렸다. "가서 재미있게 놀다 와요. 내게 비행 스케줄에 대해 자세히 알려주면 일주일 뒤에 개트윅 공항으로 마중 나갈게요."

"당신 말이 맞아요." 그는 한숨을 쉬며 말했다. "이번 휴가는 꼭 가야하고, 정말 즐겨야 해요. 평소 같으면 타리파(스페인 남부-옮긴이)에서 일주일 동안 휴가를 보낼 생각을 하면 들떠서 아무 것도 못했을 텐데. 하지만 당신에게 전화할 수 있으니까. 스페인에서 전화해도 되죠? 전화세는 상관없어요. 당신 핸드폰 번호와 다른 번호들까지 싹 다 알려줘요. 당신을 다시 만날 때까지 내가 연락할 수 있는 모든 번호로. 그리고 페이스타임을 하거나 스카이프도 할 수 있고. 아무튼 이야기합시다."

나는 웃으면서 수 없이 금이 간 그의 낡은 핸드폰 화면에 내 번호를 입력했다. "이 핸드폰 트랙터에 깔린 것처럼 보이네요." 나는 그 꽃을 창턱 위에 올려놓으며 말했다.

"부모님 집의 유선 전화 번호도 입력해줘요. 그리고 런던에서 지낸다는 그 친구 집 전화번호도 알려주고. 당신 친구 이름이 뭐라고 했더라? 토미? 거기 그 사람 집 주소도 입력해요. 내가 엽서를 보낼 수 있게. 다만 당신은 먼저 레스터에 할아버님을 뵈러 가겠지만, 그렇죠?" 에디가 말했다.

나는 고개를 끄덕였다.

"음, 할아버지 전화번호와 주소도 알려줘요."

나는 웃음을 터트렸다. "내 말을 믿어요, 우리 할아버지와 통화하면 평생 후회하게 될 테니까."

나는 그의 핸드폰을 돌려줬다.

"페친도 맺읍시다." 그는 페이스북을 열어서 내 이름을 입력했다. "이게 당신이에요? 해변에 서 있는 사진?"

"그게 나예요."

"전형적인 캘리포니아 사람 같아 보이네요." 그가 날 보자 가슴이 두근거렸다. "아, 사라 매키, 당신은 정말 아름다워요."

그는 허리를 숙여서 내 어깨에 키스했다. 내 팔꿈치 안쪽에도 키스했다. 내 목 밑의 맥박이 뛰는 부분에도. 그리고 머리카락을 들어 올리고 등뼈에도 키스했다.

"나 당신에게 푹 빠졌어요." 그가 말했다.

나는 눈을 감고 그의 체취를 맡았다. 그의 피부, 옷, 우리가 같이 샤워하면서 썼던 비누 냄새. 일주일 동안 그 없이 어떻게 살아야 할지 알 수 없었다.

"나도 그래요. 하지만 당신은 이미 내 마음을 알고 있을 것 같아요. 당신이 그리울 거예요. 아주 많이." 나는 그를 꼭 끌어안으며 말했다.

"나도." 그는 내게 다시 키스하면서 내 얼굴에 흘러내린 머리카락을 뒤로 넘겨줬다. "있죠, 돌아오면 당신을 내 친구들과 어머니에게 소개하고 싶어요."

"좋죠."

"나도 당신 부모님과 영국 친구들과 당신의 괴팍한 할아버지도 만나고 싶어요. 만약 할아버지가 부모님 댁에서 머물게 된다면 말이죠."

"물론 좋아요."

"거기서부터 차근차근 풀어가겠지만, 어디서든 어떻게든 우리 둘이 같이 있는 쪽으로 답을 찾읍시다."

"그래요. 당신과 나와 마우스." 나는 그의 주머니에 손을 다시 넣어서 그 작은 목재 열쇠고리를 만졌다.

그는 잠시 입을 다물고 있다가 말했다. "마우스를 데려가요." 그는 열쇠들을 꺼냈다. "내가 돌아올 때까지 마우스를 잘 지켜줘요. 난 해변에 갈 때면 항상 마우스를 잃어 버릴까봐 겁이 나요. 마우스는 내게 아주 큰 의미가 있어요."

"안 돼요! 당신의 소중한 마우스를 뺏어갈 순 없어요. 그런 말도 안 되는……."

"가져가요. 그럼 우리 둘 다 곧 다시 만날 거라는 걸 확신하게 될 테니까." 그가 고집했다.

그리고 마우스를 내 손바닥 위에 놨다. 나는 마우스의 칠흑 같은 눈동자를 보다가 에디의 눈동자를 봤다.

"좋아요. 그런데 정말 가져가도 돼요?" 나는 마우스를 감싸 쥐며 물었다.

"100퍼센트 확신해요."

"내가 잘 보살펴줄게요."

우리는 오랫동안 키스했다. 그는 계단 맨 위에 있는 중심 기둥에 기대서, 나는 그의 가슴에 몸을 찰싹 붙인 채, 마우스를 손에 쥐고 키스했다. 우리는 그가 현관문 앞에서 날 배웅하지 않는데 동의했다. 그러면 정말 마지막 작별 같고, 진짜 우리가 헤어지는 것 같아서였다.

"이따가 전화할게요. 몇 시에 할지는 모르겠지만. 약속해요." 에디가 말했다.

나는 생긋 웃었다. 남녀가 만난 후에 다시 상대가 전화하지 않을까봐 두렵고 불안한 마음을 알아주다니 정말 다정한 사람이었다. 하지만 나는 그가 전화하리라는 걸 알고 있었다. 자기가 한 말은 지키는 사람이라는 걸.

"안녕." 그는 내게 마지막으로 키스하며 말했다. 나는 그가 준 꽃송이를 들고 계단을 내려와, 밑에 서서 돌아봤다. "내가 가는 뒷모습 보지 말아요. 그냥 우유 사러 나갔다가 금방 돌아올 것처럼 대해줘요."

에디는 피식 웃었다. "좋아요. 잘 다녀와요, 사라 매키. 우유 사가지고 몇 분 후에 봅시다."

우리 둘 다 그 자리에 그대로 서서 서로를 바라봤다. 나는 너무나 행복해서 막 웃었다. 그러다 문득 생각했다. 말해. 말하라고, 미친 짓이긴 하지만, 우리가 안 지 한 주밖에 안 됐지만 말해! 그때 그가 말했다. 그는 기둥에 기대서, 팔짱을 끼며 말했다. "사라, 난 당신과 사랑에 빠진 것 같아요. 내가 너무 앞서갔나요?"

나는 참고 있던 숨을 내쉬었다. "아뇨. 완벽해요."

우리 둘 다 생긋 웃었다. 우리는 방금 돌아올 수 없는 선을 넘어갔다.

아주 오랜 시간이 흐른 것처럼 느껴진 후에 나는 그에게 키스를 날려 보내고 환한 아침 풍경으로 나갔다.

10

너에게

오늘은 동생인 네가 너무 그립구나.

너의 장난기 넘치는 웃음과 항상 용돈 받으면 사던 우유 맛 나는 캐러멜이 그립다. 네가 어렸을 때 가지고 놀던 건반도 그립구나. 네가 노란 버튼을 누를 때마다 짜증나는 멜로디가 흘러나오던 그 건반 말이야. 넌 그걸 연주하는 척 하면서 날 속여 넘겼다고 생각해 낄낄거리고 웃었지.

내가 집에 없을 때 네가 내 방에 들어와서 이리저리 뒤진 증거를 찾아내고 득의만만했던 느낌도 다시 느껴보고 싶다. 어느 부분을 씹어도 잼 맛이 나게 빵 가장자리까지 잼을 골고루 펴서 바르던 그 모습도.

네가 자면서 내는 소리도 그립다. 한없이 바쁘면서 끝없이 불안했던 십 대 시절에 나는 가끔 잠시 모든 일을 멈추고 그냥 네 방문 앞에 서서 네가 자는 소리를 들었지. 천장에 붙인 별들을 보고. 우주선이 그려진 너의 이불이 바스락거리는 소리를 들었어. 백화점에서 그 이불을 팔던 남자 점원이 그건 남자아이 이불이라고 했지만 네가 꼭 그걸 갖고 싶다고 고집을 부렸지.

아, 나의 고슴도치. 네가 너무 그립다.

지금 내 상황이 별로 좋지 않아. 난 대체 나를 어째야 좋을지 모르겠어. 이러다 미쳐버릴 것 같아.

그러지 않기를 바라야지, 그렇지?

어쨌든 널 사랑한다. 항상 사랑하고 있단다. 오늘 더 유쾌한 이야기를 해주지 못해 미안하구나.

11

제 핸드폰으로 연락이 되지 않는다면, 저는 글로스터셔에 있는 작업장에 있을 겁니다, 라고 에디의 홈페이지에 있는 "연락처"에 나와 있었다.

여기엔 물건이 별로 많지 않습니다. 나무 장작을 태우는 난로, 개성 강한 주전자 하나, 책상, 사치품이라고 하면 그게 다예요. 하지만 곰이나 노상강도에게 공격을 당했을 때를 대비해 전화가 있습니다. 제 번호는 01285……

나는 그 번호에 하이라이트 표시를 했다. "전화하시겠습니까?" 내 핸드폰이 물었다.

"사라?" 부엌에서 나를 부르는 조의 목소리가 들렸다. "이 수프 맛 좀 봐줄래?"

"갈게!" 나는 "통화" 버튼을 눌렀다.

전화벨이 울리기 시작했고 아드레날린이 폭발해서 마치 너무 빵빵하게 채운 풍선 속 가스처럼 내 피부를 찌르며 금방이라도 밖으로 터져 나올 것 같았다. 나는 벽에 기대면서, 그가 전화를 받지 않기를, 아니 받기를 빌었다. 그가 전화를 받으면 뭐라고 말해야 할지 고민하면서, 또 받지 않으면 내가 뭐라고 메시지를 남겨야 할지 고민하면서.

"안녕하세요, 가구 제조업자 에디 데이비드의 전화입니다. 죄송하지만 전화를 받을 수 없습니다. 메시지를 남겨주시면 최대한 빨리 전화 드리겠습니다. 아니면 제 핸드폰으로 걸어주세요. 감사합니다!"

나는 전화를 끊고 변기 물을 내렸다. 이 미친 짓이 언젠가 끝날 수 있을지 궁금했다.

ى

나는 19년 동안 해마다 6월을 영국에서 보냈다. 대개는 글로스터셔에서 부모님과 함께 3주를 보내고, 나머지 한주는 런던에서 토미와 같이 지냈다. 런던은 글로스터셔에서 꽤 가까워서 그렇게 할 수 있었다. 하지만 이번 여행은 여느 때와 많이 달랐다. 할아버지가 갑자기 그리고 완전히 움직일 수 없게 되면서 엄마와 아빠가 집으로 돌아올 수 없게 됐다. 부모님은 집에서 세 시간 거리인 레스터에 갇혀서 할아버지를 죽이지 않고 보살피는 방법을 찾으면서 마찬가지로 할아버지를 죽이지 않고 보살필 간병인을 찾느라 여념이 없었다. 거기서 남는 시간은 전부 나와 통화하는데 썼다. "넌 거기 있는데 우린 여기 있다니 마음이 너무 아프다. 네가 영국에 좀 더 오래 머물 수 있는 방법은 없니?" 엄마가 우울한 목소리로 말했다.

나는 예정보다 2주 더 머물기로 하고 돌아가는 비행기 날짜를 6월 12일로 옮겼다. 그리고 루벤에게 공식적인 휴가가 끝나는 대로 거리는 멀지만 영국에서 업무를 시작하겠다고 약속했고, 그걸 증명하기 위해 우리 회사에 하나밖에 없는 영국인 이사가 조직한 고통 완화 의료 시설 회의에서 연설을 해달라는 초대를 받아들였다.

하지만 다시 일을 시작할 때까지 나는 런던에서 머물고 있었다.

부모님도 없는 텅 빈 집으로 돌아간다는 건─거기다 에디의 집이 1마일밖에 안 떨어져 있으니─생각만 해도 너무 끔찍했다. 토미의 여자 친구인 조이는 이번에 주로 해외 출장 중이라 집에는 나와 토미만 있었다. 내가 바라는 그런 환경이었다.

하지만 이제 안주인인 그녀가 기술법에 관련된 EU 원탁회의에서 막 돌아왔다. 피곤하지만 티 하나 없이 깔끔한 외모에 민소매 실크 블라우스를 입고 스토브 옆에 서서 그녀를 환영하기 위해 내가 끓인 라면을 젓고 있었다.

나는 어색해서 문간을 맴돌면서 그녀를 지켜봤다. 조이는 실크 소재 옷을 입고 있을 때도 앞치마가 필요 없을 정도로 단정하고 깔끔한 여자다. 매사가 정확하고 딱 떨어지는 조이 마컴은 말만 조리 있게 하는 게 아니라 몸매도 그랬다. 아주 날씬한 데다 호들갑스러운 몸짓을 하거나 감탄사 같은 소리도 내지도 않았다. 사실 그녀가 토미와 사귀던 첫 해에 그녀가 토미를 살뜰하게 챙기지만 않았어도 그녀와 내가 같은 종족이라고 믿지 못했을 것이다. 그때만 해도 조이는 어느 정도는 인간적으로 보였다. 토미와 같이 있을 때면 그의 몸에서 손을 떼질 못했고, 항상 그에게 분위기 있는 셀카를 찍으라고 강요했고 심지어 프로 사진작가를 고용해 둘이 함께 운동하는 사진을 찍기도 했다.

"아, 사라." 조이가 고개를 들며 말했다. "내가 저녁 식사를 살려냈어요." 그녀는 내게 차가운 크림을 연상시키는 미소를 지어보이며 말했다.

사람들이 방문을 잠가 놓고 그 속에서 뭘 하는지 누가 알겠는가만 조이가 화장실에 숨어서 어떤 남자의 직장에 저녁 8시에 전화한다는 상상을 해보자(그 남자가 무려 3주 동안이나 잠수를 타고 있는데도)느닷없이 웃음이 터져 나왔다.

토미는 내가 뭣 때문에 웃는지 몰랐지만 오늘따라 이상하게 초조해하던 그도 따라서 웃었다.

조이는 대리석처럼 의자에 꼼짝도 하지 않고 앉아서 라면을 그릇에 담아 나눠주는 나를 회색 눈으로 지켜봤다. 나를 불안하게 만드는 그녀의 면모 중 하나였다. 말 한마디 없이 짜증스러울 정도로 사람을 계속 쳐다보는 버릇 말이다. (토미는 조이가 바로 그런 면 때문에 변호사로 성공했다는 말을 한 적이 있었다. "조이는 아무것도 놓치는 법이 없지." 토미는 마치 그게 찬양해야 할 장점처럼 말했다.

"당신이 어떤 남자를 갈망하고 있다고 하던데요." 조이가 말했다.

"갈망이라는 말은 맞지 않는 것 같은데. 그보다는…… 혼란스럽다고 하는 편이 맞죠." 조가 재빨리 말했다.

113

조이가 조를 힐끗 봤지만, 아무 대꾸도 하지 않았다.

오늘 밤 조를 보게 돼서 놀랐다. 조는 조이를 싫어하는 데다 그런 마음을 숨기지도 않던데(나도 조이가 마음에 들진 않지만, 계속 시도는 해보자고 속으로 다짐했다. 조이는 1987년 킹스 크로스 화재에서 양친을 잃었는데 그런 슬픈 사연이 있는 사람은 좀 이해를 해줘야 한다고 생각한다).

조이는 회색빛이 감도는 아주 옅은 금발 머리 한 가닥을 귀 뒤로 넘겼다. "그러니까 대체 어떻게 된 거죠?"

"아마 토미가 당신에게 보고한 그대로에요. 우린 일주일을 같이 보냈어요. 그건…… 특별했어요. 그 사람은 휴가를 가면서 돌아오는 비행기가 이륙하기 전에 전화하겠다고 했는데 하지 않았어요. 그러니까 헤어진 후로 한 번도 연락이 안 된 거죠. 그 사람에게 무슨 일이 일어났다고 생각해요."

그녀가 살짝 얼굴을 찌푸렸다. "예를 들어 무슨 일이요?"

나는 힘없는 미소를 지었다. "내가 내놓은 여러 가지 가설들 때문에 토미와 조가 미치려고 했어요. 그러니 또다시 애들을 괴롭게 할 필요는 없을 것 같아요."

"그렇지 않아. 우리도 너만큼이나 이 상황이 혼란스러워, 해링턴." 토미가 말했다.

조는 전혀 혼란스럽지 않지만 그렇다고 조이 편을 들 수도 없어서 토미의 말에 동의했다.

"그게 상당히 이상하단 말이야. 사라가 그 사람 페이스북 담벼락에 그 사람과 최근에 연락한 사람 없냐고 포스팅을 올렸는데 아무도 거기에 덧글을 안 달았거든. 그 사람은 몇 주 동안 왓츠앱이나 페이스북 메신저에 안 들어왔고, 소셜 미디어들도 일절 안 하고 있고." 조가 말했다.

"미디어. 미디어는 단수가 아니라 복수거든요." 조이가 생긋 웃으며 말했다. 그리고 손목을 노련하게 돌려서 라면의 면 한 가닥을 완벽하게 말아 올렸다. 그러고 그 면을 씹으며 한동안 묵묵히 생각하다가 입을 열었다.

"그 사람은 그냥 떠나보내요. 이야기를 들어보니 나약한 남자 같은데. 당신은 그보다 훨씬 더 좋은 남자를 만날 자격이 있어요, 사라." 조이가 단호하게 말했다.

우리의 화제는 터키에서 일어나는 폭격으로 넘어갔지만, 몇 분 후에 내가 다시 에디 생각에 빠져 있다는 사실을 깨달았다. *너 대체 어디가 고장 난 거야? 완전히 딴사람이 돼 버렸구나?* 나는 절망에 빠져 깨달았다. 내가 뭘 하고 있건, 내 주위에서 일어나는 일들이 아무리 심각하건 나는 오직 에디 하나에만 정신을 집중할 수 있는 것 같았다.

그 사람을 놔줘야 할 것 같아, 라는 생각이 계속 머릿속을 맴돌고 있었다. *단순히 그가 변심한 것뿐이라는 현실을 받아들여야 할 것 같다.* 그 생각을 하자 온 몸이 마비되면서 도저히 믿을 수 없어 온몸에 힘이 쭉 빠졌다. 하지만 우리가 작별 인사를 한 지 3주가 지났는데 그동안 아무 소식도 듣지 못했다. 그리고 그의 페이스북 담벼락에 정보를 달라고 호소했건만 아무도 덧글을 남기지 않았고, 읽었다는 표시조차 남기지 않았다.

"사라가 다시 딴 세상으로 갔군." 조이가 말했다.

내 얼굴이 후끈 달아올랐다. "아니, 아니야. 난 그저 터키를 생각하고 있었어."

"우리 모두 사랑했다가 실연당한 경험이 있잖아요. 적어도 당신의 BMI 지수(체질량 지수─옮긴이)는 내려갔잖아요." 조이가 힘차게 말했다.

"아. 그래요?" 나는 깜짝 놀랐다.

조이 말을 듣고 보니 그럴 만도 했다. 나는 입맛을 잃었고, 매일 밖에 나가서 달리기를 했으니까. 달리기를 하면 지금 느끼는 것과 다른 종류의 가슴 통증에 대처해야 했는데 그편이 훨씬 더 쉬우니까.

"난 세상 어느 여자를 봐도 그 사람 BMI 지수를 곧바로 알 수 있어요." 조이가 싱긋 웃으며 말했다.

나는 차마 조의 얼굴은 보지 못했지만 방금 그 말을 조가 당분간 사정없이 비평해댈 거라는 건 알고 있었다.

조이는 이야기를 계속했다. "실연의 아주 큰 장점 중 하나는 몸매가 날씬해지고, 근육이 생긴다는 거죠. 사라, 당신 지금 아주 근사해 보여요." 조이는 자신의 완벽하게 날씬하고, 완벽하게 근육이 잡힌 다리를 꼬면서 그릇에 있던 새우 한 마리를 건져 먹었다.

식탁을 다 치웠을 때 나는 기진맥진했다. 내가 직접 만든 척 하려고 사놓은 수제 초콜릿의 포장지를 풀 기운조차 없었다. 너무 지쳐서 커피를 끓이는 동안 다른 사람들의 눈치는 볼 생각도 못 하고 대놓고 에디의 페이스북을 봤다.

그래서 한동안 멍하니 그의 프로필만 쳐다보다가 마침내 내 호소에 누군가 덧글을 남겼다는 사실을 알아차렸다. 사실 한 명도 아니고 두 명이 남겼다. 나는 그들이 남긴 포스팅을 한 번, 두 번, 세 번 읽은 후에 부엌을 가로질러 가서 내 핸드폰을 토미의 눈앞에 내밀었다.

토미는 그 포스팅을 몇 번 읽은 후에 내 핸드폰을 조이에게 건넸고, 조이는 그걸 한 번 읽은 후에, 아무 말도 안 하고 조에게 넘겨줬다.

사람들의 생각이 마치 토네이도처럼 빙글빙글 돌았다.

"흠, 아무래도 우리가 너에게 사과해야 할 것 같은데, 해링턴." 토미가 말했다. 그러면서 조이를 힐끗 봤지만 조이는 평생 아마 누구에게도 사과한 적이 없을 것이다.

덥다. 너무 더웠다. 가디건을 벗다가 바닥에 떨어뜨렸다. 그걸 집으려고 허리를 숙이는 동안 머릿속에서 쿵쿵 소리가 났다. *정말 우라지게 덥군.*

"와우. 어쩌면 네 말이 맞을지도 모르겠네." 조가 핸드폰을 보다 고개를 들면서 말했다.

"아, 참나! 이 포스팅은 아무 의미가 없어요!" 조이가 웃음을 터트렸다.

하지만 내가 기억하기론 최초로 토미가 조이의 말에 반박했다. "난 그렇게 생각 안 해. 이걸로 모든 게 바뀐다고 생각해." 토미가 말했다.

오늘 오후에 내가 모르는 알란 뭐시기라는 남자가 내 포스팅에 이렇게 덧글을 남겼다.

나도 방금 당신과 같은 이유로 에디의 담벼락에 들어왔다가 당신 포스팅을 봤어요, 사라. 에디는 지난주에 우리 휴가를 취소하고 말도 안 하고 사라졌어요. 이 문제로 다른 사람에게 메시지를 받은 적 있나요? 뭐든 연락을 받게 되면 저에게도 알려주시기 바랍니다.

그다음에 마틴 뭐시기라는 사람이 이렇게 덧글을 남겼다.

나도 궁금해 하고 있었는데. 에디가 몇 주 동안 축구 연습에 얼굴도 안 비쳤거든요. 원래 매주 꼬박꼬박 참석하는 스타일은 아니지만 이번엔 심하게 안 나타나고 있어요. 오늘 밤 우리 팀은 유감스럽게도 8대 1로 완패 당했어요. 우리의 길고 화려한 전적에서 수치스러운 경기가 된 셈이죠. 에디가 빨리 돌아와야 하는데.

몇 초 후에 마틴이란 그 남자가 에디의 사진을 올리고 이렇게 썼다.

이 남자를 찾아주세요. #월리는어디있나

그리고 마지막으로 이 문장이 올라왔다.

해시태그에 마침표를 찍을 수 없다는 점이 불편하군요.

나는 한 손에 맥주 한 잔을 든 채 에디의 사진을 물끄러미 바라봤다.

당신 어디에 있어요? 무슨 일이 일어난 거죠? 나는 겁에 질려 속삭였다.

침묵이 흐르는데 내 핸드폰이 울렸다.

모두 날 지켜봤다.

나는 전화를 받았다. 발신 제한 번호였다. "여보세요?"

아무 말도 들리지 않았지만 반대편에 사람이 있다는 걸 알 수 있는 침묵이었다. 그러더니 전화가 끊겼다.

"전화가 끊어졌어." 나는 친구들에게 말했다.

"네 말이 맞는 것 같아. 뭔가 아주 이상한 일이 일어나고 있는 것 같군." 오랜 침묵이 흐른 후에 조가 말했다.

12

우리 만난 지 2일째, 다음 날

나는 시차로 피곤해야 마땅했다. 지칠 대로 지치고 숙취에 시달려야 당연한데. 분명 정오가 되기 전까지는 일어나고 싶지 않아야 했다. 그런데 아침 7시에 잠이 깼는데도 세상을 정복할 것처럼 힘이 펄펄 넘치는 것 같았다.

그는 내 옆에서 자고 있었다. 에디 데이비드. 그의 손 하나가 슬금슬금 내가 있는 쪽으로 다가와 내 부드러운 배 위에 댔다. 그는 꿈을 꾸고 있었다. 내 배꼽을 덮은 그의 손이 가끔 나른한 바람에 나부끼는 잎사귀처럼 조금씩 씰룩거렸다.

열려 있는 창문으로 아침 햇살이 소리 없이 들어오면서 장식이 달려 있는 커튼 끝부분이 살짝 흔들거렸다. 나는 마치 샘에서 물을 마시는 것처럼 계곡에서 바로 오는 공기를 깊이 들이마시며 주위를 둘러봤다. 마우스는 에디의 열쇠들과 함께 낡은 목재 수납장 위에 있었다.

나는 물론 이 남자에 대해 아는 게 거의 없다. 만난 지 24시간도 안 된다. 그가 계란 요리는 어떻게 요리하는 걸 좋아하는지, 샤워하면서 무슨 노래를 부르는지, 그가 기타를 연주하거나 이탈리아어를 하거나 만화를 그릴 수 있는지 전혀 모른다. 십 대 때 어떤 밴드를 좋아했는지도 모르고 선거에서 어느 정당에 투표할지도 모른다.

그런데 이 사람을 잘 모르지만 아주 오랫동안 알아온 느낌이 들었다. 내가 토미와 한나와 한나의 친구인 알렉스와 같이 들판을 뛰어다니고 있을 때 그도 거기 같이 있으면서 우리들의 아지트를 짓고 미래의 꿈을 설계한 것처럼 느껴졌다. 어젯밤 그의 몸을 탐험하는데 마치 이 계곡으로 돌아온 것 같은 느낌이 들었다. 모든 것이 친숙하고, 내게 딱 맞게 느껴지고 내가 이 곳을 떠났을 때와 정확히 똑같은 곳으로 돌아온 느낌이었다.

이 전에 나와 잠자리를 한 남자는 루벤 하나뿐이었다. 우리의 첫 경험은 혼란스럽고, 짧고, 희망에 차 있었다. 길을 잃은 두 영혼이 다른 사람 집의 남는 방에서 천둥 같은 소리가 나는 에어컨 소리와 CD 플레이어에서 아주 신중하게 선택해 틀어놓은 음악 소리를 들으며 하나가 됐다. 그때 우리에게 그건 대사건이었지만 그 후 몇 년 동안 그 기억을 떠올릴 때마다 너무 형편없는 첫날밤이었다는 걸 떠올리며 우리는 서글픈 미소를 짓곤 했다. 어젯밤은 그때와 같은 어색함은 없었다. 엉뚱한 곳을 더듬는다거나 상대의 눈을 의식해서 쓸데없이 질문을 하는 일도 없었다. 나는 입술을 살짝 깨물면서 수줍은 미소를 지으며 자는 에디의 얼굴을 바라봤다.

에디는 코를 훌쩍이는 소리를 내더니, 몸을 쭉 펴면서, 내게 더 가까이 굴러왔다. 잠은 깨지 않았고 그냥 팔만 하나 뻗어서 내 몸에 걸쳤다. 나는 눈을 감고 내 살에 닿는 그의 느낌, 그의 손에서 느껴지는 부드러운 무게감을 음미했다.

세상과 풀리지 않은 문제들은 아주 먼 곳에 있는 것처럼 느껴졌다.

나는 다시 잠이 들었다.

다시 잠이 깼을 때는 한낮도 한 참 지났고 공기 중에 빵 굽는 냄새가 물씬 풍겼다.

나는 에디의 추리닝 상의를 입고 그의 침실에서 살금살금 나와서 그가 거주하는 널찍한 공간으로 들어갔다. 천장에 있는 채광창들과 윤기 없는 유리창으로 햇살이 흘러 들어왔다가 대갈못이 박히고, 파이고, 녹슨 고리가 달린 오래된 목재 기둥들에 반사돼서 지그재그로 갈라졌다.

에디는 방 반대쪽에 있는 주방에서 왔다 갔다 하면서 핸드폰으로 누군가와 통화를 하고 있었다. 남은 한 손으로 조리대를 쓸어내자 아주 가는 밀가루가 날려서 지붕의 채광창으로 들어온 햇살 밑에서 구름처럼 둥둥 떠다녔다.

"오케이. 좋아요, 데렉. 고마워요. 네, 당신도요. 또 통화해요, 알았죠? 끊을게요." 그가 말했다.

잠시 침묵이 흐른 후에 그는 창턱에 있는 유리병들 뒤에 숨겨진 라디오를 켰다. 더스티 스프링필드의 "전도사의 아들"의 끝부분이 흘러나왔다.

핸드폰이 다시 울렸다.

"여보세요, 엄마." 그는 행주를 헹궈서 그걸로 조리대 위를 닦았다.

"아, 벌써 오셨어요? 잘 됐네. 좋다. 그래요, 내가⋯⋯." 그는 잠시 말을 멈추고 조리대에 몸을 기댔다. "그럼 좋을 것 같은데요. 그래요, 재미있는 시간 보내세요, 아셨죠? 그 전에 엄마랑 연락하지 않으면 공항 가는 길에 잠깐 들를게요." 또 침묵이 흘렀다. "물론이죠, 엄마. 좋아요. 끊어요."

그는 핸드폰을 내려놓고 오븐으로 가서 오븐의 유리창 안을 흘끗 들여다봤다.

"안녕하세요." 내가 마침내 말했다.

"아! 안녕하세요!" 그는 나를 향해 돌아섰다. "빵을 굽고 있었어요!" 그는 날 보며 활짝 웃었고 나는 이게 일종의 환각제를 먹고 꾸는 꿈이 아닐까, 이혼 서류를 처리하고 새로 살 곳을 찾아야 하는 현실이 너무 힘든 나머지 필사적으로 탈출구를 찾다 보니 꾸게 된 망상은 아닌지 궁금해졌다. 이 씩씩하고 잘 생긴 남자가 내가 두려워하던 세상으로 데려와 모든 걸 밝고 화려하게 바꿔놓고 있었다.

하지만 이건 꿈이 아니었다. 지금 내 가슴 속에서 심장이 미친 듯이 뛰고 있었으니까. 어찌된 일인지 모르겠지만 이건 현실이었다(이제 저 사람 입술에 키스를 해야 할까? 아니면 몇 년 동안 알고 지낸 사람처럼 다정하게 껴안아야 하나?).

방 안은 주방과 나머지 공간을 구분하는 식탁이 하나 있었다. 길고 널찍한데다 윤기가 자르르 흐르는 아름다운 식탁이었다. 나는 거기에 있는 의자에 앉았고 에디는 미소를 짓더니 마른 행주를 어깨에 척 걸치고 나를 향해 걸어왔다. 그리고 식탁 위로 몸을 기울여서 내 입술에 아주 단호하게 키스해서 내 마음속 갈등을 끝내버렸다. "내 추리닝을 입다니 귀여운데요." 그가 말했다.

나는 고개를 숙여서 내려다봤다. 그것은 회색이었고 손목 부분이 해져 있었다. 옷에서 그의 체취가 물씬 풍겼다.

더스티 스프링필드가 끝나고 로이 오빈슨의 노래가 나왔다.

"당신이 빵을 굽다니 이거 감동인데요. 아주 끝내주는 냄새가 나요." 내가 말하다 얼굴을 찡그렸다. "아, 잠깐만요. 당신 혹시 수백 가지 재주가 있는 그런 인간미 없는 사람인가요?"

"재주는 없지만 열정적으로 많은 일을 할 수 있는 사람이죠. 재주가 있다고 말하고 싶으면 그래도 되지만. 내 친구들은 그런 말하지 않던데." 그가 말했다. 그는 맞은편에 있는 걸상 하나를 끌어와 내 맞은편에 앉으면서 오렌지 주스를 내 쪽으로 밀어줬다.

그의 무릎이 내 무릎을 누르는 게 느껴졌다. "그 재주 아닌 재주 좀 읊어 봐요." 내가 말했다.

그가 웃었다. "음…… 난 밴조(목이 길고 몸통이 둥근 현악기-옮긴이)를 연주해요. 그리고 우쿨렐레도. 지금 만돌린도 독학하고 있는데 생각보다 배우기가 쉽지 않아요. 아, 최근엔 도끼 던지는 법도 배웠어요. 아주 재미있던데." 그는 철썩 소리를 내며 그 동작을 흉내 냈다.

나는 킬킬 웃었다.

"그리고…… 음, 가끔 숲속에서 찾아낸 석회석을 가지고 뭘 좀 만들어 보려고 하는데 그건 정말 지독히도 못하더라고요. 빵은 자주 굽지만 그것도 영 젬병이고."

나는 웃기 시작했다. "또 다른 건 없어요?"

그는 내 손가락 마디를 손가락으로 쓸어내렸다. "당신 멋대로 내가 엄청 대단한 성취를 해낸 사람으로 생각하지 말아요, 사라. 난 정말 그런 사람이 아니니까."

삐삐 소리가 나자 그는 일어서서 빵의 상태를 확인하러 갔다. 나는 에디의 공간 장악력이 아주 대단하다고 생각하면서 그가 숲속에서 조각할 재료를 찾아 샅샅이 뒤지고 다니는 모습을 상상했다. 그는 마치 오크 나무처럼 이 계곡의 일부 같았다. 계절이 바뀌거나 날씨가 안 좋을 때는 바깥세상으로 나가서 실컷 즐길 때도 있겠지만, 그의 정수, 고갱이는 이 땅에 남아 있었다. 이 땅, 이 계곡에.

나는 LA에 대해 그런 느낌이 들지 않는다는 생각이 문득 들었다. 나는 그곳을 사랑하고, 그곳은 나의 집이다. 나는 그곳의 열기, 광활한 스케일, 야망과 익명성을 사랑한다. 하지만 나는 그 곳에 있는 사막의 먼지도 아니고, 거기 있는 바다의 파도도 아니다.

"빵이 다 구워지려면 좀 더 기다려야겠어요. 무슨 생각해요?" 에디는 다시 돌아와 앉으면서 물었다.

"당신은 나무고 나는 사막이라는 생각을 하고 있었어요."

그는 미소를 지었다. "그럼 우리는 화합이 잘 안 될 것 같은데."

"그런 게 아니라. 그게…… 아, 내 말은 무시해버려요. 내가 이상한 생각을 하고 있었어요."

"나는 어떤 종류의 나무죠?" 그가 물었다.

"오크로 생각해봤어요. 나이가 아주 많은 오크."

"괜찮은 선택인데요. 그리고 난 9월에 마흔 살이 되니 나이가 많은 것도 맞고."

"당신이 땅속에 아주 깊이 뿌리를 내린 것처럼 보인다는 생각을 했어요. 당신은 런던에서도 자주 작업한다고 했지만 그건 마치…… 뭐라고 표현을 잘 못하겠어요. 당신은 이 곳 풍경의 일부 같아요."

에디는 창밖을 내다봤다. 우리가 있는 작업장 밑에 무리지어 피어 있는 라벤더 꽃이 산들바람에 이리저리 휘어졌다.

"난 그런 식으로는 생각해본 적이 없는데. 하지만 당신 말이 맞아요. 내가 주방을 시공하고, 축구를 하고, 친구들을 만나기 위해 런던에 아무리 자주 가더라도, 거기 가서 아, 난 런던이 좋아, 라고 생각하더라도, 계속 이 계곡으로 돌아오죠. 돌아오지 않을 수가 없어요. 당신도 LA를 떠날 때 그런 쓰라린 느낌이 드나요?"

"음, 아뇨. 딱히 그렇진 않아요. 하지만 거긴 내가 살겠다고 선택한 곳이에요."

"그렇군요." 그의 목소리에서 살짝 실망한 기색이 풍겼다.

"하지만 좀 웃기기도 해요. 당신이 하는 여러 가지 일들, 다양한 취미에 대해 이야기하는 걸 듣고 있으려니까 내가 그런 것들을 얼마나 그리워하는지 깨닫게 됐어요. LA에 있으면 원하는 게 뭐든, 시간이 몇 시가 됐든 배달시키거나, 다운받거나 다 구할 수 있어요. 지금 LA에선 드론 배송 이야기가 나오는 판이니까요. 정말 안 되는 게 없어요. 그런데도 거기 살면서 침대 정리 빼고는 뭔가 만들어본 기억이 없어요. 운동도 거의 안 하고, 악기는 잡아본 적도 없고, 야간 수업을 들은 적도 없어요." 나는 계속 말했다.

아, 내가 들어도 너무 지루한 인생이야. 너무 심심하고 재미없군.

에디는 생각에 잠긴 것처럼 보였다.

"하지만 자신이 사랑하는 일에 모든 시간을 쏟는다면 취미가 뭐 그리 중요한가요?" 그는 내 머리카락 한 가닥을 잡아서 손가락으로 빙빙 돌리면서 말했다.

"음. 내 일을 사랑하긴 하지만…… 만만치 않은 일이죠. 결코 끝나는 법도 없고. 영국에 휴가를 보내러 와도 일을 할 정도니까." 내가 말했다.

에디가 싱긋 웃었다.

"선택. 당신은 나도 선택할 수 있다고 일깨워주려고 했죠?" 내가 결국 그렇게 말해버렸다.

그는 어깨를 으쓱했다. "있죠, 맨주먹으로 시작해서 아동 자선 단체를 세울 수 있는 사람은 많지 않아요. 하지만 누구나 한가롭게 쉴 수 있는 시간이 필요해요. 아무것도 생각하지 않는 시간. 그래야 인간다움을 유지할 수 있어요."

물론 그의 말이 맞았다. 나는 업무를 다른 사람에게 맡긴 적이 거의 없다. 항상 일만 붙잡고 있으면서 그 속에 내 진정한 모습을 숨기며 살았다. 항상 그런 식이었다. 그것만이 내가 세상에 다가가는, 내가 아는 유일한 방식이었다. 하지만 그렇게 부지런하게 그 모든 일들을 해치우는 순간에, 그 곳에 내가 정말로 존재했나? 에디가 자기 자리에서 혼연일체가 돼서 움직이는 것처럼, 나도 몸과 영혼이 하나가 되어 존재하고 있었을까?

이건 만난 지 24시간도 안 된 남자랑 할 이야기는 아니야, 나는 이렇게 속으로 되뇌었지만 도무지 멈출 수 없었다. 나는 나 자신을 포함해서 그 누구와도 이런 이야기를 해본 적이 없었다. 마치 내가 엉겁결에 수도꼭지를 틀어버려서 그 망할 것이 내 손 밖으로 흘러넘치는 것 같았다.

"어쩌면 이건 도시에서 사는 거나 일에 대한 문제가 아닌 것 같아요. 그냥 내가 문제인 것 같아요. 난 가끔 다른 사람들을 보면서 왜 나는 다른 사람들처럼 일 외에 다른 것들을 할 시간을 못 내는지 궁금해 할 때가 있거든요." 나는 손거스러미를 잡아 뜯었다. "반면 당신은…… 아, 내 말은 못 들은 걸로 해줘요. 내가 한도 끝도 없이 주절거리고 있네요. 단지 내가 여기 있는 게 너무 자연스럽게 느껴져서…… 좀 혼란스러워요. 왜냐하면 나는 대개 고향에 오면어서 떠나고 싶어 안달하거든요."

"왜요?"

"아, 그건 다음에 이야기할게요."

"그래요. 그리고 내가 밴조를 가르쳐 줄게요. 내 연주는 끔찍하니까 당신도 기죽지 않고 연주할 수 있을 거예요." 그는 손을 돌려서 내 손을 잡았다. "당신의 취미가 뭐든 상관없어요. 당신이 얼마나 열심히 일하는지도 상관없고, 난 하루 종일이라도 당신과 이야기할 수 있어요. 내가 아는 건 그게 다예요."

그런 그가 경이로워서 그를 빤히 바라봤다.

"당신은 대단한 사람이에요. 당신도 알겠지만." 나는 조용히 말했다.

우리는 서로를 물끄러미 바라봤고, 에디가 다시 몸을 기울여 내게 키스했다. 길고, 느리고, 따뜻한 키스. 마치 우연히 들은 음악 소리에 떠오른 추억 같은 키스.

"여기 좀 더 있을래요?" 그 후에 그가 물었다.

"당신에게 할 일이 없다면 말이죠. 아래층에 있는 작업장을 당신에게 보여줄 수 있어요. 거기서 당신이 마우스를 직접 만들어볼 수도 있는데. 아니면 그냥 이렇게 앉아서 키스해도 되고. 아니면 스티브에게 무차별 사격 연습을 해볼 수도 있고. 스티브는 내 잔디밭에 사는 장난꾸러기 꼬마 다람쥐예요." 그는 내 다리에 손을 올려놨다. "난 그저…… 젠장. 난 그냥 당신이 안 갔으면 좋겠어요."

"알았어요." 나는 천천히 말했다. 그리고 미소를 지었다. "그러면 좋을 것 같아요. 하지만 당신 어머님은……? 어머님 걱정을 하지 않았어요?"

"걱정하고 있어요." 그가 말했다. "하지만 어머니는, 음, 그러니까 갑자기 정신적으로 무너지고 그런 상태라 아니라 그냥 서서히 안 좋아지고 있어요. 내가 목요일에 휴가를 떠나야 해서 지금은 이모가 와 있어요. 이모가 어머니를 돌봐줄 거예요."

"그래도 괜찮아요? 당신이 어머니를 보러 가야 해도 난 상관없어요." 내가 말했다.

"아주 괜찮아요. 아까 어머니가 전화했는데 이모랑 같이 가든 센터에 놀러가셨대요. 목소리가 아주 좋았어요." 그리고 이렇게 덧붙였다. "내 말을 믿어요." 내 얼굴에 못 믿겠다는 표정이 떠올랐나 보다. "상황이 심각해지면 그때 가볼게요. 어떻게 대처해야 할지 난 잘 알고 있어요."

나는 에디가 하늘을 보는 어부처럼 한 주도 빠짐없이 어머니를 보러 가는 모습을 상상했다.

"오케이. 그럼 먼저 스티브에 대해 알아두는 것부터 시작하는 게 좋을 것 같은데요." 내가 말했다.

그는 킬킬 웃더니, 내 머리카락에 붙은 빵 부스러기인지 아니면 벌레인지를 획 튀겨냈다.

"스티브는 나와 여기에서 살려고 시도하는 온갖 종류의 야생 동물들을 공포에 떨게 만드는 장본인이에요. 대체 그 아이는 어디가 잘못된 건지 모르겠어요. 원래 지가 있어야 하는 나무 위가 아니라 저 풀 속에서 하루 내내 날 몰래 감시하고 있는 것 같아요. 그 자식이 거기서 움직일 때는 내가 새 모이를 주러 갈 때뿐인 것 같아요. 내가 그 망할 새 모이통을 어디다 걸어놓건 상관없이 놈이 기를 쓰고 들어가서 다 먹어치운다니까요."

나는 웃기 시작했다. "스티브란 아이 대단한데요."

"그렇다니까요. 난 스티브를 사랑하지만 아주 골칫거리예요. 여기에 물로 쏘는 기관총이 있는데. 나중에 생각있으면 나랑 같이 스티브에게 물총을 쏴볼래요?"

나는 싱긋 웃었다. 코츠월드의 한적한 구석에서 이 남자와 이 남자의 다람쥐와 하루 종일 있을 생각을 하니 내 유년기에서 가장 좋았던 부분들(끔찍했던 부분은 하나도 없이)이 떠올랐다. 마치 특별한 선물을 받은 것 같았다.

나는 이 사람의 일상을 구성하고 있는 물건들을 둘러봤다. 책들, 지도들, 수제 걸상들. 수많은 동전과 열쇠로 가득 찬 유리 그릇 하나, 오래된 롤라이플렉스 카메라 하나. 책장 제일 위 칸에 화려한 색채의 축구 트로피들이 줄줄이 서 있었다.

나는 거기로 걸어갔다. 가장 가까이 있는 트로피 두 개는 더 엘름즈, 배터시 먼데이라고 새겨져 있었다. 올드 롭소니언즈, 1부 리그 챔피언 컵도 있었다. "이거 다 당신 거예요?"

에디가 다가왔다. "맞아요." 그는 최근에 받은 컵을 하나 들어서 그 윗부분을 갈색 손가락으로 쓰다듬었다. 그러자 얇은 먼지가 가장자리에서 떨어졌다. "난 런던에 있는 축구팀에서 뛰고 있어요. 집은 여기 있는데 거기까지 축구하러 간다니 이상하게 들릴지도 모르지만, 주방 시공하러 런던에 자주 가니까…… 그리고 축구팀에서 나오기도 쉽지 않고."

"왜요?"

"거기 축구팀은 몇 년 전에 들어갔어요. 축구를 한 번 제대로 해봐야겠다는 생각이 들어서 갔는데. 거기 사람들이……." 그는 킥킥 웃었다. "그 친구들이 아주 웃긴 사람들이더라고요. 그래서 글로스터셔로 이사 왔을 때도 차마 탈퇴를 할 수 없었어요. 다들 그래요. 모두 그 팀에 너무 정이 들어서."

나는 미소를 지으며 다시 한 번 몰려 있는 트로피들을 살펴봤다. 20년이 넘은 것도 하나 있었다. 에디가 그 오랜 세월 우정을 지켜왔다는 사실이 마음에 들었다.

그때였다. "설마!" 내가 숨을 몰아쉬면서 책장 저편에 있는 책을 한 권 꺼냈다. 콜린스 젬이란 출판사에서 나온 《새들》이라는 책으로 내가 어렸을 때 가지고 있던 책과 정확히 똑같은 책이었다. 나는 그때 이 작고 두꺼운 책을 몇 시간씩 들여 꼼꼼히 읽었다. 우리 정원에 있는 배나무의 갈라진 가지 위에 앉아서. 거기 오래 앉아 있으면 새들이 와서 내 옆에 앉아 쉬길 바랐다.

"나도 이 책 있었는데! 여기 나온 새들 다 외웠어요." 내가 에디에게 말했다.

"정말? 나도 이 책 정말 좋아하는데." 그가 내게 다가와서 중간 가까이 있는 페이지를 하나 넘기고 한 손으로 그 새의 이름을 가렸다. "이건 뭐에요?"

그 새는 가슴이 황금색이고 눈에 빈집털이범들이 쓰는 마스크 같은 무늬가 있었다. "아, 그게…… 아니야, 잠깐만요. 동고비! 유라시아 동고비!"

그는 다른 새를 하나 더 보여줬다.

"검은 딱새!"

"와우. 우리 천생연분이네요." 에디가 말했다.

"우리 집에 이 출판사에서 나온 야생화 시리즈도 있었어요. 나비와 나방에 대한 책도 있고. 난 조숙한 꼬마 박물학자였죠." 내가 말했다.

그는 책을 한 쪽에 놨다. "뭐 하나 물어봐도 돼요, 사라?"

"물론이죠." 그가 내 이름을 부르는 게 너무 좋았다.

"당신은 왜 도시에 살죠? 이렇게 자연을 사랑하면서?"

나는 잠시 입을 다물고 있었다. "그냥 시골에선 살 수 없어요." 결국 나는 그렇게 대답했다. 내 얼굴에 떠오른 표정에서 더 이상 추궁하지 말라는 분위기가 풍긴 게 분명했다. 에디는 나를 지켜보다가 몇 초 흐른 후에 빵을 가지러 다른 쪽으로 걸어갔으니까.

그는 오븐용 장갑을 찾아 주위를 둘러보다 결국 어깨에 걸쳐 놓았던 행주로 대신하면서 말했다. "내겐 나무 시리즈가 있었어요. 아버지가 사주셨죠. 사실 목공을 하게 된 것도 아버지 때문이에요. 다만 아버지는 내가 그걸 직업으로 삼게 되리라곤 상상도 못하셨지만. 어렸을 때 아버지가 가을에 장작을 사러 갈 때 날 데리고 가셨거든요. 거기서 내가 통나무 몇 개를 잘라서 불쏘시개를 만들 수 있게 허락해주셨어요."

그는 말을 멈추고 싱긋 웃었다. "그 향기가 범인이었죠. 처음에는 나무 향기에 반했지만 그러다 무지 단단해 보이는 통나무를 완전히 다른 물건으로, 그것도 아주 빨리 바꿀 수 있다는 점에 매료됐어요. 어느 해 겨울에 불쏘시개 몇 개를 슬쩍 해서 그걸로 나무 인형들을 만들기 시작했어요. 그다음엔 화장지 걸이를 만들고, 그다음엔 역사상 가장 못 생긴 나무망치를 만들었죠."

그는 빙그레 웃었다. "그다음이 마우스였죠." 그는 오븐을 열고 빵이 들어 있는 트레이를 꺼냈다. "나의 자부심이자 기쁨인 마우스. 아버지는 그다지 감동받지 않았지만 엄마는 그때까지 본 중 가장 완벽하고 귀여운 마우스라고 했어요."

에디는 달콤한 냄새가 나는 동그란 빵 덩어리를 식히려고 와이어 랙(철사로 만든 걸이─옮긴이)에 걸어놓고 오븐의 문을 닫았다.

"아버지는 내가 아홉 살 때 떠나셨어요. 지금은 스코틀랜드 국경 근처인 칼라일 북쪽 어딘가에서 새 가정을 이루고 사세요."

"아. 정말 힘들었겠어요." 나는 다시 의자에 앉으며 말했다.

그는 어깨를 으쓱했다. "오래전 일이었는데요 뭘."

그가 냉장고에서 버터, 꿀, 집에서 만든 마멀레이드처럼 보이는 것이 든 단지를 꺼내는 사이에 편안한 침묵이 흘렀다. 그는 금이 상당히 크게 간(미안해요!)접시 하나와 나이프 하나를 건네줬다.

"내가 여기 있는 거 어머니도 아시나요?" 에디가 빵을 썰기 시작했을 때 내가 물었다.

"아우! 난 왜 이리 식탐이 많을까? 지금은 너무 뜨거워서 먹을 수도 없는데." 그가 빵 덩어리에서 손을 떼며 말했다.

내가 웃었다. 그가 먹지 않았더라면, 내가 달려들어 먹었을 것이다.

"아니요." 그는 이번에는 행주로 손을 싸면서 대답했다.

"어머니는 당신이 여기 있는 거 모르세요. 하나뿐인 아들이 발정 난 토끼처럼 날뛰고 있는 걸 알면 안 되죠."

"그건 안 되겠죠."

"내가 아주 착하게 있으면 우리 다시 짝짓기를 할 수도 있겠죠?" 그는 이제 갓 구워서 불그스름한 빵 한 덩어리를 내 접시에 던지듯 내려놓으며 말했다.

"물론이죠." 나는 나이프를 버터에 찌르며 말했다. 나이프는 빵 부스러기 범벅이었다. 최신 유행하는 스타일이라며 버터 바른 나이프를 우스꽝스런 돌덩어리 같은 것에 문질러서 닦길 좋아하는 루벤이 봤다면 식겁했을 것이다.

"당신의 짝짓기는 환상적이에요." 나는 그렇게 덧붙이고 얼굴을 붉히지도 않았다.

에디의 얼굴이 빨개졌다. "정말?"

그러자 나는 내 말을 증명하기 위해 아일랜드 식탁 같이 긴 식탁을 돌아 나와서 그를 끌어안고 그의 입술에 격렬하게 키스했다. "맞아요. 이 빵은 내가 먹기에도 너무 뜨거워요. 어서 침대로 가죠." 내가 말했다.

13

알란 씨에게

갑자기 이런 메시지를 보내서 죄송합니다.

당신은 제가 에디 데이비드의 페이스북 담벼락에 올린 포스팅에 아까 덧글을 달아주셨죠. 저는 걱정도 되고 해서 조금이라도 에디에 대한 정보를 당신과 같이 공유하고 싶습니다.

당신이 에디와 예정된 휴가를 떠나기 전에, 저는 새퍼튼에서 그와 같이 일주일을 보냈습니다. 그리고 에디가 짐을 쌀 수 있게 6월 9일 목요일에 그곳을 나왔습니다. 에디는 휴가를 떠나는 공항에서 전화하겠다고 했어요.

그런데 에디는 제게 연락하지 않았어요. 에디에게 연락해보려고 몇 번이나 시도하다 포기했습니다. 에디의 마음이 변했다고 짐작했거든요. 하지만 그걸 완전히 믿은 건 아니었고, 제 포스팅에 당신이 달아준 덧글을 봤을 때 내가 착각한 게 아니라는 걸 알았습니다. 밑에 제 전화번호를 적었습니다. 당신의 생각이나 정보를 알려준다면 정말 감사하겠습니다. 전 에디의 스토커가 아닙니다! 그저 그가 무사한지 알고 싶을 따름입니다.

감사합니다.

사라 매키

밤 11시가 조용히 자정으로 흘러갔다. 핸드폰이 윙 소리를 내면서 울려서 허겁지겁 달려들었지만 그냥 무사히 집에 도착했다고 조가 전화한 것이었다. 알란에게서 답장은 오지 않았다. 나는 침대에 누워 있었는데 심장이 한없이 조여드는 것 같았다. 가슴이 아팠다. 정말 찢어질 것처럼 아팠다. 가슴이 찢어진다는 말이 비유가 아니라 정말 실제로 일어나는 일이라는 걸 왜 아무도 내게 말해주지 않았지?

12시가 새벽 한 시, 두 시, 세 시가 됐다. 나는 토미와 조이가 복도 저쪽 방의 거대한 침대에 함께 누워 있는 모습을 상상하며 둘이 잘 때 꼭 끌어안고 자는지 생각해 봤다. 내 몸을 휘감던 에디의 몸을 떠올리자 피부를 뚫고 들어오는 것 같은 갈망이 느껴졌다. 그다음은 한동안 나 자신을 격렬하게 미워하면서 시간을 보냈다. 지금 이스탄불에서는 폭격이 일어나서 수많은 사람들이 소중한 목숨을 잃은 반면 에디는—아마도—그냥 이유 없이 전화를 안 하는 남자에 지나지 않으니까.

새벽 네 시에 인터넷에 들어가 에디가 사는 지역에서 혹시 부고가 뜨지 않았을까, 검색해보다 퍼뜩 정신을 차린 나는 조용히 토미의 아파트에서 빠져 나왔다. 다가오는 새벽이 하늘을 꾹꾹 눌러서 회색 얼룩들을 만들어내고 있었고, 벌써 청소부가 나와서 거리를 쓸면서 토미 아파트의 근사한 조지 왕조풍 테라스 근처를 천천히 지나가고 있었다. 도시가 완전히 깨어나려면 아직 두어 시간 남았지만 더 이상 숨이 막힐 것 같은 정적과 머릿속에서 폭풍처럼 몰아치는 음울한 가설들을 참을 수 없었다. 거기다 그 가설들이 점점 더 참혹해지고 있었다.

나는 홀랜드 파크 대로에서 달리기 시작했다. 한동안 출근하려고 버스를 기다리고 있는 피곤한 얼굴의 이주 노동자들이 있는 버스 정류장, 아직 문을 열지 않은 카페들, 노팅 힐에서 술에 취해 비틀비틀 걸어가는 남자 하나를 기세 좋게 달려서 지나쳤다. 야간 버스들과 택시들의 끼이익 소리는 무시하고, 그저 길바닥을 탁탁 내리치는 내 운동화 소리와 이른 아침에 지저귀는 새들 소리에만 정신을 집중했다.

하지만 그것도 오래가지 못했다. 노팅힐로 가는 오르막길이 시작되자, 항상 그렇듯이 폐가 터질 것같이 아프기 시작했고, 다리도 힘이 풀렸다. 거기서부터 걸어서 포토벨로 옆길로 올라왔다.

내가 지금 이러는 건 절대 미친 짓이 아니야, 다시 억지로 힘을 내서 달리기를 할 수 있을 때 그렇게 생각했다. *런던은 이미 일어났잖아.* 일찍 출근한 사람들을 상대로 문을 연 카페는 형광색 조끼를 입은 배달원들로 꽉 차 있었다. 웨스트본 그로브에서 남자 하나가 커피 카트를 열고 있었다. 런던은 아주 바쁘게 움직이고 있었다. 나라고 그러면 안 돼? 나는 지금 잘하고 있어.

물론 이건 잘하는 짓이 아니었다. 내 몸은 지쳤고 기분은 땅을 뚫고 들어갈 것처럼 비참한 데다, 이 시간에 달리는 사람은 나 하나뿐이었다. 아직 새벽 4시 45분밖에 안 됐으니까. 그것도 토미 집에 도착했을 때 그 시간이었다.

나는 샤워를 하고 침대로 들어갔다. 그리고 핸드폰을 확인하지 않으려고 5분 동안 무진 애를 썼다.

결국 포기하고 핸드폰 화면을 보자 부재중 전화 한 통이 찍혀 있었다. 나는 벌떡 일어나 앉았다. 새벽 4시 19분에 발신자 제한 번호로 전화가 한 통 왔고 메시지가 있었다.

메시지를 들어보자 처음 2초 동안 침묵이 흐르다가 전화를 건 사람이 버튼을 잘못 누르는 소리가 들렸다. 잠시 여기저기 누르는 소리가 들리더니 마침내 전화를 끊었다.

순간 에디 친구인 알란이란 사람이 건 전화가 아닌가, 생각했지만 페이스북을 보니 그는 아직 내 메시지를 읽지 않았다.

그렇다면 누구지?

에디?

아니야! 에디는 그런 사람이 아니야! 에디는 전화를 걸면 말을 하는 사람이야! 의사소통을 제대로 하는 사람이라고! 새벽 네 시에 전화를 걸어서 뚝 끊어버리는 수준 낮은 미치광이가 아니라고!

점심때쯤 잠이 깼을 때 알란은 내 메시지를 읽었지만 답장은 하지 않았다.

　나는 실성한 사람처럼 핸드폰만 보면서 계속 메시지 창을 들어갔다 나왔다 했다. 내 메시지를 읽고 그렇게 무시하는 법이 어디 있어. 그래선 안 되잖아!

　하지만 그는 그렇게 했다. 하루가 지나갔다. 나는 아무 소식도 듣지 못했다. 그리고 두려워졌다. 하루하루가 지날수록 에디에 대한 걱정이 줄어드는 반면 나에 대한 걱정은 커져만 갔다.

14

루디는 꼼짝도 하지 않고 있었다.

루디는 서서 울타리에 가장 가까이 있는 미어캣 두 마리를 뚫어지라 쳐다보고 있었고, 미어캣들도 두 발로 서서 보드라운 배에 앞발을 댄 채 루디를 빤히 보고 있었다. 루디도 무의식중에 허리를 똑바로 펴고 두 손을 자신의 작은 배 위에 올려놨다.

"안녕. 안녕, 미리캣들아." 루디가 아주 경건하게 속삭였다.

"미어캣들." 내가 정정해줬다.

"사라 이모, *조용히 해!* 이모 목소리 때문에 쟤들이 무서워하겠어!"

토미가 루디에게 또 다른 미어캣이 나타났다고 말해주자 루디는 획 돌아서면서 순간 나라는 존재 자체를 잊어버렸다. "안녕, 미리캣 3호야. 미리캣들아, 안녕! 너희는 가족이니? 아니면 그냥 친구들이야?"

미어캣 두 마리가 모래 속을 파기 시작했다. 세 번째 미어캣이 모래 언덕을 올라가서 또 다른 미어캣을 껴안는 것처럼 보였다. 루디는 그 광경을 보며 경이로워서 몸을 부르르 떨다시피 했다. 조는 아들의 사진을 한 장 찍었다. 5분 전만 해도 뭣 때문인지 아이를 야단치더니 이제는 무한한 애정이 담긴 얼굴에 미소를 지으며 보고 있었다. 그런 조를 보면서 그 끝없이 헌신적이고 무한한 애정을 상상해 보려다 또다시 그게 느껴졌다. 마음속 한구석에 뭉뚱그려 숨겨놓은 감정들 속에서 날카롭게 찌르고 나오는 그것. 나는 결코 엄마가 되지 않겠지만, 그 잃어버린 가능성이 떠오르면 가끔 숨을 쉴 수 없을 정도로 힘들다.

나는 가방에서 선글라스를 꺼냈다.

부모님이 할아버지를 돌봐줄 간병인을 찾아서 내일 글로스터셔로 돌아올 것이다. 루디는 내가 부모님을 보러 가기 전에 배터시 공원에 있는 동물원에서 작별 인사를 하고 싶어 했다. 다만 내 짐작엔 사라 이모에게 작별 인사를 하고 싶은 마음보다는 최근에 텔레비전에서 본 미어캣을 보고 싶은 마음이 더 컸으리라.

나는 핸드폰을 확인했다. 이제는 숨을 쉬는 것만큼이나 자연스러운 본능이 돼버렸다. 지난주 새벽에 받은 부재중 전화 이후로 며칠 전에 또 그런 전화를 받았는데 이번에는 15초 후에 끊겼다. 누군지 모르겠지만 전화를 해놓고 아무 말도 하지 않고 있을 때 내가 경찰에 신고하겠다고 말했다. 그러자 상대방이 즉시 전화를 끊어버렸고 그 후로 아무 일도 일어나지 않았다. 하지만 그 전화가 에디의 실종과 관련이 있다고 나는 확신했다.

나는 요즘 잠을 통 못 자고 있다.

토미가 싸 온 간단한 음식을 꺼내자 루디가 쏜살같이 달려와서 달걀 샌드위치와 달걀을 먹고 난 후에 나오는 방구에 대해 잘 기억도 못하는 농담을 다시 해줬다. 조는 입에 음식을 잔뜩 넣고 말하지 말라고 야단쳤다. 우리 근처에 있는 아이 하나는 긴코너구리에게 먹이를 줄 수 있는 기회를 놓쳤다고 징징거리고 있었다. 나는 그 소란의 한가운데 앉아서, 샌드위치는 넘기지도 못한 채 뱃속이 부글거리는 것만 느꼈다.

고등학교 졸업반이었을 때 학교를 떠나기 얼마 전에 영어 수업시간에 《댈러웨이 부인》에 대해 배웠다. 우리는 순서대로 그 책을 낭독하면서, 러시비 선생님이 말한 울프의 "독특한 서술 기법"을 분석했다.

내 순서가 됐을 때 큰 소리로 읽었다. "세상이 채찍을 치켜들었다. 세상은 언제 그걸 내릴까?"

나는 놀라서 잠시 멈췄다가 다시 그 문장을 읽었다. 우리 반 아이들이 보고 있었고, 러시비 선생님도 나를 빤히 보고 있었지만, 나는 그 문장에 세 번이나 밑줄을 긋고 난 후에 계속 읽었다. 그 문장이 그때 내 심정을 너무나도 완벽하게 표현했기 때문에 나 아닌 다른 사람이 그 문장을 쓸 수 있었다는 사실이 경이로웠다.

세상이 채찍을 치켜들었다. 세상은 언제 그걸 내릴까?

바로 이거야, 열일곱의 나는 생각했다. 완벽하게 빈틈없는 조심성! 하늘을 보고, 공기 냄새를 맡으며 다가올 재난을 대비하는 모습. 그게 나였다. 그런데 19년이란 세월이 흐른 지금도 나는 여기서 그

때와 똑같은 감정을 느끼고 있다. 그동안 바뀐 게 있을까? 캘리포니아에서 편안하게 살아가던 나는 그저 환상에 지나지 않았던 걸까?

나는 에그 샌드위치를 다시 바라봤지만 구역질만 나왔다.

"어머. 왜 그래?" 조가 날 보며 물었다.

"아무것도 아니야. 그냥 내 샌드위치를 즐기고 있는 중인데."

"재미있군. 넌 아직 한 입도 안 먹었거든." 조가 말했다.

잠시 후에 나는 사과했다. 내가 미친 사람처럼 보이는 거 나도 알고 있다고 했다. 그리고 정신 차리려고 아주, 무진 노력하고 있지만 별 성과가 없다고 털어놨다.

"그 남자가 이모 마음을 아프게 한 거야? 그 남자가?" 루디가 물었다.

모두 하던 말을 멈췄다. 조나 토미나 날 차마 보지 못했다. 하지만 루디는 세상을 꿰뚫어 보는 아이의 눈으로 나를 바라봤다.

"그 남자가 이모 마음을 아프게 했어?"

"난…… 음, 그렇단다. 그래, 유감스럽게도 그 남자가 내 마음을 아프게 했어." 간신히 목소리가 나왔을 때 그렇게 대답했다.

루디는 서서 몸을 앞뒤로 조금씩 흔들면서 나를 물끄러미 바라봤다.

"그 남자는 악당이네. 방구고." 아이는 잠시 생각하더니 말했다.

"그렇지." 나도 동의했다.

루디가 날 껴안아 주자 눈물이 쏟아질 뻔했다.

토미는 내 핸드폰을 든 채 에디의 페이스북 페이지를 주의 깊게 살펴보고 있었다. 오랜 침묵이 흐른 후에 토미가 말했다. "이 남자가 정말 궁금하긴 하다."

"나도 그래, 토미."

"우선 월리를 찾아라, 라는 해시태그도 그래. 그거 좀 이상하지 않아? 이 사람 이름은 월리가 아니라 에디잖아." 토미가 말했다.

조는 루디를 먹이려고 말린 과일과 견과류가 들어 있는 봉지를 찢었다. "천천히 먹어." 조는 그렇게 말하고 토미에게 고개를 돌렸다. "〈월리를 찾아라〉는 책 시리즈 이름이야, 이 바보야. 기억 안 나? 수많은 사람들 속에 월리가 숨어 있는 그림들 말이야."

루디는 건포도만 골라내고 견과류는 버리기 시작했다.

"〈월리를 찾아라〉시리즈는 나도 알거든. 난 그저 에디라는 사람을 찾는데 월리를 찾으라고 하는 게 이상하다는 말이지." 토미가 대꾸했다.

나는 고개를 흔들었다. "그건 그저 사람을 찾을 때 하는 말일 뿐이야. 수많은 사람들 속에서 누군가를 찾을 때. 건초 더미 속에서 바늘 찾는 겪이란 거지."

토미는 어깨를 으쓱했다. "어쩌면 그럴지도 모르지. 어쩌면 아닐지도 모르고. 어쩌면 에디는 에디가 아니라 완전히 다른 사람일지도 모르고."

루디가 그 말에 신이 났다. "삼촌은 에디가 살인자라고 생각해?" 루디가 물었다.

"아니." 토미가 대꾸했다.

"그럼 뱀파이어?"

"아니."

"가스 맨?" 조는 최근에 루디에게 낯선 사람은 다 위험한 사람일 수 있다고 설명했다.

토미는 생각에 잠겨 내 폰을 바라봤다. "아, 나도 모르겠다. 하지만 이 남자는 어딘가 수상한 낌새가 느껴져." 그러다 갑자기 토미가 허리를 곧추세우고 앉았다. "사라! *이거 봐!*" 그가 속삭였다.

나는 핸드폰을 낚아채서 *그가* 열어놓은 내 메신저를 봤다. 마치 둑이 터져서 물이 쏟아지는 것처럼 모든 것들이 와르르 쏟아지고 있었다. 에디가 인터넷에 들어와 내 메시지들을 읽었다. 둘 다. 에디는 지금 페이스북에 들어와 있었다.

그는 죽은 게 아니다. 어딘가에 살아 있다. "왜 내 메신저를 열었어?" 나는 토미에게 쏘아붙였다.

"방금 막 열었어. 네가 그 남자에게 뭐라고 했는지 보고 싶어서. 하지만 그게 뭔 상관이야? 그 남자가 네가 보낸 메시지들을 읽었잖아! 지금 들어와 있다고!" 토미가 말했다.

"그 남자가 뭐라고 그래요? 그 남자가 이모에게 뭐라고 했어요?" 루디가 내 핸드폰을 뺏으려고 하면서 말했다.

조가 내 핸드폰을 가져가서 아주 오랫동안 바라봤다.

"이런 말하긴 정말 싫지만 그 남자는 네 메시지를 세 시간 전에 읽었어." 조가 말했다.

"그럼 왜 답장을 안 한 거야?" 루디가 물었다.

그것은 좋은 질문이었다.

"난 이모 남자 친구 지겨워졌어. 정말 나쁜 사람인 것 같아." 루디가 말했다.

오랫동안 아무도 입을 열지 않았다.

루디가 날 보더니, 10미터 정도 떨어져 있는 그의 소중한 미어 캣들을 바라봤다. 10미터는 여기서 너무 멀었다.

"가. 가서 네 친구들하고 같이 있어. 난 괜찮아." 내가 루디에게 말했다.

"그냥 마음을 접어, 사라." 아들이 잽싸게 뛰어가자 조가 다시 말했다. 조의 목소리는 갑자기 지친 것처럼 들렸다. "너를 비참하게 만드는 사람을 쫓아다니기에 인생은 너무 짧아."

조는 루디에게 갔다. 토미와 나는 멍하니 핸드폰 화면만 봤다. 나는 충동적으로 입력했다. 안녕?

몇 초 후에 내 메시지 옆에 에디의 사진이 내려왔다. "저건 네가 보낸 메시지를 읽었다는 뜻이야." 토미가 말했다.

물지 않을 게요, 내가 썼다.

에디는 그 메시지도 읽었다. 그다음에, 너무나 쉽게 다시 페이스 북을 나가버렸다.

나는 일어났다. 그를 만나야 했다. 그와 이야기를 해야 했다. 뭔가 해야만 했다. "도와줘. 내가 뭘 해야 해, 토미? 내가 뭘 해야 하냐고?"

잠시 후에 토미가 일어서서 내 어깨에 팔을 둘렀다. 내가 눈을 감으면 우리는 1997년 LA 국제공항으로 돌아갈 수 있을지도 모른다. 공항 도착장에 서 있는 토미에게 기대 형편없이 무너진 나. 에어컨이 나오는 거대한 차 키를 손에 쥔 그가 다 괜찮아질 거라고 말하고 있는 그때로.

"어쩌면 그 사람 어머니의 우울증이 정말 악화된 건지도 몰라.

내가 그 사람을 만났을 때 어머니 우울증이 심해지고 있다고 했어. 그러니까 정말 심각하게 나빠진 건지도 몰라." 내가 필사적으로 말했다.

"어쩌면 그럴지도 모르지. 하지만 해링턴, 만약 그 사람이 너와의 관계를 진지하게 생각했다면 메시지를 보냈을 거야. 사정을 설명했을 거라고. 너에게 몇 주만 기다려 달라고 했겠지." 토미가 조용히 말했다.

나는 그 말에 반박하지 않았다. 그럴 수가 없었으니까.

"그 사람이 답장하는지 한번 보자. 하지만 조만간 그러지 않으면, 뭔가 어마어마하게 특별한 일이 일어난 게 아니라면, 그 남자를 다시 만나고 싶은지 아닌지를 깊이 고려하는 게 좋을 것 같다. 널 이렇게 애태우는 건 좋은 사람이 할 행동이 아니야." 토미가 내 어깨를 살짝 쥐면서 말했다.

그는 어색하지만 아주 다정하게 내 옆머리에 키스했다. "아마 조 말이 맞을지도 몰라. 어쩌면 그 사람을 놔줘야 할지도 모르겠다."

내 오랜 친구가 내 어깨에 팔을 두르고 있었다. 아주 오래전에 내가 다시 일어설 수 있게 도와준 친구, 내가 모든 걸 잃고 난 후 어찌어찌 내 인생을 다시 일구어가는 과정을 지켜본 친구. 마흔이 코앞에 다가온 나이에 나는 다시 이러고 있다.

"조 말이 맞아. 너도 맞고. 그만 놔줘야 하겠지." 내가 멍하니 말했다.

진심으로 한 말이었다. 다만 그렇게 할 방법을 모르겠다는 것이 문제지.

15

이건 단순한 실연이 아니야, 나는 그날 밤 생각했다.

나는 토미와 조이의 아파트 부엌에서 파자마 바람으로 서서 감자 칩을 먹고 있었다. *뭔가가 더 있어.*

그럼 뭔데?

그 사고? 그 사고와 관련이 있는 걸까?

그 끔찍한 날에 대한 내 기억에는 너무나 많은 공백이 있었다. 거리, 트라우마, 혹은 영국과 미국에서의 삶의 거대한 간극이 그날 일어났던 많은 일들에 대한 기억을 차단하는 데 도움이 됐던 것 같았다. 하지만 지금 내가 느끼는 이 감정들은 다 잘 아는 것이다. 마치 먼 옛날에 사귄 나쁜 친구들처럼 익숙했다.

새벽 한 시 반. 나는 이 과다한 에너지를 이용해서 일을 좀 해보기로 결정했다. 내 동료들은 너무 점잖아서 아직까지 아무 말도 하지 않았지만 밀린 일들을 조만간 처리하지 않으면 곧 전화로 불평이 쏟아지리라는 걸 알고 있었다.

나는 침대로 돌아가서 이메일을 열었다. 그러자 내 뇌에 마침내 불이 붙었다. 나는 크고 작은 결정 사항을 정리해 나갔다. 나는 여러 부문의 지출 내역을 결재하고 우리 회사의 이사들에게 보고서를 보냈다. 우리 회사의 웹 메일 폴더를 확인했다. 직원들은 항상 그걸 확인한다는 걸 까먹으니까. 거기서 어린 소녀 하나가 우리 회사의 광대 몇 명이 자기 쌍둥이 언니를 찾아와 줄 수 있는지 물어보는 메일 한 통을 발견했다. 그 언니는 샌디에이고에 있는 병원에 입원해 있는데 아주 많이 아프다고 했다. 물론이지! 나는 답장을 쓰고, 그 이메일을 루벤과 내 보좌관인 케이트에게 전달했다. *광대들을 보내요! 거긴 우리가 아는 병원이에요! 여러분! 우리 광대들을 금요일까지 보냅시다.*

새벽 세 시가 됐을 때 내 뇌가 지나치게 빨리 돌아가고 있다는 사실을 알아차렸다.

네 시가 되자 돌아버릴 것 같았다.

4시 15분에 제니에게 전화하기로 결심했다. 제니 카마이클이라면 뭘 해야 할지 알 것이다.

"사라 매키!" 제니가 외쳤다. 그 소리 뒤로 오래된 로맨틱 코미디 영화에 나오는 바이올린 소리를 들을 수 있었다. "대체 이 시간에 잠도 안 자고 뭐 하고 있어?"

고마워요. 신이시여, 고맙습니다. 내게 제니를 보내주셔서. 나는 눈을 감으며 생각했다.

루벤과 나의 결혼식은 좀 당혹스러웠다. 신랑 측 하객은 좌석이 다 찼지만 내 쪽은 엄마와 아빠와 토미와 조 그리고 우리 회사의 첫 자선 바자회를 열었던 파운틴 카페에서 일하는 웨이트리스만 몇 명 참석했다. 한나도 없었다. 엄마의 옆자리는 비어 있었다. 친구도 없었다. 영국에 있는 친구들은 그날 이후로 내게 뭐라고 해야할지도 모르는 데다 비행기까지 타고 와서 난감해지긴 싫었으니까.

내가 루벤의 가족에게 "제 영국 친구들은 하나도 올 수 없어요."라고 말했을 때 마치 철철 넘치게 따른 맥주잔에서 흘러내리는 맥주처럼 온몸에 수치심이 흘러내렸다.

루벤과 나는 요세미티에서 근사한 신혼여행을 보냈다. 우리는 사랑에 흠뻑 빠져 마냥 행복했다. 하지만 여행이 끝나고 샌프란시스코에 와서 깔깔 웃어대는 젊은 사람들에게 둘러싸였을 때 친구가 하나도 없던 나는 다시 괴로워졌다.

그때 마치 택배 회사에서 보내준 것처럼 내 인생에 느닷없이 제니가 도착했다. 제니는 사우스캐롤라이나 출신이었다. 그녀는 LA 출신이 아닌 대부분의 사람들과 달리 영화 산업에는 관심 없었고 그저 "뭔가 새로운 것을 시도해보고 싶어서" 왔다고 했다. 신혼부부인 루벤과 내가 캘리포니아 북부를 헤매고 다녔을 때, 제니는 한 사무용 빌딩의 매니저로 취직했다. 할리우드 고속도로의 그늘에 쭈그리고 있는 그 회색 콘크리트 건물에서 루벤과 나는 책상을 하나 렌트했다.

우리가 신혼여행에서 돌아와 출근하자마자, 제니가 찾아와서 그동안 밀린 책상 렌트비를 곧 상환할 계획이 있는지 물었다. 나는 그날 바로 현금을 주면서 사과하며 미안한 마음에 돈을 세고 있는 그녀 옆을 맴돌았다. 그녀의 책상 위에 랩으로 싸놓은 케이크 반쪽과 작은 시디플레이어 하나가 있었다. 거기서 〈위대한 사랑 노래들〉의 컴필레이션 앨범 같은 노래가 흘러나오고 있었다. 제니는 날 힐끗 올려다보더니 싱긋 웃으면서 고무 골무를 낀 엄지로 열심히 지폐를 셌다. "내가 숫자하고는 영 안 친해서 말이야. 그냥 유능해 보이려고 세고 있는 거야." 그녀는 그렇게 두 번을 더 세어보고 마침내 포기했다.

"그냥 자기를 믿을게." 제니는 그렇게 말하더니 돈을 금고에 넣었다.

"자긴 정직해 보이니까. 케이크 좀 먹을래? 내가 어젯밤에 구운 거야. 이러다가 내가 다 먹어 치울까 봐 겁나."

그 케이크는 맛이 끝내줬고, 내가 책상 옆에 서서 그걸 먹는 동안 제니는 이 건물의 건물주인 아주 이상한 남자에게 자기가 면접을 본 이야기를 들려줬다. 제니는 그 남자 성대모사를 거의 완벽하게 해냈다. 제니가 이야기를 마치고 바바라 스트라이샌드의 노래를 들으려고 발라드곡 하나를 건너뛰는 걸 보면서 이 여자와 친구가 되고 싶다고 생각했다. 제니는 나와 완전 달랐고, 내가 지금까지 알았던 그 누구와도 달라서 더 마음에 들었다.

결국 그렇게 됐다. 나는 마침내 친구들을 사귀었다. 과거의 상처들은 여전히 마음속에 지니고 있었지만 이미 사라 매키, 자선 단체 대표, 사람 좋고, 믿을 수 있고, 때로는 재치도 있는 사람으로 알려지고 있었다. 하지만 그 변화를 이룰 수 있게 한 매개체가 바로 제니 카마이클이었다. 그녀를 통해 나는 사람들을 만나기 시작했고, 내가 집이라고 부르고 싶은 이 도시에서 드디어 소속감을 느낄 수 있게 됐다고 믿기 시작했다.

3년 후에 제니는 나의 믿음직한 친구일 뿐만 아니라 우리 회사의 소중한 자산이 됐다. 루벤과 내가 버몬트에 있는 빌딩을(아동 병원에서 단 두 블록 떨어져 있는) 장기 임대하는 서류에 서명을 했을 때 제니는 그때까지 다니던 직장에 사표를 내고 우리 회사로 왔다. 병원, 빨래방, 테이크아웃 전문점에 둘러싸인 우리의 새 본부는 볼품은 별로 없었지만 대신 임대료가 저렴했고 1층에 아주 크고 탁 트인 공간이 있었다. 거기를 새 클라운 닥터들을 교육시키는 루벤의 아카데미로 쓸 계획이었다. 제니는 처음에는 우리 사무실의 매니저로 왔고, 그다음엔 보조금을 관리하는 직원이 됐다가, 몇 년 지난 후에 우리 회사의 기금 조성 책임자로 승진했다.

우리가 만난 지 일 년 정도 지난 후에 제니도 완벽한 짝을 만나서 지금은 웨스트레이크 지역 전통적인 필리핀 타운 외곽에서 자비라고 하는 남자와 아주 행복하게 살고 있다. 자비에는 부자들의 SUV를 수리하고, 매주 그녀에게 꽃다발을 사서 바친다. 제니는 자비에와의 낭만적인 휴가를 보내는 낙에 살고 자비에를 신처럼 찬양하며 살고 있다.

그 부부는 아기를 가지려고 11년 동안 노력해왔다. 하지만 제니는 불평하지 않았다. 불평하는 건 그녀의 천성이 아니었으니까, 하지만 거듭된 실패 때문에 죽어가고 있었다. 마음속으로 서서히 죽어가고 있었고, 그 실패가 내 친구를 좀먹어 들어가고 있었다. 제니를 위해 나는 한 번도 믿어보지 않은 신에게 기도까지 했다. *제발 제니가 아기를 갖게 해주세요. 제니가 원하는 건 그게 다예요.*

이 마지막 체외 수정이 실패하면 제니가 앞으로 뭘 해야 할지 나도 모르겠다. 보험회사에서 더 이상 돈을 내주지 않는 한 자비에 부부는 불임 치료 할 돈이 없다. "마지막 기회야!" 우리가 LA 공항에서 포옹하면서 작별 인사를 했을 때 제니가 결연히 말했다.

제니는 내가 루벤과 헤어졌을 때 충격을 받았다. 사랑에 대해 그때까지 그녀가 품고 있는 믿음이 박살 났다는 생각이 들어서였다. 물론 사람들이 이혼하는 건 흔히 있는 일이지만 그녀와 친한 사람들은 그렇지 않다고 믿었는데. 그녀는 평소 하던 대로 곧장 날 구해주는 역할을 자발적으로 맡아서 그 충격을 극복했다. 그녀는 내 핸드폰에 앱을 여러 개 다운받고, 자기 집의 남는 방에 날 들이고, 내게 수도 없이 케이크를 구워줬다.

"자! 에디가 연락했지, 그렇지? 다 제대로 된 거지?" 제니가 말하고 있었다.

"사실 아니야. 그 반대야. 에디는 다시 원래 살던 곳으로 돌아왔어. 애초에 어딜 다녀왔다 치고 말이지. 하지만 내가 보낸 메시지는 다 씹고 있어. 날 완전 투명인간 취급하고 있다니까." 내가 대답했다.

"잠깐만, 자기야." 음악 소리가 멈추는 게 들렸다. "영화 보고 있었는데 정지 버튼 좀 누를게. 자비에. 나 데크에 나가서 전화 받을게." 제니가 거실문을 여는 소리가 들렸다. "미안해, 사라. 아까 했던 이야기 좀 다시 해봐."

나는 다시 죄다 말했다. 제니에겐 내가 두 번째 사랑을 시도했다가 대실패했다는 이야기를 소화할 시간이 필요할 것이다.

"아, 염병하네. 정말이야?" 제니는 평생 욕이라고는 모르는 사람인데.

"정말이야. 난 지금 완전 엉망이야. 너도 알겠지만 여기는 새벽 네 시야."

"아, 염병." 그녀가 다시 욕을 하자 나는 씁쓸하게 웃었다.

"우리가 지난번에 채팅한 후로 일어난 일들을 다 말해봐. 그 컴퓨터는 당분간 건드리지 말고. 넌 지난 몇 시간 동안 어마어마하게 황당한 메시지들을 보냈잖아."

나는 그동안 일어난 일을 다 말했다.

"그러니까 그게 다야. 아무래도 그를 놔줘야 할 것 같다는 생각이 들어." 이야기가 끝났을 때 내가 말했다.

"안 돼!" 제니가 사납게 말했다. 제니는 누구든 사랑에 등을 돌리는 걸 좋아하지 않는다. "절대 포기하지 마. 있지, 사라. 사람들이 너에게 그 남자를 내버려두라고 말하는 건 알겠는데, 하지만…… 난 아직은 포기할 수 없어. 거기에 무슨 이유가 있을 거라고 너만큼이나 확신해."

나는 순간 웃었다. "예를 들면 어떤 거?"

"나도 몰라. 하지만 진실을 알아내야 한다고 생각해." 제니가 천천히 말했다.

"나도 그래."

제니가 깔깔 웃었다. "같이 방법을 찾아보자. 당분간은 거기서 잘 버티고, 알았지? 그러고 보니까. 내일 일은 어떻게 될 것 같아?"

"내일?"

"너 내일 루벤과 카이아와 만나기로 했잖아. 템스 강 옆에 있는 어떤 극장 앞에서 본다고 했지?"

"루벤이 런던에 있어? 새 여자 친구랑 같이?"

"어…… 그렇지. 루벤이 너에게 내일 셋이 만나서 커피 마시자고 이메일을 보냈다던데. 너를 미리 카이아에게 소개해서 캘리포니아에 돌아왔을 때 봐도 어색하지 않도록 말이야."

"하지만 그 여자가 왜 런던에 있어? 왜 둘 다 런던에 있는 건데? 난 내일 글로스터셔에 갈 생각이었어! 나는-뭐지?"

"카이아가 런던에 가고 싶어 했어. 런던에 가본 지 몇 년 됐다면서. 루벤은 이미 너랑 같이 런던에서 휴가를 보내기로 해서 티켓도 끊어놓은 상태였으니까……."

나는 침대에 다시 털썩 주저앉았다. 맞아, 그랬다. 루벤과 내가 아직 남편과 아내라는 쓸쓸한 게임을 하고 있던 1월에 영국에서 같이 휴가를 보내기로 하고 비행기 표를 끊어 났다. 나는 매년 그 사고를 추모하기 위해 영국에 왔고, 루벤도 종종 같이 왔다. 다만 이번에는 루벤이 영국 휴가에 같이 온 것도 몇 년 만이었다. "이번에는 나도 갈게. 당신이 여동생을 얼마나 그리워하는지 알고 있어. 올해는 내가 당신 옆에 있어 줄게, 사라." 루벤은 그렇게 약속했다. 그래서 미리 티켓을 끊어둔 것이다.

그랬는데 나중에 루벤이 이혼해달라고 했지. "내 런던 비행 날짜를 바꿨어." 이혼을 선언하고 며칠 후에 그가 말했다. 나를 보는 그의 얼굴이 죄책감과 슬픔으로 얼룩져 있었다. "당신이 나랑 같이 가고 싶지 않을 것 같아서."

그때 나는 이렇게 대꾸했다. "좋아. 잘 생각했어. 그런 것도 생각해줘서 고마워." 그때 나는 그러면 그가 영국에 언제 오겠다는 것인지 사실 생각해보지도 않았다. 솔직히 말하면 그때는 생각이란 걸 거의 안 하고 조심스럽게 사지를 움직이면서 혼자라는 새로운 근육을 조금씩 풀어보느라 여념이 없었다. 루벤이 없는 인생을 호기심에 차서 이리저리 시험해보고 있었던 것이다. 이 용감한 신세계의 편안함, 유동성, 미래와 공간에 대한 새로운 감각을 느끼면서 한편으로 기이하게 창피한 마음이 들기도 했다. 이혼했는데 왜 넌 슬퍼하지 않지?

"루벤이 카이아 티켓을 예약했어. 미안해. 루벤 말로는 너에게 이메일을 보냈다고 하던데." 제니가 난처해하며 말했다.

"아마 보냈을 거야. 내가 아직 열어보지 않아서 그렇지. 음, 아주 편안한 만남이 되겠군. 나와 루벤과 루벤의 새 여자 친구라니." 나는 눈을 감고 말했다.

제니가 쓸쓸하게 웃었다.

"미안해." 나는 잠시 입을 다물고 있다가 말했다. "자기에게 뭐라고 하는 게 아니라 그냥 충격을 받아서 그랬어. 어쨌든 내 잘못이지. 이메일을 정기적으로 체크했어야 했는데."

제니가 웃는 소리가 들렸다. 제니는 여간해선 화를 내지 않는다.

"넌 아주 잘 하고 있어. 이렇게 새벽까지 안 자고 있는 것만 빼면 말이야. 그건 좀 손을 써봐야겠다."

나는 눈을 감았다. "아, 맙소사. 게다가 자기 체외 수정 스케줄이 어떻게 진행되고 있냐고 물어보지도 않았네. 지금 몇 단계까지 왔어? 난자 채취까지 얼마나 남은 거야?"

제니는 잠시 아무 말도 없었다. "아, 그거 했어. 지난주에 병원에 가서 정말 어마어마하게 뽑아냈지. 내가 메시지 보냈잖아. 왓츠앱으로 말이야. 병원에서 내 자궁에 배아를 세 개 착상했어. 이게 마지막 기회거든. 결과는 다음 주에 나올 거야."

제니는 뭔가 더 말하려는 것처럼 심호흡을 했지만 그러다 말았다. 그 침묵 속에서 수천 톤에 달하는 절망이 느껴졌다.

"제니. 정말 미안해. 난 아직 착상 준비 기간인 줄 알았어. 아…… 맙소사. 정말 미안해. 이건 어떤 말로도 변명이 안 된다. 하지만 지금 내가 제정신이 아니야." 나는 부드럽게 말했다.

"나도 알아. 미안해하지 마. 이번에 넌 내내 옆에 있어 줬잖아. 그러니 실수 한 번은 용서해줄 수 있어!" 제니가 유쾌하게 말했다.

하지만 그녀의 목소리는 너무 밝았고, 내가 그녀를 실망시켰다는 걸 알고 있었다. 조이 아파트의 칠흑처럼 깜깜한 손님방에서 이런 스스로가 너무 싫어서 얼굴이 확 달아오르는 게 느껴졌다.

자비에가 뭐라고 소리친 말에 제니가 대답을 하더니 이제 그만 가봐야겠다고 했다. "있지, 사라. 이렇게 해봐. 에디랑 다시 시작해 보는 거야. 이제 막 만난 사람들처럼. 에디에게 편지를 한 통 보내는 게 어때? 마치 첫 데이트에서 만난 것처럼 너에 대해 다 말해봐. 같이 있을 때는 말하지 못했던 것들 다. 예를 들어…… 그 사람이 그 사고에 대해 알아? 네 여동생에 대해?"

"제니— 지금은 네 이야기만 하자. 지금까지 나와 내 지질한 인생에 대한 수다만 너무 많이 떨었어."

"아, 자기야! 난 내 몸을 아주 잘 돌보고 있어. 요즘 아이가 생기는 시각화도 하고, 기도도 하고, 아이가 들어선다는 춤도 추고 맛도 뒈지게 없는 건강식이란 건강식은 다 먹고 있어. 할 수 있는 건 다 하고 있지. 하지만 네가 할 수 있는 일도 많잖아." 제니는 잠시 이야기를 멈췄다가 다시 말했다. "사라, 네가 그 사고에 대해 이야기해 줬던 그 날을 결코 잊지 못할 거야. 그건 내가 지금까지 들어본 사고 중에서 가장 끔찍한 것이었어. 그것 때문에 너를 사랑하게 됐고, 사라. 정말, 정말 사랑해. 나는 네가 그 사고를 에디에게 이야기해야 한다고 생각해."

"그이의 마음을 돌리자고 그런 눈물 짜는 이야기를 보낼 수는 없어!"

"내 말은 그런 말이 아니야. 난 그저……." 제니는 한숨을 쉬었다. "난 그저 그 사람이 너를 제대로 알 수 있도록 해줘야 한다는 뜻으로 한 말이야. 너의 전부, 사람들이 몰랐으면 싶은 부분까지 말이야. 네가 얼마나 비범한 사람인지 그 사람이 알게 해줘."

나는 아무 말도 하지 않았다. 뺨에 댄 핸드폰이 뜨거웠다.

"하지만, 제니, 네가 그런 식으로 반응해준 건 정말 행운이었지. 사람들이 그 사고에 대해 다 너처럼 반응하진 않아."

"난 그렇게 생각 안 하는데."

나는 베개더미에 몸을 기댔다. "그러니까…… 그 사람은 거의 한 달 동안 나와 모든 연락을 끊어버렸는데 뜬금없이 내가 어렸을 때 일어난 이야기를 편지로 쓰란 말이야? 그 사람은 내가 미쳤다고 생각할 거야! 완전 미친 거지!"

제니가 킥킥 웃었다. "그렇게 생각 안 할 거야. 그 사람은 너와 사랑에 빠졌어. 내가 너와 사랑에 빠진 것처럼."

다시 온 몸에 힘이 쑥 빠졌다. "아, 제니, 지금 우리는 왜 현실 도피를 하고 있을까? 난 그를 놔줘야 해."

제니가 느닷없이 큰 소리로 웃음을 터트렸다.

"왜 웃어?"

"넌 그를 절대 놔줄 생각이 없으니까."

"있다니까!"

"없어! 네가 에디를 놔주고 싶었다면, 정말 그러고 싶었다면, 사라 매키, 나에게는 절대 조언을 구하지 않았겠지."

16

5일째, 너도밤나무, 웰링턴 부츠

에디는 다시 데릭과 통화를 하고 있었다. 나는 아직 데릭이 누군지 모르지만, 에디의 일과 관계된 사람으로 생각했다. 에디는 어제 친구와 통화할 때보다 좀 더 격식을 갖춰서 말하고 있었다. 오늘 둘의 대화는 짧았고, 주로 에디가 "그래요", 혹은 "좋아요" 혹은 "좋은 생각 같네요"라고 대꾸했다. 몇 분 후에 그는 통화를 끝냈다. 그는 수화기를 갖다 놓으려고 안으로 들어갔다.

나는 그의 헛간 밖에 있는 벤치에 앉아 그의 책장에 있던 《하바나의 사나이》라는 낡은 책을 읽고 있었다. 알고 보니 난 여전히 독서를 좋아했다. MI6(영국의 해외 정보국으로 국가 안보 문제를 담당하는 첩보부—옮긴이)에서 월급을 받는 소설가가 불운한 진공청소기 외판원이 돈을 흥청망청 써대는 아름다운 딸을 먹여 살리려고 정보부에 들어간다는 발상을 해낸 게 마음에 들었다. 이 남자 이야기에

161

몇 시간 동안 푹 빠져 있으면서 그동안 내 인생에 대해 잠시 잊을 수 있다는 점도 마음에 들었다. 어디 가야 한다거나, 뭘 당장 해야 한다는 압박감 없이 책 한 권 들고 빈둥거리고 있을 수 있어서 좋았다. 무엇보다 그동안 완전히 잊어버렸던 사라로 다시 돌아온 것 같아 기뻤다.

날씨는 변함없이 더웠지만 마치 맹금이 공격전에 하늘을 맴도는 것처럼 고요한 하늘은 금방이라도 흐려질 것 같았다. 내 옷은 무리 지어 피어 있는 분홍바늘꽃 위의 빨랫줄에 걸려 있었는데 바람 한 점 없어서 꿈쩍도 하지 않았다. 나는 하품을 하면서 부모님 집에 가서 별일 없는지 확인해봐야 하는 건 아닌가, 생각했다.

하지만 내가 가지 않을 거라는 걸 알고 있었다. 에디와 두 번째 밤을 같이 지낸 후로 시간이 멈춘 것 같은 이곳에 우리가 한동안 같이 지낼 거라는 사실이 분명해졌다. 우리 부모님이 레스터에서 돌아오거나 에디가 휴가 가기 전까지는. 여기서 집까지 왔다 갔다 하는데 걸어서 한 시간밖에 안 걸린다 해도 그동안 그와 떨어져 있고 싶지 않았다. 내가 아는 우주는 당분간은 이대로 멈춰 있을 것이고, 다시 현실로 돌아가고 싶은 마음이 전혀 없었다.

에디의 잔디밭 가장자리에서 다람쥐 스티브가 날 빤히 지켜보고 있었다. "안녕, 범죄자." 에디가 밖으로 나오면서 스티브에게 말했다. 그는 다람쥐를 보면서 총을 쏘는 흉내를 냈다. 스티브는 눈썹 하나 움직이지 않았다.

에디는 내 옆에 앉았다. "당신이 내 옷 입고 있으니까 좋은데요." 그가 미소를 지으며, 내가 입고 있는 자신의 사각 팬티 허리 고무줄을 살짝 잡아당겼다가 놨다. 나는 그의 사각팬티에 어깨 부분이 해진 그의 티셔츠를 입고 있었다. 거기서 그의 체취가 풍겼다. 나는 다시 하품을 하고 손을 뻗어서 그의 사각팬티 고무줄을 잡아당겼다. 며칠 사이에 내 다리에 털이 자랐다. 그래도 상관없었다. 너무 행복해서 바보가 된 기분이었다.

"산책하러 갈까요?" 그가 물었다.

"좋죠."

우리는 한동안 벤치에 그대로 앉아서, 키스하고, 서로의 팬티 고무줄을 잡아당기며 별거 아닌 거로 깔깔대고 웃었다.

산책하러 일어났을 때는 두 시가 조금 지난 시간이었다. 나는 새로 빤 내 옷을 입고 있었는데 거기서 에디의 세제와 햇볕 냄새가 났다.

강을 따라 몇 미터 걸어간 후에 에디는 길을 벗어나서 언덕을 성큼성큼 올라가 숲의 한 가운데로 향했다. 우리의 발은 아무도 걷지 않은 질퍽질퍽한 숲속 바닥으로 푹푹 들어갔다. "여기 위쪽에 보여주고 싶은 게 하나 있어요. 바보 같지만 그게 아직도 있나 가끔 확인하러 와요." 에디가 말했다.

나는 생긋 웃었다. "그게 오늘 우리가 하는 주요 활동이 되겠군요."

우리 둘의 관계가 시작된 후로 우리는 별로 한 게 없었다. 우리는 잠을 많이 자고, 사랑을 자주 나누고, 많이 먹고, 몇 시간씩 이야기했다. 그다음엔 몇 시간씩 아무 말도 하지 않았다. 우리는 책을 읽고, 새들을 찾아보고, 어느 날 해변에서 우리가 스페인 풍의 토르

틸라를 먹는 동안 에디의 숲속 빈터에 코를 박고 다닌 어떤 개에 대한 이야기를 지어냈다.

간단히 말해서 모든 일이 일어나는 동시에 아무 일도 일어나지 않고 있었다.

나는 그의 손을 꼭 잡고 숲속을 올라가면서 또다시 모든 것이 눈부실 정도로 단순하고 아름다운 풍경에 감탄했다. 새가 지저귀는 소리와 우리 숨소리, 발바닥을 파고드는 축축한 흙의 감촉이 싱그러웠다. 깊은 만족감 말고 다른 감정은 하나도 느껴지지 않았다. 슬픔도, 죄책감도, 의문도.

거의 언덕 꼭대기까지 올라갔을 때 에디가 멈췄다. "저기. 저 미스터리한 고무장화." 그가 너도밤나무를 가리키며 말했다.

뭘 보라는 건지 알아내는 데 시간이 좀 걸렸지만 마침내 그걸 보자 웃음이 터졌다. "저걸 어떻게 저기다 걸었어요?"

"내가 한 게 아니에요. 전에 우연히 발견했어요. 저게 어떻게 저기에 있는지, 누가 했는지도 몰라요. 내가 여기서 산 몇 년 동안 이 숲에 다른 사람이 들어온 건 한 번도 못 봤거든요." 에디가 말했다.

너도밤나무의 아주 위쪽, 한때는 위로 쭉쭉 뻗어 올라갔을, 한 18미터 정도 되는 높이의 가지가 중간에 툭 끊어져 있었다. 그 가지 끄트머리에 검은 고무장화 한 짝이 걸려 있었다. 그 밑에 옅은 초록색 가지가 새로 자랐지만, 그것만 빼면 나무의 몸통은 아주 매끄러워서 도저히 사람이 올라갈 수 없어 보였다.

나는 저 고무장화가 어쩌다 저기 올라가게 됐는지 궁금해 하면서 내게 보여주려고 여기까지 데려온 그의 자상한 마음에 행복해졌다. 나는 그의 허리를 한 팔로 안으며 미소를 지었다. 그의 숨결, 그의 심장, 더운 날 언덕 꼭대기까지 올라오느라 막 땀이 나서 축축해지기 직전의 티셔츠가 느껴졌다. "이거 엄청난 미스터리인데요. 마음에 들어요." 내가 말했다.

에디는 그 부츠를 위로 던지는 흉내를 몇 번 내보다 포기했다. 도저히 불가능한 일이었다.

"어떻게 저렇게 해놨는지 정말 모르겠어요. 하지만 재밌잖아요." 그가 말했다.

그러더니 몸을 돌려 내게 키스했다. "정말 시시한 거지만 당신이 좋아할 줄 알았어요." 그가 날 꽉 끌어안았다.

나는 그의 키스에 더 열정적으로 화답했다. 그 순간 내가 원하는 건 그와의 키스뿐이었다.

여기서 이런 특별한 일이 일어났는데 어떻게 다시 LA로 돌아갈 수 있을지 의문이 들었다. 여기, 내가 한때 집이라고 불렀던 곳에서.

결국 어느 순간 우리는 발가벗은 채 나뭇잎 위에 누워 있었다.

내 머리에 흙이 묻고, 아마 벌레들도 달라붙었을지 모르겠다. 하지만 그저 환희만 치솟았다. 깊고 격렬한 환희만.

17

에디에게

이 편지를 쓰는 것에 대해 아주 오랫동안 열심히 생각해봤어요. 내가 어떻게 당신에게 ─ 다시 ─ 연락을 할 수 있을지. 당신은 살아 있지만 나와 소통하고 싶지 않다는 뜻을 아주 확실히 밝힌 상황에서 말이죠. 나는 왜 이렇게 필사적일까요? 왜 이다지도 열심히 당신의 침묵에 주의를 기울이지 않으려고 노력하고 있을까요?

하지만 간밤에 우리가 그 미스터리한 고무장화를 보러 언덕에 올라갔던 날이 문득 떠올랐어요. 그건 정말 아주 시시하면서도 즐거운 일이었지요. 우리는 그걸 올려다보면서 정신없이 웃었잖아요. 그래서 난 생각했어요. '난 이 사람을 포기할 준비가 아직 되지 않았어. 우리를 포기할 준비가. 아직은 아니야.'

그래서 이 편지를 썼어요. 당신에게 무슨 일이 일었는지 알아내기 위한

나의 필사적인 시도인 셈이죠. 내가 무슨 짓을 어떻게 해서 우리 사이를 망쳐 버렸는지 알아내려고.

우리가 같이 보낸 마지막 밤을 기억해요, 에디? 집 밖의 잔디에서, 우리가 당신의 그 거대한 텐트를 밖으로 끌어내서 몇 시간 동안 그걸 치려고 애를 쓰기 전에 말이에요. 그거 기억해요? 우리가 그 망할 텐트 때문에 기진맥진해서 쓰러지기 전에 내가 당신에게 그동안 내가 살아온 이야기를 하려고 했던 거 말이에요.

이제 그 이야기를 처음부터 시작할게요. 적어도 중요한 부분만 나온 편집본으로. 이러면 당신이 왜 나를 좋아했는지 다시 떠올릴 수 있을 것 같았어요. 당신이 내게 뭘 감추고 있는지 모르겠지만 날 좋아한 마음은 거짓이 아니었잖아요. 그것만큼은 확신하고 있어요.

자. 난 사라 에블린 해링턴이라고 해요. 글로스터 로열 병원에서 1980년 2월 18일 오후 4시 13분에 태어났어요. 엄마는 첼튼엄의 중등학교에서 수학 교사로 일하시고 아빠는 음향 기사예요. 아빠는 밴드들과 공연을 많이 다니셨지만 우리 가족이 너무 그리워지셨대요. 그래서 그 후에는 우리 지역에서 음향에 관련된 여러 가지 일을 하셨어요. 지금도 그 일을 하고 계시고. 그만두실 수가 없대요.

우리 부모님은 내가 태어나기 약 일 년 전에 프램튼 만셀 밑에 있는 계곡에 아주 작고 허름한 집을 한 채 장만하셔서 지금까지 거기 살고 계세요. 당신 헛간에 난 길을 따라 15분 정도 걸으면 우리 집이 나와요. 당신도 아마 알고 있을 거예요. 그 길도 우리 부모님이 그 집을 사셨을 때 아빠와 아빠 친구가 다시 길을 낸 거래요. 남자 둘이서, 휴대용 동력 사슬톱 두 개와 맥주 몇 캔 가지고 말이죠.

당신과 같이 그 계곡에서 지냈기 때문에 그 곳이 아주 다르게 느껴졌어요. 그동안 잊고 있었던 옛날의 내가 떠올랐죠. 우리가 처음 만난 날 아침에 내가 말했던 것처럼 거기엔 그럴만한 이유가 있었어요.

내 단짝 친구인 토미는 나보다 두어 달 늦게 우리 집으로 가는 길 끝에 있는 집에 사는 "살짝 걱정스러운(우리 아빠 말에 따르면)"부부에게서 태어났어요. 토미와 나는 세상에 둘 도 없는 친구가 돼서 사춘기가 될 때까지 매일 같이 놀았어요. 어느 순간 아이처럼 노는 것이 시들해지는 그런 슬프고 기이한 시절인 사춘기가 누구에게나 찾아오게 마련이잖아요. 하지만 그 전까지 우리는 시냇물을 첨벙첨벙 걸어 다니고, 블랙베리로 배를 채우고, 들꽃들이 무수히 피어 있는 곳 속에서 땅굴을 파고 다녔어요.

내가 다섯 살 때 엄마가 동생을 — 한나라고 — 낳았어요. 몇 년 후에 한나가 우리의 모험에 합류했죠. 내 여동생인 한나는 정말 겁이 없는 아이였어요. 토미와 나보다 훨씬 더 용감했죠. 나이는 우리보다 어렸으면서. 한나와 가장 친한 친구인 알렉스라는 꼬마 여자아이는 한나를 우러러봤어요.

어른이 된 지금에서야 내가 얼마나 동생을 사랑했는지 깨달았어요. 나도 동생을 그때 우러러보고 있었죠.

토미는 엄마가 — 토미 표현에 따르면 — "미쳐서" 우리 집에서 아주 많이 놀았어요. 지나고 보니 그게 공정한 표현인지는 모르겠어요. 다만 토미 엄마가 아주 세속적인 것들에 심하게 집착하는 분이긴 해요. 그 엄마가 주도해서 토미 가족은 내가 열다섯 살 때 LA로 이주했어요. 정말 그때 너무나 마음이 아팠어요. 토미 없이는 내가 누군지도 알 수 없었거든요. 내 친구들은 누구지? 난 어떤 그룹에 속하지? 그때는 그저 누군가에게 빨리 달라붙어야 한다는 것만 알고 있었어요. 이대로 학교 친구들에게 영영 밀려나 완벽한 왕따가 되기 전에 말이죠.

그래서 맨디와 클레어라는 두 소녀에게 껌 딱지처럼 달라붙었어요. 난 항상 그들에게 상냥하게 대했는데 ― 정확히 말해 친구는 아니었어요 ― 토미가 떠난 후 더 열심히 잘 했죠. 성심성의껏 그 아이들의 비위를 맞추면서 내 속마음까지 내보였어요. 어린 여자아이들은 때로 아주 잔인해질 수 있답니다.

그로부터 2년 후에 나는 새벽 다섯 시에 토미에게 국제 전화를 해서 그의 집에서 지낼 수 있게 해달라고 애원했어요. 하지만 그 이야기는 나중에 할게요.

오늘은 여기서 끝낼게요. 내 인생 전체를 이렇게 토해내듯 한 번에 다 쓰고 싶진 않아요. 당신이 듣고 싶지 않을지도 모르니까. 설사 당신이 내 이야기를 듣고 싶다고 해도 세상에 나만 과거가 있는 사람처럼 굴고 싶지도 않고요.

당신이 그리워요, 에디. 단 7일 동안 알고 지낸 누군가를 이토록 그리워할 수 있다니 정말 놀라워요. 당신이 너무나 그리워서 도저히 이성적으로 생각할 수 없는 것 같아요.

사라

_18_

그가 거기 있었다. 루벤이. BFI(영국 영화 협회 – 옮긴이)카페 테이블 앞에 앉아서 새 여자 친구와 이야기하고 있었는데, 그녀의 얼굴은 보이지 않았다. 그는 다 마시고 갈색 얼룩만 남은 커피잔을 들고 있었다. 그에게서 침착하면서도 새롭고 남성적인 분위기가 물씬 풍겼다.

아주 오래전 한 멕시코 레스토랑 밖에서 덜덜 떨고 있던 깡마르고 수줍어하던 소년을 본 그 날이 떠올랐다. 그는 머리에 젤을 바르고 목에는 싸구려 로션 향기가 풍겼다. 몇 시간 후에 내게 홀딱 반해서 데이트를 신청하던 그의 떨리던 목소리가 기억난다. 그랬는데 이제 그를 보라! 어깨는 더 넓어지고, 전체적으로 강해진 전형적인 캘리포니아 멋쟁이가 됐다. 끝으로 갈수록 점점 폭이 좁아지는 패션 반바지에, 선글라스를 끼고, 아주 세심하게 신경 써서 헝클어뜨린 머리를 바라보자 나도 모르게 미소가 지어졌다.

"안녕." 나는 그들이 앉은 테이블에 도착해서 인사했다.

"아!" 루벤이 말했고 그 순간 그에게서 내가 결혼했던 젊은 남자의 모습이 보였다. 영원히 같이 있게 될 거라고 생각했던 남자, 그때는 그 화창하고 유쾌한 도시에서 그와 영원히 같이 사는 것이 내게 필요한 전부라고 생각했다.

"어머나! 당신이 사라겠군요." 카이아가 일어섰다.

"안녕하세요." 나는 손을 내밀며 인사했다. "이렇게 만나게 돼서 반가워요." 카이아는 몸매가 날씬하고 눈이 맑은 사람이었다. 턱에 있는 오래된 여드름 흉터가 희미해지면서 점점 올라가서 매끄러운 뺨이 보였다. 검은 머리는 등 한가운데까지 무심하게 늘어져 있었다.

그녀는 내가 내민 손을 무시하고 내 뺨에 키스한 후에, 내 어깨를 두 손으로 잡고 따뜻한 미소를 지었다. 바로 그 순간 오늘 이 만남은 그녀가 주도할 것이란 사실을 알아차렸다. 이 여자는 모든 것을 완벽하게 갖춘 사람이고 나는 아니니까. "이렇게 만나게 돼서 정말 기뻐요. 오랫동안 당신을 만나보고 싶었는데 이제야 보게 되네요." 그녀가 말했다.

카이아가 구글에서 내 이름을 검색해서 얼굴을 확인하지 않았다면 정말 대단한 여자임이 틀림없었다. 난 그렇게 대단한 여자가 아니라서 그녀의 이름을 알게 되자마자 구글에서 검색해봤다. 하지만 카이아는 인터넷에 흔적을 남기는 사람이 아니었다. 돌아버리게 순수한 여자니까.

그녀가 앉아서 생긋 웃는 동안 나는 테이블 밑에 내 가방을 놔둘 공간을 찾고 입고 있던 카디건을 벗었다. 너무 더워서 이마에서 땀이 송골송골 맺혔다. 나는 카디건에서 팔을 빼면서 이 여자는 해질 녘 해변에 앉아 조용히 명상하는 여자 같다고 생각했다. 선량하면서도 세상에 단단하게 뿌리를 내리고, 얼굴엔 소금기가 있고 바람이 머리카락을 나부끼는 그런 여자.

"자…….. 우리가 이렇게 만나게 됐네." 루벤도 앉으면서 말했다. 그는 심호흡한 후에, 문득 뭐라고 해야 할지 모른다는 사실을 깨닫고 입을 다물어버렸다.

카이아가 그런 그를 힐끗 보더니 표정이 부드러워졌다. 저건 내가 짓는 표정인데, 나는 유치하게 그런 생각을 했다. 루벤이 어쩔 줄 몰라 할 때 나도 저런 표정으로 그를 봤다. 그러면 루벤은 진정하곤 했다.

"당신에 대한 이야기를 정말 많이 들었어요, 사라." 그녀는 내게 고개를 돌리면서 말했다. 그녀는 홀치기염색 기법을 쓴 대담한 디자인의 긴 드레스를 입고 은팔찌를 여러 개 겹쳐서 끼고 있었다. 여기 있는 사람 중에서 가장 우아해 보였다. "당신은 물론 지금 입고 있는 옷만으로 판단할 수 있는 사람이 아니란 건 알지만—이 여자가 독심술을 하나?—지금 입고 있는 그 스커트 정말 예쁜데요?" 그녀가 말했다.

나는 스커트를 쓸어내렸다. 이건 사실 내가 가진 아주 근사한 옷 중 하나지만, 어쩐지 오늘은 이걸 입고 있으려니 자꾸 남의 시선이 의식됐다. 마치 다들 편하게 캐주얼을 입고 오는데 나만 과하게 꾸

미고 온 느낌이었다.

"고마워요." 내가 대답했다. 나는 입고 있는 옷만으로 나를 판단해선 안 된다는 그녀의 말을 증명하려고 했지만 뭐라고 대꾸해야 할지 몰라 그냥 입을 다물었다.

카이아가 지갑을 꺼냈다. "내가 마실 걸 사 올게요. 뭐 드시겠어요?"

"아, 고맙습니다." 나는 시계를 확인했다가 아직 정오도 안 된 걸 보고 실망했다. 그래서 마지못해 라임이 들어간 소다수를 주문했다.

카이아가 일어나자 루벤도 일어났다. "내가 도와줄게!"

"내가 할게요. 두 사람은 그동안 못 했던 이야기나 해요." 그녀가 말했다.

하지만 루벤이 고집을 부려서 결국 나 혼자 남았다.

이거구나, 나는 냅킨으로 이마를 닦으며 생각했다. 이게 내 미래구나. 요가 강사와 데이트 하는 내 전남편과 같이 사업을 운영하는 미래. 그것도 정말 착한 여자랑 사귄단 말이군. 나는 그들이 바로 걸어가는 모습을 지켜봤다. 루벤이 그녀의 허리를 한 팔로 껴안더니 죄책감이 서린 얼굴로 혹시라도 내가 보고 있는지 돌아봤다.

이게 나의 미래군.

그는 우리가 헤어진 지 6주가 지난 후에 언뜻 보기에도 금방이라도 불안 발작을 일으킬 것 같은 얼굴로 사무실에 왔다. "당신 괜찮아?" 그가 소도구가 들어 있는 벽장을 뒤지다 뭔가 떨어뜨려서 요란한 소리가 나자 나는 작업하고 있던 컴퓨터에서 고개를 들면서 물었다.

그는 고개를 돌려 흥분한 눈빛으로 나를 바라봤다. "나 누군가를 만났어." 그는 벽장 문 앞에 몸을 웅크리고 선 채 불쑥 내뱉었다.

뒤에 있는 선반에서 빨간 코들이 들어 있는 커다란 가방이 떨어지자 그는 그걸 주워서 끌어안았다. "정말 미안해. 그럴 계획은 아니었는데." 그가 속삭였다.

그는 마치 폭탄 장치에게 접근하는 폭탄 해체 전문가 같은 얼굴로 내게 다가오면서 내 표정을 읽으려고 필사적으로 노력했다. 그가 걸어오는 동안 빨간 코들이 줄줄이 바닥으로 떨어지고 있었지만 그는 눈치도 채지 못했다.

"헤어진 지 얼마나 됐다고 금방 이런 소식을 전하게 돼서 너무 미안해. 당신 좀 앉을래?" 그가 말했다.

나는 이미 앉아 있다는 것을 손으로 가리켰다.

루벤의 그 말을 들었을 때 아무 감정도 느껴지지 않아서 사실 내심 충격을 먹은 상태였다. 확실히 기분은 이상했지만 질투보다는 호기심이 더 컸다. 루벤이 데이트를 하고 있었다니! 나의 루벤이! "당신 정말 알고 싶어?" 그는 계속 물었다.

나는 카이아가 글렌데일의 주스 바에서 파트타임으로 일하고 있고, 요가 강사이자 자연 요법 훈련을 받고 있으며, 루벤이 완전히 그녀에게 정신없이 반했다는 사실만 간신히 알아냈다.

나는 그녀가 음료를 주문하는 모습을 바라봤다. 그녀는 누구나 보면 인정하는 미인은 아니었는데 어떤 면에선 그래서 더 진 것 같은 쓸쓸한 기분이 들었다. 그녀는 겉과 속이 다 건강한 사람으로 가만히 있어도 얼굴에서 후광이 비치는 그런 타입이었다. 그리고 좋은 사람이라는 것도 느낄 수 있었다. 정신없고 어두운 나에 비해 다정하고 착하다. 루벤은 그녀의 코끝을 손가락으로 꾹 누르면서 웃었다. 전에는 나한테 그랬는데.

에디와 내 사이가 잘 풀렸더라면 훨씬 쉽게 이 둘을 만났을 수 있었을 텐데, 나는 무뚝뚝하게 이런 생각을 했다. 루벤이 바로 여기서 무릎을 꿇고 카이아에게 청혼하더라도, 나는 환호하고 박수치면서 그들의 망할 결혼식 준비를 돕겠다고 제안했을지도 모를 일이었다.

만약 에디가 전화했더라면.

비참한 마음에 가슴이 답답해져서 그러면 이 상황이 좀 나아지기라도 할 것처럼 핸드폰을 확인했다.

그러다 그대로 얼어붙었다.

이거…… 이거 혹시?

말풍선이 뜨고 있었다. 작은 회색 말풍선이 나타나고 있었는데, 그렇다면 살아 숨 쉬는 진짜 에디가 세상 어딘가에서 내 메시지들에 대한 답장을 입력하고 있다는 뜻이다. 나는 꼼짝 않고 앉아서 그 말풍선을 보고 있었고, 주위 환경이 순식간에 사라져버렸다.

"런던에 오니 정말 좋아요." 카이아가 내 음료수를 가지고 돌아왔다. *안 돼! 저리 가란 말이야!* "내가 이 도시를 얼마나 사랑하는지 그동안 잊고 있었어요." 나는 핸드폰을 얼른 내려다봤다. 그 말풍선은 아직 그대로 있었다. 그는 아직도 문자를 입력하고 있었다. 두 개의 감정이 폭풍처럼 들고 일어났다. 공포, 기쁨. 공포, 기쁨. 나는 억지로 카이아에게 미소를 지어 보였다. 그녀는 손가락 중간에 끼는 반지를 끼고 있었다. 나도 몇 년 전에 그런 반지를 끼었는데 엘

마타도어 해변의 공중화장실에서 그만 변기에 빠져버렸다.

"그럼 런던을 잘 아시나 봐요?" 나는 억지로 그렇게 물어봤다.

그 말풍선은 아직 그 자리에 있었다.

"몇 번 보도하러 왔어요. 전 아주 오래전에 기자였답니다." 그녀가 대답했다.

그녀는 가볍게 몸을 떨었고 나는 그녀가 이야기를 계속하길 기다렸다. 난 정말 할 말이 하나도 없었으니까. *이거야! 이게 바로 러시비 선생님이 내게 이야기했던 그런 순간이구나. 완전히 자신을 잃어버리는 상황. 예의, 사교성, 통제력 전부 다.* 말풍선은 아직도 움직이고 있었다.

"하지만 내가 그 일을 즐기지 못하고 있다는 걸 깨달았어요." 그녀는 말을 멈추고 그때를 떠올렸다. "그래서 내가 정말 좋아하는 것들을 분석해보니까 영양, 야외 활동, 내 몸을 평화롭고 강하게 유지하는 그런 거더라고요. 그래서 인생의 추월 차선에서 뛰쳐나와서 요가 강사가 되는 훈련을 받았어요. 그게 내가 살면서 아주 잘한 일 중 하나에요."

"아, 대단해요! 나마스떼!" 내가 말했다.

카이아가 테이블 밑에서 루벤의 손을 잡았다. "하지만 그러다 2년 전에 아주 큰 일을 겪었고 그때 좀 더 근본적인 변화가 일어나서……."

말풍선. 아직도 그 자리에 있다.

"그래서 거기서 빠져 나오기 시작했을 때 내 자신과 내 욕구에 솔직해지는 것만으로는 충분하지 않다는 걸 깨달았어요. 내 시선을 좀 더 넓혀서 다른 사람들을 도와야 했죠. 너무 심각하게 말하고 싶진 않지만 아무 대가 없이 나를 바치고 싶었어요."

그녀의 뺨이 발그레 물들었다. "아, 맙소사, 완전히 심각한 말만 하고 있네요." 그녀가 웃었고, 나는 이 만남이 나만 힘든 게 아니라 그녀도 마찬가지로 힘들다는 사실을 떠올렸다.

루벤은 마치 자기 옆에 성모 마리아가 앉아 있는 것 같은 표정으로 그녀를 보고 있었다. "전혀 심각하지 않았어. 안 그래, 사라?" 그가 물었다.

나는 잠시 핸드폰을 내려놓고 그를 빤히 봤다. 이 인간이 지금 전 마누라인 나더러 자기 새 애인을 달래주라는 거야?

"그래서 간단히 요약하면, 아동 병원에 기금 모금하는 회원으로 등록했어요." 그녀는 급히 덧붙였다. 그녀는 이제 자기 이야기는 끝내고 싶어 했다. "병원에서 최소 일주일에 한 번 일하는데 대체로 그보다는 더 자주 나가요. 그게 나에요."

"나도 그 기금 모금하시는 분들하고 일을 많이 해요." 나는 마침내 공통의 화제가 생겨서 기쁜 마음으로 말했다. "다들 훌륭한 분들이시죠. 우리 자선 단체와도 아주 친하고. 그렇게 둘이 만났나 봐요?"

카이아가 루벤을 보자, 루벤은 불안하게 고개를 끄덕였다. 괜찮아, 나는 그에게 이렇게 말해주고 싶었다. 당신 여자 친구에게 질투가 나긴 해, 맞아, 하지만 그녀가 아주 성숙한 사람처럼 보여서 그런 거야. 아직도 당신을 원하는 마음이 있어서 그런 건 아니라고.

이 상황의 난감한 점은 내가 17년 동안 결혼 생활을 했던 루벤에게 빠졌던 것보다 단 7일 동안 같이 있었던 에디에게 더 깊이 빠졌다는 점일 것이라고 생각하며 다시 핸드폰을 집어 들었다(아직도 말풍선은 사라지지 않고 있었다). 지금 이 상황에서 죄책감을 느껴야 할 사람은 루벤이 아니라 나여야 할 것이다.

나는 에디의 메시지가 도착하길 기다리며 테이블에 핸드폰 화면이 안 보이게 뒤집어 놨는데, 그때 어마어마한 희열이 밀려왔다. 오랜 기다림이 마침내 끝났다. 몇 분만 있으면 진실을 알게 된다.

루벤은 도저히 사람들과 이야기를 할 수 없는 상황에서도 오랫동안 능숙하게 대화를 주도했지만 막상 이 대화는 어떻게 끌어나가야 할지 모르고 있었다. 그는 몇 번 자신 없이 헛기침하더니 여기 수돗물에서는 염소 맛이 안 난다는 둥 말도 안 되는 이야기만 하고 있었다.

핸드폰이 윙 소리를 내며 진동해서 잽싸게 낚아챘다. 마침내. 드디어.

하지만 그건 아빠가 보낸 문자였다.

얘야, 아직 글로스터셔를 떠나지 않았다면, 여긴 오지 마라. 네 할아버지의 새로 온 간병인들이 다 그만둬버렸다. 우린 이제 포기하고 할아버지를 우리 집에서 간호하려고 모셔오는 중이야. 하나가 옛날에 쓰던 방을 할아버지가 쓰시게 할 거다. 네 여행을 취소하고 우리를 보러 올 생각은 하지 마라. 우린 널 사랑한다(그리고 네가 필요하다⋯⋯). 하지만 비행기 표를 연기해서 내일 우리를 보러 올 수 있다면 아주 기쁘겠구나. 아빠가.

나는 루벤이고, 카이아고, 다른 사람들을 다 잊어버린 채 곧바로 메신저를 살펴봤다.

메시지가 없었다. 에디는 아직 인터넷에 있었지만 그 말풍선은 사라져 버렸다.

내 얼굴이 축 처지는 게 느껴졌다. 내 마음도 와르르 무너졌다.

나는 아직도 내게 말하고 있는 카이아를 억지로 봤다. "몇 년 전에 암 병동에서 클라운 닥터를 두 명 봤어요." 그녀가 말하고 있었다. 이럴 순 없어. 대체 그 메시지는 어디 있는 거야? "거기에 어린 남자아이가 하나 있었어요. 그 아이는 너무 몸이 아픈 데다 슬프고 화학 요법을 받아야 하는 현실이 너무 화가 나서 클라운 닥터들이 왔을 때 입을 딱 닫아버렸죠. 그리고 벽을 보고 누워서 아무 말도 안 듣는 척하는 거예요."

"나는 그런 일이 자주 일어난다고 설명했지. 그래서 클라운 닥터들이 두 명씩 작업하는 거야." 루벤이 자랑스럽게 말했다.

"정말 현명한 방식이에요! 클라운 닥터 둘이서 작업하니까 아이가 거기 낄지 안 낄지 선택할 수 있잖아요. 그렇죠?" 카이아가 환한 얼굴로 말했다.

"그렇지. 그런 식으로 아이들이 주도권을 잡는 거죠." 루벤이 말했다.

맙소사. 이 지루한 커플은 대체 지금 뭐라고 하는 것이며, 내 메시지는 어디로 갔나?

"그래서 그 꼬마 아이가 얼굴을 돌리니까 광대들이 즉석에서 온갖 게임을 하기 시작했어요. 아이는 더 이상 참을 수 없었죠. 옆에서 그걸 보는 나도 배꼽잡고 웃었다니까요! 그분들이 끝나고 병원을 나갈 때 그 아이는 끝도 없이 웃고 있었어요."

나는 마지못해 고개를 끄덕였다. 그런 장면은 나도 아주 많이 봤다.

에디가 아닌 뭔가에—그게 뭐든— 정신을 집중하기 위해 나는 루벤이 클라운 닥터 훈련을 받고 난 후 아이들과 같이 작업하는 모습을 처음 봤을 때 이야기를 꺼냈다. 내가 주저리주저리 이야기를 늘어놓는 모습을 카이아가 지켜봤다. 그녀는 작은 갈색 손에 갈색 턱을 괸 채 또 다른 손으로 루벤의 손을 잡고 있었다. 나는 결국 이야기를 멈추고 내 핸드폰을 보면서, 벌써 그의 대답을, 그 메시지의 길이를, 그걸 담고 있는 회색 핸드폰을 마음속으로 상상했다.

하지만 메시지는 없었다. 화면은 텅 비어 있었고, 에디는 또다시 인터넷을 나가버렸다.

"음료수 더 마실 사람 없어요? 와인은?" 나는 핸드백에서 지갑을 꺼내면서 물었다. 그리고 손목시계를 봤다. "지금은 12시 15분이니까. 와인 한 잔 정도 마셔도 괜찮잖아요."

나는 바에서 음료가 나오길 기다리면서 두 팔로 나를 감싸 안았다. 내 마음을 달래기 위해서 그랬는지 아니면 정신을 놓지 않으려고 그랬는지는 나도 모르겠지만.

20분 정도 지난 후에 나 혼자 마신 와인의 취기가 돌면서 살짝 머리가 멍해졌고, 카이아는 화장실에 갔다. 나는 드레스 밑으로 그녀의 날씬한 다리가 움직이는 걸 보며 카이아가 일이 끝난 루벤을 태우러 와서 같이 저녁을 먹으러 가는 모습이나, 그리피스 공원에서 둘이 같이 저녁에 하이킹을 하는 모습을 상상해보려고 했다. 카이아가 우리 회사 크리스마스 파티나 여름 바비큐 파티에 오는 모습, 패서디나에 사는 루벤의 다정하지만 잔뜩 긴장한 부모와 점심을 먹는 모습을 상상했다. 앞으로 그런 일들이 다 일어날 테니까. (지난번 며느리보다 훨씬 낫다. 루벤의 엄마가 그렇게 말하는 모습을 상상했다. 그녀는 항상 내가 자기 아들을 데리고 결국 영국으로 돌아갈 것이라고 의심하고 있었다.)

"예쁜 사람이네." 내가 루벤에게 말했다.

"고마워." 그는 고개를 돌려 고마워하는 표정으로 나를 바라봤다. "그렇게 싹싹하게 대해줘서 고마워. 내겐 아주 큰 의미가 있는 사람이야."

"우린 서로가 필요하잖아." 나는 그렇게 말하고, 잠시 후에, 불쑥 이렇게 말해서 우리 둘 다 놀랐다. "하지만 이제는 다르지. 당신은 멋진 여자를 만났고 그래서 기뻐, 루. 진심이야."

"그래." 루벤이 대답했는데 그 목소리에서 얼마나 기뻐하는지 느낄 수 있었다. 마치 요가 수업을 시작할 때 크게 심호흡을 해놓고 다시 정상적인 호흡 리듬으로 돌아가지 않고 그대로 멈춰버린 것 같은 그런 느낌이었다.

"있지." 루벤이 이야기를 시작했다. 그는 어딘가 불편해 보였다. "그게, 있지, 사라. 난…… 이 말은 꼭 해야겠어. 당신이 어제 보낸 이메일들은 평소의 당신답지 않았어. 그건 별로…… 효율적이지 않았다고 해야 하나. 당신은 우리에게 한 마디 상의도 없이 우리 이사들에게 그 서류들을 보냈잖아. 자기 동생을 위해 클라운 닥터

들을 보내달라는 아이의 이메일에 그러겠다고 곧바로 답장을 보내
질 않나. 먼저 그 병원부터 연락해서 확인을 했어야지. 난 대체 뭐
가 뭔지 모르겠더라고."

카이아가 우리 자리로 돌아오고 있었다. "나도 알아. 어제 내가
일진이 안 좋아서 그랬어. 다시는 그런 일 없을 거야." 내가 말했다.

그는 날 찬찬히 봤다. "당신 괜찮아?"

"괜찮아. 그냥 피곤해서 그래."

그는 천천히 고개를 끄덕였다. "음, 내가 필요하면 연락해. 우리
가 정해놓은 절차대로 일을 하지 않으면 실수하기 쉬워지잖아."

"나도 알아. 아참, 그 병원 홍보 건에 대해 의논해야 하잖아."

"물론이지. 그런데 지금 하자고?" 루벤이 말했다.

"카이아가 있는 자리에서 일 이야기를 할 순 없지."

루벤이 얼굴을 찌푸렸다. "아, 카이아는 신경 쓰지 않을 거야."

"난 신경 쓰여. 이건 사업이야, 루."

"아니. 이건 자선이야. 사업이 아니라. 그리고 카이아는 우리 일
을 잘 알고 있어. 카이아는 적이 아니라 친구야, 사라." 루벤이 부드
럽게 말했다.

나는 억지로 미소를 지었다. 그의 말이 맞았다. 요즘엔 나만 빼
고 다 맞는 말만 한다.

루벤과 카이아는 40분 후에 떠났다. 루벤은 내가 그러지 말라고
해도 자기가 홍보 계획을 짜겠다고 고집을 부렸다. 나는 그러라고
했다. 어떻게 그 자리에서 안 된다고 할 수 있겠는가? 적어도 카이

아는 우리가 일 이야기를 하는 동안 밖에 나가서 앉아 있겠다고 제안했다. "아니야, 그러지 마! 이게 무슨 비밀도 아닌데." 루벤이 말했다.

카이아는 내 뺨에 키스한 후에 나를 껴안았다. "만나서 정말 좋았어요. 정말." 그녀가 말했다.

나도 그렇다고 대답했다. 이 사람은 정말 좋은 사람이니까.

그들이 떠난 후에 나는 핸드폰을 꺼놓고 노트북을 켜서 일했다. 사람들이 왔다 갔고, 참치 샐러드와 마요네즈를 어마어마하게 뿌린 감자 칩 접시들이 나왔다가 들어갔고, 직장에서 바르는 립스틱 얼룩이 묻은 와인 잔들과 맥주 잔들이 왔다 갔다. 카페 밖으로 보이는 하늘은 회색 구름에 덮여 있었다. 빗방울이 떨어지고, 바람이 불고, 다시 해가 나왔다. 사우스 뱅크에서는 김이 솟았고, 사람들은 우산을 접어서 빗물을 털어냈다.

에디와 같이 지내던 5일 째 되는 날 그의 얼굴을 보면서 남은 생을 이 사람과 같이 지낼 거라고 생각했다. 지금 당장 그 결정을 내려도 절대 후회하지 않을 거라는 걸 나는 알고 있었다.

지글지글 끓던 더위가 마침내 물러가고 폭풍우가 밀려오면서 번개가 번뜩이고 천둥이 치고 빗방울들이 에디의 헛간 지붕을 요란하게 두들겨 댔다. 우리는 채광창 밑에 있는 그의 침대에 누워 있었다. 그는 그 창을 주로 별과 밖의 날씨가 변하는 모습을 지켜보는 용도로 쓴다고 했다. 그는 거꾸로 누워서 멍하니 내 발을 마사지하면서 폭풍우가 몰아치는 하늘을 올려다보고 있었다.

"양 소년 루시가 이 상황을 어떻게 생각할지 궁금하군." 에디가 말했다. 나는 웃으면서 루시가 나무 밑에 서서 쓸쓸하게 매애애 우는 모습을 상상했다.

"LA 폭풍우는 장난 아닌데. 마치 아마겟돈 같아요." 내가 말했다.

잠시 침묵이 흐른 후에 에디가 말했다. "거기 다시 돌아가는 것에 대해 어떤 느낌이 들어요?"

"불안한 느낌."

"왜?"

나는 그를 제대로 보려고 고개를 들었다. "왜 그럴 거라고 생각해요?"

기분이 좋아진 그가 내 발을 베고 말했다. "음, 있지, 그게 문제에요. 나는 당신을 놔주고 싶지 않을 것 같아요."

그때 난 그에게 미소를 지으며 생각했다. 만약 당신이 여기 있으라고 한다면, 만약 당신이 나에게 우리 둘이 여기서 인생을 새로 시작할 수 있다고 한다면, 난 떠나지 않을 거예요. 당신을 안 지 며칠밖에 안 됐지만, 절대 돌아오지 않을 거라고 맹세할지도 모르지만. 당신을 위해서라면 떠나지 않겠어요.

그만 가려고 짐을 챙겼을 때 네 시가 다 됐다. 이제는 아무 기대도 없지만 그래도 핸드폰을 다시 켰다. 하지만 내가 모르는 번호로 문자가 하나 들어와 있었다.

에디에게서 떨어져, 문자 내용이 그랬다.

마침표도 없고, 인사도 없고, 주어도 없다. 그냥 떨어져.

나는 다시 털썩 주저앉았다. 그 문자를 몇 번이나 읽어봤다. 그것은 정확히 세 시에 들어왔다.

몇 분이 지난 후에 조에게 전화하기로 결심했다.

"우리 집에 와. 곧바로 와, 자기야. 루디는 할아버지 집에 갔어. 내가 와인 한 잔 줄 테니까 마시고 문자 보낸 그 사람, 그 변태에게 전화해서 대체 무슨 일인지 알아보자, 알았지?" 조가 곧바로 말했다.

빗발이 점점 더 거세지고 있었다. 마치 회색 울화 덩어리처럼 템스 강을 사정없이 두들기고, 후려치고, 고함을 지르는 것이 에디의 침대에서 그와 같이 지켜봤던 폭풍우 같았다. 나는 비가 그치길 몇 분 더 기다렸다 포기하고 코트도 없이 워털루 쪽으로 걸어갔다.

19

당신에게

당신은 아까 내게 답장을 쓰기 시작했죠. 뭐라고 하려고 했나요? 뭣 때문에 마음이 바뀌었나요? 정말 내게 할 말을 찾을 수 없었나요?

지난번에 쓰던 부분에서 이어서 쓸게요.

열일곱 살이 되고 몇 달 후에 나는 사이렌세스터 도로에서 끔찍한 교통사고를 겪었어요. 그날 내 동생을 잃고, 내 인생도 잃었어요. 적어도 그때까지 내가 알고 있었던 인생은 사라져버렸어요. 사고가 나고 몇 주 후에 더이상 거기서 살 수 없다는 사실을 깨달았거든요. 프램튼 마셀. 글로스터셔. 심지어 영국마저도 견딜 수 없었어요. 나에겐 지독한 암흑기였죠.

나는 바닥까지 추락했어요. 그래서 토미에게 전화를 걸었죠. 토미는 그때 LA에서 2년째 살고 있었어요. 토미가 당장 비행기 타고 오라고 했어요. 나는 그렇게 했죠. 정말 다음 날 비행기를 타고 떠났으니까. 부모님은 그

점에 있어서 아주 잘 해주셨어요. 오로지 못난 딸만 생각하시고 그 힘든 시기에 떠날 수 있게 해주셨으니까. 내 결심이 우리 가족에게 어떤 영향을 미칠 줄 알았더라면 부모님이 그렇게 선선히 보내주셨을까요? 그건 나도 모르겠어요. 어쨌든 그분들은 제가 원하는 걸 가장 중시하셔서 다음 날 아침 히스로 공항에 갔어요.

토미 가족은 사우드 베드포드 드라이브라는 주택가에 살고 있었는데 그 동네 도로가 영국의 고속도로만큼이나 넓더군요. 토미 집은 기이한 회갈색 건물이었는데 마치 스페인풍의 단층 주책과 조지 왕조풍의 저택을 합친 것처럼 생겼어요. 거기 도착한 첫날 시차와 더위 때문에 속은 울렁거리고 머리는 어질어질한 상태로 그 집 앞에 서서 내가 달에 착륙한 건가, 라는 생각을 하고 있었죠.

나중에 알고 보니 나는 베벌리 힐스에 착륙했던 거였어요.

"우리 가족은 사실 여기서 살 형편이 안 돼." 토미가 집 구경을 시켜주면서 우울하게 말했어요. 그 집에는 수영장도 있었어요! 진짜 수영장! 거기다 여러 개의 의자와 테이블들이 있는 데크도 있고, 덩굴 식물들과 장미와 열대에서 피는 꽃들이 분홍색 구름처럼 몽글몽글 피어 있었죠.

"집세가 정말 미쳤어. 부모님이 어떻게 매달 그걸 내고 있는지 상상도 못하겠지만 엄마는 영국에 있는 지인들에게 우리 집에서 모퉁이만 돌면 삭스백화점이 있다고 신나게 자랑해."

토미의 엄마는 알아볼 수 없을 정도로 변했고, 전보다 더 옷과 피부 관리와 호화로운 레스토랑에서 먹는 점심(분명 거기서 하나도 먹을 수 없을 텐데)에 집착하고 있었지만, 내게 휴식이 필요하다는 걸 알아볼 만큼 정이 있는 분이기도 했어요. 그분은 내게 원하는 만큼 자기 집에서 지내도 좋다고 하시면서 토미가 편지에 썼던 이국적인 분위기가 풍기는 요구르트 아이스 크림 가게가 어디 있는지 말해줬죠. "하지만 너무 많이 먹진 마라. 네가 살 찌는 건 보고 싶지 않으니까." 토미 어머니가 그러시더군요.

깔끔하게 깎은 잔디밭을 둘러싼 높은 울타리 너머로 펼쳐진 거대한 도 시를 보고 나는 머리가 멍해졌죠. 하늘까지 솟아오를 기세로 야자나무들이 양쪽에 위풍당당하게 줄을 맞춰 서 있는 도로를 봤을 때 받았던 느낌을 평 생 잊지 못할 것 같아요. 신호등마다 거리 이름이 적힌 거대한 표지판들이 걸려 있었고, 땅딸막하고 작은 건물들이 끝도 없이 늘어서 있었어요. 꽃들 이 피어 다채로운 풍경을 이루고 지진에 대비해 설계된 건물들이었죠. 끝 없이 윙윙거리는 비행기 소리들, 네일 샵들과 바위투성이 산들과 발레 파 킹이 되는 주차장들과 눈이 튀어나올 정도로 비싸고 아름다운 옷들로 가득 찬 옷가게들. 그 광경에 나는 깜짝 놀랐어요. 몇 주 동안 넋을 잃고 보기만 했죠. 거기 사람들, 요정 같은 전등으로 장식된 상점들, 옅은 금빛 모래가 펼쳐진 해변, 매일 산타 모니카 해변에 부서지는 태평양의 파도. 그것은 기 적이었어요. 화성이었고. 그래서 내게는 더없이 완벽한 곳이었죠.

거기 도착하고 얼마 못가서 자기 집에 와서 지내라고 토미가 나를 초대 했던 게 순전히 날 불쌍하게 생각해서 그런 것만은 아니란 걸 알게 됐어요. 토미는 외로웠어요. 토미가 영국에 있을 때 같은 반 친구들의 무자비한 괴 롭힘에서 탈출한 건 사실이지만 가족과의 관계, 자존감, 인간에 대한 믿음 중 어느 하나 더 나아진 것 같지 않았어요. 토미가 영국을 떠났을 때 보이 기 시작했던 자신의 몸에 대한 생각이 그사이에 아주 어두워진 것 같았어 요. 토미는 아예 안 먹거나 폭식을 하고, 가끔은 하루에 두세 번씩 운동을 하고, 토미 방은 아직 가격표를 떼지도 않은 새 옷으로 가득 차 있었죠. 내가 토미 방에 처음 들어갔을 때 토미는 미국에 오기 전에 자신이 어떤 사람이었는지 새삼 기억이 난 것처럼 당혹스러워 보였어요.

어느 날 나는 그에게 대놓고 게이냐고 물었어요. 우리는 그때 농산물 직판장에서 타코를 사 먹으려고 줄을 서 있었는데 토미가 갑자기 배고프지 않다고 거짓말을 하기 시작한 거예요. 난 거기 서서 주차 티켓으로 부채질하다가 느닷없이 물어봤어요. 둘 다 아무 생각 없이 서 있었는데 내가 대형사고를 친 거죠. 토미는 몇 초 동안 나를 빤히 보고 있다가 대답했어요. "아니, 해링턴, 나 게이 아니야. 그리고 대체 그게 타코와 무슨 상관이 있는데?"

그때 뒤에서 조용히 웃음 터지는 소리가 들렸어요. 토미는 무지하게 민망해했죠. 내가 돌아보자 나보다 두어 살 정도 많아 보이는 소녀 하나가 대놓고 웃고 있었어요. "미안해요. 하지만 엿듣지 않을 수 없었어요. 당신은 좀 돌려 말하는 법을 연습해야겠어요." 그녀는 런던 억양으로 아직도 웃으면서 날 가리키며 말했죠.

토미도 그녀의 말에 동의했죠.

나도 그랬고.

한 시간 후에 우리 셋은 흔들거리는 테이블 위에서 타코를 같이 먹다가 평생 동안 지속되는 우정을 맺게 됐어요. 그 여자아이의 이름은 조였고 미용 치료사로 일하면서 근처에 있는 허름한 아파트에서 살고 있었어요. 몇 달 뒤에 조가 돈이 다 떨어져서 어쩔 수 없이 영국으로 돌아가기 전까지 그녀는 우리를 놀리고 웃기면서 우리가 어느 정도 정상적으로 행복하게 살아갈 수 있도록 닦아세웠죠. 조는 우리가 자신의 사연을 털어놓게 만들었고 — 가끔은 처참하게 실패하기도 했지만 — 우리가 파티에 참석하고, 해변에 놀러 가고, 무료 콘서트에 가게 만들었어요. 조 몽크는 가끔 고슴도치처럼 뾰족해져서 성질도 잘 부리지만 정이 많고 용감한 사람이죠. 조가 있는 영국을 떠나면 그녀가 너무 그리워져요.

9월이 되자 나는 영국으로 돌아가서 A 레벨을(영국 대입 준비생들이 보통 18세 때 치르는 과목별 상급 시험 ─ 옮긴이)끝내야 했어요. 부모님에게 전화할 때마다 부모님은 언제 돌아올 거냐고 물어보시고, 그러면 난 항상 울음을 터트렸죠. 그러면 엄마는 아무 말도 안 하시고 그러다 결국 아빠가 아래층 화장실 옆에 있는 전화로 자리를 옮겨서 농담을 해주시곤 했어요. 어느 날 엄마가 더 이상 속마음을 감추지 못하시고 불쑥 이렇게 말하셨어요. "네가 너무 보고 싶어서 마음이 아프다. 다시 우리 가족을 찾고 싶구나." 엄마가 그렇게 속삭이셨어요. 순간 내가 너무나도 싫어져서 목이 막혀 아무 대답도 못 했죠.

결국 부모님은 내가 미국에서 더 머물 수 있도록 A 레벨을 일 년 더 연장하는 데 동의하셨어요. 그리고 날 보러 미국에 오셨는데, 두 분을 봐서 안도하긴 했지만 한나가 그 자리에 없어서 정말 고통스러웠어요. 부모님은 계속 한나 이야기를 하고 싶어 하셨지만 나는 참을 수 없었죠. 그래서 부모님이 영국으로 돌아가셨을 때 안도했어요.

그러다 루벤을 만났고, 취직하게 됐고, 그때 나 스스로 존경할 수 있는 사람이 되자고 결심했어요. 그건 다음에 쓸게요.

사라

추신: 나 내일 부모님 집에 가요. 할아버지가 부모님과 같이 한동안 지내시게 됐어요. 당신이 글로스터셔에 있고 나랑 이야기할 준비가 됐다면 전화 줘요.

20

"사라!" 녹초가 된 것처럼 보이는 아빠가 나를 꼭 끌어안았다.

"정말 다행이다. 네가 여기 있어서 정말 다행이야. 우리를 진정시켜주고 편안하게 해주는 우리 딸." 아빠가 말했다.

아빠가 와인을 권했지만 사양했다. 어제 사우스 뱅크에서 카이아와 루벤과 만나고, 에디에게서 떨어지라는 경고 메시지를 받은 후 조의 집에 가서 와인을 진탕 마셔버렸다. 오늘 아침에 내 몸이 내게 한동안 술이 한 방울이라도 들어오면 더 이상 참지 않겠다고 말했다.

"아, 사라. 지난 몇 주는 너무나 끔찍했단다. 정말 미안하구나." 엄마가 날 꼭 안아주며 말했다. 엄마는 나를 낳은 이후로 날 항상 사랑하며 돌봐주기만 해놓고 끝도 없이 자신이 실패했다고 사과한다.

"그 말 좀 그만하세요. 난 그동안 아주 잘 지냈어요. 레스터에서 저 보셨잖아요. 제가 행복해 보이지 않았어요?"

"그 정도면 행복해 보이긴 했지."

부모님에게 왜 아직도 에디에 대해 말하지 않았는지 나도 확실한 이유는 모르겠다. 아마도 그 사고를 추모하러 집에 왔지, 잘 알지도 못하는 미남과 섹스하러 온 게 아니라서 그러겠지. 아니면 레스터에 도착했을 때쯤엔 이미 걱정하기 시작해서 그런 거지도 모르고.

아니면 엄마에게 꽃다발을 드리면서 생각해보니 이미 내 마음한구석에 그 관계가 잘 풀리지 않을 거라는 걸 이미 알고 있어서 그런 건지도 모르겠다. 결혼식 날 루벤과 마주 보고 서서 이런 생각을 한 마음과 같을지도 모른다. 그이도 결국은 운명이 빼앗아 갈 거야. 한나처럼.

엄마는 내가 준 꽃다발을 꽃병에 꽂았다가 다른 병에 꽂았다가 또 다른 병에 꽂았다. "네 일에나 신경 써. 난 이제 은퇴했잖아, 사라. 꽃꽂이 정도는 내 마음대로 할 권리가 있단다." 엄마가 꽃병을 계속 바꾸는 모습을 내가 지켜보고 있자 엄마가 말했다.

나는 피식 웃으며 조용히 안도했다. 지난번에 봤을 때 엄마는 어쩐지 줄어든 것 같았다. 마치 재활용을 하기 위해 납작하게 눌러버린 것처럼 작아진 것 같기도 했고. 가끔씩 힘든 순간을 제외하면 그 사고가 일어난 후로 엄마는 아주 잘 살아오셨던 것처럼 보이기 때문에 이렇게 느끼면 안 되는 것 같기도 했다. 사실 그 혼란과 비극 속에서 나만 쏙 빠져나가서 부모님을 슬프고 고통스럽게 만들었다는 죄책감을 달랠 수 있었던 유일한 이유는 엄마의 강인한 용기 덕분이었다.

오늘 엄마는—그 점에 있어선 아빠도—내가 항상 마음속에서 떠올리던 바로 그 모습이었다. 다정하고, 힘 있고, 자신 있는 모습. *거기다 살짝 알코올 중독기가 있으시지.* 엄마가 와인을 따르는 모습을 지켜보며 속으로 생각했다. 다 같이 펍에 가기로 했는데 벌써 시작하시다니. *부모님을 신격화하지 말자. 두 분은 각자 다른 방식으로 고통에 대처해 오신 것뿐이야.*

나는 천장을 힐끗 올려다보고 목소리를 낮췄다. "그동안 어떠셨어요? 할아버지는 어떠세요?"

"할아버지야 성질 고약한 노인네지. 우리 아버지고 내가 사랑하는 분이고, 얼마나 힘든 시간을 보내셨는지 아니까 나도 이렇게 말할 자격이 있어. 하지만 이건 부인할 수 없는 사실이야. 할아버지는 정말 성질 고약한 노인네야." 엄마가 정직하게 말했다.

"장인어른이 그런 편이시지. 우린 할아버지가 오늘 불평을 몇 번이나 하셨는지 계속 세는 중이란다. 지금까지 서른일곱 번 하셨는데, 이제 겨우 12시 45분이잖니. 넌 왜 안 마셔?"

"지금 숙취가 장난 아니에요."

엄마는 의자에 털썩 주저앉았다. "아, 할아버지에게 야박하게 굴고 나면 정말 마음이 안 좋단다. 할아버지랑 정말 같이 못 있겠어, 사라. 사람을 환장하게 만드신다니까. 하지만 한편으로 미안한 마음이 들기도 해. 할아버지는 그동안 혼자서 너무 오래 사셨잖니. 말할 사람도 없이 집에 혼자 틀어박혀 계셨지." 몸매가 동글동글해서

193

사진에는 거의 친구처럼 보이는 우리 할머니는 마흔 넷에 심장마비로 돌아가셨다. 난 한 번도 할머니를 보지 못했다.

"음, 적어도 할아버지는 이제 두 분과 같이 계시잖아요. 할아버지가 표현은 잘 안 하셔도 두 분에게 고마워하실 거예요." 내가 말했다.

"할아버지는 마치 테러리스트들에게 납치당한 것처럼 굴고 계신다. 오늘 아침에 내가 약을 드리니까 이렇게 말씀하셨어. '네가 나를 이런 우울한 집구석에 끌고 오다니 믿을 수가 없다.' 그래서 할아버지를 그만 보내드리고 싶을 지경이었다니까." 엄마가 한숨을 쉬며 말했다.

아빠가 웃었다. "당신은 아버님에게 천사처럼 대하면서 그런다." 아빠는 그렇게 말하고 엄마에게 다정하게 키스했다. 나는 살짝 역겹기도 하고, 감동적이기도 하고, 사실은 조금 질투가 나서 고개를 돌렸다. 두 분은 여전히 행복하게 사신다. 아빠는 엄마가 청혼에 응할 때까지 매일 데이트를 신청하고, 전화를 하고, 편지를 보내고, 선물을 보냈다. 그리고 무수한 콘서트에 데리고 가고, 아빠가 일하는 사운드 데스크에 같이 앉아 있게도 해줬다. 아빠는 엄마를 단 한 번도 기다리게 하지 않았다. 단 한 번도 엄마가 전화를 기다리는 일도 없었고.

나는 펍으로 점심 먹으러 가기 전에 이층에 올라가서 할아버지에게 인사를 드려야 하느냐고 물었다.

"넌 행운아구나, 할아버지는 주무셔. 하지만 널 꼭 보고 싶어 하실 거야." 엄마가 말했다.

나는 한쪽 눈썹을 치켜 올렸다.

"뭐, 말이 그렇다는 거지."

우리는 크라운 펍 밖에 앉아 있었다. 사실 날씨는 그렇게 따뜻하지 않았다. 거센 바람이 엄마의 빨간 머리를 귀찮을 정도로 사방으로 날리고 있었고, 아빠 쪽 테이블이 언덕 밑으로 기울어져 있었기 때문에 아빠는 묘기를 하거나 술에 취한 것처럼 보였다. 도로 위쪽으로 가파르게 솟은 들판에서 양 한 마리가 무릎을 꿇고 톡 쏘는 맛이 나는 쐐기풀 속에서 풀을 뜯어 먹고 있었다. 나는 웃다가 멈췄다. 문득 두 번 다시 양을 보면서 웃을 일은 없을 것 같다는 생각이 들었다.

"그 첼로 이야기 좀 해주세요." 나는 아빠를 재촉했다. 여기 오는 길에 아빠가 첼로 레슨을 받기 시작했다고 일러줬다.

"아하! 그게, 내가 작년 가을에 폴 와이즈하고 맥주를 마시고 있는데 그 친구가 신문에서 읽었다면서 나이 들어서 악기를 연주하면 뇌를 젊게 유지할 수 있다고 하는 거야."

"그래서 아빠가 그 길로 브리스톨에 가서 첼로를 샀지 뭐니. 처음에는 정말 엄청 못 했단다, 사라. 끔찍했어. 폴이 와서 아빠 연주하는 걸 들어보고." 엄마가 끼어들었다.

"글쎄 그 자식이 거기 서서 미친놈처럼 웃는 거야." 아빠가 엄마가 하던 말을 끝냈다. "그래서 내가 죽기 살기로 연습하다가 비슬리에서 좋은 선생님을 찾아냈어. 난 곧 2급이 된단다. 폴 그 자식이 자기 잘못을 인정하게 되겠지."

내가 잔을 들어서 아빠에게 건배하는 순간 딱따구리 한 마리가 부리를 나무 옆에 대고 딱딱딱딱 소리를 내기 시작했다. 순간 내 손이 테이블 밑으로 툭 떨어져 버렸다. 그 소리를 듣자 에디가, 우리가 함께 한 시간이 너무나 생생하게 떠올라 말을 할 수 없었다.

속이 다시 부글거리기 시작했다.

부모님이 할아버지에 대해 이야기하는 동안 나는 펍의 정원 저쪽에 활짝 피어 있는 참제비고깔 옆에 앉아 있는 또 다른 가족을 지켜봤다. 그쪽 부모님도 우리 부모님과 비슷하게 노년으로 가는 여정을 시작한 것처럼 보였다. 머리는 세어가고, 주름은 조금 더 많았지만, 여전히 정력적으로 살아가면서 지나간 과거는 돌아보지 않을 것처럼 보였다. 그 부부의 딸들은 한나와 내가 오늘 같이 앉아 있었다면 저런 모습일거라고 상상한 모습 그대로였다. 두 딸 중 동생으로 보이는 딸이 뭔가에 대해 격렬하게 의견을 피력하고 있었다. 나는 넋을 놓고 그 모습을 보며 어린 한나가 어른이 된 모습을 상상해봤다. 한나 역시 자기주장이 강한 어른일 거라고 나는 생각했다. 한나는 항상 이성적인 논쟁을 좋아했고, 싸움을 피하지 않았다. 위원회를 이끌고 다른 학부모들이 몰래 두려워하는 그런 사람이 됐을 것이다.

"사라?" 엄마가 나를 보고 있었다. "너 괜찮니?"

"괜찮아요." 내가 대답했다.

그러고 나서 말했다. "저기 있는 저 가족을 보고 있었어요."

엄마와 아빠가 그쪽을 봤다. "아, 저 남자는 우리 이웃의 친구 같은데. 패트릭? 피터? 뭐 그런 이름이었던 것 같다." 아빠가 말했다.

엄마는 아무 말도 하지 않았다. 내가 무슨 생각을 하고 있었는지 아니까.

"우리 가족도 저럴 수 있다면 좋겠다는 생각을 했어요. 이 테이블에 두 분이랑 한나랑 같이 앉아 있을 수 있다면. 그렇다면 뭐든 다 줄 수 있을 것 같아요. 같이 앉아서 이야기하고, 먹고." 내가 말했다.

엄마가 고개를 숙였고, 아빠도 내가 항상 한나 이야기를 할 때면 그랬던 것처럼 조용해졌다는 걸 알았다. "음, 우리도 그랬으면 좋겠다. 말을 안 해서 그렇지 그러면 얼마나 좋겠니. 하지만 우리에게 없는 것보다 지금 가진 것에 집중하는 편이 더 좋다는 걸 우리는 아주 힘들게 배웠잖니." 엄마가 말했다.

구름이 흘러와 하늘을 가렸고 나는 살짝 몸을 떨었다. 항상 하던 실수를 또 저질렀다. 현재가 얼마나 달라질 수 있었는지 다시 상기시켜서 부모님의 마음을 불편하게 만드는 짓을.

여섯 시가 되자 내 심장이 쿵쿵 뛰고 내 생각들은 민들레 솜털처럼 사방으로 흩어져버렸다. 나는 부모님에게 달리기를 하러 나가겠다고 말해서 두 분을 실망시켰다.

"새로운 운동 시스템을 시작했어요." 나는 미소를 지으면서 부모님이 이 거짓말에 그냥 넘어가주길 바랐다.

그리고 그런 스스로에게 역겨워하면서 옷을 갈아입으러 이층에 올라갔다. 뭐가 더 나쁜지 판단할 수 없었다. 이렇게 흥분하는 것이 일상이 되는 거 아니면 지칠 때까지 자신을 혹사시키면서 날 걱정하는 이들에게 거짓말을 하는 것 외에 해결책을 찾지 못하는 거.

언제 LA로 떠나는지 다시 말해줄래? 집을 나가기 직전에 토미가 문자를 보냈다.

화요일 새벽 6시 15분에 히스로 공항으로 갈 거야. 너희 집에서 나갈 때 찍 소리도 안 낼게.

오케이. 그러니까 월요일 밤에는 우리 집에서 자는 거지?

그래도 네가 괜찮다면 그러고 싶은데. 난 월요일에 리치몬드에서 회의가 있어. 너희 집에는 저녁 7시 반쯤 도착할 거야. 하지만 그게 불편하면 조의 집에서 자도 될 거야. 그동안 나 재워주느라고 너랑 조이가 힘들었을 텐데!

아니야. 그건 괜찮아. 조이는 다시 맨체스터에 갔어. 그러니까 넌 일요일 밤엔 안 오는 거지?

안 와. 왜? 뭐 다른 여자가 놀러 오기라도 해?

어, 아니야.

잘 됐네. 그럼 월요일 밤에 보자, 토미. 다 괜찮은 거지?

괜찮아. 그럼 월요일 밤에 보자. 회의에 곧바로 갈 거야, 아니면 여기 들렀다 갈 거야?

나는 얼굴을 찌푸렸다. 토미와 조이는 이번에도 그랬고 런던에 갈 때마다 항상 너무나 관대하게도 자기 집 열쇠를 내주면서 집처럼 편하게 쓰라며 손님방을 내줬다. 그리고 가끔 우리가 서로 저녁을 만들어줄 때를 제외하고는 내가 오가는 것에 대해 토미가 이렇게 물어본 적이 없는데.

먼저 너희 집에 갈 생각이었는데 네가 불편하면 곧바로 리치몬드로 갈 수도 있어. 내가 답장을 보냈다.

아니야. 괜찮아. 그럼 그때 봐. 그리고 거기 있을 때 에디를 찾아다닐 생각은 아예 하지도 마, 알았지? 그 사람을 찾아보지도 말고, 그 사람 집 앞으로 달려가면서 보지도 말고, 펍에 가서 혼자 앉아 있지도 마. 내 말 알아들었어?

알아들었어. 네가 숨겨둔 여자와 즐거운 주말 보내.

조심해. 진심으로 하는 말이야, 해링턴. 그 남자는 절대 찾아보지 마. 내 말 명심해. 토미가 이렇게 문자를 보냈다.

순간 토미가 내게 이런 문자를 보내는 이유가 지금 에디와 만나고 있어서 그런가 하는 생각을 했다. 이 가능성을 족히 몇 분은 생각해보다 그게 얼마나 어이없는 생각인지 깨달았다.

199

에디를 볼 수 있을지도 모른다는 희망을 품고 내가 새퍼튼까지 달리게 될까? 며칠 동안 그 생각을 하긴 했었다. 그가 여기 있을지 런던에 있을지는 아무도 모르지만. 혹은 망할 다른 행성에 있을지도 모르고. 거기다 그를 정말 보게 되면 나는 어떻게 해야 하지?

하지만 나는 내가 결국 새퍼튼까지 달릴 것이고, 그러면 기분이 더 나빠질 것이란 걸 알고 있으면서도 도저히 그런 나를 어쩌지 못했다.

달리기는 내가 감정을 주체하지 못했을 때 어떤 일이 일어나게 될지 상상한 그대로였다. 눈길을 돌리는 곳마다 에디가 있었다. 그는 나뭇가지에서 날 보고 있었고, 오래된 수문 위에 앉아 있었고, 갈라진 강의 물줄기 사이에 있는 초원을 걷고 있었다. 얼마 못가 그 옆에 한나가 같이 있었다. 그날, 그 끔찍한 날 입었던 옷과 똑같은 옷을 입고.

내가 그 작은 보행자 전용 다리로 다가가는 사이에 어떤 여자가 새퍼튼 쪽에서 나를 향해 걸어오는 모습이 보였다. 그녀는 적어도 상상이 아니라 실제 인물인 것처럼 보였다. 그녀는 비옷을 입고, 머리는 뒤로 묶고, 산책용 운동화를 신고 있었다. 그러다 갑자기 멈춰서서 나를 빤히 바라봤다.

왜 그런지 알 수 없었지만 조깅을 멈추고 나도 그녀를 빤히 바라봤다. 처음 보는 여자라는 걸 알고 있으면서도 그녀의 어딘가가 낯익었다. 너무 멀리 있어서 나이는 확신할 수 없었지만 언뜻 보기엔 나보다 훨씬 나이가 많았다.

에디의 어머니인가? 그게 가능한 일일까? 나는 그녀의 얼굴을 눈여겨봤지만 닮은 구석은 없어 보였다. 에디는 체격이 크고, 얼굴이 동그랗고, 키가 큰 반면 이 여자는 어마어마하게 마르고 키가 작은데다 턱이 뾰족했다(설사 이 사람이 에디의 어머니라고 해도 왜 갑자기 길 한가운데 멈춰 서서 나를 빤히 본단 말인가? 에디 말로는 자기 어머니는 우울한 거지 미친 게 아니라던데). 게다가 에디 어머니는 내가 세상에 존재하는지도 모르잖아.

몇 초가 지난 후에 그녀는 돌아서서 자기가 왔던 길로 돌아가기 시작했다. 그녀는 빨리 걸었지만 몸이 이리저리 흔들리는 동작으로 봐서 움직이는 게 쉽지 않아 보였다. 다쳤던 아이들이 회복할 때 그렇게 움직이는 동작을 많이 봐서 잘 안다.

나는 그녀가 시야에서 사라진 후에도 아주 오랫동안 그 자리에 서 있었다.

그건 일종의 기 싸움이었을까, 아니면 그 여자는 그냥 산책을 마치고 집으로 돌아가는 길이었을까? 어쨌든 그 길에서는 한 바퀴를 돌아올 만한 산책 코스는 없는데. 프램튼 만셀을 경유해서 몇 마일을 왔다 갔다 하거나 아니면 돌아서서 곧바로 새퍼튼으로 가는 길밖에 없다.

나는 집으로 향했다. 그러면서 몇 번이나 에디가 내 뒤를 따라 걸어오고 있다고 확신했다. 하지만 매번 돌아보면 뒤에는 아무도 없었다. 새들마저 입을 다물고 있는 것처럼 느껴졌다.

이런 상황은 참을 수 없어, 몇 분 뒤에 부모님 집 현관에 도착했을 때 그런 생각이 들었다. *도저히 못 참겠어. 내가 어쩌다 이렇게*

됐을까? 이미 잃어버린 사람을 찾아 이 계곡을 헤매고 다니다니.

현관문 옆 코트 걸이 옆에 한나와 내가 우리 집 뒤 들판에 있는 모습을 찍은 사진이 있었다. 나는 골판지 상자 속에 앉아 있었고, 한나가 그 옆에 있었다. 한나는 작은 꽃다발을 쥐고 있었다. 그 꽃에서 흘러내린 진흙과 뿌리들 때문에 입고 있는 멜빵바지가 더러워졌다. 카메라를 향해 웃긴 표정으로 얼굴을 한껏 찡그리고 있는 한나를 보자 마음이 아팠다. 내가 잃어버린 소중한 한나를 계속 보고 있자니 묵직한 상실감이 가슴을 눌러왔다.

"네가 그리워. 네가 너무나 그리워." 나는 차가운 액자 유리를 만지며 속삭였다.

나는 한나가 나를 향해 혀를 쏙 내미는 표정을 상상했고 이층 꼭대기에서 나오는 할아버지와 정통으로 마주쳤을 때 흐느껴 울고 있었다.

나는 그 자리에서 얼어붙었다. "아! 할아버지!"

할아버지는 아무 말도 하지 않았다.

"방금 막 달리기를 하고 돌아온 참이에요. 점심 먹고 올라가서 뵈려고 했는데 주무시고 계셔서 난……."

하지만 난 할 수 없었다. 말을 할 수도 없었고, 할아버지를 달랠 수도 없었다. 나는 할아버지 앞에 그냥 서 있었다. 나는 조깅복을 입고 있었고, 할아버지는 가운을 입고 있었는데 너무 힘이 없어서 제대로 여미지도 못해 그 밑에 입은 낡은 파란색 파자마가 보였다. 파자마 가장자리에는 남색 장식이 달려 있었다. 가슴이 미어졌다. 할아버지에게선 깊은 피로의 냄새가 났다. 나는 얼굴을 일그러뜨리며 소리 없이 울었다. 나는 한나를 잃었고, 이제 에디까지 잃었다. 이제는 그걸 알겠다. 더 이상 아닌 척 할 수 없었다. 그런데 여기에 혼자서 40년 가까이 살아온 불쌍한 할아버지가 있다. 할머니가 심장마비가 와서 햄 샌드위치를 앞에 놓고 의자에 앉아 숨을 거두신 후로 쭉 혼자셨는데 보행기가 할아버지 앞에 있는 걸 보니 매일 하는 운동을 하러 나온 게 분명했다. 우리 둘 다 서로에게 뭐라고 해야 할지 알 수 없어 말문이 턱 막혔다.

"내 방으로 오너라." 할아버지가 마침내 말했다.

부모님이 할아버지를 위해 갖다 놓은 안락의자에 할아버지가 앉는 데 오랜 시간이 걸렸다. 나는 그사이에 얼굴을 대충 닦고 나서 한나의 오래된 침대 가장자리에 앉았다.

나는 잠시 할아버지가 내게 이야기를 하려고, 대체 뭐가 문제냐고 물어볼 줄 알았다. 하지만 역시 할아버지는 평소 하던 대로 아무 말도 하지 않았다. 할아버지는 내 고통을 봤고, 도와주고 싶었지만 그럴 수 없었다. 그래서 거기 앉아서, 창밖을 내다보며 내가 입을 열 때까지 가끔 내 얼굴 근처 벽을 바라봤다.

나는 점심시간에 펍에서 본 가족에 대해 이야기했고, 그 오랜 세월이 흘렀는데도 이 계곡에 올 때마다 느낀 두려움에 대해 말했다. "한나 생각을 하루도 하지 않는 날이 없어요. 한나를 다시 보고, 안아주고 싶은 생각을 단 5분이라도 하지 않은 날이 없어요. 제 마음을 아시겠어요?"

할아버지는 고개를 짧게 끄덕였다. 나는 할아버지가 층계참으로 나오기 전에 침대 시트와 베개를 단정하게 정리해놓은 걸 알아차렸다. 나는 감동했다. 이렇게 정신없고 혼란스러운 와중에도 주위를 깔끔하게 정리해두고 싶은 할아버지의 마음을 나는 이해했다.

"그러다 뭔가 변하고 있다고 생각했어요, 할아버지. 엄마와 아빠가 할아버지를 간호하고 있었을 때 여기 글로스터셔에서 한 남자를 만났어요."

내가 착각한 게 아니라면 할아버지가 아주 살짝 눈썹을 치켜 올렸다.

"계속 이야기 해봐." 아주 오랜 시간이 흐른 것처럼 느껴진 후에 할아버지가 말했다.

나는 잠시 입을 다물었다가 말했다. "남편과 제가 헤어진 건 할아버지도 아실 거라고 생각해요."

할아버지는 다시 천천히 고개를 끄덕였다. "네 어미를 추궁하긴 했다만 결국 알게 됐다. 사람이 나이가 여든이 넘으면 나쁜 소식을 들었을 때 그 충격으로 죽는다고 생각하는 사람들이 많은 것 같더구나. 내 말은 네 세대는 요즘 다들 이혼하지 않니? 너희 젊은 세대가 굳이 결혼을 한다는 것 자체가 놀랍구나." 할아버지가 말했다.

창문 밖에 달린 새 모이통에 푸른박새 한 마리가 날아와, 모이를 쪼아 먹고, 다시 휙 날아가 버렸다. 창가에 지는 해의 만화경 같은 모습이 비쳤다. 한나는 거기에 자기가 모으는 고슴도치 인형들을 늘어놓곤 했는데. 방은 따뜻하면서 고요했다.

"네 이야기는."

난 아무 이야기도 하지 않았어요, 라고 반박할 뻔 했지만 할아버지의 자세, 눈에서 알고 싶어 한다는 느낌이 전해졌다. 할아버지가 실제로 내 일에 관심이 있고 할아버지에게 털어놓으면 괴팍한 반응이 나올 것도 예상하고 있어야 했다.

그래서 다 말했다. 지금처럼 그냥 산책을 하러 갔다가 마을 공터에서 에디의 웃음소리를 들었던 순간부터, 그가 사라진 후 내가 저질렀던 모든 절망적이고 수치스러운 일들까지 전부 다.

"할아버지가 성장하셨을 때는 인터넷 스토킹이라는 치욕을 피해갈 수 있었으니 운이 좋은 줄 아세요. 그건 좋은 경험이 아니니까요. 거기서는 내가 바라는 결과가 결코 나오지 않아요." 내가 말했다. 이렇게 말이 없는 사람에게 이야기를 하고 있으니 마치 심리치료를 받는 것 같았다. 한 번 이야기를 시작하자 멈출 수 없었다. "그렇다 해도 그 상황을 전혀 통제하지 못해요."

할아버지는 오랫동안 아무 말도 하지 않았다. "네가 한 일들을 용납할 순 없다. 다 터무니없는 짓인 데다 완전히 자멸적 행동으로 들리니까." 할아버지가 마침내 말했다.

"저도 동의해요."

"하지만 그 마음을 나는 이해한단다, 사라야."

나는 순간 할아버지를 올려다봤다. 할아버지는 어쩐 일로 나를 똑바로 보고 있었다.

"난 한 여자와 사랑에 빠진 적이 있다. 그녀를 위해서라면 할 수만 있다면 이 세상이라도 무너뜨렸을 거야. 나는 그녀가 죽는 날까지 그녀를 사랑했어. 오랜 시간이 지난 지금도 사랑한다. 지금도 가슴이 미어질 만큼 사랑하고 있다."

"할머니 말씀이죠."

할아버지는 나를 외면했다. "아니야."

우리 사이에 거대한 침묵이 열렸다. 아래층에서 엄마와 아빠가 웃는 소리가 들리더니 아빠의 스피커에서 팻시 클라인의 노랫소리가 흘러나왔다.

"루비 메리필드." 할아버지가 마침내 말했다. "그녀는 내가 가장 사랑한 사람이었어. 모두 내가 그녀와 결혼하면 안 된다고 했어. 그래서 하지 않았다. 루비는 어린 나이에 남자를 사귀었다가 아이를 낳았어. 그 아이는 입양됐고, 그것 때문에 루비는 세상이 무너지는 것 같았지. 그 사실을 우리 부모님 말고는 아는 사람이 없었다. 우리 아버지가 루비의 주치의였거든. 아버지는 내가 그녀와 결혼하는 걸 결사적으로 반대하셨지. 나는 아버지와 정말 격렬하게 싸웠단다, 사라. 하지만 결국 포기해야 했어. 나는 의대를 다니고 있어서 아버지의 지원이 필요했거든."

할아버지는 떨리는 두 손으로 소용돌이를 만들어 보였다. "그래서 루비에게 더 이상 전화하지 않았고, 일 년 후에 네 할머니와 결혼했다. 다이아나와 나는 잘 살았어. 하지만 매일 루비를 생각하고 그리워했다. 감히 부치지도 못할 편지들을 썼지. 그러다 그녀가 독감에 걸려 죽었다는 소식을 들었을 때 며칠 동안 낚시 여행을 갔었다. 너무 슬퍼서 몸과 마음이 다 아팠거든. 그때 캐녹 근처로 갔단다. 거긴 너무 아름다웠지. 그냥 그저 그런 곳에 갈 걸 그랬어."

할아버지의 눈에 눈물이 가득 고였다. "그녀는 처음에는 작은 새소리처럼 시작했다가 나중엔 여성스럽지 않다고 할 정도로 큰 소리로 웃곤 했단다. 루비는 어딜 가나 삶에서 기쁨을 찾아내는 사람이었어."

할아버지는 축 늘어지고 검버섯이 여기저기 핀 손등을 눈에 대고 눌렀다. 방이 빠르게 어두워지고 있었다.

"그녀를 절대 포기해선 안 되는 거였어." 할아버지가 말했다.

그 푸른박새가 돌아왔고 우리는 말 없이 앉아 그 새를 바라봤다.

"내 결정을 다 후회하는 건 아니다. 아까 말한 것처럼 난 다이아나를 아주 많이 좋아했고, 아내가 죽었을 때 슬펐다. 다이아나가 없었다면 네 엄마와 네 이모도 없었을 거야. 다만 네 이모는 키우기 쉽지 않았다만."

이모가 가장 최근에 결혼한 남자는 이름이 재즈라고 했다.

"하지만 다시 그때로 돌아갈 수 있다면 절대 포기하지 않을 거야. 사랑은 한순간에 폭발하는 그런 게 아니라고 생각한다. 사랑은 드라마틱하지도 않고, 열정에 굶주리는 것도 아니고, 작가들과 음악가들이 생각하는 그런 바보 같은 것이 아니야. 하지만 사랑을 보면 그게 사랑이란 걸 알아볼 수 있다고 믿는다. 난 그게 사랑이란 걸 알았는데 제대로 싸워보지도 않고 보내버렸어. 그래서 그런 나를 절대로 용서할 수 없었다."

할아버지는 눈을 감았다. "난 이제 자야겠다. 네 도움은 필요 없어. 가는 길에 문을 닫아주겠니? 고맙다, 사라."

21

에디에게

편지를 그만 쓰라는 말이 없었으니까 이야기를 계속할게요.

내가 LA에서 몇 달 더 머물러 있는데 부모님도 동의하셨어요. 그럼 제 마지막 A 레벨을 놓치게 된다는 의미지만 말이죠. 전 상관없었어요. 나는 그곳으로 돌아갈 수 없었어요.

나는 전부 해서 친구가 두 명 있었고 수영장과 풀타임으로 근무하는 가정부가 있는 베벌리 힐스 저택에서 살고 있었죠. 희미하게나마 내게 고향을 떠올리게 하는 거라곤 사우스 베드포드 도로 양쪽에 늘어선 플라타너스 나무들이었죠. 다만 고향하곤 달랐던 게 그 해 여름은 지독하게 더워서 9월 중순쯤 됐을 때 그 나무들은 바삭 구운 베이컨처럼 타버렸죠.

토미 엄마는 내가 용돈을 벌 수 있게 자기 친구들 집 몇 채를 청소하는 일을 구해줬어요. 내겐 비자가 없으니 일을 할 수 있는 길은 그것밖에 없었죠. 나는 스타인씨, 타이슨씨, 가윈씨 집을 청소했고, 매주 수요일 오후엔 가르시아 부인을 위해 장을 봐다 줬어요. 그 부인은 제게 자기 아이의 오페어(외국 가정에 입주해서 아이를 돌보고 보수를 받는 여성 – 옮긴이)를 해달라고 애걸했죠. 내가 거절하자 크게 실망했어요. 가르시아 부인은 내가 자기 아이들과 그렇게 잘 놀아주면서도 그들을 봐달라고 한 부탁은 왜 거절하는지 이해하지 못했지만 차마 그 이유를 말할 수 없었죠.

11월의 어느 날 가르시아 부인의 딸인 케이시가 유치원에서 팔이 부러졌어요. 가르시아 부인이 결국 나 대신 고용한 오페어는 케이시의 남동생과 같이 집에 있어서 나더러 케이시와 같이 택시 타고 병원으로 가달라고 부탁하더군요. 가르시아 부인은 오렌지 카운티에서 열린 회의에 참석하고 서둘러 돌아오던 길이었어요. 부인은 내게 케이시를 꼭 CHLA(LA 아동병원)으로 데려가라고 고집하더군요. 거기는 아주 먼 곳에 있었는데 거기 의사들을 잘 안다고 했어요. 케이시가 엄마가 오길 기다리는 동안 낯익은 사람을 보고 안심하길 원했던 거죠.

불쌍한 케이시. 그 아이는 너무 아파서 잔뜩 겁에 질려 있었어요. 베벌리 힐스에서 택시를 타고 시내를 가로지르는 동안 아이는 이빨에서 딱딱 소리가 나게 떨고 있었고, 병원에 도착했을 때 아무 말도 하지 못했죠. 나는 그 상황이 견딜 수가 없었어요.

가르시아 부인이 도착하자마자 나는 병원을 나가서 버몬트와 할리우드 교차로 근처에 있다고 누군가 말해준 장난감 가게에 갔어요. 단순한 장난감이 아니라 사람들에게 장난을 칠 때 쓰는 용품들만 파는 상점이었죠. 케이시를 웃게 만들 뭔가를 찾고 싶었거든요. 하지만 거기 도착하기 전에 거리 모퉁이에 있는 멕시코 레스토랑에서 우르르 쏟아져 나오는 꼬마들과 맞닥뜨렸어요. 그 아이들은 풍선을 하나씩 들고 얼굴엔 페이스 페인팅을 했더라고요. 병원에서 무서워서 떨고 있는 케이시와는 전혀 딴 세계에 있는 아이들처럼 보였죠.

탈진한 것처럼 보이는 한 엄마가 아이들을 다시 레스토랑 안으로 몰고 간 후에 거기서 광대 하나가 나와서 벽에 기대어 털썩 주저앉더군요. 그는 기진맥진한 표정으로 담배 한 갑을 꺼내고 주머니에서 종이봉지에 들어 있는 멕시코 맥주 한 병을 꺼내더군요. 그가 아주 기쁜 표정으로 그 맥주병을 따서 길게 한 모금을 마시자 내가 웃었어요. 그는 아주 웃긴 광대였어요. 얼굴에 그림도 안 그리고, 가발도 안 쓰고 그냥 맨 얼굴에 빨간 코를 쓰고 기이한 옷을 입은 소년에 지나지 않았죠. 거기다 불법 맥주까지.

"지금 이건 당신이 상상하는 그런 게 아니에요." 소년이 날 봤을 때 이렇게 말했어요. "난 아이들이 파티하는 데 밖에서 술 마시며 담배 피우고 있는 게 아니라고요." 나는 그 광대에게 걱정하지 말라고 하면서 그 장난감 가게로 가는 길을 물었어요. 그는 낙서와 벽화로 뒤덮여 있는 가게를 가리키면서 말했어요. "같이 가도 될까요? 난 프랑스에서 필립 골리에에게 훈련을 받았어요. 난 공연 치료사지, 아이들을 웃기는 광대가 아니라고요."

나는 그 차이가 뭐냐고 물었죠. 알고 보니 상당히 큰 차이가 있더라고요.

"이렇게 하죠." 나는 그 장난감 가게 계단을 올라가다 멈춰서 그에게 말했어요. "아이들 파티장 밖에서 담배 피우고 술 마신 걸 아무에게도 이야기하지 않겠다고 내가 약속하면 부탁 하나 들어줄래요? 상당히 큰 부탁인데."

그래서 그 불쌍한 소년은, 아마 몸에서 담배와 술 냄새가 폴폴 풍기는 상태로 나를 따라 아동 병원에 있는 케이시 면회를 갔어요.

응급실에 있는 케이시에게 다가갔을 때 그의 에너지가 변하는 게 느껴졌어요. "지금부터 난 프랑 프로마주가 될 거예요. 내 진짜 이름은 부르지 말아요." 그의 "진짜 이름"은 알지도 못하는데 그렇게 시키더군요.

프랑 프로마주는 케이시의 침대 옆에 도착해서 우쿨렐레를 꺼냈어요. 그러더니 케이시의 팔에 대고 노래를 불렀어요. 부러진 팔에 대한 노래를 지어 부른 거죠. 케이시는 아직도 겁이 나고 속상해하고 있었지만 웃음을 참지 못했어요. 그다음에 그는 케이시에게 다음 가사를 짓는 걸 도와달라고 했어요. 그러자 케이스는 가사 짓는데 집중하느라 자기가 지금 어디 있고 얼마나 무서워하고 있는지 잊어버렸죠. 잠시 후에 케이시는 의사들이 부러진 팔을 접합할 수 있게 허락했어요.

프로마주는 케이시를 만나서 아주 즐거웠다고 했어요. 그는 엄청 흥분해서 날 붙잡고 내가 이해하지도 못하는 온갖 공연과 심리학에 대한 전문 용어들을 늘어놓기 시작하더군요. 간호사가 와서 프랑 프로마주에게 다음에 또 와줄 수 없겠냐고 부탁하면서 간신히 그에게서 벗어날 수 있었어요. 병원에 있는 다른 어린 환자들이 다 빨간 코에 우쿨렐레가 있는 그 남자를 만나고 싶어 한다고 간호사가 전했답니다.

마침내 그와 같이 병원을 나왔을 때 그가 자기 전화번호를 주면서(완전 겁먹은 표정으로) 내가 자기에게 술을 한 잔 사야 한다고 말하더군요. "내 이름은 루벤이에요. 루벤 매키." 그가 아주 진지하게 말했어요.

그래서 그에게 전화를 걸었고 우리는 술을 한 잔 하러 갔어요. 루벤이 날 만난 후로 병원에서 광대로 공연을 하는 자료들을 읽었는데 알아 보니 그건 적절한 실행 방법과 연구 자료들이 있는 진짜 직업이더군요. 뉴욕에 있는 어떤 사람이 1980년대에 그런 성격으로 최초의 자선 단체를 설립했어요. 자기가 그 사람을 훈련하고 싶다고 루벤이 그랬어요. 자기가 가진 지식과 기술을 사용해서 사람들을 그냥 웃기는 게 아니라 실제로 돕고 싶다고.

그날 밤은 아무 일도 일어나지 않았어요. 우리 둘 다 너무 수줍어했던 것 같아요. 게다가 토미와 조가 "루벤이 사람들을 막 죽이고 다니는 광대(이건 조가 한 말이에요)"일지 모른다고 길 건너편 테이블에서 우리를 감시하고 있었거든요.

그다음에 가르시아 부인이 프랑 프로마주를 다시 병원에 데려와줄 수 있느냐고 물었어요. 케이시가 이제 팔의 깁스를 풀어야 할 때가 됐거든요. 루벤은 좋다고 했지만 다만 내가 그에게 또 술을 한 잔 사야 한다는 조건을 걸었죠.

루벤은 케이시가 깁스를 마음 편하게 풀 수 있도록 도와줬을 뿐만 아니라 정형외과에 있는 다른 아이들과도 몇 시간 동안 같이 있어줬어요. 그러다 너무 배가 고파서 자신의 두 손이 덜덜 떨리고 있다는 사실을 깨달았을 때야 멈췄죠. "제발 또 와주세요!" 간호사 하나가 루벤을 붙잡고 애원하더군요.

문제는 그가 공짜로 일할 형편이 안 된다는 거였죠. 그는 코리아 타운에 있는 아주 작은 공동 임대 아파트에 살고 있어서 무보수로 봉사할 상황이 아니라고 했어요.

그때 내가 이렇게 말했죠. "그럼 한 달에 한 번씩 공연할 수 있게 내가 모금을 하면 어떨까?" 나는 그에게 내가 부자들을 위해 일하고 있고 그가 병원에서 했던 일에 대한 소식이 얼마나 빨리 퍼졌는지 말해줬어요.

그렇게 그 일이 시작됐어요. 광대와의 관계와 우리 회사의 탄생이. 루벤은 뉴욕에 가서 심리 치료자들, 아동 심리학자들과 공연 치료사들을 훈련시켰어요. 그리고 돌아와서 나와 같이 일을 시작했죠. 그는 아픈 아이들을 찾아갔고 나는 그 뒤에서 모금하고 그런 행사들을 조직했는데 내게 아주 잘 맞는 일이었어요. 나는 거기 참여하고 싶었지만 — 루벤이 생각하는 것보다 훨씬 더 간절하게 — 앞에 나서서 일하고 싶진 않았어요.

나는 그 방면에 유능했어요. 루벤도 그랬고. 사람들은 우리가 한 일을 보고 듣고 자신의 아픈 아이들도 찾아와주길 바랐죠. 우리는 광대 세 명을 더 고용했고, 루벤이 그들을 훈련시켰어요. 얼마 후에 우리는 조그만 아카데미를 차렸죠. 우린 결혼했고, 아동 병원 근처 로스 펠리스에 아파트를 얻었어요. 몇 년 후에 최신 유행을 좇는 사람들이 이 동네로 몰려왔고 루벤은 전성기를 맞았죠.

나는 인생의 목적과 방향이 있었고, 영국에 두고 온 인생에 대해 생각할 시간이 없었어요. 내게는 자기가 약할 때 내가 강해져야 하고 반대로 내가 약할 때 자기가 강해져야 하는 남편이 있었죠. 우리의 사랑은 서로의 존재와 힘이 필요한 관계였고, 그런 면에서 잘 맞았어요.

아주 오랫동안 그런 사랑이 내게 필요한 전부라고 생각했어요. 그를 평생 사랑하고 존중하겠다고 약속했을 때 내 마음은 진심이었어요. 하지만 당연히 내 마음은 변했죠. 시간이 흘러가면서 더 이상 그가 필요하지 않았고, 그래서 우리 관계의 균형이 치명적으로 깨지고 말았어요. 우리 부부는 서로를 아주 많이 아꼈지만, 상대를 필요로 하는 마음이 어느 한쪽으로 기울어지면 그 관계는 끝나는 법이에요, 에디. 내가 그에게 아이를 낳아줄 수 없다는 것이 결정타였어요. 그 차사고 후로 아이들 근처에 있는 걸 견딜 수 없었어요. 아이가 고통 받는다는 생각은 도저히 참을 수 없었어요. 아이를 세상에 태어나게 한다는 생각만 하면 — 내 꼬마 동생처럼 스스로를 방어할 수 없는 아기를 — 무시무시한 공포가 몰아쳤죠.

그래서 나는 뒤에서 아픈 아이들을 돕는 일에 몰두했어요. 그건 참을만 했고, 안전했으니까. 그게 내가 감당할 수 있는 최선이었지만 루벤으로선 만족할 수 없었죠. 그는 자기 아이를 안아보고 싶다고 내게 말했어요. 그게 불가능한 미래는 상상할 수 없었던 거죠.

그가 우리 관계를 끝낼 용기를 냈을 때 나는 누군가를 사랑하는 것이 어떤 느낌인지도 모른다는 사실을 깨달았어요. 하지만 당신을 만났을 때 마침내 그게 어떤 느낌이어야 하는지 알았어요. 우리가 함께 보낸 며칠은 나로서는 단순한 불장난이 아니었어요. 당신의 마음은 나와 달랐다고 믿을 수도 없고요.

제발 답장해줘요.

사라

22

초안 폴더

당신 말이 맞아요, 사라. 그건 단순한 불장난이 아니었어요. 그리고 그건 단 일주일이 아니라 한평생 같았어요.

당신이 우리에 대해 느낀 모든 감정을 나도 느꼈어요. 하지만 이제 메시지는 그만 보내요. 난 당신이 생각하는 그런 사람이 아니에요. 아니 당신은 내가 누군지 모르고 있어요.

아, 모든 게 너무나 엉망진창이야. 모든 게 너무 끔찍하게 엉켜버렸어.

에디

−새벽 0시 12분 삭제됨.

23

글로스터셔에서 부모님과 고작 나흘을 같이 보내고 나는 런던
으로 돌아왔다. 리치몬드에서 우리 회사의 이사인 찰스와 점심을
먹기로 했다. 그다음에 그가 조직한 고통 완화 처치 회의에서 연설
을 할 예정이었다. 그날 밤은 토미 집에서 자고 다음 날 새벽에 LA
로 돌아가는 5천 5백 마일의 여정을 떠날 것이다.

나는 조용한 런던 행 기차에 앉아 있었는데 그런 내가 망연자실
한 것인지 아니면 그냥 체념한 것인지 분간할 수 없었다. 나는 찰
스와 점심을 먹으며 엉뚱한 말은 하지 않았고, 회의에서도 열정은
없었지만 정확하게 연설했다. 회의를 마치고 떠나려고 했을 때 찰
스가 내게 괜찮으냐고 물었다. 걱정하는 그의 얼굴을 보자 눈물이
나올 뻔해서 루벤과 헤어졌다고 말했다.

"제발 아무에게도 말하지 말아요. 다음 이사 회의에서 제대로 발

표하고 싶으니까⋯⋯." 내가 호소했다.

"물론이죠. 정말 유감이에요, 사라." 찰스는 조용히 말했다.

나는 엄청난 사기꾼이 된 것 같은 기분이 들었다.

나는 런던 중심부로 가는 기차에 다시 타면서 스스로에게 약속했다. *내일은.* 내일은 다시 내 인생에 대한 통제력을 찾을 거야. 내일은 비행기를 타고 LA로 돌아갈 것이고, 거기서 태양과 자신감과 내 최고의 모습을 되찾을 거야. 내일은.

기차가 배터시 공원 역으로 들어갔고 나는 기름기가 번들거리는 창에 머리를 기대고 반대편 플랫폼에서 서로 밀치락달치락하는 사람들을 지켜봤다. 사람들은 기차에 탄 사람들이 내리기도 전에 서로 밀고 들어가려고 안달했다. 모두 서로 어깨를 부딪치고, 입을 꼭 다물고, 눈을 내리깔고서. 모두 화가 나 보였다.

나는 한 팔에 접은 정장을 걸친 채 붉은색과 흰색이 섞인 축구 유니폼을 입은 남자가 사람들을 밀치면서 힘겹게 기차에서 내리는 모습을 봤다. 그는 내가 탄 기차 밖에 있는 텅 빈 벤치들을 향해 걸어왔고, 내가 멍하니 바라보는 동안 자신의 양복을 조심스럽게 개켜서 가방에 넣었다. 그는 잠시 후에 허리를 펴고 일어나서 시계를 확인한 후, 나를 힐끗 보고 나서 가방을 어깨에 메고 떠났다.

그 순간 내가 탄 기차가 플랫폼에서 떠나기 시작했을 때 고개를 돌려서 출구 계단으로 내려가는 그의 뒷모습을 바라봤다. 갑자기 유니폼을 입은 그의 등에 새겨진 글자를 알아봤기 때문이다. 올드 롭소니언즈. 1996년 창립.

에디를 찾아낼 또 다른 구글 루트를 알아내겠다는 희망에 그동안 나는 그의 축구팀 이름을 기억해내려고 무수히 시도했다. 하지만 "올드"란 말 외에 아무것도 떠오르지 않았다. 내 기차가 속도를 내기 시작했다. 나는 눈을 감고 에디의 축구 트로피들을 본 기억에 온정신을 집중했다. 올드 롭소니언즈? 그게 거기 있는 트로피에서 본 팀 이름인가?

나는 에디의 손가락이 한 트로피에 쌓인 먼지를 쓸어내리던 모습을 기억해냈다. 맞아! 올드 롭소니언즈, 더 엘름즈, 배터시 월요일. 확실해!

그 역은 오래전에 멀어져 버렸지만 나는 다시 창문으로 뒤를 돌아봤다. 오래된 가스 공장들 뒤로, 뼈대만 남은 거대한 건설현장 단지에 보기만 해도 아찔해지는 크레인들이 사방에 있었다.

그 남자는 에디와 같은 팀에서 뛴다.

올드 롭소니언 풋넥. 나는 구글에 그렇게 대강 쳤지만 구글은 내가 뭘 찾고 있는지 알았다. 웹 사이트 하나가 떴다. 내가 모르는 남자들의 사진들. 특정한 날짜와 장소에서 개최하기로 되어 있는 경기 관련 링크들, 시합 결과들. 미국에서 치른 시합에 대한 기사 하나. (그가 거기 갔었을까? 미국에?)

그 웹 사이트 한쪽 구석에서 그 팀의 트위터 피드를 스크롤 했다. 시합 결과들, 정감 어린 농담들, 내가 모르는 남자들의 더 많은 사진이 떴다. 그러다 내가 아는 남자 사진이 나왔다. 그것은 일주일 전 사진이었다. 경기 후에 펍에서 찍은 사진으로 에디가 맥주를 마시며 양복을 입은 남자와 이야기를 하고 있었다. 에디.

그 사진을 오랫동안 바라본 후에 나는 "경기 정보"란 항목을 눌렀다.

올드 롭소니언즈는 월요일 저녁 배터시 공원 역 바로 옆에 있는 애스트로터프 경기장에서 시합한다고 나와 있었다. 시합은 저녁 8시 시작이다.

나는 시계를 확인했다. 아직 7시가 안 됐다. 그렇다면 그 남자는 왜 그렇게 일찍 간 걸까?

복스홀 역에서 나는 어떻게 해야 할지 몰라 기차 문간에 불안하게 서 있었다. 에디가 런던에 있다는 보장도, 오늘 밤 경기를 할 거라는 보장도 없었다. 그리고 아까 그 웹 사이트에 따르면 그 축구 경기는 학교 운동장에서 한다고 했다. 나는 경기장 주위까지 당당하게 걸어가서 뻔뻔하게 그와 대면하거나 아니면 가지 않거나 둘 중 하나를 선택해야 한다. 그냥 아무 일도 없었던 척 경기하는 그의 옆을 슥 지나칠 수 없게 된 것이다.

기차의 문이 닫혔고 나는 계속 안에 남아 있었다.

빅토리아 역에서 내려 사람들로 붐비는 중앙 홀에서 비석처럼 꼼짝도 하지 않고 서 있었다. 사람들이 총알처럼 돌진했다가 나를 스치고 지나갔다. 어떤 여자는 대놓고 "빌어먹을 얼간이처럼 서 있다고" 내게 욕을 했다. 나는 움직이지 않았다. 나는 신경도 안 썼다. 내가 생각할 수 있는 것이라곤 에디가 앞으로 채 한 시간도 남지 않은 시각에 지금 내가 서 있는 곳에서 몇 분 떨어진 곳에서 축구를 하고 있을지도 모른다는 점 하나뿐이었다.

24

사랑하는 너에게

오늘은 7월 11일 너의 생일이야! 네가 이 환한 세상을 온 몸으로 밀고 나와서 주먹 쥔 두 손을 들어 올려 마치 작은 촉수처럼 움직이던 그 날 이후로 32년이란 시간이 흘렀구나.

우리는 널 따뜻하고 환한 사랑으로 맞았단다.

"아기가 너무 작아요." 병원에서 널 보여줬을 때 내가 소리를 질렀지. 쿵쿵 소리가 나는 너의 아주 작은 심장 근처에 아주 가냘픈 갈비뼈들이 만져졌지. "아기가 너무 작아요. 이런 아기가 어떻게 살 수 있죠?"

하지만 넌 잘 살아 남았단다, 고슴도치야. 널 만나자마자 생각지도 못했던 애정이 내 가슴에서 샘솟았던 기억이 난다. 엄마와 아빠가 하루 종일 너에게 시간을 쏟아도 괜찮았어. 나는 부모님이 그래주길 원했지. 네 가슴 속에 있는 아주 작은 생명의 램프인 심장을 둘러싼 갈비뼈들이 자라서 아주 강하고 두꺼워지길 바랐지. 나는 네가 병원에서 며칠이 아니라 몇 달 동안 있기를 원했단다. "동생은 괜찮아." 엄마와 아빠가 몇 번이고 내게 그렇게 말했지. 네가 너무 걱정스러워서 내가 울음을 터트리자 아빠가 내게 배노피 파이(태피, 바나나, 크림으로 만든 파이-옮긴이)를 사줬지. 넌 정말 괜찮았어. 그 심장은 밤이고 낮이고 계속 뛰었고, 계절이 바뀌면서 너는 쑥쑥 컸지.

오늘이 네 생일인 거 알고 있니, 고슴도치야? 누가 너에게 말해준 적 있니? 누가 너에게 네가 좋아하는 초콜릿 별들로 뒤덮인 케이크를 만들어줬니? 누가 너를 위해 생일 축하 노래를 불러줬니?

음, 그런 사람이 없었다면 내가 했단다. 어쩌면 너는 내 노랫소리를 들었을지도 몰라. 어쩌면 내가 이 편지를 쓰는 동안 너는 내 옆에 있을지도 모르지. 나보다 네 글씨가 훨씬 더 깔끔하다고 킥킥 웃으면서 말이야. 넌 나보다 훨씬 어린데도 말이야. 어쩌면 너는 밖에 있는 나무 위의 집에서 놀고 있거나 브로드 라이드에 있는 너의 아지트에서 소녀들이 보는 잡지를 읽고 있을지도 모르지.

어쩌면 너는 사방에 있을지도 몰라. 난 그 생각이 제일 마음에 들어. 저 위 하늘에 뜬 핑크색으로 물든 구름 속에. 동이 터오는 여기 습기 찬 공기 속에.

내가 어딜 가건 난 널 찾을 거야. 내가 어디 있건 네가 보여.

25

런던에서 보내는 마지막 날 밤 나는 딱 한 번 만난 남자, 내게 절대로 전화하지 않는 남자를 찾겠다는 희망을 품고 배터시에서 선수 여섯 명이 뛰는 축구 경기에 도착했다.

그날 밤 내가 한 일은 그렇지 않아도 희미해지기 시작한 정상과 비정상간의 경계를 훌쩍 뛰어넘어 버리는 것이었다. 하지만 그날 조금 전에 빅토리아역의 혼잡한 중앙 홀에 서서 스스로를 설득하려고 하다가 결과에 상관없이 에디를 보고 싶은 마음이 더 크다는 걸 깨달았다.

그래서 지금 나는 크리스털 팰리스를 경유해 런던 브리지로 가는 기차의 후덥지근한 한쪽 구석에서 사람들에 이리저리 밀리면서 서 있다. 이 기차의 첫 번째 역은 배터시 공원이고 지금은 7시 52분이다. 역에서 2분만 걸어가면 아스트로터프 경기장이 나올 것이고,

거기에—속이 걷잡을 수 없이 울렁거렸다—에디 데이비드가 있다. 아마 축구 유니폼을 입고, 여덟 시 경기를 뛰기 위해 준비운동을 하고 있을 거야. 지금 이 순간. 팀 동료에게 공을 패스하고. 대퇴사두근을 스트레칭하고 있겠지.

그의 몸. 그의 육체. 나는 눈을 감으며 밀려오는 갈망을 애써 눌렀다.

기차는 이미 서서히 속도를 줄이고 있었다. 브레이크를 거는 끼이익 소리, 통근자들이 나를 밀어대면서 계단을 내려왔고, 갑자기—충격적일 정도로 갑자기—나는 배터시 공원 도로에 서 있었다. 내 뒤에 있는 확성기에서 매표원들의 목소리가 들렸고, 버스킹을 하는 연주자의 기타 소리가 메아리쳤다. 내 위에서 들썩거리면서 신음하는 기차 고가다리들과 사정없이 휘저은 머랭처럼 두껍고 하얀 구름들이 떠 있었다. 그리고 내 앞 어딘가 비포장도로 위쪽에 에디 데이비드가 있다.

나는 그 자리에 잠시 서서 천천히 숨을 몰아쉬었다. 기차에서 쏟아져 나온 승객들이 또다시 내 옆을 물결처럼 흘러갔다. "파글리에로"라고 등에 이름이 검은색으로 찍히고 붉은색과 흰색이 섞인 축구 셔츠를 입은 남자가 경기장을 향해 달려가면서 동시에 핸드폰으로 문자를 보내고 있었다. 그는 정강이 보호대를 차고 있었다. 어깨에 멘 가방이 이리저리 움직이면서 그의 얼굴을 후려쳤지만 그는 계속 달렸다.

저 남자는 에디를 알고 있을 거란 생각이 들었다. 아마 몇 년 동안 알고 지냈을 것이다.

경기장들이 눈에 들어오면서, 인터넷에서 본 모든 것이 사실로 확인됐다. 경기장들은 사방이 높은 철조망과 철도 고가교와 건물들로 둘러싸여 있었다. 거기에 숨을 곳은 없었다. 하지만 여기에 나, 키 175센티미터인 나, 회의할 때 입는 말쑥한 정장 블라우스를 입은 내가 그를 향해 성큼성큼 걸어가고 있었다.

이건 내가 평생 한 일 중 가장 끔찍한 일이 될 거야.

하지만 내 다리는 멈추지 않고 계속 걸어갔다.

내게 좀 더 가까이 있었던 선수들은 준비 운동을 하고 있었다. 심판 하나가 호루라기를 입에 문 채 센터를 향해 달려갔다. 모든 것이 마치 오래된 비디오테이프처럼 아주 천천히 움직이고 있었다. 공기 중에 기름기 섞인 고무와 배기가스 냄새가 났다.

내 다리는 계속 걸어갔다.

"돌아서서 달려가." 나는 스스로에게 낮은 목소리로 지시했다. "돌아서서 달려가. 그럼 이 일이 일어났다는 걸 잊게 될 거야."

내 다리는 계속 걸어갔다.

바로 그 순간 나는 아까 그 파글리에로 선수 말고는 올드 롭소니언즈의 붉은색과 흰색 줄무늬가 쳐진 유니폼을 입은 선수가 하나도 없다는 사실을 깨달았다. 나와 가장 가까운 곳에는 파란 색 유니폼을 입은 팀과 오렌지색 유니폼을 입은 팀이 있었고, 반대편 경기장에는 검은 색과 하얀색 유니폼 팀 대 초록색 유니폼을 입은 팀이 있었다.

파글리에로는 차고 있던 정강이 패드를 다시 가방에 넣었다. 잠시 후에 허리를 펴고 일어섰다가 나를 봤다.

"당신은 올드 롭소니언즈 팀 선수인가요?" 내가 그에게 물었다.

"그래요. 최근에 들어왔죠. 누굴 찾고 있나요?"

"음, 전부 다요, 아마도."

그는 소년처럼 짓궂은 미소를 지었다. "시합 시간이 일곱 시로 변경됐는데, 내가 그만 깜박했어요. 시합은 이미 끝났어요."

"아."

그는 가방을 들었다. "하지만 우리 팀원들은 저기서 시합을 끝내고 맥주를 마시고 있을 겁니다. 우리랑 같이 마실래요?" 그는 선적 컨테이너처럼 보이는 걸 손으로 가리켜 보였다.

나는 그걸 찬찬히 봤다. 그건 정말 선적 컨테이너였다. 정말 런던답다. 우라질 창문 하나 없는 컨테이너에 아마 맥주 바를 설치해 놨겠지.

"나랑 가서 같이 마셔요. 우린 방문객들을 좋아해요." 그가 다시 말했다.

파글리에로는 강간범이나 살인자라고 보기엔 너무 사람이 허술해 보였다. 그래서 그와 나란히 걸어가면서 나조차 차마 참고 들어 줄 수 없는 한담을 나눴다. 내 뇌는 이미 내 통제를 벗어나 버렸으니 뭐 상관없었다.

"자, 다 왔습니다." 그는 컨테이너 옆에 만들어진 문을 활짝 열면서 말했다.

나는 순간 어떤 성인 남자의 발가벗은 뒷모습을 한참 멍하니 보다가 마침내 이게 무슨 상황인지 알아차렸다. 그 남자는 목에 수건을 두르고 문을 향해 등지고 선 채, 뮤지컬 가수처럼 어떤 노래를 열정적으로 부르고 있었다. 다른 남자들은(이 남자보다는 조금 더 옷을 입은) 벤치에 앉아 방금 한 시합에 대해 논쟁을 벌이고 있었다. 그들 주위에 "손더스", "보건", "우드하우스", "몰리 스미스", "아담스", "헌터"라고 찍힌 축구 셔츠들이 널려 있었다.

여기가 샤워실이 분명하다고 이제야 내가 알아차린 문 옆에서 그 발가벗은 남자가 팬티를 입었다.

"아, 이런." 마음 속 깊이 어딘가에서 이 말이 나왔지만 입 밖으로 나오진 않았다. 내 뒤에, 파글리에로가 있는 쪽에서 남자의 웃음소리가 들렸다.

"파그! 너 한 시간이나 늦었어." 누군가 말했다. 그리고 "아, 안녕하세요."

나는 다시 현실로 돌아왔다. "정말 미안합니다." 나는 그렇게 속삭이고 돌아서서 가려고 했다. 웃고 있던 파글리에로가 내가 빠져나갈 수 있게 한쪽으로 비켜섰다.

"환영합니다!" 내 뒤에서 또 다른 사람이 말했다. 나는 비틀비틀 그 자리를 떠나면서 이 상황을 어떻게 극복해야 할지 생각했다. 나는 방금 벌거벗다시피 한 남자들로 가득 찬 탈의실에 들어간 것이다.

"저기요?" 파글리에로를 불렀던 남자가 나를 따라 밖으로 나왔다. 그는 적어도 옷을 다 입고 있었다.

그는 안경을 쓰고 있었고, 컨테이너 안쪽에 있던 남자들이 다 너무 놀라서 입을 다물고 있다가 마침내 웃음소리가 터져 나오는 게 들렸다. 내 생각에 그 웃음은 절대 그치지 않을 것 같았다.

나를 따라오는 남자가 문이 있는 쪽을 향해 손을 흔들었다. 마치 저 사람들은 무시하세요, 라고 말하는 것처럼.

"난 마틴이라고 해요. 우리 팀 주장이자 매니저죠. 당신은 방금 우리 팀 탈의실에 들어온 겁니다. 좀 색다른 행동이긴 했습니다만 도움이 필요해 보이시네요."

"정말 그래요." 나는 핸드백을 힘껏 움켜쥐면서 속삭였다. 이 사람은 분명 에디의 페이스북에 답장을 쓴 마틴일 것이다.

"정말 큰 도움이 필요하지만 당신이 도와줄 수 있을지는 모르겠네요."

"그건 누구에게나 일어날 수 있는 일이죠." 그가 친절하게 말했다.

"그렇지 않아요." 그는 내 말에 대해 생각했다. "그래요, 그렇진 않을 것 같네요. 지난 20년간 우리 탈의실에 들어온 여자는 한 명도 없었으니까. 하지만 우리 올드 롭소니언즈는 현대적인 팀으로 혁신과 변화를 수용합니다. 매 시합 후에 샤워를 하는 건 우리의 오래된 원칙 중 하나지만 거기에 새로운 특징을 하나 넣지 못할 이유도 없죠. 손님들을 초대하고, 라이브 밴드를 들이고, 뭐 그런 거 말이죠."

컨테이너 안에서 요란한 웃음소리와 남자들이 이야기하는 소리가 들렸다. 샤워실에서 흘러나오는 구불구불한 김이 저녁 공기에 서서히 풀어졌다. 팀의 주장인 마틴이 나를 보며 웃고 있었다. 아주 친절해 보이는 인상이었다.

나는 심호흡을 한 번 했다.

"그건 아주, 아주 끔찍한 실수였어요. 나는 누굴 좀 찾다가—" 나는 말을 뚝 끊었다. 너무 놀라고 당황해서 애초에 이곳에 온 목적을 까맣게 잊고 있었다.

맙소사. 나는 에디 데이비드를 볼 수 있다는 희망 하나만 가지고 남자 탈의실에 들어간 것이다.

나는 산산 조각난 내 자신을 다시 하나로 붙들려고 하는 것처럼 팔짱을 단단히 끼었다. 내가 방금 뭐라고 하려고 했지? 내가 지금 뭔 짓을 하려고 했나? 에디가 바로 거기에 있었을 수도 있는데. 샤워기 앞에 서서 수건으로 몸을 닦으면서 팀 동료들이 햇볕에 그을리고 키가 큰 여자가 방금 탈의실로 쳐들어왔다고 하는 말을 듣고 충격을 받았을 수도 있잖아.

뱃속이 사정없이 울렁거렸다. 내가 어딘가 잘못됐다는 사실을 깨달았다. 정말 단단히 잘못됐다. 보통 사람들은 이런 짓을 하지 않는다.

"누굴 찾나요? 올드 롭소니언즈의 선수인가요? 아니면 다른 팀 선수?"

"올드 롭소니언즈라고 아까 말했어." 파글리에로가 밖으로 나오면서 말했다. 그리고 이렇게 말했다. "아무튼 미안해요. 내가 아주 나쁜 짓을 했어요. 다만 당신 덕분에 다들 아주 신났어요. 우리 축구팀의 창단 멤버 중 하나가 신시내티에서 간만에 놀러 왔는데 자길 환영해주려고 우리가 당신을 고용한 줄 알았대요."

나는 땅바닥을 물끄러미 바라봤다. "그건 참 엄청난 농담이었어요. 사과할 필요 없어요. 내가 오해한 거니까. 난 올드 롭소니언즈 팀원을 찾아온 게 아니에요, 나는……."

"올드 롭소니언즈 팀원을 찾고 있나요? 누구? 다 유부남인데! 음, 월리 빼고는, 하지만 그는-" 마틴은 그러다 말을 멈추고 갑자기 날 날카로운 눈빛으로 바라봤다. 그가 그다음 말을 하기도 전에 그의 입에서 무슨 말이 나올지 알았다. "당신이 사라에요?" 그가 조용히 물었다.

"어…… 아뇨?"

탈의실에서 남자 두 명이 또 나왔다. "그게 사실-" 한 남자가 그러다 나를 봤다. "아. 사실이구나."

"이 친구들은 에드워드와 펑온이에요." 마틴은 그렇게 말하면서도 내게서 눈을 떼지 않았다. "둘 중 누가 오늘의 선수인지 고민하고 있었던 참이에요." 그러더니 마틴은 이렇게 말했다. "도로까지 바래다 드릴게요." 그는 갑자기 그렇게 말하면서 나를 출구가 있는 쪽으로 이끌었다.

"안녕히 가세요!" 파글리에로와 에드워드와 펑온이 소리쳤고, 오늘의 선수가 될 선수 하나가 내게 경례를 했다. 그들이 다시 탈의실로 돌아가면서 웃는 소리를 들을 수 있었다.

그들이 갔을 때 마틴이 멈춰서서 내 얼굴을 바라봤다. "그는 오늘 밤 오지 않았어요. 그는 매주 경기에 뛰진 않아요. 대부분은 지방에 있으니까."

"누구요? 미안하지만 나는……."

마틴은 나를 동정하는 표정이었지만 내가 누군지 정확히 알고 있다는 걸 표정으로 알 수 있었다. 그리고 에디가 왜 내게 전화하지 않는지도 정확히 알고 있었다.

"그이는 그럼 글로스터셔에 있나요?" 나도 모르게 불쑥 말이 나와 버렸다. 이 상황이 너무나 굴욕스러워서 뜨거운 눈물이 차올랐다.

마틴은 고개를 끄덕였다. "그는-" 그는 팀 동료에 대한 책임감을 떠올린 것처럼 갑자기 입을 다물어 버렸다. "미안해요. 에디에 대한 이야기는 할 수 없어요." 그가 말했다.

"괜찮아요." 나는 수치심에 온몸에서 힘이 빠져가는 걸 느끼며 그 자리에 그대로 서 있었다. 떠나고 싶었지만 자기혐오와 충격 때문에 다리가 도무지 움직이질 않았다.

"있죠, 이건 내가 상관할 바는 아니지만." 그는 천천히 말하면서 한 손으로 얼굴을 쓸어내렸다. "에디는 오랫동안 내 친구였어요, 그는…… 아무튼 이제 에디는 그만 찾아다녀요, 알았죠? 당신이 아주 좋은 사람이라는 건 알겠고, 이 말이 위로가 된다면 당신이 미쳤다고 생각하지도 않아요, 에디도 그렇게 생각하지 않지만…… 이제 그만 해요."

"에디가 그렇게 말했어요? 내가 미쳤다고 생각하지 않는다고? 그가 나에 대해 뭐라고 했어요?" 눈물이 뺨으로 방울방울 흘러내려 식어가는 콘크리트 바닥으로 떨어졌다. 내가 이런 상황에 처했다는 사실을 도저히 믿을 수 없었다. 여기 이 남자, 생판 모르는 사람에게 에디에 대해 조금이라도 알려달라고 애걸하고 있다니.

"당신은 그를 찾고 싶지 않을 겁니다. 내 말을 믿어요. 에디 데이비드를 찾아서 당신에게 좋을 일이 없어요." 마틴이 결국 말했다.

그리고 돌아서서 컨테이너를 향해 돌아가면서, 나를 만나서 좋았고, 아까 그 컨테이너에서 본 광경이 평생 마음에 상처로 남지 않았으면 좋겠다고 말했다.

기차 한 대가 경기장들의 경계에 있는 고가를 따라 칙칙폭폭 달려갔고 나는 문득 몸서리를 쳤다. 이제 집에 가야 했다.

문제는 더 이상 어디가 집인지 모른다는 것이다. 에디 데이비드를 찾아야 한다는 것 외에 아무것도 알 수 없었다. 저 남자가 뭐라고 했건 간에.

26

나는 조깅용 반바지를 다리 위로 당겨서 입었다. 지금은 새벽 3시 9분, 내가 축구장에서 비틀거리며 떠난 지 정확히 일곱 시간 후다. 내 방은 톡 쏘는 불면의 냄새로 가득 찼다.

스포츠 브라, 러닝 탑 착용. 손이 부들부들 떨렸다. 아직도 온몸 여기저기에 웅덩이처럼 고인 아드레날린이 춤을 추고 있었고 그 밑에는 금방이라도 쓰러질 것 같은 극심한 피로가 자리 잡고 있었 다. 토미는 내가 축구장에서 나온 후로 달리기 복장을 하고 방에서 나오자 문 앞을 막아섰다. 그리고 뜨거운 음료를 만들어주고 어서 침대로 가라고 명령했다. "그 축구장에서 일어났던 일은 생각조차 하고 싶지 않아." 토미는 내게 엄격하게 말했지만, 5분도 못 돼서 항복하고 내 문을 노크하며 그 축구장에서 무슨 일이 있었는지 말 해달라고 졸랐다.

"유감이다." 내가 이야기를 끝냈을 때 토미가 부드럽게 말했다. "하지만 뭔가가 끝났다는 걸 인정한 건 정말 잘한 일이야…… 음, 네가 잘못한 일이긴 하지만. 그래도 용기가 필요하지."

"그 편지들, 토미, 내가 페이스북으로 보낸 그 기나긴 편지들. 그의 작업장에 전화하고, 그의 친구 알렌에게 편지를 쓰고. 대체 내가 무슨 생각을 했던 걸까?"

"기다리던 전화벨이 울리지 않으면 자신도 몰랐던 최악의 모습이 나오는 법이야. 너만 그런 게 아니라 사람들이 다 그래." 토미가 말했다.

우리는 침대 위에 오랫동안 나란히 앉아 있었다. 둘 다 별말 하지 않았지만, 토미가 옆에 있어 줘서 사납게 날뛰던 마음이 좀 진정되면서 잠을 청해볼 수 있었다.

"정말 미안해." 토미가 자러 가기 전에 내가 말했다.

"또다시 너에게 짐이 됐어. 날 계속 구해주는데 인생을 허비하면 안 되는데."

토미가 미소를 지었다. "그때 나는 너를 구한 게 아니야. 지금도 마찬가지고. 난 널 위해 여기 있어, 해링턴─내가 그렇다는 건 너도 알잖아. 하지만 너 스스로 이 상황을 정리할 수 있다고 확신해. 넌 끝까지 살아남는 생존자야. 바퀴벌레 같은 생명력이 있지."

나도 가까스로 미소를 지을 수 있었다.

이제 그로부터 세 시간이 지나, 다시 운동화 끈을 묶어보려고 수도 없이 애를 썼지만 도무지 손이 말을 듣지 않았다. 모든 게 잘못됐다.

날 공항으로 데려다줄 택시는 다섯 시에 올 것이다. 간밤에 한숨도 못 잤는데 앞으로도 못 잘 것이다. 달리기를 하고, 샤워를 하고, 토미와 조이에게 고맙다는 인사를 하기 위해 사놓은 작은 레몬 트리를 포장할 시간은 충분하다. 잠깐 짧게 달리고 오지 뭐. 비행기에서 잘 수 있을 정도로만.

나는 침실에서 슬쩍 나오면서 조이가 없어서 다행이라고 생각했다. 토미는 일단 자러 가면 침실에서 나오지 않았지만, 조이는 종종 아주 일찍 일어나 우아한 회색 실크 기모노로 온몸을 휘감고 아시아에서 온 이메일에 답장을 한다. 그래서 해도 뜨기 전에 달리기하러 나가는 나를 본 적이 한두 번이 아니었다.

하지만 이건 달리기가 아니라고 시계를 흘끗 보며(새벽 3시 13분) 생각했다. 이건 병이다.

복도에 있는 조이의 거울에 내 모습을 흘끗 비춰봤다. 그것은 돌아가신 조이 부모님의 버크셔 정원에 있는 나무로 프레임을 짠 거울이었다. 조이의 말이 맞았다. 그동안 살이 빠졌다. 팔은 힘줄이 다 드러나고, 얼굴은 더 뾰족해졌다.

그런 내 모습을 보는 것이 당혹스러워 고개를 돌려버렸다. 더럭 겁도 났다. 나는 정신병 환자가 점점 상태가 악화될 때 자신의 그런 상태를 얼마나 의식하고 있는지 종종 궁금했다. 그들은 자신이 악화되고 있다는 걸 얼마나 쉽게 알아차릴 수 있을까? 사실과 허구의 경계선이 완전히 사라져버리기 전에 그것이 얼마나 또렷하게 보였을까?

지금 나는 정신적으로 건강하지 못한 걸까?

나는 물을 한 잔 마시려고 부엌에 들어갔다. 다리 근육들이 초조하게 실룩거렸다. 곧 갈 거야, 곧. 나는 내 다리에게 말했다.

그러다 부엌 문간에서 우뚝 멈춰 섰다. 뭐지? 조이인가? 하지만 조이는-

"어머나, 깜짝이야!" 부엌에 있는 여자가 소리를 질렀다.

나는 그대로 얼어붙었다. 그 여자는 홀딱 벗고 있었다. 고작 일곱 시간 만에 생판 모르는 사람의 나체를 또 보다니. 거리 가로등의 인공적인 오렌지색 불빛들이 그녀의 가슴과 배에 죽죽 줄을 긋는 동안 그녀는 몸을 홱 숙였다. 그녀의 입에서 화려한 욕설이 터져 나왔다.

나는 돌아서서 눈을 가렸다. 그러다 뭔가 어렴풋이 떠올라 다시 돌아섰다. 저 여자는 내가 아는 사람이야. "나 좀 그만 봐." 그 여자가 쏘아붙였지만 아까보다 사나운 기색이 줄어들었다. 나는 이 사태를 믿을 수 없어 입이 떡 벌어지는 걸 느끼며 나의 가장 오래된 여자 친구를 마침내 알아봤다.

"맙소사." 나는 힘없이 중얼거렸다.

"맙소사." 조도 동의하면서 조이의 조리대에 있는 블루투스 스피커를 낚아채 음모를 가렸다.

"조? 아니지. 아니, 아니야. 제발 이게 지금 내가 상상하는 그게 아니라고 말해줘." 내가 속삭였다.

"이건 네가 상상하는 그게 아니야." 조는 중얼거리면서 스피커를 내려놓고 요리책으로 가리다가 마침내 이도 저도 다 포기해버렸다. "나 좀 그만 보라고 했잖아." 조는 그렇게 덧붙이면서 아일랜드 키친 뒤로 가서 주저앉았다.

나는 그대로 서서 멍하니 있었는데 그때 부엌 반대편에서 화가 나서 속삭이는 소리가 들렸다. "사라, 몸에 걸칠 것 좀 갖다줘!" 나는 대꾸도 하지 않고 복도로 다시 나가서 고리에 걸려 있던 코트를 가져왔다. 그걸 그녀에게 건네주고 부엌에 있는 스툴에 힘없이 주저앉았다.

"대체 이게 다 무슨 일이야?" 내가 물었다.

조가 일어서서 보니 내가 갖다준 옷은 거대한 스키 재킷이었다. 조는 씩씩거리면서 재킷을 입고 손이 밖으로 나오게 소매를 접어 올렸다.

"스키 바지도 갖다줄까? 스키 스틱은 어때? 헬멧도 갖다줘? 조, 이게 다 무슨 일이야?" 나는 멍해진 머리로 물었다.

"나도 너에게 똑같은 질문을 할 수 있거든." 그녀는 그 혐오스런 재킷을 보면서 얼굴을 찡그리며 말했다. "돈 많은 재수탱이들." 그녀는 이렇게 덧붙였는데 아마 스키를 좋아하는 사람들 모두에게 하는 말일 것이다. "넌 여기서 뭐 하고 있는 거야?"

"난 여기서 손님으로 지내고 있잖아, 너도 아주 잘 아는 것처럼. 달리기 좀 하고 와서 공항에 갈 거야." 내가 대답했다.

"지금은 새벽 3시 15분이야! 이 시간에 누가 달리기를 하러 나가냐!" 조가 낮은 목소리로 쏘아붙였다.

"넌 토미의 부엌에서 홀딱 벗고 있잖아. 누가 누구더러 할 소리를!" 나도 쏘아붙였다.

조는 재킷의 지퍼를 올렸다. "어이가 없네." 그녀는 그 말만 했다.

236

나는 심호흡을 한 번 했다. "조, 너 토미랑 자니? 나의 오랜 베프 둘이서 지금 바람을 피우고 있는 거야? 내 문제는 좀 있다 토론하기로 하고." 나는 그녀가 끼어들기 전에 그렇게 물었다.

"난 그냥 하룻밤 자러 온 거야. 토미가 소파에서 자도 된다고 했어." 조가 결국 입을 열었다.

"다시 말해봐. 다시 변명해 보라고, 조나 몽크. 토미는 어제 자정에 자러 들어갔어, 적어도 나는 그렇게 생각했어. 넌 그때 여기 없었고. 하지만 지금은 여기 있는 데다 홀딱 벗고 있어. 그리고 나는 네가 네 파자마를 얼마나 사랑하는지 알고 있어." 내가 말했다.

"아, 맙소사." 누군가 중얼거렸다. 나는 고개를 들었다. 토미가 실내복을 입은 채 문간에 서 있었다. "이건 좋은 생각이 아니라고 내가 그랬잖아." 토미가 조에게 말했다.

"난 목이 말랐어! 난 절대 욕실에 있는 수도꼭지 물은 안 마셔, 토미 너도 알잖아." 조의 목소리는 싸우자는 소리였는데 그건 지금 겁이 났다는 뜻이다. "그리고 쟤는 지금 자고 있어야지 새벽에 몰래 빠져나가서 달리기를 할 게 아니라." 조는 내게 고개를 끄덕여 보이며 말을 이어갔다.

나는 아일랜드 키친에 팔꿈치를 대고 두 팔을 맞잡았다. "알았어. 대체 지금 여기서 무슨 일이 일어나고 있는지 정확히 알아야겠어. 얼마나 그랬는지도. 그리고 토미가 지금 다른 사람과 오랫동안 사귀고 있는 상황에서 이걸 어떻게 해명할 수 있는지도 말해봐." 나는 잠시 말을 멈췄다. "조 너도 지금 혼자가 아니잖아. 다만 내가 손에 대해선 별로 관심이 없는 건 이해해주리라 믿겠어."

토미는 조용히 걸어와서 내 옆도, 조 옆도 아닌 아일랜드 키친 상석에 앉았다.

"음, 그게 그러니까……." 그는 입을 뗐다가 멈췄다.

그 순간이 길어지면서 안개가 퍼지는 것처럼 침묵이 흘렀다. 토미는 자신의 손을 보고, 손거스러미를 떼어냈다. 그리고 손을 들어서 입에 대고 엄지를 잘근잘근 씹었다.

"그리고 내가 왜 이제야 이 사실을 알게 됐는지도 알고 싶군." 내가 덧붙였다.

조가 갑자기 앉았다. "우리는 섹스를 하고 있었어." 조가 말했다. 그녀의 목소리는 좀 지나치게 컸다.

토미가 움찔했지만 부인하진 않았다.

"그리고 네가 뭐 엄청나게 조이를 좋아한다는 생각은 안 들지만, 사라, 이 말이 네가 이 상황을 이해하는 데 도움이 될지도 모르겠다. 조이는 자기 의뢰인과 바람을 피우고 있었어. 조이가 대변하는 그 회사 이사랑. 그 피트니스 워치 만드는 회사 말이야. 그래서 조이가 홍콩에 간 거야. 그 이사가 조이를 불렀거든. 토미는 괜찮아. 조이가 토미에게 그 사실을 밝혔던 날 토미가 내 아파트에 와서 둘이 이야기를 하면서 술을 좀 많이 마시다 보니……."

토미가 조를 보는 표정이 마치 *그걸 다 말하냐?* 라고 하는 표정 같았다. 그러다 어깨를 으쓱하더니 그 말이 사실이라는 걸 확인해주는 것처럼 고개를 살짝 끄덕였다. 그는 창피해서 얼굴이 시뻘게져 있었다.

또다시 긴 침묵이 흘렀다.

"미안해. 하지만 그거로는 부족해. '이야기를 하면서 술을 좀 많이 마시다 보니……' 그게 무슨 뜻이야. 술 취한 거와 섹스는 상관성이 없거든, 너도 알다시피." 내가 말했다.

"괜히 어려운 말 써서 나 헷갈리게 만들지 마." 조가 중얼거렸다.

"야, 그렇게 은근슬쩍 넘어갈 생각 하지 마."

조는 한숨을 쉬었다. "그날은 바로 우리 모두 여기서 저녁을 먹은 날이었어." 조는 내 눈을 피하면서 말했다. "네가 라면을 끓였던 바로 그날 말이야, 사라. 넌 에디 때문에 속상해서 자러 들어갔고, 난 집에 갔어. 그런데 조이가 토미에게 딴 남자가 생겼다는 폭탄을 터트려서 토미가 열 받아서 집에서 뛰쳐나온 거야. 그런데 몇 분 지나니까 갈 곳이 없다는 걸 깨달은 거지. 다시 집에 들어가기도 민망하니까 내게 전화를 하고 우버를 타고 우리 집에 왔어."

조의 얼굴에서 아주 오랜만에 보는 환한 미소가 피어올랐다. 그러면서 토미를 힐끗 봤는데 아마 그의 사생활을 지켜줘야 한다는 마음과 나에게 이 관계를 털어놓은 싶은 마음, 이걸 확실하게 기정사실로 만들고 싶은 마음 사이에서 갈등하고 있는 게 분명했다.

나는 토미를 바라봤다. "그래서 넌 택시를 타고 일포드로 갔어. 내 말은 넌 그때 그럴 계획으로……." 나는 말을 하다 말았다. 차마 내 입으로 그 말을 할 수는 없었다.

"아니야. 전혀 그렇지 않아." 토미가 재빨리 말했다. "그렇다고 해서 그걸 후회하는 건 아니야." 그 말에 조의 얼굴이 또다시 환해졌다.

"알겠어. 그러니까…… 이건 뭐야? 그냥 한 번 즐기고 마는 거야? 아니면 둘이 정식으로 사귀는 거야?" 내가 물었다.

그러자 아주 긴 침묵이 흐르다가 조가 말했다. "음, 나는 토미를 사랑해. 하지만 토미 마음이 어떤지는 나도 모르지." 조가 말했다.

그 말을 들은 토미가 고개를 홱 치켜들었다. "뭐라고?" "너 내가 한 말 들었잖아." 조가 쏘아붙였다. 조는 화가 나서 입고 있는 토미의 스키 재킷 주머니 한쪽의 지퍼를 격렬하게 올렸다 내렸다 하고 있었다. "하지만 그건 그렇고. 우리가 너에게 말하지 않은 이유는, 사라, 아직 아무에게도 이 일을 말하지 않았기 때문이야. 조이가 토미에게 필요한 만큼 여기 오랫동안 머물러 있어도 좋다고 했대. 다른 살 곳을 찾을 때까지 말이야. 조이는 밤이면 그 부자 남친 집에 가서 잤어. 토미가 원할 때 너에게 이 이야기를 할 수 있게 그런 거지. 토미는 조이가 아주 관대하게 처신하고 있다고 생각하지만 내가 생각하기는 그저 나쁜 년으로 보이기 싫어서 그런 것뿐이야."

잠시 생각한 후에 나는 피식 웃었다. 적어도 그 말은 맞는 것 같았다.

"하지만 문제는 조이가 아니야. 숀이 문제지." 조는 지퍼를 올렸다 내렸다 하는 걸 멈췄다. "숀이 정말 골칫거리야."

"왜? 숀이 무슨 짓을 했는데?"

"그 사람이 뭘 할 수 있느냐가 문제야." 조가 대답하기 힘들어하는 걸 깨닫고 토미가 말했다. "조가 다른 남자와 만나고 있는 걸 숀이 알아내면 루디 양육권을 빼앗아 갈까 봐 걱정하고 있어. 그래서 조는 숀에게 내 이야긴 안 하고 헤어진 후에, 양육권 문제를 정리하려고 해. 그다음에 우리는…… 음, 그때 가서 어떻게 될지 봐야겠지, 내 생각엔 그래."

조의 얼굴은 무표정했지만 나는 봤다. 충격을 받긴 했지만 그 와중에도 그게 보였다. 조는 정말 토미를 사랑하고 있었다. 그것도 아주 오랫동안 사랑하고 있었다. 그래서 이것이 단순히 한때 즐기다 마는 사이가 될까 봐 몹시 두려워하고 있었다. 토미가 조이에게 차인 김에 잠깐 조를 만났다가 금방 식어버릴까 봐. 불쌍한 조는 토미와 눈을 마주치지도 못했다. *그때 가서 어떻게 될지 봐야겠지,* 란 말은 조로서는 아주 불안한 말이었다.

토미도 나와 같은 느낌을 받았는지 아일랜드 키친을 돌아와서 그녀 옆에 앉았다. 토미가 앉으면서 그녀의 다리에 조심스럽게 손을 올려놓자 조가 힐끗 내려다보는 게 보였다. 그걸 보자 목에서 뭔가 울컥 치밀었다.

"그 새끼는 앙심을 잘 품는 인간이야." 조가 조용히 말했다. 토미보다는 손에 대해 이야기하는 게 감정적으로 더 편했으리라. "그 인간은 절대 이걸 알아선 안 돼."

"내 생각에 그 사람이 양육권을 받을 수 있을 것 같지 않아. 그 사람은 요즘 처신을 엉망으로 하고 있잖아. 루디를 데리러 학교에 오지도 않고, 주로 술이나 마약에 취해 있고, 몇 주 전에는 자기 아파트에 루디를 혼자 내버려 두기까지 했잖아. 루디는 혼자 밥을 차려 먹으려다 아파트에 불을 낼 뻔했고. 오늘 밤은 조의 아버지가 루디를 데리고 계셔." 토미가 말하면서 다시 조를 흘끗 봤지만 조는 자기 속내를 너무 많이 드러냈을 때 항상 그런 것처럼 아무 표정 없이 앉아 있었다.

조이의 세련된 벽시계가 소리 없이 새벽 세 시 반을 가리키고 있었다.

"그래서 그게 끝이야." 조가 더 이상 침묵을 견디지 못하고 말했다. 그리고 조리대에 두 손을 올려놨다. 작고 통통한 주먹을. "그런데 이 이야기를 하다가 그만 내 속마음을 다 보여줬네." 그러면서 조는 토미에게 몸을 반쯤 돌렸다. "그게 그냥 섹스였다고 해도 나는 상관없어. 내가 사랑한다고 했던 말 잊어버려. 내가 바보처럼 굴었어. 너도 알다시피 내가 원래 매사에 과하게 반응하잖아."

불편한 침묵이 흘렀다.

"내가 자리를 비켜줄게." 내가 말했다.

"여기 있어." 조가 큰 소리로 말했다.

"그래, 고마워." 토미도 동시에 말했다.

나는 걸상에서 엉거주춤하게 반쯤 일어서서 망설였다.

"난 이런 상황에선 어떻게 해야 할지 모르겠어." 조가 말했다. 그녀의 얼굴은 새빨개져 있었다. "날 혼자 두지 마. 네가 가버리면 난 토미에게 더 바보 같은 말만 하게 될 거야."

나는 다시 앉으면서 토미에게 미안하다는 미소를 지었지만, 토미는 내가 도저히 해석할 수 없는 복잡한 방식으로 눈썹을 꿈틀거리며 깊은 생각에 빠져 있었다. 나는 고개를 돌려서 조이가 수집한 자의식이 강한 여성들을 겨냥한 요리책들을 훑어봤다. 그러다 그녀와 토미가 처음 사귀기 시작해서 토미에게서 손을 떼지 못하던 시절 켄징턴 가든에서 같이 운동하면서 찍은 사진도 봤다.

밖에서 야간 버스 한 대가 끼이익 소리를 내며 홀랜드 파크 도로를 달리는 소리가 들렸다. 조이가 새로 사귄 남자는 어떤 사람일지 궁금했다. 그는 어디에서 살까. 조이는 나 같은 가난뱅이에 비하면 엄청난 부자처럼 보였지만 조이의 새 남자 친구는 조이와 홀랜드 파크에 있는 이 침실 두 개짜리 아파트 따위는 상대도 되지 않을 만큼 부유할 것이다. 조이가 아무리 토미를 출세의 사다리 위로 밀어 올린다 해도 토미는 결코 그 남자와 상대가 되지 않을 만큼.

결국 토미가 숨을 깊게 한 번 들이마셨다. 그리고 조에게 고개를 돌렸다.

"있지." 조는 조용히 이야기를 시작했다. "난 너를 정말 사랑해. 조 너를 사랑한다고. 단지 너에게 고백하는 건…… 음, 그러니까 좀 다른 상황에서 말하려고 생각했어."

내가 보기에 숨을 쉬는 걸 멈춰버린 것 같은 조는 아무 말도 하지 않았다. 토미는 아일랜드 키친의 가장자리를 손가락으로 쓸었다.

"내가 단 한 번도 남의 눈치를 보지 않았을 때는 너와 같이 있을 때뿐이었어. 넌 항상 뭐든 말할 수 있는 사람이었어. 네가 방에서 나가면 벌써 네가 그리워졌지. 네가 나보고 '금수저 출신'이라는 말을 너무 많이 하긴 하지만. 그리고 사라 앞에서 이런 말을 하게 만드는 식으로 사고를 자주 치긴 하지만 말이야."

조는 살짝 미소 짓긴 했지만 여전히 토미의 눈을 보지 못했다.

"처음에 이 아파트에 와서 살게 됐을 때는 행복하다고 생각했어. 하지만 그렇지 않았어. 난 전혀 행복하지 않았어. 그렇게 생각한 지 벌써 몇 년 됐어. 한 달 전만 해도 나는―그는 조이의 티끌 하나 없는 부엌을 둘러봤다―이것이 바로 내가 원하던 것이라고 스스로를 설득했지. 사실은 아니었는데. 내가 원한 건 나답게 사는 것이었어. 마음 편하게 실컷 웃으면서 진짜 사는 것처럼 사는 거. 너랑 같이 있을 때면 나는 눈물이 날 때까지 웃어. 그것도 일주일에 몇 번씩 말이야. 조이랑은 단 한 번도 그래 본 적이 없어." 토미가 말했다.

조는 여전히 입을 열지 않았다.

"내 말은, 내 직업을 한 번 봐봐. 조이는 단 한 번도 개인 트레이너라는 내 직업에 만족하지 않았어. 조이가 내 사업을 도와준 건 단지 사람들에게 자기 애인이 스포츠 컨설팅 사업을 한다고 말하고 싶어서라고 난 확신해."

조가 계속 재킷을 만지작거리자 토미가 그녀에게 몸을 기울여서 멈추게 했다.

"내 말 들어봐."

"듣고 있어." 조가 무뚝뚝하게 말했다.

좀 있다가 토미가 웃었다. "해링턴이 보고 있는데 우리가 이런 이야기를 하고 있다니 믿을 수가 없다. 이건…… 너 기분 나쁘라고 하는 말은 아니야, 해링턴. 하지만 이건 정말 아니다."

"기분 나쁘지 않아. 그리고 참고로 내 생각을 말하자면 아주 보기 좋은 광경이라고 생각해. 조금 이상하긴 하지만." 내가 말했다.

조는 아직도 긴장을 풀지 못했다. "미안. 난 좀 무서웠어. 나는…… 나는 너보다 잃을 것이 더 많잖아." 조가 중얼거렸다.

토미가 조의 손을 잡았다. "아니야, 그렇지 않아. 난…… 아, 진짜, 제발 내 얼굴 좀 봐, 이 정신 나간 여자야."

조는 마지못해 고개를 들어 토미를 봤다.

"나도 같은 마음이야, 조. 너랑 같은 마음이라고."

몸속에서 날뛰던 아드레날린이 서서히 줄어들었다. 나는 가장 오래된 친구 둘이 서로에게 사랑한다고 말하는 자리에 같이 앉아 있었는데 문득 이 상황이 이해가 됐다. 나는 캘리포니아에서 우리가 같이 보냈던 그 시간들을 돌이켜 생각해보면서 왜 전에는 이런 생각을 하지 못했는지 의아해했다. 두 사람은 같이 오랜 시간을 보냈고, 여행도 같이 다녔고, 서핑도 하고, 같이 토미 부모님의 차고에서 기괴한 칵테일들을 조합해서 만들곤 했다. 아마 내가 슬픔과 죄책감에 너무 깊이 빠져 있어서 그걸 보지 못했나 보다. 아니면 이 두 사람보다 더 안 어울리는 커플을 생각해낼 수 없어서 그랬는지도 모르고. 하지만 사랑은 그런 게 아니란 걸 이제야 깨닫게 됐다. 여기 두 사람, 감정 표현이 서투르고, 자신의 감정을 감당하지 못하고, 상처받기 쉬운 두 사람이 몰래 숨어서 만나고 있었다. 이런저런 위험이 있었는데도 사랑에 푹 빠져 같이 있을 수밖에 없었던 것이다.

"음." 나는 천천히 입을 열었다. 나는 생긋 웃다가 하품을 했다. "이건 익숙해지려면 시간이 좀 걸리겠다. 하지만 난 행복한데."

조는 자기 손을 꽉 잡은 토미의 손을 내려다봤다. "나도 그걸 원해. 행복해지는 거. 요즘 내가 원하는 건 그게 다야." 조가 말했다.

내 심장이 무너졌다. 조는 한 번도 이런 말을 한 적이 없었는데.

나는 조깅용 반바지와 탑만 입어서 추웠지만 지금 이 순간이 영원히 끝나지 않길 빌었다. 난 이 두 사람을 사랑한다. 나는 결코 알 수 없는 방식으로 두 사람이 서로 사랑한다는 것도 좋았다. 둘이 너무나 보고 싶은 나머지 내가 침실에 들어간 후에 몰래 조를 오게 했다는 것도 마음에 들었다.

"난 가서 짐 싸는 걸 마무리 해야겠어. 더 머물 수 있으면 좋았을 텐데." 내가 말했다.

"오케이." 내가 걸상을 밀면서 일어나자 토미가 하품을 하며 말했다. "그런데…… 사라. 이건 물어봐야겠다. 우리가 네 걱정을 계속 해야 하니?"

"난……." 나는 말을 흐렸다. "최근에 나도 그것 때문에 좀 무서웠어."

"우리도 그랬어. 넌 요즘 계속 이상했어, 자기야." 조가 말했다.

"그 축구장 사건은 너도 알고 있겠지?"

조가 고개를 끄덕였다.

나는 머리카락을 쓸어내렸다. "그 탈의실에 들어가는 순간 끔찍한 깨달음이 찾아왔어. 마침내 제정신으로 돌아온 것 같았지. 난 두려웠어."

조가 말했다. "심리 치료사를 찾아가서 상담을 받아보는 건 어떨까?"

심리 치료사. 나는 미소를 지었다. "아마도. LA엔 차고 넘치는 게 심리 치료사니까."

토미의 눈썹이 부드럽게 펴졌다. "넌 전에는 이렇게 불안정했던 적이 한 번도 없었어. 그 점을 잊지 마."

"하지만 그건 아마도 루벤을 만났을 때는 휴대폰이 없어서 그랬는지도 몰라. 그때는 인터넷이 막 시작됐을 때일 걸."

"아니야. 넌 미친 게 아니야, 사라. 네가 우리에게 말한 것의 절반만 사실이라고 해도, 에디는 너에게 전화를 했어야 해."

나는 아일랜드 키친을 돌아가서 두 사람을 껴안았다. 내 친구들, 연인들. "고마워, 나의 다정한 토미, 나의 다정한 조. 날 버리지 않아서 둘 다 고마워."

"넌 나의 가장 친한 친구야." 토미가 말했다. 그리고 재빨리 덧붙였다. "조 빼고."

내가 40분 후에 여행 가방을 들고 다시 나왔을 때 두 사람은 여전히 부엌에 있었다. 조이는 절대 허락하지 않을 하얀 식빵으로 토스트를 만들어서 먹고 있었다. 두 사람은 몇 년 산 부부처럼 보였다.

나는 가방을 문 옆에 놨다. "좋아, 그럼."

토미가 일어섰다. "있지, 해링턴. 가기 전에 마지막으로 이 말은 꼭 해야겠는데, 난 아직도 에디 일이 미심쩍어."

"오, 나도 그래 토미. 나도."

그는 잠시 입을 다물었다가 다시 말했다. "그러니까 그게…… 네가 그 사람을 그날 그 시간에 만난 게 어마어마한 우연의 일치처럼 느껴진다고나 할까."

조이의 아파트 밖에 있는 나무에서 새 한 마리가 잘 들리지 않는 소리로 지저귀기 시작했다.

"그게 무슨 말이야? 내가 모르는 뭔가를 알고 있는 거니?"

"당연히 아니지! 내 말은 네가 그를 만나던 날 네가 뭘 하고 있었는지 생각해 보란 말이야. 넌 그 사고를 추모하느라 브로드 라이드를 따라 걷고 있었어. 그러니까 에디가 그날 그 자리에 왜 있었는지 한 번 너 스스로에게 물어볼 필요가 있다는 말이야. 하고 많은 날 중에 바로 그날 왜?" 그의 눈썹이 다시 사정없이 꿈틀거렸다. "그에게 뭔가 숨기는 게 있지 않을까?" "물론 그는…… 아니야. 아니, 토미."

나도 혼자 있을 때 그 생각을 1, 2분 정도 했다가 그냥 무시해버렸다. 그럴 리가 없다. 세상에 그럴 리는 없다.

27

에디에게

미안하다는 말을 하기 위해 편지를 써요.

나는 당신이 보낸 모든 신호들을 무시하고 당신에게 끝도 없이 질문을 퍼부었죠. 당신에게 편지를 쓰지 말았어야 했고, 전화도 하지 말았어야 했는데. 그리고 물론 어젯밤 당신 축구 시합에도 나타나지 말았어야 했어요 (이미 그 말을 들었으리라 짐작해서 하는 말이에요). 어제 얼마나 창피했는지 몰라요. 이제 와서 그게 무슨 소용이 있겠어요. 하지만 아직 눈곱만큼 남은 자존심은 있어서 내가 평소에는 그렇게 행동하지 않는다는 말은 꼭 하고 싶었어요.

나도 알 수 없는 이유로 우리의 만남과 당신의 뒤이은 침묵이 계기가 돼서 19년 전 일어났던 교통사고에 관련된 오래된 감정들이 새삼 다시 떠오르는 것 같아요. 아마도 내가 요즘 미친 짓을 하고 다녀서 그런 것 같아요.

난 히스로 공항에 있어요. 이제 곧 LA로 가는 비행기를 탈거예요. 해가 눈부시게 반짝이고 있는데 이런 식으로 떠나야 한다니 너무나 슬퍼요. 다시는 당신을 만날 수 없을 거라는 걸아니까. 하지만 한편으로는 거기 돌아가게 돼서 마음이 놓이기도 해요. 거기엔 바쁘게 뛰어다녀야 할 직장이 있고, 친구들도 있고, 싱글로서 새 삶을 시작할 기회도 있으니까요. 난 지금까지 일어난 일들과 당신에 대해 왜 그렇게 정신 나간 사람처럼 굴었는지 찬찬히 생각해 보려고 해요. 이걸 고쳐보겠어요. 나 자신도 고치고.

하지만 이 말은 꼭 해야겠어요. 당신이 이런 식으로 입을 꾹 다물고 날 무시한 행동은 비겁하고 무례하다고 생각해요. 앞으로 다른 여자에게 이런 짓을 또 하려거든 재고해봤음 좋겠군요. 아무튼 이번엔 이렇게 행동하기로 당신이 선택한 현실을 받아들이기로 했어요. 당신에게는 당신만의 이유가 있을 거라는 점도 받아들이기로 했고.

마지막으로 당신에게 고맙다는 말을 하고 싶어요. 우리가 함께 지냈던 그 날들이 내 인생에서 가장 행복한 날들이었어요. 난 그날들을 아주 오랫동안 기억할 겁니다.

몸조심해요. 에디. 안녕.

사라

28

초고 폴더

제발 가지 말아요. 제발 떠나지 말아요.

내가 그때 편지를 쓰다 멈춘 건 당신에게 전화하려고 그랬던 거예요.

다만 전화를 할 수 없었지만.

당신은 아마 이제 비행기를 타고 있겠죠. 난 하늘을 보러 밖으로 나가요.

에디

– 오전 10시 26분 삭제됨

Part 2

Dear You,

I know who you are.

29

"돌아온 걸 환영해!" 제니가 소리를 질렀다.

그 오랜 세월 대서양을 횡단하는 비행기를 무수히 탔건만 난 아직도 시차를 극복하지 못했다. 눈이 멀 것처럼 햇빛이 강렬하게 비치고 시멘트 같은 열기가 올라오는 밖으로 나가자 금방이라도 가슴이 터질 것처럼 답답해졌고 택시에 앉아 있는 동안 시야가 사정없이 지그재그로 흔들렸다. 1997년 처음 여기에 비행기를 타고 와서 이틀 동안은 내가 심각한 병에 걸린 줄 알았다.

"네가 그리웠어, 사라 매키." 제니가 날 힘차게 끌어안았다. 그녀에게서 빵 굽는 향기가 났다.

"오, 제니. 나도 네가 그리웠어. 안녕, 프랩." 나는 제니의 개를 쓰다듬으며 말했다. 프라푸치노를(제니가 죽고 못 사는 것 중 하나) 줄인 말인 프랩은 항상 그렇듯이 한쪽 다리를 들고 내게 달려들려고 했지만 내가 때맞춰 옆으로 비켜섰다.

"오, 프랩. 넌 왜 항상 사라에게 오줌을 갈기려고 하니?" 제니가 한숨을 쉬었다.

나는 몸을 앞으로 기울이면서 그녀와 팔짱을 끼었다. "어때?"

제니는 나와 눈을 마주치지 못했다.

"그 임신 테스트 말이야. 오늘 아니었어?"

"아니, 내일이야." 제니는 고개를 돌렸다. "난 지금 무지무지하게 긴장하고 있으니까 그 일은 더 말 안 하는 게 나을 것 같아. 어서 들어와. 저 소파에 앉아."

나는 초콜릿 향기가 풍기는 서늘한 실내로 들어가면서 제니가 또 새로운 그림을 한 점 사놓은 걸 발견했다. 이번 건 수천 장의 아주 작은 지문들로 만든 임신한 여자의 윤곽을 나타낸 추상화였다. 그녀의 코치가 체외 수정을 하는 동안은 긍정적인 시각화를 해보라고 추천해서 장만한 모양이었다. 그 그림은 자비에가 오후 5시 15분부터 밤 10시 30분에 침실에 자러 들어갈 때까지 앉아 있는 안락의자 위에 걸려 있었다. 거실과 주방을 구분하는 조리대 위에는 2층 초콜릿 케이크 하나와 얼음이 담긴 버킷 속에 스파클링 로제 와인이 한 병 들어 있었다.

지칠 대로 지친 나는 미소를 지었고 제니가 부엌에 들어가서 블렌더에 아이스크림을 몇 주걱 퍼서 넣기 시작했을 때 눈물이 날 뻔했다.

"제니 카마이클, 당신은 아주 친절하면서도 아주 나쁜 친구야. 우리가 주는 코딱지만 한 월급 가지고는 샴페인과 케이크를 살 형편이 안 되잖아."

제니는 어깨를 으쓱했는데 마치 이거 말고 달리 뭐로 너의 환영
파티를 해주겠어? 라고 말하는 것 같았다.

그녀는 블렌더에 몇 가지 재료를 더 넣고—다들 먹을 수 있을
것 같아 보이진 않았다—스위치를 누르면서 블렌더가 돌아가는
요란한 소리에 맞서 소리를 질렀다. "자비에에게 나가서 친구랑 당
구 몇 게임 치고 오라고 했어. 우리끼리 실컷 수다 떨려고 말이야."
제니가 아주 큰 소리로 말했다. "그리고 네가 이렇게 왔는데 당 보
충을 안 할 수는 없지. 그건 절대 안 될 말이야."

나는 아주 푹신한 쿠션들이 늘어져 있는 제니의 거대한 소파에
털썩 앉았다. 그 순간 어마어마한 안도감이 밀려온 나머지 마음이
아플 정도였다. 난 여기서 안전할 것이다. 지난 일들을 돌이켜 보
고, 현실을 냉정하게 판단하고, 앞으로 나아갈 것이다.

제니는 블렌더를 껐다. "오늘은 풍선껌 맛으로 만들어 봤어."

"맙소사. 진심으로 하는 소리야?"

제니가 웃었다. "당 보충을 하려면 제대로 해야지." 그녀가 말했다.

몇 시간 지나, 제니가 만든 아주 진한 쉐이크를 마시고, 거대한
케이크를 몇 조각 먹어 치우고, 피타 칩을 어마어마하게 먹어 치운
후에 소파에 기대서 트림했다. 제니도 나와 똑같이 하면서 웃었다.
"널 만나기 전에는 나 한 번도 트림한 적 없어." 제니가 말했다.

나는 배가 터질 것 같고 온몸이 너무나 무거워서 내 발로 제니의
발을 쿡쿡 찔렀다.

"정말 끝내주는 만찬이었어. 고마워."

"아, 천만에." 제니는 자신의 배를 문지르면서 미소를 지었다. "자, 사라, 난 술 마시면 안 되지만, 넌 저 샴페인 좀 마셔야지?"

그 샴페인 병을 보자 갑자기 극심한 두려움이 밀려왔다.

"못 마시겠어. 고마워, 자기야. 하지만 지난주에 조랑 과음을 했더니 그 후론 술은 쳐다볼 수도 없는 거 있지."

"정말? 아주 작은 잔에 한 잔도 못 마셔?" 제니는 충격을 받은 표정이었다.

하지만 마실 수 없었다. 제니 얼굴을 봐서라도 마시고 싶었지만 도저히 넘어갈 것 같지 않았다.

그다음에 그녀에게 다 이야기했다. 축구장에서 있었던 그 끔찍한 일까지, 낯선 남자의 엉덩이와 정면으로 마주치는 순간 내가 또 이성을 잃었다는 냉엄한 현실과도 직면해야 했다. 제니는 아이고 소리를 하다가 혀를 차다가 한숨을 쉬었고, 내가 에디에게 보낸 마지막 메시지를 보여주자 눈에 눈물이 고였다. 제니는 단 한 번도 나를 비웃지 않았다. 심지어 눈썹 한 번 치켜 올린 적이 없었다. 그저 내가 저지른 모든 짓을 다 이해할 수 있는 것처럼 안쓰러워하는 표정으로 고개만 끄덕였다.

"사랑할 수 있는 기회를 그냥 흘려보내면 안 되지. 너처럼 다 시도해보는 게 맞는 거야." 제니는 그 말을 하면서 나를 찬찬히 봤다. "너 정말 그 사람과 사랑에 빠진 거 맞지, 그렇지?"

나는 잠시 후에 고개를 끄덕였다. "그런데 남편과 헤어진 지 얼마나 됐다고 그런 사랑에 빠져선 안 되는-"

"야, 그런 말 하지 마. 단 일주일이 지났더라도 사랑에 빠질 수 있어." 제니는 조용히 말했다.

"그런 거 같아." 나는 내 윗도리의 아랫단을 만지작거리며 말했다. "어쨌든 이제 내가 아는 세상으로 돌아가고 싶어. 프레스노 병원에서 하는 경쟁 프레젠테이션도 꼭 따내고 싶고. 산타 아나에서 조지 앳우드를 이사로 추대하고 싶고. 다 잊고 미래를 향해 갈 때가 됐지."

"정말?"

"정말이야. 이제 더 이상 에디에게 연락하려고 시도하지 않을 거야. 사실 페이스북 친구도 삭제할 거야. 너를 증인으로 삼아서 당장 해야겠다."

"아, 아마도 그렇게 하는 게 최선일 것 같다. 하지만 너무 슬픈데. 난 그 사람이 네 짝이라고 생각했어, 사라." 제니가 안타까운 듯이 말했다.

"나도 그렇게 생각했어."

"그날 바로 그곳에서 그 사람을 만나다니. 정말 너무나 완벽하잖아. 그 이야기를 듣고 난 소름이 돋았다니까."

나는 아무 말도 하지 않았다. 그동안 토미가 그 문제에 대해 했던 말을 잊어버리려고 애를 쓰고 있었다. 반면 우리의 만남에 대한 제니의 해석을 들으니 훨씬 더 마음이 편해졌다. 아주 크고 낭만적인 우연의 일치. 믿을 수 없는 타이밍. 나로서는 그게 좋았다.

나는 제니를 바라봤다. "넌 괜찮아?"

제니는 한숨을 쉬면서 고개를 끄덕였다. "그냥 너 때문에 슬퍼.

그리고 온 몸에 호르몬으로 가득 찼고."

나는 페이스북 친구 리스트에서 에디가 나오길 기다리며 다시 제니 옆에 앉았다.

그러다 가슴이 철렁 내려앉았다.

"에디가 먼저 날 친구 명단에서 삭제해버렸어." 내가 속삭였다. 혹시나 잘못 봤나 싶어서 그의 프로파일을 눌러봤다. 그런 일은 없었다. 친구 추가? 라고 떴다.

"아, 사라." 제니가 중얼거렸다.

온몸이 얼어붙는 것 같은 고통이 다시 돌아왔다. 그 끝없는 갈망, 조약돌 하나를 던지면 끝없이 떨어질 것처럼 깊은 우물과도 같은 그 갈망.

"그럼…." 나는 힘겹게 침을 꿀꺽 삼켰다. "그럼 이걸로 끝이네."

바로 그 순간 프라푸치노가 미친 듯이 날뛰면서 현관문이 열리고 자비에가 성큼성큼 들어왔다. "안녕, 사라!" 그는 그렇게 말하면서 나를 껴안는 대신 항상 하는 아주 독특한 경례를 했다. 자비에는 오직 제니와 차만 만지는 사람이다.

"안녕, 자비에. 잘 지냈어요? 오늘 밤 우리 둘이 시간을 보낼 수 있게 배려해줘서 고마워요." 나는 온몸이 흐늘흐늘 축 늘어지는 기분을 느끼며 간신히 인사했다.

"천만에요." 그는 그렇게 말하고 맥주를 가지러 부엌으로 어슬렁어슬렁 걸어갔다. 제니가 그에게 키스하고 침실로 들어갔다.

"제니를 잘 돌봐주고 있었어요?" 그가 물었다. 그는 의자에 앉아 맥주 캔을 땄다.

"음, 그보단 제니가 날 돌봐주고 있었죠. 제니 성격 잘 알잖아요. 하지만 내일은 제니를 위해 여기 있을게요, 자비에. 제니가 필요하다면 하루 종일이라도 옆에 있을 수 있어요." 내가 말했다.

자비에가 맥주를 길게 한 모금 마시고 나서 경계하는 눈빛으로 날 보며 물었다. "내일?"

나는 그를 바라봤다. 뭔가 이상했다. "어……그래요." 내가 말했다. "테스트 결과가 나오잖아요?"

자비에는 맥주를 바닥에 내려놨고, 순간 나는 그가 무슨 말을 할지 알아차렸다.

"그 테스트는 오늘이었어요. 잘 안 풀렸지. 임신이 안 됐어요." 그가 퉁명스럽게 말했다.

우리 사이에 침묵만 흘렀다.

"아무래도 제니가 먼저 당신의…… 어, 문제를 말하길 원했나 봐요. 제니 성격 당신도 알잖아요." 그가 말했다.

"아…… 맙소사. 자비에. 정말 미안해요. 난…… 맙소사. 내가 왜 제니 말을 믿었을까요? 난 내일로 알고 있었어요." 내가 속삭였다.

나는 부엌문을 힐끗 봤다. "제니는 어때요?"

그는 어깨를 으쓱했지만 그의 얼굴만 봐도 알 수 있었다. 그는 어찌할 바를 모르고 있었다. 그로선 너무 힘겨운 일이었다. 둘은 몇 년 동안 희망을 품을 길이 몇 개 남아 있었고, 제니가 그 희망을 유지할 수 있게 자비에가 돌봐줬다. 그렇게 적극적인 역할을 맡아서 하면서 제니의 두려움이라는 무게를 견딜 수 있었다. 하지만 지금은 아무것도 남지 않았다. 그리고 그의 아내는—비록 감정 표현은 서투르지만 온몸과 마음을 다해 그가 사랑하는 사람—깊은 슬픔에 빠져 있었다. 그가 할 수 있는 일은 더 이상 없었고, 그녀에게 건넬 희망조차 남아 있지 않았다.

"제니는 별말이 없었어요. 병원에서는 한마디도 하지 않았죠. 내 생각엔 아예 그걸 생각하지 않으려고 하는 것 같아요. 어쨌든 지금은 그래요. 난 오늘 제니가 당신을 만나서 그 이야기를 다 털어놓고 올 줄 알았는데. 그렇게 감정을 쏟아내는 거요. 그래서 내가 나갔던 건데. 평소에 내게는 말을 안 하는 일도 당신에게는 하니까."

"아, 이런. 자비에, 정말 미안해요."

그는 맥주를 마시면서, 의자 등에 몸을 기대며, 창밖만 멀거니 바라봤다.

나는 문 너머를 봤다. 아직 아무 소리도 들리지 않았다. 부엌 벽에 걸린 시계가 마치 시한폭탄처럼 째깍거리고 있었다.

몇 분이 그렇게 흘러갔다.

"제니는 화장실에 일부러 갔군요. 숨으러. 당신이 내게 사실을 말할 걸 알고. 우리가…… 우리가 가서 제니를 데려와야 해요." 내가 일어섰지만 자비에가 먼저 일어났다. 그는 어깨가 축 쳐진 채 부엌을 가로질러 갔다.

내가 아무짝에도 쓸모없이 부엌에서 서성거리는 동안 자비에는 화장실 문을 노크했다. "자기야? 자기, 나 좀 들어가게……." 그가 제니를 불렀다.

잠시 후에 문이 열렸고 그 소리가 들렸다. 그의 아내이자 내 친구의 절망적인 소리, 날 보살펴주려고 자신의 슬픔을 미룬 친구가 숨을 쉬려고 헐떡이는 동안 눈물과 절망이 사정없이 쏟아져 나오는 소리를.

"난 참을 수가 없어. 참을 수가 없다고, 자비에. 이제 뭘 해야 할지 모르겠어." 제니가 엉엉 울었다.

제니가 남편의 면 셔츠에 대고 흐느껴 우는, 마음이 찢어지는 소리만 들렸다.

　그 감정의 격랑이 마침내 진정되자 제니는 소파에서 나와 자비에 사이에 앉아 남은 음식들을 하나씩 체계적으로 먹어 치웠다. 나는 시차 때문에 피곤해서 미칠 것 같은 걸 참고 자정까지 제니 옆에 있으면서 가끔 잠들지 않기 위해 케이크를 조금씩 먹었다.

　이제 아침이 왔다. 내가 꿈꾸었던 뜨겁고 환한 아침, LA에 돌아와 처음 맞는 아침이 온 것이다. 영국에서 지냈던 마지막 주에 나는 이 첫 아침이 오면 다시 희망에 찰 것이라고 확신했다. 런던이나 글로스터셔에서는 감쪽같이 사라진 균형 잡힌 시각도 돌아올 것이라고 생각했다. 나는 행복할 것이다. 결단력도 돌아올 거야.

　그랬는데 현실의 나는 배가 터질 것 같고 온 몸이 불편한데다, 얼어 죽을 것 같은 온도로 맞춰놓은 에어컨이 밤새 돌아가는 바람에 끔찍한 추위에 시달렸다. 나는 제니의 손님방 침대에 몸을 웅크리고 누워 있었는데 너무 지쳐서 밖에 나가 에어컨 온도를 낮추는 것조차 할 수 없었다. 나는 방 건너편에 있는 거울에 비친 내 모습을 빤히 바라봤다. 얼굴이 붓고, 혈색이 창백한 데다, 아파 보였다. 내가 무슨 짓을 하는지 알아차리기도 전에 에디가 내 작별 메시지에 답장했나 보려고 핸드폰을 꺼냈다. 에디는 물론 답장을 하지 않았고, 내 가슴은 고통으로 가득 차 풍선처럼 부풀어 올랐다.

내가 페이스북에서 그의 프로필을 보자 친구 추가? 라고 페이스북이 물었다. 그냥 확인만 하려고 그런 거야. 역시 친구 끊겼구나.

한 시간 후에, 여전히 마음에 평화가 찾아오길 기다리며 나는 달리기를 하러 나갔다. 아직 여덟 시도 안 됐고 제니와 자비에는—오늘만은—아직 침대에 누워 있었다.

나는 대서양을 횡단하는 비행기를 타고 온 데다 곧바로 너무나 심란한 밤을 보냈다. 런던에서도 그제밤에 한숨도 자지 못한 건 말할 필요도 없고, 제니의 집 데크에 달린 온도계 바늘이 벌써 섭씨 37도를 향해 달아오르고 있었다. 하지만 그래도 집에 우두커니 앉아 있을 수 없었다. 그 어떤 감정도 내 마음에 달라붙지 않도록 아주 빨리 움직여야 했다.

난 달려야 했다.

글렌데일 대로를 300미터 정도 달리고 나서야 내가 왜 이 도시에서는 달리기를 하지 않았는지 기억이 났다. 템플 가 모퉁이에 다다르자 온몸이 흔들려서 가로등을 잡으려고 대퇴 사두근을 스트레칭 하는 척 했다. 공기가 숨 막힐 정도로 더웠다. 나는 고개를 들어 태양을 올려다봤다. 바다에 깔린 실안개 너머로 흐릿하고 텁텁해 보이는 태양을 보며 고개를 흔들었다. 난 달려야 한다고!

다시 시도해봤지만 할리우드 고속도로가 저 앞에서 가물가물하게 보이기 시작하는 사이에 다리가 풀려서 시립 테니스 코트 옆에 있는 잔디밭에 주저앉고 말았다. 속이 울렁거리고 어지러웠다. 나는 운동화 끈을 고쳐 매는 척하면서 패배를 인정했다.

어딘가에서 내게 미쳤다면서 내 몸을 그렇게 존중할 줄 모르냐고 야단치는 조의 목소리가 들리는 것 같았다. 그 말에 동의했다. 전적으로 동의하는 한편 비쩍 마른 여자들이 타죽을 것 같은 더위에 그리피스 공원 언덕을 헉헉거리며 달려서 올라가던 모습을 볼 때 굉장히 슬프고 안 돼 보였다는 기억이 퍼뜩 떠올랐다.

나는 다시 제니 집으로 돌아가서, 샤워를 하고, 택시를 불렀다. 제니는 당분간 출근하지 못할 것 같았지만 난 더 이상 거기서 엉덩이를 뭉개면서 앉아 있을 수 없었다.

이스트 할리우드에 있는 사무실로 가는 동안 캘리포니아에 있는 호스피스 회사의 이사들에게 다음 주에 할 홍보 프레젠테이션을 구상했다. 요즘 병원들이 먼저 우리 서비스를 제공해달라고 요청하는데 익숙해져 있어서 그동안 내 영업기술이 좀 녹슬어 있었다. 버몬트는 길이 꽉꽉 막혀서 산타 모니카에서 내려서 남은 두 블록을 걸어가면서 등으로 땀방울이 쉴 새 없이 흘러내리는 동안 다음 주에 할 홍보 문구들을 속으로 읊어봤다.

그때

에디?

버몬트의 교통 체증에 걸린 택시 안에 한 남자가 앉아 있었다. 그 택시는 곧장 내 사무실을 향해 가고 있었다. 짧게 깎은 머리, 선글라스, 분명 내가 아는 그 티셔츠.

에디라고?

아니, 이건 있을 수 없는 일이야.

나는 그 택시를 향해 걸어가기 시작했다. 택시 안에 있는 남자, 에디 데이비드라고 내가 맹세할 수 있는 남자는 사정없이 늘어나는 복잡한 거리 표지판들을 내다보며 자기 핸드폰을 확인하고 있었다.

마침내 차들이 움직이기 시작하면서 여기저기서 경적이 울렸다. 나는 6차선 도로의 한가운데 있었다. 어쩔 수 없이 택시에서 돌아서야 했을 때 그 남자가 선글라스를 벗고 나를 보는 걸 봤다. 하지만 내가 그의 눈을 보기도 전에, 그 사람이 확실히 에디인지 알기도 전에, 어서 도로에서 달려 나가지 않으면 차에 치일 것 같았다.

에디?

그날 오후에 내 동료들이 쫓아내서("우리가 다 알아서 할게요, 사라. 가서 좀 쉬어요.")집에 가야 했지만 가만히 있을 수 없었던 나는 집까지 걸어갔다. 나는 아까 그 혼잡한 교차로에 15분 동안 서서 오고 가는 차들과 택시들을 바라봤다. 응급 의료 헬기 한 대가 아동 병원 지붕에 착륙했지만 그쪽은 거들떠 보지도 않았다.

그 사람은 에디였다. 나는 그 사람이 에디였다는 걸 안다.

31

루벤과 나는 프레스노로 가는 통근용 비행기를 말없이 타고 갔다. 밖에는 버터 같은 해가 구름 위에서 녹고 있었지만 비행기 안 분위기는 냉랭하지 그지없었다. 내일 아침 우리는 호스피스 회사 이사들에게 홍보 프레젠테이션을 해야 하는데 루벤은 벌써 내게 화가 나 있었다.

월요일 아침에 그는 카이아와 같이 사무실에 출근해서 우리 모두 회의실에 모이게 했다. 그는 아직 내 눈을 제대로 보지 못했다.

"굉장히 좋은 소식이 하나 있어." 그가 이렇게 운을 뗐다.

"아, 잘됐네!" 제니가 말했다. 제니는 아직 평소 같지 않았지만 그래도 열심히 노력하고 있었다.

"우리가 지난주에 런던에 있을 때 카이아가 짐 버룬도라고 하는 오래된 친구에게 이메일을 보냈어요. 그 사람은 런던에서 장애아들을 위한 사립 특수학교들을 운영하고 있어요. 카이아가 그 사람에게 우리 일에 대해 말하고, 비디오 클립도 몇 개 보냈더니 정기적으로 거길 찾아와서 일을 해줄 수 있겠냐고 물었어요!"

잠시 침묵이 흘렀다.

"아. 굉장하네. 하지만…… 루벤. 우리에겐 지금 그런 사업을 할 만큼 공연자들이 많지 않은데." 내가 마침내 입을 열었다.

그러자 제니도 한마디 보탰다. "루벤, 그러려면 우리가 그 프로젝트 비용도 계산해보고 모금도 어느 정도 규모로 해야 할지 먼저 알아봐야 해요. 그러니까-"

루벤이 더 이상 말하지 말라고 두 손을 들어 올렸다. "그 학교들은 자체 펀딩을 하고 있어요. 우리 비용을 전부 다 거기서 지불하겠대요. 우리는 새로운 클라운닥터들을 뽑아서 훈련시키고, 짐의 회사가 돈은 다 낼 겁니다." 루벤은 아주 자랑스럽게 말했다.

나는 잠시 입을 다물고 있다가 말했다. "하지만 여전히 거기 가서 학교를 방문해봐야 해. 그리고 회의도 여러 차례 해야 하고. 그것 말고도 처리해야 할 일들이 산더미처럼 많아. 그냥 그렇게 갈 수는-"

루벤이 얼굴에 미소를—놀랍게도 경고의 의미를 담은—지으며 내 말을 잘라버렸다. "카이아가 아주 대단한 일을 해냈어. 그러니까 당신도 기뻐해야지! 우리 회사가 다시 확장하고 있잖아." 그는 조심스럽게 말했다.

제니는 너무 지쳐서 이 논쟁에 끼어들 힘마저 없어 보였다.

카이아는 마치 수업 중인 학생처럼 머뭇거리면서 손을 들었다.

"사실 짐이 그 자리에서 좋다고 할 줄 몰랐어요. 제가 여러분의 일을 복잡하게 만든 건 아니면 좋겠어요." 그녀가 조용히 말했다.

"그 프로젝트에 대한 상세한 계획들을 세울 수 있게 내가 회의 스케줄을 잡을 거야. 하지만 지금은 카이아에게 '고맙다'는 인사를 해야 할 때라고 생각해."

루벤은 그 말과 함께 손뼉을 치기 시작했다.

우리 모두 같이 손뼉을 쳤다. *아이고, 징그러운 내 팔자, 미치겠다, 내 팔자.*

첫 번째 회의는 이틀 후에 열렸다. 모든 일이 잘 풀릴 것처럼 보였지만, 짐의 회사에서 클라운닥터들 교육비까지 포함해서 모든 비용을 다 대기로 했지만—물론이죠, 뭐가 필요한지만 말해주세요—나는 신경이 곤두서 있었다. 모든 것이 너무 빨리 일어나고 있었다. 그래서 오늘 아침에 루벤과 같이 있을 때 하기 힘든 이 이야기를 꺼내려고 하자 그는 내게 퉁명스럽게 쏘아붙였다. 사업가처럼 너무 격식 따지지 말고 카이아에게 좀 더 고마워하라고.

비행기가 비스듬히 프레스노로 날아가는 동안 나는 자는 그를 흘끔 훔쳐봤다. 자고 있는 그의 얼굴은 모든 긴장을 푼 채 아무 걱정 없어 보였다. 내가 아주 잘 아는 얼굴이었다. 길고 새까만 속눈썹, 완벽한 눈썹, 푹 꺼진 안와에 보이는 혈관들. 이 친숙한 얼굴을 보고 있으려니 속이 불편해졌다. 지금쯤이면 정상으로 돌아왔어야 하는데, 내가 그렇게 생각하는 동안 비행기가 살짝 방향을 틀면서 낮게 뜬 황금빛 햇빛이 루벤의 얼굴에 기하학적인 패턴으로 비추고 있었다. 지금쯤이면 기분이 좋아져야 하는데.

그 후에 우리가 묵을 호텔 옆에 있는 스테이크 하우스에서 저녁을 먹은 후 한 번도 쓰지 않은 것처럼 보이는 작은 호텔 수영장 옆에 가서 앉았다. 그 수영장은 높은 철조망으로 둘러싸여 있었고, 몇 개 안 되는 안락의자들은 흰곰팡이가 여기저기 피어 있었다.

그때 처음으로 지난주에 토미가 에디에 대해 한 말을 제대로 생각해봤다. 에디와 내가 그날 그 시간 그 장소에서 만났다는 건 무슨 의미일까. 그에게 뭔가 숨기는 게 있을까. 처음에는 토미의 말이 터무니없는 가설처럼 느껴졌다. 에디가 그날 아침에 거기에 나온 이유는 엄마로부터 좀 거리를 두고 쉬기 위해서였고, 우연히 공터에서 양을 한 마리 만나는 바람에 머물러 있게 된 것이다. 우리가 만나게 된 이유에 더 많은 의미를 부여하려고 한다는 건 옳지 않다.

하지만 문제는, 지난 몇 주 동안 내 의식의 가장자리에서 속삭이고 있던 생각들이 조금씩 이해하기 시작했다는(마침내) 점이다. 그 생각들이 하나의 패턴을 이루기 시작했다. 그런데 거기서 보이는 패턴이 마음에 들지 않았다.

하늘에서 번개가 내리치자마자 나는 곧바로 안으로 들어가면서 재앙이 임박했다는 불길한 예감을 떨칠 수 없었다.

다음 날 아침 회의에 앞서 우리는 호스피스 병원을 먼저 둘러봤다.

누구나 그렇듯(내 생각에) 호스피스 시설은 마음이 편해지는 곳은 아니었다. 어쨌든 죽음을 그토록 확실하게 다루는 곳은 몇 곳

안 되니까. 하지만 나는 최선을 다해 얼굴에 아무런 감정도 드러내지 않은 채, 마음 속 깊은 곳에서 요동치는 두려움을 꾹꾹 누르면서 천천히 숨을 쉬었다. 텔레비전이 있는 휴게실로 들어갔다가 창가 근처 의자에 앉아 있는 한 소녀를 보기 전까지는 내가 꽤 잘 행동하고 있다고 생각했다.

나는 그 아이를 빤히 바라봤다.

"루스?" 그 아이는 보드라운 담요에 몸을 감싼 채 앉아 있었는데, 얼굴은 밀랍처럼 창백하고 무시무시하게 말랐다.

루스는 고개를 들었고, 고통스러울 만큼 긴 시간이 흐른 후에 아이가 생긋 웃었다. "오 마이 갓. 이건 뜻밖인데요." 그 아이가 말했다.

"루스!" 루벤이 달려가 그녀를 껴안았다.

"조심하세요. 보면 아시겠지만 제 뼈들이 아주 연약하답니다. 절 부러뜨리고 싶진 않으시겠죠. 우리 엄마가 소송광인 거 아시잖아요." 루스가 조용히 말했다.

루벤은 루스를 부드럽게 안았다. 나도 가서 안아줬다.

루스는 루벤과 내가 처음 이 사업을 시작했던 초창기, 클라운닥터란 말조차 들어본 사람이 거의 없을 때 우리가 만난 환자 중 한 명이었다. 루스는 수술실을 수시로 들락거리는 아주 작은 갓난아기였고, 우리는 루스의 수명이—그녀가 살아난다면—길지 않을 거라는 점을 그때부터 알고 있었다.

하지만 맙소사, 이 아이는 정말 열심히 싸웠다. 혼자 몸으로 이 아이를 키우는 엄마도 마찬가지로 대단한 투사였다. 그 엄마는 돈을 모금해서 LA 아동병원에서 신생아 치료를 받았다. 그 병원에 루스의 희귀한 유전 질환을 치료할 수 있는 세계적인 전문의가 있었기 때문이다. 이 모녀의 어떤 일이 있어도 안 된다는 대답은 받아들이지 않겠다는 불굴의 태도에 루벤과 나도 여러 번 감화를 받아 우리 일을 열심히 추진해나갈 수 있었다.

나는 치료하는 아이들과 만나는 습관은 들이지 않았다. 너무 고통스러웠기 때문이다. 하지만 루스에겐 어딘가 저항할 수 없는 구석이 있었다. 내가 하는 업무상 병원 방문을 하지 않게 됐을 때도 계속 루스를 보러 갔다. 안 그러곤 견딜 수 없었기 때문이다.

그런데 이제 열다섯 살하고도 반이 된 그녀가 달 그림이 찍힌 파란 양털 담요를 몸에 두르고, 안락의자 옆에 정맥주사 스탠드를 놓고 앉아 있었다. 아주 작고 비쩍 마른 몸에 가늘디가는 목은 금방이라도 끊어질 것 같았다. 충격이 목을 타고 올라오는 동안 나는 그 자리에 한동안 멍하니 서 있었다.

"정말 반갑다. 여기서 널 보다니 놀랐어." 나는 그녀 옆에 앉으며 말했다.

"뭐가요? 호스피스에서 죽은 닭같이 생긴 저를 보게 된 게요?" 루스가 물었다. 아이의 목소리는 가늘었다. "내 손 좀 보실래요? 닭발 같지 않아요? 아, 이러지 말아요." 내가 아니라고 하려고 했을 때 루스가 말했다. "내가 아주 섹시한 아가씨처럼 보인다는 말을 하려는 건 아니죠? 그런 말을 할 거면 그냥 가세요." 루스는 여기저기 튼 입술에 미소를 지었고, 나는 너무 슬퍼서 가슴이 찢어질 것 같았다.

"넌 집으로 돌아왔구나. 화창한 프레스노로." 루벤이 말했다.

"네. 그나마 제가 할 수 있는 일이 집 가까운 곳에서 죽는 거라고 느꼈어요. 불쌍한 우리 엄마는 지칠 대로 지쳤거든요." 루스가 말했다.

그러더니 느닷없이 루스가 울음을 터트렸다. 이제는 소리를 내거나 눈물을 흘릴 힘도 없는 것처럼 소리 없이 울었다.

"정말 사는 게 지겨워요. 그 클라운닥터들은 어디 있어요? 빨간 코가 필요한데 어디 있어요?" 루스가 말했다.

"그 문제로 우리가 이야기하러 왔단다." 루벤은 화장지로 루스의 눈물을 닦아주며 말했다. "하지만 그게 진행이 안 된다고 해도, 우리 클라운닥터를 보내줄게. 클라운닥터를 만나기에 네가 너무 커버렸다는 생각만 안 한다면 말이야."

"그런 생각 안 해요. 선생님들은 항상 나를 존중해주셨잖아요. 지 선생님을 마지막으로 만났을 때 그 선생님이 내 경야에서 낭독할 시를 쓰는 걸 도와준다고 하셨어요. 그 선생님은 가끔 바보 같이 굴긴 하지만 대단한 언어의 연금술사에요. 그분을 보내주실 수 있어요?" 루스가 힘없이 말했다.

"이따 병원 사람들과 회의할 때 그걸 제일 먼저 거론할게. 지 선생님도 기꺼이 널 보러 오실 거야." 내가 말했다.

"난 클라운 닥터들이 너무 좋아요." 루스가 말했다. 그 아이는 의자에 등을 기대고 앉아 있었는데 우리와 이야기하느라 온몸의 힘이 급속도로 빠져나가고 있었다. "지금까지 내 인생에서 유일하게 변하지 않았던 건 그분들뿐이었어요. 나보다 더 바보인 사람들은 그들 밖에 없었죠. 기분 나쁘게 듣지 마세요." 루스가 루벤을 보며 말했다. "아저씨도 광대로 시작했다는 거 알고 있어요."

루벤이 싱긋 웃었다.

"병실로 돌아가는 거 우리가 도와줄까?" 내가 루스에게 물었다. 나는 루스의 몸에 두른 담요를 더 단단하게 여며줬다. 목이 점점 메어오고 있었다. 어떻게 이런 일이 일어날 수 있지? 재미있고 똑똑한 루스, 적갈색 머리를 하나로 묶고 초록색 눈이 반짝이던 아이. 왜 이 아이의 삶은 시작되자마자 끝나버리는 걸까? 왜 누구든 할 수 있는 일이 하나도 없나?

"네. 난 낮잠을 자야 해요. 젠장, 두 분 때문에 눈물이 나잖아요." 루스가 속삭였다.

몇 분 후에 루스의 병실에서 루벤과 같이 나왔을 때 나는 화가 나서 흘러나온 눈물을 닦았고 루벤이 내 손을 잡았다. "나도 그래. 나도 그래." 루벤이 말했다.

이사들 앞에서 프레젠테이션을 한 후에 우리는 햇살이 환하게 비치는 테라스에서 커피를 마시며 쉬러 갔다. 호스피스의 돌봄 서비스 부문 부회장이 몇 가지 질문을 더 하려고 날 옆으로 데리고 갔다.

일이 이렇게 될 줄 미리 알고 있었어야 했는데. 우리가 아까 프레젠테이션을 할 때 그가 했던 질문들로 봐서 예상했어야 했다. 일하다 보면 종종 이런 사람들을 만나게 된다. 클라운닥터들의 빨간 코 너머에 있는 진정한 가치를 보지 못하고 파티에 오는 광대들과 우리 공연자들의 다른 점을 인정하지 않으려는 사람들 말이다.

"실은." 도수가 높은 안경을 쓰고 턱을 쉴 새 없이 흔드는 데다 거만하기가 하늘을 찌르는 그 남자가 말했다. "우리 팀원들은 다년간에 걸쳐 전문적인 교육을 받아왔습니다. 그런 전문가들이 그러니까…… 광대들과 같이 작업해야 한다는 점이 저로선 좀 불편하군요."

발표하면서 느꼈던 모든 열정이 순식간에 사라졌다. 그 순간 도망치고 싶은 거센 충동이 밀려왔다.

"선생님의 직원들은 아이들의 치료를 전적으로 맡게 될 겁니다." 나는 억지로 아까 했던 말을 되풀이했다. 나는 그의 위쪽 나무에 있는 새 한 마리를 지켜봤다. "우리 공연자들을 병원을 찾아오는 다른 연기자들과 같은 시각으로 봐주시면 됩니다. 유일한 차이는 우리 공연자들은 몇 달에 걸쳐 전문적인 훈련을 받았다는 겁니다."

그는 자기 커피잔을 보면서 오만상을 찌푸리며 자기 직원들도 역시 고도로 훈련받은 인력이지만 바보 같은 옷을 입거나 악기를 가지고 다닐 필요는 없다고 말했다. 그러자 갑자기―이 일을 하면서 쌓아온 오랜 경험을 통해 절대로 절대로 이런 사람과 싸우지 말아야 한다는 점을 배웠으면서도―내가 바로 그러고 있었다.

"우리 공연자들이 하는 작업의 오락적인 면에 초점을 맞춰 비판하실 수도 있겠죠. 하지만 지금까지 셀 수 없이 많은 의사와 간호사들이 우리 공연자들로부터 아주 유용한 방법을 많이 배웠다고 했습니다." 내가 말했다.

그 남자는 깜짝 놀랐다. "아!" 그 남자가 중얼거렸다. 햇빛이 그 남자의 안경에 비쳐 반짝였다. "그러니까 지금 당신은 우리 직원들이 지금 실직한 배우 나부랭이들에게 뭔가를 배울 수 있다고 말하는 건가요?"

다른 이사들과 서 있던 루벤이 돌아섰다.

"제 말은 그게 아니에요." 내가 말했다. 그와 나는 마치 결투를 벌이는 사람들처럼 마주 보고 서서 노려보고 있었다. 내가 지금 뭐 하는 거지? "제가 한 말은 그저―제 말을 잘 들었다면 아시겠지만―지금까지 저희와 같이 작업한 의료진의 피드백은 확실히 아주 긍정적이었다는 겁니다. 하지만 그 전문가들은 겸손한 분들이었죠."

"매키 부인. 방금 한 말 저를 겨냥하고 한 말입니까?"

루벤이 재빨리 우리 사이에 끼어들었다. "제가 뭐 도와드릴 수 있을까요?" 그가 물었다.

"아뇨. 당신 사업 파트너가 방금 우리 돌봄 서비스 직원들이 당신네 광대들로부터 세상 물정을 배울 수 있다고 말하고 있었습니다. 겸손까지 포함해서 말이죠. 그래서 저는 방금 들은 그 말을 이해하려고 애쓰고 있는 중입니다."

"셰뤼델씨―" 루벤이 입을 열었지만 그 남자가 가차 없이 말을 잘라 버렸다.

"전 관리해야 할 팀이 있어서요. 그럼 안녕히 가세요." 그리고 그 안경 쓴 남자는 가버렸다.

"대체 아까 그건 뭐 하는 짓이야?" 우리가 택시에 타자마자 루벤이 캐물었다.

"미안해."

"미안하다고? 당신 때문에 우리 계약이 통째로 날아갔을지 몰

라. 그건 괜찮아, 사라. 우리만 관계된 일이거나, 돈 문제로 인한 일이라면 괜찮다고. 하지만 그게 아니잖아. 루스가 관련됐어. 거기엔 다른 어린아이들도 있고. 그리고 그들이 소유한 다른 호스피스 병원도 네 곳이나 되고." 루벤은 화가 머리끝까지 났다.

택시 앞에 앉아 있으려니 라틴 아메리카인의 목소리와 콜롬비아 음악 소리를 토막토막 들을 수 있었다. 나는 천천히 숨을 몇 번 들이마셨다. 내가 루벤 입장이었다고 해도 격노했을 것이다.

"맙소사, 사라! 대체 요즘 왜 그래!" 루벤이 폭발했다.

택시 기사는 핸드폰으로 하던 통화를 끝내고 우리 대화를 흥미롭게 듣고 있었다. 하지만 내가 입을 꼭 다물고 있었기 때문에 별로 만족스러워하진 않았다.

오랜 침묵이 흐른 후에 루벤이 말했다. "나와 카이아 때문에 그래?" 그가 물었다. 그는 고속도로 맞은편에 늘어선 차들만 보고 있었다. "그것 때문이라면 우린 정말 이야기를 해서 해결해야만 해. 나는—"

"카이아 때문에 그런 거 아니야. 다만 솔직히 말하면, 카이아가 이 일에서 물러서야 한다고 생각해." 내가 말했다.

"그다음엔 뭔데? 당신은 한동안 정상이 아니었어. 사라, 우린 17년간 결혼 생활을 해왔어. 난 아직도 당신이란 사람을 잘 알고 있다고." 루벤이 말했다.

"아니, 그렇지 않아."

엄마와 두 아이가 우리 앞에 있는 신호등을 보고 길을 건너고 있었다. 한 아이가 유모차에서 두 다리를 막 버둥거리고 있었다. 그 아이 누나는 앞에서 춤을 추면서 반짝거리는 아주 작은 파티용 트럼펫을 뚜우 뚜우 불고 있었다. 한나에게도 저런 트럼펫이 있었는데. 한나는 나보다 먼저 일어나면 내 귀에 대고 그걸 큰 소리로 불었고, 그럴 때마다 나는 고래고래 소리를 질렀다. 그러면 한나는 재미 있어 죽으려고 하면서 트럼펫을 가지고 온 집안을 돌아다니면서 불며 웃었는데.

신호등이 바뀌고 택시가 앞으로 나갔을 때 내가 울고 있다는 걸 깨달았다.

나는 나중에 탑승구 안쪽의 먼지로 얼룩진 창문 앞에 서서 비행기들이 밤의 적갈색 구름을 헤치며 활주로를 달려가는 모습을 지켜보고 있었다. 핸드폰 벨이 세 번이나 울린 후에야 내 핸드폰에서 나는 소리라는 걸 깨달았다.

"제니?"

"아, 사라. 네가 받아서 다행이다."

"너 괜찮아?"

"그건 됐고. 하지만 있지. 방금 정말 어마어마하게 이상한 일이 일어났어."

나는 기다렸다.

루벤이 내게 손을 흔들었다. 마지막 남은 승객 몇 명이 이제 게이트를 떠나서 안으로 들어가고 있었다.

"내가 방금 에디를 봤어, 사라. 우리 건물에서."

"사라! 어서 와!" 루벤이 큰 소리로 불렀다.

나는 그에게 기다리라고 신호한 후에, 마치 나도 셈에 포함시켜 달라고 하는 것처럼 주먹 쥔 손을 들었다.

"난 그 사람 사진을 아주 많이 봤어. 절대 잘못 본 거 아니야. 그 사람이 접수처에 있는 카르멘에게 뭐라고 이야기를 하고 있었는데 내가 거기 갔을 때쯤엔 이미 가버렸더라." 제니가 말하고 있었다.

"아."

내 팔은 바보처럼 허공에서 덜렁거리고 있었다. 모든 피가 순식 간에 빨려나간 것 같은 기분이었다.

"그 사람이 카르멘에게 너 사무실에 있냐고 물어보더니 메시지 도 안 남기고 가버렸대."

"아."

"그건 정말 에디였어, 사라. 분명 그였어. 그 사람이 가고 난 후에 사진을 봤어. 그리고 카르멘이 그러는데 그 사람이 영국 억양으로 말했대."

"제니, 확실해? 너 정말 100퍼센트 확신하느냐고."

"100퍼센트 확신해."

"그렇군."

"사라? 대체 뭐 하는 거야?" 루벤이 다시 화가 난 목소리로 불 렀다.

"난 가야 해. 비행기 타야 해." 나는 괴로운 목소리로 말했다.

32

에디에게

지난번에 당신에게 쓴 편지가 정말 마지막 편지라고 내가 약속했죠.

하지만 실은 당신이 정말 누구인지 궁금해지기 시작했어요. 내 친구인 토미가 최근에 당신이 그 사고와 관련이 있는 사람일지도 모른다는 생각을 해봤냐고 물어보더군요. 그때는 그 자리에서 아니라고 일축해버렸지만 지금은 나도 잘 모르겠어요.

오늘 내 사무실을 찾아온 사람이 당신이었나요? 지난주에 신호등이 있는 곳에서 본 사람이 당신인가요? 그랬다면 왜죠? 당신은 이곳에서 뭘 하는 거죠?

에디, 당신은 내가 누구인지 정확히 아나요? 내가 왜 다시는 영국으로 돌아가서 살지 않았는지 그 이유를 알아요?

당신은 혹시 그 사람일까 봐 내가 두려워하는 바로 그 사람인가요?

당신이 이 편지를 읽으면 대체 이 여자가 무슨 이야기를 하는 거야? 왜 이 여자는 날 가만히 놔두지 않지? 왜 이 여자는 이렇게 정신이 나간 거야? 라고 생각할 가능성이 높을 것 같아요.

하지만 당신이 그런 생각을 하지 않는다면 어쩌죠? 당신이 만약 내가 무슨 이야기를 하는지 정확히 알고 있다면 어떡하죠?

난 계속 궁금해하고 있어요, 에디. 그냥 계속 궁금해만 하고 있어요.

사라

33

1997년 6월 11일자 〈스트라우드 뉴스앤저널〉의 기사 중에서

경찰이 이달 초 프램튼 만셀 근처 A419 도로에서 일어난 사망 사고와 관련해 한 남자를 체포했습니다. 어젯밤 선임 조사관 존 메드럴이 스트라우드에서 19세 청년이 난폭 운전으로 사람을 사망하게 한 혐의로 수감된 것이 사실이라고 밝혔습니다. 이 지역에 사는 한 가정을 비탄에 빠지게 한 그 충돌 사고를 계기로 그 외딴 도로에 속도 단속을 더 철저하게 하라는 주민들의 요구가 빗발쳤습니다. 지금까지 그 사건과 관련해 단 한 명도 체포하지 못한 경찰에 대한 시민들의 불만도 제기됐습니다. 그 사고가 발생한 후로 글로스터셔 경찰 지구대는 한 남자를 찾고 있었습니다. 그의 인상착의는 당시 10대 후반이나 20대 초반이라는 진술이 나왔으며 들판이나 그 지역의 오솔길을 통해 범죄 현장에서 도주했다고 합니다. 월요일에 경찰이 받은 새 정보 덕분에 그를 체포할 수 있었습니다. 본지는 경찰이 그 용의자를 기소했는지 여부는 이 기사를 내기 전에 확인하지 못했습니다.

34

나는 제니의 손님방 침대에 누워 자비에가 밖에 있는 자기 트럭에 짐을 싣는 소리를 듣고 있었다. 그의 라디오에서 한 남자가 캘리포니아의 건조한 여러 언덕에서 맹렬히 타오르며 번져가고 있는 들불에 대해 스페인어로 속사포처럼 말하고 있었다. 엘 푸에고 아*반카 라피다멘테 하시아 노소트로스*, 그가 이렇게 말했다. *불길이 우리를 향해 빠르게 다가오고 있습니다.* 그가 "불"이라고 말할 때 목소리가 천천히 내려가면서 음절 하나하나를 마치 새 불길이 종이를 핥고 있는 것처럼 말했다. 푸-에-고.

제니는 욕실에서 다이애나 로스 노래를 틀어놓고 샤워를 하고 있었지만 평소처럼 따라 부르진 않았다. 보일러에서 끽끽 소리가 나고 있었다. 이웃집에 사는 고양이가 어린아이처럼 울고 있는 걸로 봐서 프라푸치노가 마당에 나와 있나 보다.

나는 똑바로 누워서 배를 문질렀다.

이 세상 어딘가에 내가 지난 19년 동안 생각해온 이름 없는 남자가 하나 있다. 나는 그의 얼굴이나 목소리도 모르고, 그의 성 외에 아는 게 하나도 없지만 항상 그가 날 찾아내면 그를 알아볼 거라는 걸 알고 있었다. 그의 눈을 들여다보면 그라는 걸 알 거라고 생각했다.

그래서 에디 데이비드는 그 남자일 수 없다고 나는 스스로에게 말했다. 에디의 성이 다르더라도, 그가 내가 생각하는 그 남자였다면 나는 알아챘을 것이다. 분명 알았을 것이다.

불길이 우리를 향해 빠르게 다가오고 있습니다.

나는 벌떡 일어나 변기로 달려가서 토했다.

"평일에 숙취라니!" 카이아는 선량해 보이는 눈에 미소를 지으며 말했다. 그래서 날 비판하는 말이 아니라는 걸 알았다. "당신을 보니 내가 아주 늙은 것 같은 기분이 드는데요, 사라."

나는 사무실에 있는 작은 냉장고 앞에 쭈그리고 앉아서 눈을 감았다. 냉장고는 샐러드들과 랩 샌드위치들(토르티야 안에 고기 야채를 넣어 싼 것-옮긴이)로 가득 차 있었다. 나는 내가 가져온 점심을 먹을 수 없었다. 그걸 찾아내는 것조차 견딜 수 없었다. "이런 시시한 것에 감동하지 말아요. 차라리 날 야단치세요. 벌을 받아도 싸니까." 나는 그렇게 말하면서 일어섰다.

"우린 다 그럴 때가 있잖아요." 카이아가 말했다. 그녀는 주전자 위에 있는 뭔가를 향해 허리를 구부리고 있었는데 그걸 내게 보이지 않게 하려고 하는 것 같은 몸짓이었다. 그녀의 어깨 너머로 슬쩍 훔쳐봤더니 예상대로 아주 싱싱한 샐러드가 있었다.

이 사람이 날 이렇게 능숙하게 다루지 않았더라면 좋았을 걸. 아니면 이렇게 짜증 날 정도로 사려 깊게 굴지 말던가. 카이아가 샐러드를 감추는 이유는 내가 기분 나빠할까 봐 그런 것이다. 하지만 무엇보다 나는 카이아가 우리 사무실에 오는 게 너무 싫었다. 어제 그녀가 여기 온 구실은 아동 병원에서 최근에 한 기금 모금 회의에 대한 좋은 아이디어가 있어서 나누고 싶다는 것이었다. 하지만 오늘은 아예 아무런 설명조차 하지 않았다. 그녀는 그저 오전 10시에 우리 사무실에 슬쩍 들어와서 컴퓨터 앞에 앉았다. 제니까지 그런 그녀에게 짜증이 났다.

나는 한 손에 물 잔을 들고 다른 손은 덜덜 떨면서 내 책상으로 돌아갔다. 루벤과 카이아는 우리 회사의 작은 지붕 테라스에서 점심을 먹으러 나갔다.

나는 내게 온 이메일들을 읽어보려고 했지만 또다시 단어들이 머릿속에서 사방으로 흩어졌다. 물을 마시려고 했지만 도저히 한 모금도 들이킬 수 없었다. 얼음, 뱃속에서 말했다. 물에 얼음을 넣어야지! 나는 발을 질질 끌면서 다시 부엌으로 갔지만 냉동고에 있는 제빙 그릇은 텅 비어 있었다. 나는 다시 책상 앞에 털썩 앉아서 내 전남편과 그의 여자 친구가 밖에서 서로 죽고 못 사는 모습을 지켜봤다. 카이아는 루벤에게 안겨서 앉아 있었다.

"정말 못 해 먹겠다." 누군가 말했다.

잠시 후에야 나는 깨달았다. 내가 그 말을 했다는 사실을.

나는 웃을 뻔했다. 나는 사무실에 앉아 손을 덜덜 떨고 있는데다, 속은 울렁거리고 머리는 어질어질한 와중에 혼잣말을 중얼거리고 있다. 다음은 뭘까? 동물 소리라도 낼까? 다 벗고 거리에 뛰쳐나가서 뛰어다닐까?

그다음에 또 그 소리가 들렸다. "못 하겠어." 내 목소리가 나로서도 통제할 수 없는 몸속 어딘가에서 나오고 있었다. "난 못하겠어. 아무것도 못 하겠어."

나는 얼른 회의실로 들어가 버렸다.

그만 해, 나는 문을 닫으며 스스로에게 말했다. 당장 그만두라고. 나는 다시 테이블 주위를 돌아다니면서 누군가에게 문자를 보내는 척하며 다시 두 사람을 힐끗 봤다. 카이아가 루벤의 이마에 키스하고 있었다. 길고양이 하나가 우리 회사 옆에 있는 보톡스 병원 지붕에서 그들을 보고 있었다. 그들 뒤에 시내에 있는 고층 건물들이 제멋대로 흩어져 있었다.

"이건 도저히 못 하겠어."

그만해!

자기 전남편이 다시 사랑에 빠진 모습을 지켜보면 누구든 기분이 더러워질 거라고 나는 생각했다. 그러니 속상해도 괜찮아.

하지만 내가 이러는 건 루벤과 카이아 때문이 아니었다.

그 불길이 우리를 향해 빠르게 다가오고 있습니다.

나는 내 입 밖으로 기어 나오는 말을 멈춰보려고 애를 썼지만 그럴 힘이 없었다. "집에 가고 싶어."

회의실에서 조용히 윙윙거리는 소리가 났다.

"그만해." 나는 속삭였다. 뜨거운 눈물이 따끔따끔 뺨을 찔렀다. "그만하라고. 여기가 너의 집이야."

아니야, 그건 아니지. 여긴 그저 피난처에 지나지 않아.

하지만 난 이 도시를 사랑해! 이곳을 사랑한다고!

제니가 회의실의 문을 밀어서 열었다. "사라. 사라, 무슨 일이야? 너 혼잣말을 하고 있잖아." 그녀가 말했다.

"나도 알아."

"루벤 때문에 그래? 네가 원하면 카이아에게 가라고 말할게. 저 두 사람은 회사에서 이러면 안 되지."

나는 길게 숨을 들이마셨다. 하지만 적당한 말이 나오길 기다리는 사이에 제니가 회의실에서 성큼성큼 나가버렸다. 나는 멍하니 그녀의 등을 보다가 뒤늦게 그녀가 무슨 짓을 할 것인지 알아차렸다.

카이아와 루벤이 고개를 들었다. 제니가 뭐라고 말하자 둘은 미소를 지으며 고개를 끄덕였다. 루벤은 테라스에서 사무실로 들어올 때 휘파람을 불고 있었지만 이제부터 무슨 일이 벌어질 것인지 알 것 같다는 표정이었다.

안 돼. 이건 아니야. 문제는 이게 아니야. 나는 힘없이 생각했다. 하지만 이미 제니가 시작해버렸다. 제니는 사무실에 있는 테이블 상석에 똑바로 서서 우리가 만난 후 서너 번밖에 들어보지 못한 엄한 목소리로 이야기를 시작했다.

"카이아, 당신이 요즘 도와줘서 우리는 아주 고마워하고 있어요. 하지만 당신이 정확히 어떤 프로젝트들을 도와주고 있는지, 우리 팀이 감당할 수 없을 만큼 일이 많은 건 아닌지 확실히 알아봐

한다고 나는 생각해요. 만약 그렇다면 그 문제를 자세히 조사해봐야겠죠. 하지만 당신이 이런 식으로 여기 매일 와서 일을 돕는 건 적절하지 않다고 생각해요. 정식으로 취직을 한 것도 아니고."

침묵이 흘렀다. 루벤이 나를 봤는데 충격을 받아서 눈을 크게 뜨고 있었다.

카이아의 얼굴에서 핏기가 싹 가셨다. "물론이죠." 카이아가 입을 열었지만 그녀도 그다음에 무슨 말을 해야 할지 분명 모를 것이다. "난…… 음, 난 그저 루벤의 일 중에서 끝내야 할 몇 가지를 돕고 있었고…… 사라의 보좌관인 케이트는……." 카이아는 손가락 중간에 끼고 있는 반지를 만지작거리고 있었는데 그 손이 덜덜 떨리고 있다는 걸 나는 알아차렸다.

이건 문제도 해결책도 아니야. 나는 생각했다. 너무나 피곤했다. 지독하게 피곤했다.

잠시 후에 카이아가 말했다. "미안해요. 부적절하게 행동하고 싶진 않았는데. 아무래도 내가 요즘 여기에 너무 자주 왔다는 걸 깨달았어요." 그녀의 눈에 눈물이 가득 찼다.

내가 본능적으로 나섰지만 제니가 나를 막았다. "내가 알아서 할게." 제니가 카이아에게 티슈를 한 장 주면서 말했다. 제니는 카이아를 안아주지 않았다. 나는 내 친구가 자신의 모든 분노와 실망을 우리 회의 테이블 앞에서 울고 있는 여자에게 쏟아내는 모습을 보며 살짝 두렵기도 하고 흥미롭기도 했다.

루벤은 그 자리에서 그대로 얼어 붙었다.

"난…… 잃었는데…… 여기 오는 게 정말 저에게 도움이 되고……." 카이아는 이제 뒤로 조금씩 물러나고 있었다. 마치 도망치려고 하는 동물 같았다. "미안해요. 그냥 여기 오면 마음이 편안해져서. 이제 그만 올게요. 나는……." 카이아는 문을 향해 움직였다.

그때 나는 불현듯 알아차렸다. "카이아. 잠깐만요." 내가 조용히 말했다.

그녀는 망설이며 서 있었다.

"있죠, 우리가 처음 만난 그날 당신이 내게 해준 이야기." 내가 그렇게 말문을 떼자 그녀의 얼굴이 마치 기둥들을 빼버린 텐트처럼 순식간에 힘이 풀려버렸다. "암 병동에 있는 그 남자아이에 대한 이야기 말이에요. 우리 광대들이 기운을 북돋워 줬다는 그 아이." 텐트가 폭삭 주저앉았고 거기에 감정이 적나라하게 드러난 인간의 맨얼굴이 보였다.

"그 아이가 당신 아들이었나요?"

루벤이 날 빤히 바라봤다. 카이아는 천천히 얕은 숨을 들이쉬고 나서 고개를 끄덕였다.

"피닉스. 그 아이는 내 아들이었어요, 맞아요." 카이아가 말했다.

나는 눈을 감았다. 불쌍한 여자 같으니라고.

"당신이 그걸 어떻게 알았어?" 루벤이 깜짝 놀라서 물었다.

오늘 아침에 회사 이메일을 열었을 때 브렛과 루이스 웨스트라는 부부가 보낸 메일을 봤다. 아들을 떠나보낸 지 넉 달이 지난 후에 그 부부는 마침내 편지를 쓸 수 있게 됐고, 이 편지가 자기들이 보내는 첫 편지라고 했다. 대단히 감사합니다…… 덕분에 우리 아이는 마지막 몇 주 동안 아주 행복했어요…… 저희 부부가 그 단체를 도울 수 있을까요?…… 저희가 가서 자원봉사를 할 수 있다면 좋겠고…… 저희가 받은 걸 돌려줄 수 있다면 좋겠고…… 저희가 도움이 될 수 있다면 좋겠고……

그 메일을 보자 다시 카이아가 왜 우리 회사에 자꾸 나오는지 생각해보게 됐다. 단지 루벤 때문에 나온다는 생각은 들지 않았다.

며칠 전에 우리가 몇 달간 같이 치료했던 아이 하나가 병세에 차도가 있어서 퇴원할 준비가 됐다는 전화를 받았다. 그 아이를 한 번도 만나본 적도 없는 카이아는 그 말을 듣고 울음을 터트렸다. 그 소식을 발표한 내 보좌관인 케이트에게 카이아가 하는 말을 들었다. "두 번째 기회네요. 다시 살아갈 수 있는 두 번째 기회. 아, 그건 축복이에요."

그건 그랬다. 우리 모두 환호했다. 하지만 나는 다른 사람들이 원래 하던 일로 돌아간 후에도 카이아를 지켜보며 궁금해했다. 그러면서 그녀의 인생에서 두 번째 기회를 받지 못한 누군가가 있었던 게 아닐까, 하는 생각을 했다.

지금 그녀가 제니에게 필사적으로 자신의 입장을 설명하려고 하는 걸 보다 보니 아무래도 우리가 처음 만났을 때 그녀가 이야기해준 그 꼬마가 그녀의 아이일 것 같았다. 카이아는 아들을 잃으면서 돌이킬 수 없는 자신의 일부도 같이 잃었다. 그러다 그녀가 침대에서 나올 수 있고, 숨을 제대로 쉴 수 있게 됐을 때 비영리 단체에 갔다—오늘 우리 회사에 메일을 보낸 그 부모처럼, 나처럼, 다른 수많은 사람들처럼—그것만이 자신에게 일어난 비극에서 좋은 결과를 낼 수 있는 유일한 길이라고 생각했기 때문에. 계속 살아갈 수 있는 길이라고 생각했기 때문에.

"정말 유감이에요." 내가 말했다.

카이아는 고개를 끄덕였다. "나도 그래요. 여기에 너무 자주 온 걸 사과할게요. 나는 작년에 남편과 헤어졌어요. 우리는 아이의 죽음을 극복할 수 없었죠. 그래서 이건…… 좋았어요. 아니, 당신에게 문제가 있어서 좋았다는 게 아니라…… 여기 오는 게 제게 도움이 됐어요."

나는 눈을 감았다. 나는 뼛속까지 지쳤다. "알겠어요."

나는 그들이 떠나는 모습을 지켜봤다. 제니는 테이블 끝에 축 늘어져 있었다.

나는 걸어가서 그녀의 어깨에 한 손을 올려놨다. "그만해. 넌 결코 알 수 없는 일이었잖아." 내가 조용히 말했다.

제니는 그저 고개만 흔들었다.

"있지, 제니. 자기가 나와 우리 직원들을 위해 기꺼이 우리들의 입장을 옹호해주다니 감동했어. 자기는 아주 공손하게 말했고, 그녀에게 화장지까지 건네줬어. 자기가 더 이상 뭘 할 수 있었겠어?"

"그냥 입을 다물고 있었을 수도 있지. 그냥 여기 있게 내버려 둘 수도 있었는데." 그녀의 목소리는 죄책감으로 가득 차 있었다.

나는 그녀의 어깨를 문지르며 창밖을 내다봤다. 그러다 다리 하나가 떨리기 시작해서 그녀 옆에 앉았다.

"제일 난감한 건 우리가 같은 처지라는 거야. 나랑 카이아 말이야. 우리 둘 다 인생에서 빠진 게 있어. 다만 그녀는 실제로 아이가 있었는데 신이 뺏어갔지. 아, 넌 그걸 상상이나 할 수 있겠니?" 제니가 멍하니 말했다.

제니가 마침내 기력을 회복했을 때 나는 그만 퇴근해야겠다고 말했다. "아무래도 예약 안 해도 되는 병원에 가봐야 할 것 같아. 내 몸이…… 요즘은 내 몸 같지가 않아. 그렇게 생각하지 않니?"

"맞어." 제니가 대놓고 말해서 웃을 뻔했다. "하지만 의사가 어떻게 널 도울 수 있겠어? 너 약을 달라고 할 건 아니지?" 제니가 말했다.

나는 잠시 아무 말도 하지 않았다. "아니. 그냥…… 의사랑 이야기를 좀 해야 할 것 같아." 내가 말했다.

그녀는 얼굴을 찡그렸다. "나에게 이야기해도 되는 거 알고 있지?"

"그럼. 그리고 고마워. 아까 일 말이야. 넌 선의에서 그렇게 했던 거야." 내가 말했다.

제니가 한숨을 쉬었다. "아, 나도 알아. 카이아에게 어마어마하게 큰 케이크를 구워줘야겠어. 채소나, 녹색 가루나 뭐 그런 걸로. 아주 끝내주는 케이크가 나올 거야."

몇 분 후에 나는 우리 건물의 문을 닫고 나왔다. 지글지글 끓는 7월 한낮의 열기가 훅 치고 들어오는 걸 느끼며 문에 기대어 똑바로 섰다. 집에 가서 자고 싶었지만 제니와 자비에의 침묵을 견딜 수 없었다. 공기가 서늘한 곳에 앉아 있고 싶었지만 사무실로 돌아갈 수도 없었다. 내가 원한 건-

순간 나는 얼어붙었다.

에디였다. 나는 에디를 원했다. 하지만 내 뇌의 안쪽 어딘가에 고장이 난 게 분명했다. 그가 저기에 있었으니까.

저기에.

버몬트대로 건너편에. 그는 신호등이 바뀌길 기다리고 있었다. 나를 똑바로 보면서.

아니야!

맞아.

나는 그를 빤히 바라봤다. 빨간색의 긴 시내버스 한 대가 우리 사이를 몇 시간처럼 느껴지는 시간 동안 꾸물거리며 지나갔다. 마침내 버스가 갔는데도 그는 아직 그 자리에 있었다. 여전히 나를 똑바로 보면서.

그를 보고 있으려니 머리가 멍해졌다. 우리 둘 사이를 천둥 같은 소리를 내며 지나가는 차들이 많은데도 갑자기 주위가 기이하게 고요해진 느낌이었다. 신호등이 바뀌고 하얀색인 보행자 신호가 들어오면서 내게 그를 향해 걸어가라고 했지만 나는 그러지 않았다. 그가 날 향해 걸어오고 있었으니까. 그는 여전히 나를 바라보고 있었다. 그는 우리가 처음 만났던 날 입었던 그 반바지를 입고 똑같은 샌들을 신고 있었다. 그 신발이 지글지글 끓는 도로 위를 탁탁 치며 걸어왔고, 내가 자는 동안 나를 선물처럼 감싸주던 그 팔을 휘두르며 왔다.

에디가 오고 있다. 지구 반대쪽에서 세계를 가로질러, 도로를 가로질러 오고 있다.

그러다 그가 갑자기 돌아서서 반대편으로 돌아갔다. 보행등이 빨간 불로 바뀌려고 하면서 3, 2, 1 숫자가 나온 후에 다시 차들이 달렸다. 에디는 나를 흘끗 돌아보더니 다시 걸어가 버렸다.

다시 신호등이 바뀌었을 때 내가 달려서 그쪽으로 건너갔지만 그는 이미 렉싱턴 대로로 가버린 후였다. 나는 렉싱턴과 버몬트 대로 모퉁이에 선 채 가슴속에서 휘몰아치는 격렬한 감정에 깜짝 놀라 서 있었다. 몇 주가 지났는데도 이렇게 지독한 굴욕감을 느끼다니.

변한 건 하나도 없었다. 나는 아직 에디 데이비드를 사랑하고 있다. 이제야 알게 됐지만—더 이상 부인할 수 없었다—그가 누구인지.

나는 병원을 향해 출발했다.

태양이 도시 서쪽으로 기울어지고 있었다. 발밑에 있는 은빛 도로들은 수평선을 향해 쭉 뻗은 채 흔들거리는 실안개와 스모그 속에서 가늘게 떨리고 있었다. 헬리콥터들과 열 기류를 탄 맹금들이 하늘을 반씩 나눠 가졌다. 도보 여행자들이 언덕 옆에 흉터처럼 난 길 위를 딱정벌레들처럼 오르락내리락하고 있었다.

여기 온 지 두 시간이 됐다. 어쩌면 더 됐을 것이다. 그리피스 공원에 있는 천문대 근처 내가 좋아하는 해변에 혼자서. 관광객들은 어두워지기 전에 대부분 가버렸다. 완벽한 일몰을 찍고 싶은 사람들 몇 명만 남았다. 나는 그들 사이에 조용히 앉아서 의사가 좀 전에 한 말을 잊어버리려고 애를 쓰면서 대신 에디와 같이 보낸 한 주에만 정신을 집중했다. 단서들이 스스로 모습을 드러내길 기다리며. 아직 그걸 찾아내진 못했지만 거의 다 왔다. 찾고 있는 대상을 정확히 알고 있을 때 우리가 뭘 알아낼 수 있는지 생각하면 경이로울 따름이다.

나는 이제 거의 끝까지 철저하게 찾아봤고, 보이지 않는 태평양에 태양이 그 붉은 빛을 흩뿌리고 있는 사이에 우리가 함께 보낸 마지막 날 아침을 생각하고 있었다. 환했던 바깥 풍경, 작별 인사를 할 때 느꼈던 상실감, 앞으로 다가올 일에 대한 기대. 그는 자기 집 계단의 중심 기둥에 기대어 서 있었다. 창문이 열려 있었고 나는 산사나무에 활짝 핀 꽃의 퀴퀴하면서도 달콤한 향기와 톡 쏘는 깨끗한 풀 냄새를 맡을 수 있었다. 나는 눈을 감았다. 그는 내 허리에 한 손을 댄 채 내게 키스하고 있었다. 그는 내 코에 자기 코를 대고, 눈을 감은 채, 나와 이야기를 나눴다. 그는 내게 꽃 한 송이를 주고, 내 번호들을 받아 적고, 내게 페이스북 친구 신청을 하고, 잘 가지고 있으라고 마우스를 줬다. 그는 말했다. "당신과 사랑에 빠진 것 같아요. 내가 너무 앞서갔나요?"

아뇨. 완벽해요, 라고 나는 말했다. 그리고 떠났다.

내가 떠났을 때 그가 돌아서서 남아 있는 계단을 올라가는 모습을 상상했다. 조리대에 놔둔 찻잔을 드는 모습을 상상했다. 어쩌면 한 모금 마셨을지도 모른다. 그는 여전히 핸드폰을 손에 들고 있다. 방금 우리가 여러 가지 정보들을 주고받았으니까. 아마 그는 창가에 있는 의자에 앉아 내 페이스북 프로필을 훑어봤을 것이다. 거기서 스크롤을 내리다가-

나는 내 핸드폰을 집었다.

내 페이스북 페이지를 검색했을 때 기이하게 마음이 침착해졌다. 거기에, 물론, 그것이 있었다. 2016년 6월 1일 토미 스탠튼이 보낸 다정한 메시지가 내 담벼락에 있었다.

집에 돌아온 걸 환영해, 해링턴! 비행기 잘 타고 왔길 빌어.
빨리 보고 싶다.

나는 다시 신발을 신었다. 그리고 천문대를 향해 걸어가면서 우버를 불렀다. 우버가 도착하길 기다리는 동안 핸드폰을 꺼내서 문자를 입력하기 시작했다. 나는 마침내 답을 찾았다.

35

에디, 당신이 누군지 알아요.

몇 년 동안 나는 당신을 만나는 꿈을 꾸곤 했어요. 그 꿈은 내 마음의 가장 어두운 데에서 나왔고, 그 속에서 당신은 얼굴이나 목소리가 없었어요. 그건 정말 끔찍한 꿈이었죠.

그러다 당신이 6월의 그 날 거기에, 정말 거기에 있었어요. 양 한 마리와 같이 새퍼튼의 공터에 앉아 있었죠. 당신은 내게 미소를 지었고, 술을 사줬고, 정말 잘 해줬어요. 난 정말 아무것도 몰랐어요.

세상은 내가 17살이 되던 여름과 같은 맛이 나는군요. 내 목에서 느껴지는 그런 담즙 맛이 나요.

우린 이야기를 해야 해요. 직접 만나서. 밑에 내 미국 핸드폰 번호를 적어놓을게요. 제발 전화해줘요. 우린 만날 수 있잖아요.

사라

36

"사라 매키. 너 어디 있었어? 내가 계속 전화했는데." 제니가 말
했다.

나는 가죽 샌들을 벗고 스툴 가장자리에 걸터앉았다.

"미안해. 전화기를 묵음으로 해놨어. 너 괜찮아?"

제니는 내 질문을 피하고 가서 물을 가져왔다.

"네가 마시고 싶다면 청량음료 만들어 줄 수도 있는데." 제니가
물 잔을 내게 주면서 말했다. 그녀의 눈은 핏발이 서서 퇴근한 후
로 내내 침대에서 울었다는 걸 알 수 있었다.

나는 곧바로 울음을 터트렸다.

"무슨 일이야? 사라⋯⋯?" 제니가 내게 왔다. 그녀에게서 코코넛
샴푸와 마시멜로우 로션 향기가 났다.

내가 어떻게 얼마 전에 가정을 이루고 싶은 소중한 희망을 끝내

잃어버린 이 여자에게 이 추잡하고 남부끄러운 상황을 설명할 수 있을까? 불가능한 일이다. 제니는 내 이야기를 들을 것이고 몸서리를 칠 것이다. 마음이 쓰라릴 것이다. 왜냐하면 날 위해 해줄 수 있는 게 하나도 없었으니까.

"말해봐." 제니가 엄격하게 말했다.

"병원에선 다 괜찮았어." 나는 오랫동안 입을 다물고 있다가 거짓말을 했다. 그리고 코를 풀었다. "다 좋아. 혈액검사를 해야 하지만 다 괜찮아."

"오케이……."

"하지만…… 나는-"

내 핸드폰이 울리기 시작했다.

"에디야." 나는 핸드폰을 가지러 미친 듯이 방으로 달려갔다.

"뭐라고?" 제니는 갑자기 번개처럼 빨라진 반사 신경으로 내 가방에서 핸드폰을 꺼내서 던졌다. "그 사람이야? 정말 에디야?" 제니가 물었다.

내 가슴이 고통으로 쿵쿵 울렸다. 정말 에디가 전화를 걸었으니까, 그리고 이 상황을 견딜 수 없으니까. 난 결코 그와 함께 있을 수 없다. 마침내 그를 찾아냈는데 우리에겐 미래가 없다.

"에디?" 내가 말했다.

잠시 침묵이 흐르다 그의 목소리로 여보세요, 라는 말이 들렸다. 내가 꿈꾸던 것처럼, 단지 이번은 현실이었지만. 친숙하면서도 낯설고, 완벽하면서도 가슴이 찢어지는 것 같은 그의 목소리.

나는 네, 라고 대답하고, 내일 아침에 만날 수 있다고, 산타 모니카 해변 괜찮다고 말하는 것까지만 간신히 해낼 수 있었다. 내일 아침 열 시에 거기 있는 부두 남쪽의 자전거 대여소 옆에서 그를 만나기로 했다.

"난 LA에 바다가 있다는 말이 거짓말이라고 생각하기 시작했어요. 며칠 동안 차를 타고 다녔는데 바다는 한 번도 볼 수가 없어서." 그가 말했다. 지친 목소리였다.

그러더니 전화가 끊겼고, 나는 제니의 소파 가장자리에 몸을 웅크린 채 아이처럼 울었다.

37

사랑하는 너에게

안녕, 고슴도치.

네 생일을 축하해야 할 날로부터 거의 2주가 지났지만 난 아직도 매일 너를 생각한단다. 생일만 그런 게 아니야.

가끔 나는 네가 아직도 살아 있다면 뭘 하고 있을지 상상하길 좋아한단다. 오늘은 네가 콘월에 사는 상상을 했어. 머리카락에 페인트가 묻은 젊고 가난한 화가로 말이야. 이 상상에서 너는 팰머스에서 미술을 공부한 후에 너의 예술가 친구들과 언덕 위 높은 곳에 있는 낡고 황폐한 건물을 장악하지. 너는 머리에 스카프를 쓰길 좋아하고, 아마 채식주의자일 거야. 그리고 예술 협회에서 지원금을 따내고, 전시회들을 준비하고, 아이들에게 그림을 가르치느라 바빠. 넌 항상 흥분해서 다니지.

그러다 다시 슬픔이 찾아오면 네가 그 언덕 위의 미친 집에 사는 게 아니란 현실이 기억이 난단다. 넌 글로스터셔의 평화로운 곳에 흩어져 있지. 나의 햇살과도 같았던 여동생이었던 너는 이제 고요한 추억의 메아리로만 남아 있구나.

내일 아침에 내가 뭘 할 건지 네가 아는 지 궁금하구나. 해변에서 내가 누굴 만날지 네가 알까? 안다면 네가 날 용서해줄지도 궁금하다.

왜냐하면 나는 거기 안 갈 수가 없거든, 꼬마 고슴도치야. 네가 죽던 그 날 어땠었는지 알아야겠어. 네가 뭘 했는지, 무슨 말을 했는지, 네가 뭘 먹었는지까지 알고 싶어. 내가 너의 시신을 확인해야 했을 때 나는 구석에서 마치 녹아버린 것처럼 축 늘어져 있었어. 그로부터 몇 시간이 지난 후에야 간신히 일어나서 차를 몰고 집으로 돌아올 수 있었어. 하지만 집에 왔을 때 싱크대 옆에 있는 토스트 반쪽을 발견했지. 가장자리에 네 작은 이빨 자국이 남은 차갑고 딱딱하게 굳어버린 빵이었어. 마치 마지막으로 한 입 먹으려다가 다른 걸 하러 깡충깡충 달려가 버린 것처럼 보였어.

그날 그거 말고 또 뭘 먹었니? 노래를 불렀니? 옷은 갈아입었니? 넌 행복했니, 고슴도치야?

난 이런 것들을 그 사람에게 물어봐야 해. 그리고 이런 모든 이유에도 불구하고 내가 왜 너를 우리에게서 뺏어간 사람을 사랑하고 있는지 그것도 알아내야 해.

내일 거기 가는 것 때문에 널 너무나 크게 실망시킨 기분이야. 내가 왜 이러는지 네가 이해할 수 있다면 좋겠구나.

사랑한다.

38

나는 에디를 기다리는 동안 배구를 하는 아이들을 지켜봤다. 에디가 나타날지 궁금했고, 만약 오지 않는다면 그게 나로선 더 대처하기 쉽고 나은 일일까 생각해봤다.

파도가 먼 곳으로 빠져나갔고, 해변은 조용했다. 산타모니카와 작열하는 태양 사이에 작은 카펫 같은 구름 하나가 맴돌았다. 공기 중에서 뭔가 탁하면서도 달달한 냄새—녹고 있는 설탕이거나 도넛을 굽는 냄새—유년기의 냄새가 났다. 그 냄새가 오래된 기억의 한구석을 환하게 비췄다. 데번에서 보낸 기나긴 휴가들. 까끌까끌한 모래, 소금기가 남아 짭짤한 팔다리, 미끄러운 바위들. 우리 텐트 위로 굴러떨어지던 빗방울의 섬세한 패턴. 어린 동생과 한밤중까지 소곤거리던 시간, 내 삶에서 단 한 번도 의문을 품지 않았던 여동생이란 존재.

나는 차고 있는 시계를 봤다.

배구장 밖에 있는 아이들은 게임을 끝내고 짐을 꾸리기 시작했다. 혼자 롤러블레이드를 타는 사람이 헐떡거리면서 판자를 깔아 만든 길 위에서 우르르 소리를 내며 달려갔다. 나는 축축한 손가락으로 머리를 쓸어 넘겼다. 그리고 침을 삼키고, 하품을 하고 주먹을 쥐었다 풀었다.

내 뒤 어딘가에서 에디의 목소리가 들렸다.

"사라?"

나는 잠시 그대로 있다가 고개를 돌려서 그를 바라봤다. 내 머릿속에 아주 오랫동안 있었던 그 남자를.

하지만 돌아봤을 때 내 눈에는 에디 데이비드만 보였다. 그리고 그의 정체를 눈치채기 전에 느꼈던 감정들만 느껴졌다. 사랑, 그리움, 갈망. 화르륵! 내 몸이 마치 보일러처럼 순간 불이 붙었다.

"안녕." 내가 말했다.

에디는 대답하지 않았다. 그는 내 눈을 똑바로 보고 있었다. 그를 처음 만난 날이 떠올랐다. 그때 나는 그의 눈이 머나먼 바다 색깔 같다고 생각했다. 온기와 선의로 가득 찬 그의 눈. 오늘 그의 눈은 차가웠고, 아무런 표정이 없었다.

나는 체중을 한쪽 발에서 다른 발로 옮겼다. "와줘서 고마워요."

그의 어깨가 아주 미세하게 씰룩였다. "지난 2주 동안 당신에게 와서 이야기하려고 애썼어요. 네이선이란 친구 집에서 지내고 있었는데. 하지만 나는……" 그는 차마 말을 잇지 못하고 어깨만 으쓱했다.

"당연해요. 그 마음 이해해요."

노란 자전거 몇 대를 빌린 어떤 가족이 우리 사이에 있는 판자 길로 자전거를 타고 지나가자 그는 뒤로 물러서면서 나를 바라봤다.

우리는 해변으로 걸어가서 물가로 기울어지는 모래 위에 앉았다. 우리는 오랫동안 바닷물이 철썩이는 모습을 바라봤다. 그 어디에도 가지 못하는 흰 물거품이 사정없이 밀려왔다 떠나갔다. 에디는 무릎에 두 팔을 걸치고 샌들 한쪽을 벗은 후에 모래 속에서 발가락을 쫙 벌렸다.

그에 대한 충격적일 정도로 강렬한 그리움 때문에 순간 숨을 쉴 수 없었다.

"이 이야기를 어떻게 해야 할지 모르겠어요, 사라. 뭐라고 해야 할지도 모르겠고. 당신은……." 에디가 마침내 입을 열었다. 그의 눈에선 여전히 아무 감정도 읽히지 않았다. 그는 두 손을 쫙 벌린 채 어찌할 바를 모르는 것으로 보였다.

아주 오래전에 에디에게 알렉스라고 아주 귀여운 여동생이 있었다. 그 아이의 머리는 헝클어진 금발이었다. 그 아이는 노래를 많이 불렀다. 그 아이의 크고 파란 눈은 수많은 꿈과 계획으로 가득 차 있었고, 과일 맛이 나는 사탕과 젤리를 좋아했다. 알렉스는 내 여동생의 단짝 친구였다.

머릿속에서 그 아이의 모습을 떠올리자 뱃속이 죄어드는 걸 느끼며 이제 에디가 무슨 말을 할지 알고 있었지만 묵묵히 그 말이 나오길 기다렸다.

"당신이 내 여동생을 죽였어요." 에디가 말하고 나서 거세게 숨을 들이마셨고 나는 눈을 감았다.

마지막으로 그 말을 들었던 것은 우리 집에 있는 커다란 파나소닉 자동응답기를 통해서였다. 그 사고가 일어난 지 한 주나 두 주 정도 지났을 무렵, 한나가 마침내 병원에서 완전히 퇴원한 때였다. 한나는 나와 같은 차를 타고 가길 거부했고 심지어 집에도 안 가겠다고 버텼다. 병원에서 작은 소란이 벌어졌고 결국 아빠가 날 차에 태우고 집에 오는 동안 병원에서 엄마와 한나를 환자 수송용 버스에 태워줬다.

아빠와 내가 집에 도착했을 때 자동 응답기의 빨간 불이 반짝이고 있었다. 그 후로 나는 그 빨간 불이 두려워졌다. 거기에 알렉스 엄마가 보낸 메시지가 녹음돼 있었다. 그녀는 그때 정신병원에 입원해 있었다. 그녀의 목소리는 마치 박살 난 도자기 조각 같았다. *"당신 딸은 반드시 벌을 받게 될 거야. 반드시 받아야 해. 사라가 내 아기를 죽였어. 사라가 내 알렉스를 죽였으니까 꼭 감옥에 가야 해. 내가 꼭 그렇게 만들 거야. 당신 딸은 풀려날 자격이 없어. 그럴 자격이 없어. 내 딸 알렉스가 살아……."*

언니가 반드시 감옥에 가게 아줌마가 만들 거야. 한나가 눈물이 고인 눈으로 나를 노려보며 말했다. 한나의 온몸은 여기저기 베이고 멍든 흔적으로 가득했다. *언니가 네 친구를 죽였어. 네 친구가 죽었는데 언니가 살 자격은 없어.* 한나가 울기 시작했다. *네가 너무 싫어, 사라. 난 너를 증오해!* 그것이 한나가 내게 마지막으로 한 말이었다. 그 후로 19년이 지났다. 19년, 6주, 2일. 그동안 내가 아무리

노력해도, 우리 부모님이 아무리 중간에서 개입을 해보려 해도 한 나는 내게 한 마디도 하지 않았다.

"정말 미안해요, 에디." 내가 속삭였다. 나는 떨리는 두 손으로 내 발목을 문질렀다. "이 말이 도움이 될지 모르겠지만 나도 스스로를 결코 용서하지 않았어요. 한나도 나를 용서하지 않았고."

"아, 그래요. 한나." 그는 나를 보다가 마치 역겨운 걸 본 것처럼 얼른 고개를 돌려버렸다. "당신은 내게 여동생을 잃었다고 말했잖 아요."

"음…… 그랬죠." 나는 모래 위에 흔들거리는 선 하나를 그었다.

"한나는 그 날 이후로 나와 더 이상 말을 섞지 않아요. 자신의 인 생에서 나를 완벽하게 끊어냈어요. 그래서 나는 여동생이 없는 것 처럼 느껴져요. 정말로."

에디는 내가 모래 위에 그은 선을 힐끗 봤다. "한나가 다시는 당 신과 말을 하지 않았다고요?"

"단 한 번도 없었어요. 내가 한나의 마음을 돌리기 위해 얼마나 노력했는지는 하느님만 아실 거예요."

에디는 한동안 아무 말도 하지 않았다. "놀랐다는 말은 못하겠어 요. 한나는 그동안 우리 어머니와 정기적으로 연락했으니까. 두 사 람이 무슨 이야기를 나눴을지 상상할 수 있겠죠." 그의 목소리는 여전히 아무 감정이 없었다. "하지만 그건 그거고. 당신에게 여동생 이 있는 건 사실이잖아요. 한나가 당신을 전적으로 거부한다 해도 당신에겐 여동생이 살아있어요."

나는 아무 말도 하지 않았다. 여기서 달아나고 싶었다. 나는 그가 제대로 쳐다보지도 않는 여자야. 그는 아마 오랫동안 내가 죽었기를 바랐을 거야.

"당신 여동생이 네 여동생과 단짝 친구여서 너무 미안해요, 에디. 그날 내가 그 아이들을 데리고 집 밖으로 나가서 정말 미안하고. 그때 그가…… 그 남자가 그랬을 때 내가 현명하게 대처하지 못해서." 나는 침을 꿀꺽 삼켰다. "당신이 알렉스 오빠라니 믿을 수 없어요."

에디가 움찔했다. 그러다 말했다. "다 말해줘요." 에디의 목소리에서 감정을 드러내지 않으려고 얼마나 애쓰는지 느낄 수 있었다.

"정말…… 듣고 싶어요?"

그의 몸─그의 강하고, 따뜻하고, 근사한 몸, 내가 그렇게 수도 없이 꿈꾸던 몸이─그렇다는 뜻으로 살짝 움직였다.

그래서 나는 그의 말에 따랐다.

그해 여름에 나는 맨디와 클레어의 친구 그룹에서 내 자리를 유지하려고 무던히도 노력했다. 정말 비참할 정도로, 기진맥진할 정도로 온 힘을 다해 노력했다. GCSE 시험을 본 후로 둘은 몇 주 동안 매일 만났지만 나를 부른 건 몇 번 안 됐다. "맙소사, 사라. 그런 거에 너무 큰 의미를 갖다 붙이지 마." 내가 그 사실을 알아내고 따졌을 때 맨디가 말했다.

우리는 십 대 소녀들이었다. 당연히 어마어마하게 큰 의미를 부여할 수밖에.

둘만 있을 때 그들은 내게는 알려주지 않는 새로운 행동 기준들을 만들어냈기 때문에 고등학교의 마지막 학년에 올라가 처음 몇 주 동안은 마치 지뢰밭을 걷는 것 같았다. 그들과 같이 있을 때 내가 하는 말은 다 틀렸고, 이야기해선 안 될 사람들에 대해 이야기했고, 입어선 안 될 옷을 입었고, 그 아이들이 눈동자를 굴리는 걸 얼핏 보고 나서야 내가 또 실수했다는 걸 알아차리곤 했다.

나의 열일곱 번째 생일에 학교에 갔다가 걔들이 학생 휴게실에서 평소 우리가 앉던 자리가 아닌 다른 곳에 앉아 있는 걸 발견했다. 걔들이 나랑 같이 앉길 원하는지 아닌지도 알 수 없었다.

봄 학기에 맨디는 당시 우리가 다니던 학교가 있는 스트라우드에 사는 남자와 만나기 시작했다. 그의 이름은 그렉시였다. 그는 스무 살이었기 때문에 다들 연상의 남자를 만나는 맨디를 부러워했다. 그가 족제비처럼 교활하게 생겼고, 법적으로 수상한 낌새가 있는 사람이라도 해도 상관없었다. 클레어는 질투심에 배가 아파 죽을 것 같으면서도 그들을 시도 때도 없이 따라다녔다. 나는 그것이 최후의 결정타라고 확신하고 희망을 잃기 시작했다. 자기보다 훨씬 나이가 많은 남자와 데이트하는 소녀들은 그때 당시 아주 잘 나간다고 모두들 생각하던 시절이었다. 그녀들은 성적으로 성숙하고, 근사하며, 독립적이고, 여드름 난 고3들의 일상적인 고민과는 거리가 먼 삶을 살고 있다고 다들 생각했다.

맨디가 그 출세의 사다리를 올라간 후 발로 차버리기 전에 클레어라면 끌어올려 줄지 모르지만 절대 내게는 손을 내밀지 않을 거라고 나는 생각했다.

하지만 3월의 어느 날 맨디가 지나가는 말로 브래들리 스튜어트가 나에 대해 계속 물어봤다고 말했다. 브래들리 스튜어트는 그렉시의 사촌으로 아스트라를 몰고 다녔다. 그는 그 질 나쁜 인간들이 모인 그룹에서 가장 잘생긴 남자였는데 한심하게도 나는 그 말을 듣고 몹시 기뻤다.

"그래?" 마침 다이어트 콜라병에 붙은 라벨을 떼고 있던 나는 거기서 눈을 떼지도 않고 말했다. 이번에는 제대로 연기를 해야 했다. 맨디가 던진 말에 내가 너무 좋아하는 것처럼 보이면 분명 나중에 내가 했던 말을 가지고 창피를 줄 테니까. "그 사람 괜찮은 것 같더라."

"내가 둘이 엮어줄게." 맨디가 경쾌하게 말했다. 그 전에 맨디와 사이가 틀어진 클레어가 옆에서 씩씩거리고 있었다. 나는 둘이 싸우지 않았더라면 이런 기회가 다시는 오지 않았으리라는 사실을 알아차렸다.

우리는 데이트를 하진 않았다. 그때는 아무도 데이트를 하지 않던 시절이니까. 우리는 그냥 펠리칸 밖에 있는 보도에서 만났다. 거기에는 술을 마시는 십 대들로 가득 차 있었다. 우리는 후치와 얼음을 넣은 스미노프를 마시면서 세련되고 재밌는 사람인 척 하려고 애를 썼다. 검은 머리에 검은 운동화를 신고 사람을 꿰뚫어 보는 것 같은 눈빛의 브래들리는 런던 로드에 있는 주차장 건물에 "술 한 잔" 하러 가자고 나를 설득했다. 그는 날 주차장 벽에 밀어붙이고 키스하기 시작했다. 그러면서 내 윗도리 위를 더듬었는데 그 손길이 거칠고 조바심에 가득 차 있었지만 나는 막지 않았다. 내 청바지 속에 손을 넣었을 때도 그냥 내버려 뒀다. 사실은 싫었지만 남자와 같이 있었던 경험이 한 번도 없었고, 이런 기회가 조만간 또 올 가능성은 없었기 때문이다. 그는 나와 섹스하려고 했지만 내가 안 된다고 했다. 그러면 입으로 빨아달라고 했는데 결국 그냥 내가 손으로 해주는 것으로 합의를 봤다. 나는 그 짓을 하면서 너무나 불안했고 하나도 즐겁지 않았지만 그는 좋아했으니 그걸로 충분했다.

그렇게까지 했는데 그 후로 그는 내게 전화하지 않았고 나는 완전히 절망했다. 나는 며칠씩 우리 집 전화기만 쳐다보다 결국 포기하고 더 이상 참을 수 없어졌을 때 그에게 전화했다. 아무도 전화를 받지 않았다. 나는 심지어 버스를 타고 스트라우드 근처에 있는 그의 집까지 갔다. 비에 흠뻑 젖은 채 그의 집 앞을 30분 동안 세 번이나 왔다 갔다 하면서 처음엔 품고 있던 가냘픈 희망마저 다 사라져버렸다.

"그 남자랑 잤어야지. 브래들리는 네가 다른 사람과 만난다고 생각했을 거야. 아니면 네가 불감증이라고 생각하거나." 맨디가 충고했다.

다시 맨디와 사이가 좋아진 클레어가 킥킥거렸다.

브래들리가 나를 그 브루넬 주차장으로 데려간 후로 내가 가지고 있는 아주 작은 가치가 벌써 사라지는 걸 느낄 수 있었다. 그래서 맨디에게 섹스할 준비가 됐다고 전해달라고 했더니 그가 전화를 했다.

우리는 일종의 커플이 됐다. 나는 그것이 사랑이라고 스스로를 설득했고, 내게 그보다 더 좋은 남자를 만날 자격이 있다고는 상상

313

도 하지 못했다. 그리고 그보다 더 좋은 남자를 바라지도 않았다. 난 이제 맨디와 클레어 그룹의 일원이 됐으니까. 나는 온 세상이 내 것이 된 것처럼 신났다. 나는 이제 맨디와 같은 급이 됐고 다시 밑으로 내려갈 일은 결코 없다고 생각했다.

브래들리는 종종 자기를 좋아하는 다른 여자들에 대해 이야기 했는데 그럴 때마다 십 대인 내 마음은 두려움으로 얼어붙었다. 그는 며칠씩 전화도 안 하고, 나를 버스 정류장까지 걸어서 데려다준 적도 없었고, 종종 자기 혼자 몰팅즈에 가겠다고 고집을 부리곤 했다. 그곳은 하룻밤 섹스 상대를 물색하는 나이트클럽이었는데 거기 혼자 가야만 (〈자기 자신으로〉) 있을 수 있다고 주장하곤 했다. 나와 같이 그 클럽에 들어가려고 줄을 서고 있다가 난데없이 그렇게 말한 적이 한두 번이 아니었다. 그의 집에서 그날 밤 자지 않으면 내가 잘 곳이 없다는 걸 너무나 잘 알면서도. 내가 운전면허 시험을 합격했던 날도 축하한다는 말조차 하지 않았다. 그저 이제부터는 섹스하러 내가 차 몰고 그의 집으로 오는 게 어떠냐고 했다.

"이야기를 들어보니 정말 대단한 남자 같군요." 에디가 말했다.

나는 어깨를 으쓱했다.

그는 나를 힐끗 봤는데, 그걸 보자 우리의 첫 아침이 떠올랐다. 그때 우리는 그의 기다란 식탁 건너편에서 서로 얼굴을 마주 보며 앉아 있었다. 그와 나, 빵 냄새와 희망과 함께. 그러다 차마 더 이상 내 얼굴을 볼 수 없었는지 나를 외면해버렸다. "요점만 말할 수 없나요? 당신이 내게 왜 이런 이야기를 하는지 이해는 하지만 난, 난 정말 알아야 해요." 에디가 조용히 말했다.

"미안해요. 물론이죠." 나는 마음속에서 사정없이 요동치는 불안을 다잡으려고 애를 쓰면서 말했다. 그날 있었던 일에 대해 이렇게 이야기하는 건 몇 년 만이었다. "난…… 좀 걷는 건 어떨까요? 그냥 앉아 있기엔 너무 뜨거워지고 있는데."

잠시 후에 에디가 일어났다.

우리는 걸어서 파스텔 블루 색 인명 구조원의 초소를 지나 판자 길로 올라갔다. 그 길은 베니스까지 남쪽으로 구불구불 뻗어 있었다. 자전거와 인라인 스케이트를 탄 사람들이 우리 옆을 씽씽 지나쳤다. 우리의 머리 위에서 갈매기들이 휙휙 날아다녔다. 아침에 잠깐 떴던 구름은 햇볕에 타서 없어지고 공기는 이제 열기에 가물거리고 있었다.

그 해 여름 6월의 어느 월요일 오후였다. 부모님은 볼일을 보러 첼트넘에 가면서 내게 학교 갔다 온 한나를 보라고 맡겼다. 알렉스가 집에 놀러 왔다. 둘은 한 시간 정도 숙제를 하는 척하더니 내게 와서 심심해 죽을 것 같다면서 스트라우드에 있는 버거 스타까지 태워다 달라고 요구했다. 나는 안 된다고 했다. 결국 우리는 브로드라이드를 돌아다니면서 사탕을 먹기로 합의를 봤다. 두 아이는 몇 년 전 거기에 그들만의 아지트를 만들어 놨다. 그때만 해도 둘은 거기서 하루 종일 노는 게 재미있다고 생각할 나이였다. 하지만 이제 그런 단계는 오래전에 끝나버린 아이들은 거기 가서 음악을 듣고 잡지를 읽고 싶어 했다.

나는 아이들에게서 조금 떨어져서 깔개 위에 앉아 교과서를 읽고 있었다. 둘이서 자기 반에 있는 어떤 남학생에 대해 소곤거리는 대화에는 관심이 없었지만, 둘은 열두 살이니 절대 내가 볼 수 없는 곳에 가게 놔두지 않을 작정이었다. 한나는 평소에 으스대길 좋아하는 타입이라 자신의 안전을 챙기지 못하는 아이였다. 한나는 인생이 얼마나 부서지기 쉬운 것인지, 괜히 허세를 부리다 어떤 결과를 불러올지 모르는 열두 살짜리에 지나지 않았다.

그날은 더웠고, 하늘에는 얇은 구름이 배배 꼬여 있었다. 나는 그즈음 내 심리상태로 치면 아주 평화로운 상태에 있었다. 그러다 음악을 너무 크게 틀어서 쿵쿵 울리는 차 소리가 들렸다. 고개를 퍼뜩 들자마자 가슴이 철렁 내려앉았다. 브래들리가 아까 전화해서 자기 좀 태우러 오라고 했다. 자기 차에 시동이 안 걸린다면서 내 차를 가지고 와줄 수 있겠냐? 차 수리할 돈도 좀 빌려주고?

나는 둘 다 거절했다. 나는 지금 열두 살짜리 아이 둘을 보고 있고, 그는 내게 70파운드나 빚을 졌다. "그렉시의 새 차를 빌렸지." 브래들리는 평소와 다르게 좀처럼 짓지 않던 미소를 지으며 나를 향해 건들건들 걸어왔다. "네가 너무 게을러서 날 도와주지 않으니까 말이야." 그러더니 한나와 알렉스를 흥미로운 눈빛으로 봤다. "재미있게 놀고 있니, 얘들아?"

"안녕." 아이들은 눈을 휘둥그레 뜨고 브래들리를 보면서 인사했다.

"그렉시가 언제부터 이런 차를 몰았어?" 내가 물었다. 그것은 BMW였다. 브래들리와 그렉시가 항상 갖고 싶어서 난리를 치던 엔진마력을 올린 차였다. 아무튼 BMW가 확실했다.

"그렉시에게 돈이 좀 생겼거든." 브래들리가 자기 코를 툭툭 치며 말했다.

한나는 들뜬 것처럼 보였다. "그거 화물차 뒤쪽에서 떨어진 거지?"

브래들리가 웃었다. "아니야, 친구. 이건 합법적으로 구했거든."

브래들리는 잠시도 가만히 앉아 있질 못했다. 담요 위에 한 10분 정도 앉아 있더니 나보고 각자 차를 타고 "경주를" 하자고 제안했다.

"말도 안 되는 소리. 아이들이 있는데 절대 안 돼." 내가 말했다. 나는 전에 그와 한 번 경주를 한 적이 있었다. 브래들리 대 그렉시의 시합으로 한밤중에 에블리 우회도로에서 왔다 갔다 하는 경주였다. 그것은 내 인생에서 가장 무서운 20분이었다. 새로 생긴 세인즈버리 슈퍼마켓 주차장에서 그 시합이 끝났을 때 나는 고개를 푹 숙이면서 울음을 터트렸다. 그들은 나를 비웃었다. 맨디도 나를 비웃었다. 자기도 나처럼 무시무시하게 겁이 났으면서.

하지만 이제 막 사춘기로 진입하려고 하는 철없는 한나와 알렉스는 아주 좋은 아이디어라고 생각했다. "야호, 경주하러 가자." 그들은 내 차가 1리터짜리 엔진에 유효기간이 얼마 남지 않은 헤드 개스킷이 달린 고물차가 아니라 아빠가 빌려준 장난감 스포츠카인 것처럼 말했다.

한나와 알렉스가 경주하자고 떠들어댔고, 브래들리도 덩달아 신나게 떠들었다. 이건 망할 놈의 고속도로가 아니잖아, 사라. 그냥 쪼그만 시골길이라고. 알렉스는 계속 떠들면서 금발 머리를 어깨 너머로 휙휙 넘겼고, 한나는 그런 알렉스를 따라했지만 단짝 친구

보다는 어딘가 자신없어 보였다.

　그동안 세월이 흘렀다고 해서 내가 한나를 보호해야 할 필요성이 줄어든 건 아니었다. 오히려 한나가 대담한 꼬맹이에서 잘난 척하는 소녀로 변모하면서 그 필요성은 더 커졌다. 그래서 나는 거절했다. 거듭거듭. 브래들리는 점점 더 짜증을 냈고 내 스트레스는 점점 커져만 갔다. 내가 이렇게 그의 요구를 단칼에 거절하는 일은 나나 그나 처음이었으니까.

　하지만 내 마음과 상관없이 그 일은 내 통제를 벗어나 버렸다. 한나가 킥킥 웃으면서 브래들리 차의 조수석으로 달려가서 훌쩍 타버렸다. 그걸 본 브래들리가 눈 깜짝할 사이에 운전석으로 달려갔다. 나는 그들을 향해 소리를 지르기 시작했지만 아무도 내 말을 듣지 않았다. 브래들리가 빌린 차는 듀얼 이그조스트 시스템이었는데 그가 엔진을 요란하게 울리고 있었다. 그러더니 프램튼을 향해 총알처럼 튀어 나갔고, 놀란 내 심장이 밖으로 튀어나오려고 했다.

　"한나!" 나는 소리를 질렀다. 나는 내 차를 향해 달려갔고, 알렉스가 따라왔다.

　"씨발!" 알렉스가 숨을 몰아쉬며 말했다. 알렉스는 둘의 대담한 행동에 감명받은 동시에 겁을 집어먹은 것 같았다. "둘이 가버렸어!"

　나는 알렉스에게 안전벨트를 매게 했다. 그리고 욕은 해선 안 된다고 했다. 나는 기도했다.

　"그리고 우리는 출발했어요." 나는 판자 길 위에서 걷다가 멈춰서 말했다.

에디는 내게서 돌아서서 주머니에 두 손을 찔러 넣은 채 바다를 바라봤다.

"당신이 공터에 있었던 이유는 그날 브로드 라이드를 따라서 걷고 있었기 때문이었죠. 그렇죠? 우리가 처음 만났던 그 날. 당신은 나와 똑같은 이유로 그 곳에 있었던 거죠." 내가 말했다.

그는 고개를 끄덕였다.

"동생이 죽은 날에 그곳에 가본 건 그날이 처음이었어요." 무너지지 않으려고 잔뜩 마음을 다잡은 딱딱한 목소리였다. "대개 그날은 어머니와 같이 시간을 보냈어요. 어머니는 오래된 사진첩들을 보면서 울고. 하지만 그날 나는 정말…… 정말 더 이상 그러지 못하겠더라고요. 난 햇살이 비치는 밖에 나가서 어린 동생에 대해 좋은 생각을 하고 싶었어요." 에디가 말했다.

나. 내가 이 짓을 저질렀다. 나와 내 나약함과 말도 안 되는 어리석음이 이런 짓을 저지른 것이다.

"나는 매년 6월 2일에 그곳을 걸어요." 내가 그에게 말했다. 나는 그를 껴안고 어떻게든 그의 슬픔을 내 몸으로 빨아들이고 싶었다. "나는 그 도로가 아니라 브로드 라이드로 가요. 왜냐하면 그날 오후 그곳은 그들의 왕국이었거든요. 두 아이는 서로 매니큐어를 발라주고 잡지들을 읽으면서 세상 근심 하나 없이 즐겁게 놀았거든요. 난 그 시간을 기억하러 비행기를 타고 매년 돌아왔죠."

에디가 잠시 날 봤다. "어떤 잡지들이요? 기억해요? 어떤 매니큐어? 아이들은 뭘 먹었어요?"

"그건 미즈였어요." 나는 조용히 말했다. 당연히 기억한다. 내 머릿속에서 그날 일이 떠오르지 않을 때가 없었으니까. "아이들은 내 매니큐어를 빌려갔어요. 내가 미즈 사면서 부록으로 받은 거거든요. 그 매니큐어는 슈거 블리스라는 이름이었고. 우리는 린다 맥카트니 소시지 롤을 먹었어요. 두 아이 다 그때 채식주의자가 되겠다고 난리였으니까. 치즈와 양파 칩과 과일 샐러드를 넣은 롤이었죠. 거기다 알렉스가 몰래 젤리 같은 걸 넣었고."

그날 일은 마치 어제 일처럼 생생하게 기억한다. 과일, 한나의 새 선글라스, 바람에 흔들리는 풀의 그림자 주위를 말벌들이 맴돌고 있었다.

"스키틀즈. 알렉스는 분명 스키틀즈를 샀을 거예요. 그게 알렉스가 좋아하던 거니까." 에디가 말했다.

"맞아요. 스키틀즈." 나는 도저히 에디의 얼굴을 볼 수 없었다.

나는 주 도로에서 그들을 따라잡았다. 브래들리는 스트라우드를 향해 우회전을 하려고 했지만 트랙터 뒤에 줄줄이 서 있는 차들 때문에 그럴 수가 없었다.

나는 진정하려고 무진 애를 쓰면서 차에서 나와 그의 차 조수석으로 달려갔다. 얼른 한나를 내리게 하고 이 모든 일을 장난으로 치자. 내가 만약-

그때 브래들리가 날 보더니 엔진 소리를 요란하게 울리면서 우회전 대신 좌회전을 해버렸다. 나는 다시 내 차로 달려갔다.

"그러고 싶으면 속도를 올려도 돼요." 알렉스가 말했다. 브래들리의 차는 벌써 시야에서 거의 사라지고 있었다. "막 달려도 된다니까. 난 상관없어요."

"안 돼. 브래들리가 나랑 경주하려고 속도를 늦추고 기다릴 거야. 난 그 자식 성격을 알아." 내 귓속에서 피가 쿵쿵 소리를 내며 흐르고 있었다. 제발, 하느님, 제발 한나에게 아무 일도 일어나지 않게 해주세요. 내 어린 동생에게 아무 일도 일어나지 않게 해주세요. 나는 차의 속도계를 힐끗 봤다. 시속 55마일이었다. 나는 속도를 늦췄다. 그러다 다시 올렸다. 도저히 버틸 수 없었다.

알렉스가 차의 스테레오를 틀었다. 미국 그룹인 핸슨이 부르는 시시하지만 자꾸 귓가에 맴도는 MMMBop이란 노래가 나왔다. 19년이란 세월이 흘렀지만 아직도 그 노래를 들으면 견딜 수 없다.

무시무시하게 짧은 시간이 흐른 후에 브래들리가 도로 반대편에서 우리를 향해 시속 60 혹은 70마일로 달려오고 있었다. "속도 줄여!" 내가 그에게 소리를 꽥 지르는 사이에 그가 내 옆을 바람처럼 지나갔다. 브래들리는 분명 도로 앞쪽에서 유턴했을 것이다.

"진정해요!" 알렉스가 말했다. 그러면서 불안해서 머리카락을 또 뒤로 넘겼다. "한나는 괜찮아요!"

브래들리는 획 지나갔다가 경적을 사정없이 누르면서 바퀴에서 끽 소리를 내며 차를 돌려 우리가 달리던 도로 쪽으로 들어왔다. "와우, 핸드 브레이크 턴이야(달리는 차의 핸드 브레이크를 당기면서 빠르게 도는 것-옮긴이)" 알렉스가 감탄했다. 나는 차를 세우다시피 하면서 백미러로 그들을 지켜봤다. 브래들리가 비뚤어진 차를 똑바로 바로잡고 다시 우리 뒤에서 달리는 모습을 볼 때까지 숨도 제대로 쉬지 못했다. 그 차의 앞 좌석에 한나가 보였다. 브래들리보다 아주 작은 한나가. 아, 저런 꼬맹이를 태우고, 맙소사.

한나가 앞을 똑바로 보고 있었다. 천방지축인 한나가 저렇게 가만히 있을 때는 겁에 질렸을 때뿐이다.

"네가 핸드 브레이크 턴을 어떻게 알아?" 나도 모르게 나는 알렉스에게 그렇게 묻고 있었다. 나는 고장 경고등을 켜고 아주 천천히 가고 있었다. 제발 멈춰. 제발 내 동생을 돌려줘. 나는 창문을 내리고 브래들리를 향해 미친 듯이 길가를 손으로 가리켰다.

"오빠가 가르쳐줬어. 오빠는 대학생이에요." 알렉스가 말했다.

순간 나는 알렉스의 오빠(바보 같으니라고)에게 화가 났다. 어린 여동생에게 그딴 걸 가르쳐주다니. 하지만 그때 브래들리가 다시 자동차의 하향등을 키면서 우리 뒤에서 굉음을 내며 달리다 마지막 순간에 브레이크를 밟았다. 나는 헉 숨을 들이쉬었다. 그는 그짓을 또 했다. 그리고 또 하고 또 했다. 나는 몇 번이나 멈추려고 했지만 그럴 때마다 그는 나를 추월하려고 했다. 그래서 그의 의도대로 어쩔 수 없이 계속 차를 몰았다. 그 자식이 또다시 내 동생을 태우고 달아나게 내버려 둘 수 없었다.

우리는 그런 식으로 달리다가 새퍼튼 교차로와 숲에서 그리 멀지 않은 경사가 가파른 내리막길로 다가가기 시작했다. 하지만 그쯤 되자 그는 지루해졌는지 내 차 뒤에 바싹 달라붙어서 속도를 내기 시작했는데 아까와 달리 멈추지 않았다. 아직 난폭 운전까진 아니었지만 날 공황 상태에 빠지게 하기에 충분했다. 나는 그때 면허 딴 지 3주밖에 안 됐는데.

"망할." 알렉스가 또 욕을 했지만 아까보다 목소리가 작았다. 알렉스는 아직도 신난 척 하려고 했지만 겁이 난 게 분명했다. 그 아이는 가녀린 손가락으로 낡은 회색 좌석벨트를 꽉 잡고 있었다.

우리는 내리막길로 내려갔고, 브래들리는 내 뒤에서 헤드라이트를 번쩍이며 경적을 빵빵 울리고 있었다. 그는 웃고 있었다. 그러다—우리는 앞이 보이지 않는 도로의 구부러진 곳을 향해 가고 있었는데—브래들리가 나를 추월하려고 차를 옆 차선으로 뺐다.

마치 똑 소리를 내면서 바닥으로 떨어져 산산조각으로 부서질 수도꼭지에 달린 물방울처럼 순간 모든 것이 그대로 허공에 대롱대롱 매달려 있는 것 같았다.

내가 예상했던 것처럼 반대편에서 차 한 대가 도로의 구부러진 곳을 돌아 나왔다.

그때 브래들리의 차는 내 차와 거의 수평으로 달리고 있었는데. 그 차 두 대가 충돌하는 걸 막을 길은 없어 보였다.

내 여동생. 한나.

바로 그 절체절명의 순간 나는 아무 생각 없이 본능적으로 대처했다고 나중에 경찰에게 말했다. 그다음에 일어난 일은 선택하고 자시고 할 문제가 아니란 걸 나는 알고 있었다. 그냥 그렇게 일어났을 뿐이다. 내 두뇌가 내 팔에게 차를 왼쪽으로 틀라고 지시해서 우리가 탄 차가 왼쪽으로 홱 방향을 틀었다.

아빠가 내게 운전을 가르쳐줬을 때 말했다. 운전하다 차의 통제력을 잃었을 때 절대로 나무를 겨냥해서 달려선 안 된다고. 항상 벽이나 울타리를 겨냥해야 한다고 했다. 벽이나 울타리는 차와 부딪치면 뚫리지만 나무는 꿈쩍도하지 않고 그 자리에서 버틴다고.

내 차의 조수석 쪽이 나무와 부딪쳤을 때 나무는 꿈쩍도 하지 않았다. 어리고 착한 금발 머리의 알렉스 월리스, 스키틀즈를 주머니에 넣고 다니고 손톱에 얼룩진 매니큐어를 바른 그 아이만 날아가 그대로 나무에 부딪쳤다.

그 나무는 부러지지 않았지만, 알렉스는 부서졌다.

나는 억지로 고개를 돌려 에디를 봤지만, 그는 여전히 날 외면한 채 바다를 보고 있었다. 반짝이는 눈물이 천천히 그의 뺨을 타고 흘렀다. 그는 눈물을 닦으면서 코끝을 살짝 움켜쥐었다. 하지만 몇 초 지난 후에 손을 떨어뜨렸고, 흐르는 눈물도 내버려 뒀다. 그는 그렇게 선 채 울었다. 이 덩치 크고 다정한 남자가 울고 있는 동안 나는 그 어느 때보다 더 격렬한 감정을 느꼈다. 자기혐오, 뭔가를 하고 싶은 필사적인 마음, 이 상황을 바꾸고 싶은 마음, 하지만 그럴 수 없다는 절망을 너무나 절절하게 느꼈다. 시간은 알렉스를 뒤에 남겨둔 채 성큼성큼 전진해버렸다. 에디의 마음을 갈기갈기 찢어놓은 채, 내 여동생은 날 여전히 용서하지 않은 채.

"당신을 만나게 되면 내가 뭘 할지 오랫동안 궁금해했어요." 에디가 마침내 말했다. 그는 팔뚝 위쪽으로 눈을 문질러 닦고 고개를 돌려 나를 바라봤다. "나는 당신을 증오했어요. 그 쓰레기 같은 새끼는 감옥에 갔는데 당신은 가지 않았다는 사실을 믿을 수 없었어요." 그가 말했다.

나는 고개를 끄덕였다. 나도 내가 너무 싫었으니까.

"나는 경찰에게 왜 나를 벌주지 않았느냐고 물었어요. 하지만 그 사람들은 내가 법적으로 잘못한 건 하나도 없다고 계속 말했어요. 난 부주의하게 운전하지 않았다고." 나는 에디에게 아무짝에도 쓸모없는 말을 했다.

"기억나요. 우리 가족을 담당한 경찰관이 그걸 설명했죠. 우리 엄마는 도무지 이해하지 못했고." 에디의 목소리는 생기가 하나도 없었다.

나는 눈을 감았다. 그가 이제 무슨 말을 할지 알고 있었으니까.

"내가 아는 건 당신이 당신 동생을 구하기로 선택했기 때문에 내 동생이 죽었다는 거예요."

나는 두 팔로 내 몸을 감싸 안았다. "일부러 그렇게 선택한 게 아니었어요." 나는 속삭였다. 눈물이 솟구쳐 내 기도를 막았다. "의식적으로 그렇게 선택한 건 아니에요, 에디."

그는 한숨을 쉬었다. "아마 아닐지도 모르죠. 하지만 결국 그렇게 됐어요."

경찰이 병원에 왔다. 그 BMW는 도난 차량이라고 했다.

나는 왜 브래들리가 한 말을 받아들였을까? 애초에 왜 그 자식이 한 말을 하나라도 믿었을까? 내가 그 남자에게 준 모든 것을 생각하자 금방이라도 토할 것 같은 공황 상태가 밀려왔다. 내 순결. 내 마음. 내 자존심. 이제 어린 소녀의 목숨까지. 내 여동생의 단짝 친구를.

그 BMW의 운전자가 사고 현장에서 도망쳐서 들판을 가로질러 달려가는 걸 봤다고 한 증인이 말했다. 그 남자는 누구지?

"그 남자는 누구니?" 아빠가 혼란스러워하며 내게 다시 물었다.

아빠는 내 침대 옆에 누워서 내 손을 잡고 있었다. 엄마는 반대편에서 경찰과 딸 사이에서 인간 방패 역할을 하고 있었다. "그 사람이 누구니, 사라?"

"내 남자친구요. 브래들리."

"네 뭐?" 아빠는 아까보다 더 당혹스러워했다. "너에게 남자친구가 있었어? 얼마나 사귀었는데? 왜 우리에게 아무 말도 하지 않았니?"

그러자 나는 고개를 돌려서 베개에 얼굴을 묻고 울음을 터트렸다. 이제야 그 이유가 너무 뻔하게 보였으니까. 브래들리가 정말 몹쓸 인간이라는 걸, 항상 그랬다는 걸, 그게 너무나 뻔해서 사춘기의 불안한 마음 한편으로 나도 이미 알고 있었다는 걸 알았다.

내 행동으로 동생을 구할 수 있었을지는 모르겠지만 다치지 않게 해줄 수는 없었다. 브래들리는 내가 만들어 놓은 공간으로 차를 획 돌리면서 훔친 차에서 한나가 타고 있던 쪽을 내 차 뒤에 박아버렸다. 한나는 이틀 동안 수술을 두 번이나 받았다. 한나는 내가 입원한 층 바로 위층에 있었는데 뇌진탕을 일으킨 데다 부상도 심각했으며, 태어난 후 처음으로 아무 말도 하지 않았다.

내가 경찰에게 말한 브래들리란 이름은 어디에서도 찾을 수 없었다. "그렉시를 찾아보세요." 내가 경찰에 말했고 그날 오후 늦게 그는 경찰에 체포됐다.

퇴원한 후에 나는 한나가 퇴원할 때까지 2주 동안 매일 한나의 침대 옆에 앉아 있었다. 학교는 결석하고 집에도 거의 가지 않았다. 삑삑 소리가 나던 기계들과 사람들이 분주하게 다니던 소아과 병동에서 나던 윙 소리 외에는 거의 아무것도 기억나지 않는다. 그리고 한나의 몸에 달린 기계 중 하나가 이상한 소음을 냈을 때 치솟던 두려움과 마치 가슴이 타는 것처럼 고통스럽던 죄책감 말고는 아무것도 생각나지 않는다. 한나는 주로 잤고 가끔 깨어나면 울면서 나를 증오한다고 말했다.

알렉스의 가족이 내가 벌을 받는 걸 보기 위해 아무리 단단히 결심했다 해도 나를 기소할 혐의가 없다고 경찰이 주장했다. 나의 죄책감은 커져만 갔다. 나는 글로스터셔 법정에서 브래들리에게 불리한 증언을 했고 판사에게 나도 재판을 받게 해달라고 애걸했다가 야단을 맞았다.

나는 알렉스의 가족을 한 번도 만난 적이 없었다. 부모님이 항상 학교에서 알렉스를 데려와서 한나와 같이 놀게 했다. 엄마 말로는 "알렉스 엄마가 가끔 힘들어하기" 때문이라고 했다. 알렉스 엄마는 그 후로 완전히 신경 쇠약에 걸렸다고 알렉스 가족이 법정에서 말했다. 그것뿐만이 아니라 알렉스가 어렸을 때부터 그녀 혼자서 아이들을 키웠기 때문에 결국 알렉스 오빠가 대학을 중퇴하고 엄마를 돌봐야 한다고 했다. 두 사람 다 법정에는 나오지 않았다.

그때 배심원단에 있는 사람 중 하나가 날 바라봤다. 우리 엄마 또래 여자로 아이를 잃는 것이 어떤 것인지 상상할 수 있는 사람이었다. 나를 똑바로 보고 있는 그녀의 얼굴에서 이런 말을 읽을 수 있었다. *그것도 네 잘못이야, 이 싹수 없는 계집애야. 그것도 네 잘못이라고.*

캐롤 윌리스는 우리에게 세 번이나 전화했고 그러고 나서야 정신 병원의 간호사들이 그녀가 아들에게 전화한 게 아니란 사실을 알고 전화사용을 금지했다. 그녀는 내가 살인자라고 한 번은 우리 아빠에게 말했고 두 번은 우리 집 전화 자동 응답기에 메시지로 남겼다. 우리 이웃들은 더 이상 우리 부모님에게 저녁 초대를 하지도 않았고, 부모님이 지나갔을 때 말도 걸지 않았다. 그들이 나를 비난했던 것 같지는 않다. 그들은 그저 우리 가족에게 뭐라고 해야 할지 알 수 없었던 것이다. "가끔은 코끼리를 방에 두기엔 너무 큰 경우도 있어." 아빠가 말했다.

한나는 나와 같이 식탁에 앉아 밥을 먹지 않겠다고 고집을 부렸다. 슈퍼마켓에 가면 사람들이 우리 부모님을 빤히 바라봤다. 지역 신문에서는 알렉스의 사진이 계속 나왔다. 나는 학교로 돌아갔지만 몇 시간이 지나자 더 이상 거길 다닐 수 없다는 걸 알았다. 아이들이 날 보면 수군거렸다. 클레어는 내가 과실치사로 감옥에 가야 한다고 말했다. 맨디는 나와 아예 말도 섞지 않았다. 나 때문에 경찰이 그렉시의 사촌을 쫓고 있다고. 교사들 중에서도 나와 눈을 마주치려 하지 않는 사람들도 있었다.

그날 밤 엄마와 아빠가 날 앉혀놓고 집을 팔려고 내놨다고 했다. 레스터셔로 이사 가면 어떨 것 같으냐고. 엄마는 레스터셔에서 성장했다. "우리 모두 새 출발을 하는 게 좋을 것 같지 않니?" 엄마가 물었다. 엄마의 얼굴은 수심이 어린 데다 지쳐서 안색이 칙칙해졌다. "네가 대학 갈 준비를 계속할 수 있는 학교를 찾을 수 있을 거야."

엄마는 교사였다. 엄마는 그게 불가능하다는 사실을 잘 알고 있는 사람이었다. 그때야 나는 비로소 엄마가 얼마나 절망하고 있는지 깨달았다.

나는 이층에 올라가서 토미에게 전화했고, 그다음 날 바로 LA로 날아갔다.

나는 알렉스 가족이 길거리에서 우연히 나와 마주치는 위험 없이 마음 편하게 슬퍼할 수 있게 해주려고 떠난 것이다. 나는 부모님이 딸이 지은 죄라는 거대한 그림자가 사방에 드리워지는 곳이 아니라 새롭게 시작할 기회를 가질 수 있도록 먼 곳으로 떠나지 않아도 되게 하려고 떠난 것이다. 나는 아무도 내가 저지른 짓을 모르고, 거기서는 내가 "그 여자아이"가 되지 않을 수 있는 곳에서 피난처를 찾기 위해 떠난 것이다.

하지만 무엇보다 내가 LA로 떠난 이유는 브래들리를 만났던 그날 바랐던 것처럼 그런 여자가 되기 위해 떠난 것이다. 강하고, 자신감이 넘치고, 아무도 두려워하지 않는 여자. 절대 안 돼, 라고 말하면서 두려워하지 않는 여자.

에디와 나는 이제 베니스에 가까워지고 있었다. 구불구불하게 뻗은 판자 길이 싸구려 기념품 가게들과 헤나 문신 용품을 파는 상점들과 좌판들 앞을 지나갔다. 어딘가 있는 스피커에서 음악 소리가 쿵쿵 울려 나왔다. 노숙자들이 야자나무 밑에서 자고 있었다. 나는 여기저기 천을 덧댄 배낭을 가지고 있는 한 노숙자에게 2달러를 줬다. 에디는 무표정한 얼굴로 나를 지켜봤다. "난 앉아야겠어요. 뭐 좀 먹어야겠고." 에디가 말했다.

우리는 한 술집의 밖에 앉았다. 거기서 우리는 앵무새 한 마리를 거느린 미친 여자와 이리저리 배회하는 아코디언 연주자의 관심을 집중적으로 받았다. 에디는 미친 여자가 퍼붓는 질문에 아무 대답도 하지 않은 채 멍하니 우리 주변에서 몸을 흔들고 있는 거리의 연주자를 바라봤다.

"당신이 원한다면 애벗 키니로 갈 수도 있는데. 근처에 있는 또다른 거리에요. 여기가 너무 정신 사납다면 거기 갈까요? 거긴 좀더 고급스런 식당가에요." 내가 말했다.

루벤은 애벗 키니라면 환장했다.

"아뇨. 됐어요." 에디가 말했다. 순간 그는 미소를 지을 것처럼 보였다. "내가 언제부터 고급 식당가를 다녔다고." 나는 어깨를 으쓱했지만 갑자기 부끄러워졌다. "그걸 알아낼 기회가 없었으니까."

에디가 나를 힐끗 봤는데 그 표정에 아주 미세하게 온기 같은 것이 비쳤다는 생각이 들었다. "우리 둘은 이만하면 서로를 꽤 잘 파악했다 싶은데요." 에디가 말했다.

사랑해요. 당신을 사랑해요, 에디. 그런데 뭘 어떻게 해야 할지 모르겠어요.

그가 시킨 머핀이 왔다. 에디가 없는 나의 기나긴 미래를 잠깐 상상해보자 공포가 밀려오면서 약간 어지러워졌다. 그다음에 아주 오래전 그가 동생이 없는 기나긴 미래를 생각하는 모습을 상상해봤다.

에디는 말없이 머핀을 먹었다.

"내 자선단체. 그건 알렉스를 위해 세운 거예요." 내가 결국 말했다.

"아마 그렇지 않을까 생각했어요."

"알렉스와 한나를 위해서요." 나는 손거스러미를 뜯으며 말했다. "한나도 이젠 아이들을 낳았어요. 조카들 사진을 봤어요. 처음에는 조카들 생일 때마다 매년 선물을 보냈는데 한나가 엄마를 통해서 그만 보내라고 하더군요. 그것 때문에 우리 부모님이 얼마나 절망하셨는지 몰라요. 두 분은 우리 사이를 회복하게 하려고 안 해보신 게 없어요. 두 분은 한나가 결국 자신의 잘못을 시인할 거라고 생각했어요. 어쩌면 그랬을지도 모르죠. 내가 계속 영국에 있었다면. 나도 모르겠어요. 한나는 어렸을 때부터 워낙 고집이 세서. 그러니까 어른이 됐어도 여전히 그런 사람이 됐겠죠."

에디는 해변을 내려다봤다. "우리 어머니가 한나에게 휘두르는 영향력도 과소평가해선 안 돼요. 어머니는 당신을 증오하는 걸 단한순간도 멈춘 적이 없으니까. 가끔은 그것만이 계속 살아갈 수 있는 유일한 힘이기도 했고."

나는 마치 니코틴 얼룩처럼 벽마다 해묵은 분노가 배어 있는 에디의 어머니 집을 상상하지 않으려고 애썼다. 거기에서 내 동생이 캐롤 윌리스와 같이 있는 모습, 그들이 하는 말들, 그들이 마시는 차를 상상하지 않으려고 애썼다. 다만 기이하게도 그 장면에서 아주 작은 위안거리도 찾을 수 있었다. 내 동생이 나를 전적으로 거부하는 게 어쩌면 다른 사람의 말을 듣고 그랬을지도 모른다는 가능성 말이다.

"그것도 동생이 내게 화를 내는 이유의 일부라고 생각해요?" 나는 그에게 고개를 돌리면서 물었다. 내가 얼마나 필사적인지 에디의 눈에 훤하게 보였을 것이다. "당신 어머니가 그 오랜 세월 동안 내 동생을 부추겼을지도 모른다고 생각해요?"

에디는 어깨를 으쓱했다. "난 당신 여동생을 잘 몰라요. 하지만 우리 어머니는 잘 알죠. 19년 동안 우리 어머니가 내게 하는 이야기를 듣지 않았더라면 나도 당신에게 다른 방식으로 반응했을지도 모르죠."

그는 그것 말고도 다른 말을 할 것처럼 나를 보더니 그냥 입을 다물어버렸다.

"그 일이 일어난 후로 나는 아이 근처에 있을 때면 항상 힘들었어요. 아이를 보살피는 일은 다 거부했고, 아이 보는 일도 하지 않았고, 달리 선택의 여지가 없을 때만 루벤과 같이 병동에 면회를 갔어요." 내가 말했다.

그리고 잠시 입을 다물었다. "나는 루벤과 아이를 갖는 것조차 거부했어요. 루벤 때문에 상담까지 받았지만 내 마음은 결코 달라지지 않았죠. 아이를 보면—어떤 아이건—당신 동생이 보여요. 그래서 아이들은 계속 피했어요. 그게 더 쉬우니까."

에디는 머핀을 다 먹고 이마를 두 손에 기댔다. 그리고 말했다. "우리가 처음 만났을 때 당신 가족의 성을 말해줬더라면 좋았을 걸. 당신이 내 이름은 '사라 해링턴'이라고 말해줬으면 좋았잖아요."

내가 손거스러미를 확 떼어내는 바람에 그 부분이 따끔거리면서 벌겋게 성이 났다. "난 이혼을 한 후에도 해링턴으로는 돌아가지 않을 거예요. 다시는 사라 해링턴이 되고 싶지 않아요."

에디는 접시에 남은 머핀 가루를 손가락으로 누르고 있었다. "그랬으면 우리가 이렇게 마음 아플 일도 없었을 텐데."

나는 고개를 끄덕였다.

"게다가 당신 부모님은 레스터셔로 이사 갈 작정이었잖아요. 몇 주 동안 그 집 앞에 매물이라는 표지판이 있었는데."

"나도 알아요. 하지만 내가 LA로 갔고, 문제는 나였으니까. 집은 팔리지 않았고 부모님은 거기서 그냥 살기로 하셨어요. 그때쯤엔 내가 돌아오지 않을 거라는 게 확실해졌으니까."

기나긴 침묵이 흘렀다.

"당신이 왜 자신을 에디 데이비드라고 말했는지 물어봐도 되나요?" 더 이상 침묵을 견딜 수 없었을 때 내가 물었다. "분명 당신 이름은 에디 윌리스잖아요?"

"데이비드는 내 가운데 이름이에요. 사고가 난 후로 그 이름을 쓰기 시작했어요. 한동안 내 이름을 말하면 사람들이 내가 누군지 알아차리고 그다음엔 그러니까…… 나도 모르겠어요…… 나를 동정하는 말들을 해대는데 그게 더 숨이 막힐 것 같았어요. 그냥 에디 데이비드라고 나를 소개하는 게 더 쉬웠죠. 아무도 그 사람은 누군지 모르니까. 사라 매키는 아무도 모르는 것처럼."

잠시 후에 그는 고개를 돌려 나를 바라봤지만 마치 바다로 돌아가는 물줄기처럼 다시 외면해버렸다. "너무 늦어지기 전에 당신이 누군지 알아낼 수만 있었다면 뭐든 다 줄 수 있을 것 같아요. 난 그저-난 그저 우리가 그걸 연결해내지 못했다는 걸 믿을 수 없어요." 그는 머리를 긁었다. "그 자식이 5년 후에 석방된 거 알아요?"

나는 고개를 끄덕였다. "그 사람은 포츠머스로 갔다고 들었어요."

에디는 아무 말도 하지 않았다.

"내 페이스북 때문에 알았죠, 그렇죠? 토미가 내 담벼락에 남긴 포스팅을 봤죠. 거기서 토미가 날 해링턴이라고 불렀으니까." 내가 물었다.

"당신이 떠나고 약 2초 후에 그걸 봤어요. 그때 한 1분 정도, 아직 충격이 제대로 느껴지기 전에 이렇게도 생각해 봤어요. 아니야. 이건 못 본 거로 하자. 그냥 없었던 일로 하자. 난 그녀 없이는 살 수 없으니까. 이건 고작 일주일이었지만, 그녀는⋯⋯." 에디가 얼굴을 붉혔다. "*그녀는 내 모든 것이니까. 나는 그때 그렇게 생각했어요.*"

우리는 아무 말 없이 오랫동안 앉아 있었다. 내 심장은 쿵쿵 뛰고 있었다. 에디의 뺨이 아주 살짝 붉어졌다.

그다음에 그는 자기 어머니와 그녀의 우울증에 대해, 알렉스가 죽은 후 그것이 어떻게 폭발했고 그다음에 어떻게 악화돼서 복합적인 정신질환으로 발전해 다시는 회복되지 못했는지 말해줬다. 에디는 어머니가 최악의 신경 쇠약에서 벗어난 후 새퍼튼으로 이사 가야 했다고 말했다. 죽은 딸에게 '좀 더 가까이' 있고 싶었으니까. 어머니 혼자 살아가기엔 너무 연약하고 무력하다는 사실을 깨달은 에디는 대학으로 돌아갈 희망을 버리고 한동안 집에 들어와서 같이 살았다. 그는 프랭크, 그 양을 키우는 농부를 설득해서 사카리지 숲 가장자리에 있는 허물어져 가는 헛간을 빌려서 천천히 그것을 작업장으로 개조했고, 마침내 어머니가 혼자서 살 수 있게 됐을 때 그 헛간이 그의 집이 됐다.

"돈은 아버지가 대셨어요. 아버지는 우리 가족을 떠난 후 일어난 모든 문제를 현금으로 해결하셨죠. 알렉스의 장례식이 끝난 후 아버지는 우리에게 전화를 하거나 찾아오진 않았지만 돈을 보내는 건 마다하지 않았어요. 그래서 나는 그 돈을 쓰는 걸 마다하지 않기로 했죠."

그는 내가 누군지 알아낸 그 날에 대해 이야기해줬다. 그가 나를 사라 해링턴, 자기 여동생을 죽인 여자로 다시 생각하는 동안 헛간 밖에 있는 나무들이 쓰러져서 자기를 덮치는 것처럼 느껴졌다고 말했다. 스페인 휴가를 어떻게 취소했는지도 말해줬다. 그리고 의뢰받은 일들을 다 중단했고, 어느 날 어머니를 보러 갔다가 약에 취해 쓰러져 자는 모습을 지켜보면서 얼마나 큰 죄책감을 느꼈는지 말했다.

"어머니가 당신과 내 사이를 알아냈다면 난리가 났을 거예요. 설사 모른다 해도 나는 이미 충분히 고통스러웠지만. 마치 커다란 구덩이에 빠진 기분이었어요. 난 페이스북도 하지 않았고, 이메일도 안 보고, 아무것도 안 했어요. 그냥 세상을 완전히 차단해버렸죠. 그리고 아주 많이 걸었어요. 생각을 많이 하고 혼잣말도 많이 하고." 그는 조용히 말했다.

그러면서 손가락 관절들을 우두둑 소리를 내며 꺾었다.

"그러다 친구인 알란이 내가 죽었나 살았나 보러 와서 당신이 연락을 했다고 말해주더군요."

그리고 그는 한숨을 쉬었다. "당신에게 답장을 했어야 했는데.

안 해서 미안해요. 당신 말이 맞아요. 사람을 그렇게 대하면 안 되는 건데. 난 당신에게 답장을 쓰기 시작했어요. 쓰고 또 썼지만 쓰다가 감정이 격해질까 봐 용기를 낼 수 없었어요."

그가 내게 무슨 말을 했을지 애써 상상하지 않으려 했다.

"하지만 당신이 살아온 이야기는 마음에 들었어요. 당신의 메시지들도 그렇고. 당신이 메시지를 보내주길 간절히 바라면서 읽고 또 읽었죠."

나는 침을 힘겹게 삼키면서 거기에 별다른 의미를 두지 않으려고 애를 썼다. "내게 전화한 적 있어요?" 내가 망설이다가 물었다.

그는 고개를 흔들었다.

"확실해요? 내게…… 전화해서 아무 말도 안 하고 끊어버린 전화가 몇 통 왔었어요. 그리고 당신에게 떨어져 있으라는 메시지도 하나 있었고."

에디는 영문을 모르는 표정이었다. "아. 당신이 그런 메시지를 보냈었죠. 아마 편지에 한 번 쓴 것 같은데? 미안해요. 사실 그건 별로 관심을 두지 않아서. 그냥 당신이 지어낸 이야기라고 생각했거든요."

그 말에 나는 움찔했다.

"그런 전화가 다시 왔나요?"

"아뇨. 하지만 이런 생각이 들었는데…… 혹시 당신 어머니가 거신 게 아닌가 생각한 적이 있어요. 어머니가 당신과 저에 대해 알아냈을 수 있는 방법이 있을까요? 우리 부모님 집과 당신 헛간 사이에 있는 운하를 따라 난 길에서 어떤 여자를 한 번 본 적이 있는데…… 그리고 내 모교에서 토미가 했던 스포츠 행사에 갔을 때도 그 여자분이 입었던 것과 똑같은 코트를 입은 사람을 봤어요. 그 두 사람이 같은 사람인지는 확실히는 모르겠지만 제 느낌엔 아무래도 그런 것 같았어요. 그 여자는 특별히 이상한 행동을 하진 않았지만 두 번 다 날 빤히 쳐다보는 것 같았어요. 그것도 날 아주 싫어한다는 느낌이."

에디는 팔짱을 꼈다. "그거참, 이상하네요. 하지만 그 사람이 우리 어머니일 가능성은 없어요. 어머니는 당신에 대해 전혀 모르고 계시니까. 어쨌든 어머니는……." 에디는 천천히 말하다 말끝을 흐렸다. "우리 어머니는 정말 그런 일을 할 수 있는 분이 아니에요. 장난 전화를 하고 사람들을 미행하고 그런 거— 애초에 그런 걸 할 수 있는 상태가 아니에요. 그런 걸 한다는 생각만으로도 어마어마하게 스트레스를 받으시는 분이라. 사실 어머니가 우리 관계를 알았다면 그 자리에서 쓰러지셨을걸요."

"그럼 그런 일을 할 만한 다른 사람은 없나요?"

에디는 완전히 혼란스러워 보였다. "아뇨." 그 말을 나는 믿었다. "내가 당신 이야기를 한 사람은 내 절친인 알란과 그 친구 부인인 지아밖에 없어요. 아, 그리고 나랑 같은 축구팀인 마틴. 마틴도 내 페이스북에서 당신이 올린 포스팅을 봤으니까. 하지만 다들 비밀을 지켜달라고 당부했으니 그렇게 할 친구들이고."

그는 상체를 앞으로 기울인 채 집중해서 생각하느라 양미간에 주름살이 잡혔다. 하지만 아무래도 답이 나오지 않았는지 몇 분 후에 어깨를 으쓱하며 허리를 쭉 폈다. "나는 정말 모르겠어요. 하지만 어머니는 아니에요. 그건 장담할 수 있어요." 그가 말했다.

"알겠어요." 나는 샌들에서 발을 빼서 발 하나를 내 의자 위에 올렸다. 에디는 다시 우울해 보였다. 그가 접시 가장자리에 손가락을 하나 대고 누르자 마치 비행접시처럼 뒷부분이 위로 올라갔다. 그는 접시를 좌우로 돌렸다.

"왜 여기 있는 거죠, 에디? 왜 왔어요?" 내가 마침내 물었다.

그는 그때 나를 바라봤다. 내 얼굴을 똑바로 보는 그를 보자 심장이 사정없이 뛰었다.

"당신이 LA로 돌아간다는 메시지를 받고 너무 당황해서 왔어요. 난 여전히 화가 났지만 당신이 그냥 내 인생에서 떠나게 놔둘 순 없었어요. 그 전에 당신과 꼭 이야기해야 했어요. 당신이 내게 해야 할 말을 들어야 했고. 그 사건에 대해 어머니의 생각만이 전부는 아니었으니까."

"그랬군요."

"나는 비행기 표를 예약하고 여기 사는 친구인 네이선에게 그의 집에서 며칠 신세를 질 수 있겠냐고 이메일을 보냈어요. 그리고 이모에게 전화해서 내가 없는 동안 엄마에게 와서 같이 있어달라고 부탁했고. 마치 제삼자의 눈으로 나를 보는 것 같았어요, 사실. 여기 와선 안 된다는 걸 알고 있었지만 도저히 참을 수 없었어요. 당신을 잡을 수도 없었고. 당신이 내게 떠난다고 이메일을 보냈을 때 이미 비행기를 타고 있었으니까."

하지만 여기 도착했을 때 그는 온몸이 마비되는 것 같았다고 했다. 그는 세 번이나 나를 만나려고 했지만 그때마다 누이동생에 대한 죄책감 때문에 다시 이 거대한 도시 속에 숨어버렸다고 했다. 의자에 앉아 있던 나의 몸에서 힘이 저절로 빠져버렸다. 심지어 지금 나와 이렇게 말하는 것조차 동생에 대한 배신처럼 느껴진다고 했다.

"왜 당신의 과거에 대해 말하지 않았어요?" 내가 계산서를 달라고 손짓하자 에디가 물었다. "당신은 내게 자신에 대한 이야기를 아주 많이 해줬잖아요. 왜 그때 일어난 일은 언급하지 않았어요?"

나는 지갑에서 현금을 몇 장 꺼냈다. "난 사람들에게 그 이야긴 하지 않아요. 그게 다예요. 내가 마지막으로 그 이야기를 했던 사람은 내 친구인 제니인데 그게 벌써 17년 전 일이에요. 만약 우리가…… 만약 우리가." 나는 헛기침을 했다. "만약 우리 관계가 더 발전했다면 당신에게 말했을 거예요. 사실 마지막 날 밤에 말할 뻔했어요. 그러다 다른 이야기들이 나와 버렸죠."

에디는 생각에 잠긴 것처럼 보였다. "당신과 반대로 나는 사람들에게 그 이야기를 하는 데 익숙해져 있었어요. 자주 해야 했죠. 어머니 상태가 워낙 기복이 심하니까. 하지만 당신과 보낸 그 한 주는 정말 다르게 느껴졌어요. 난 에디, 캐롤의 아들, 여동생을 잃고 엄마를 보살피다 인생이 흘러가 버린 사내가 아니라 그냥 나였어요."

그는 핸드폰을 다시 주머니에 넣었다. "당신과 있었을 때 몇 년 만에 처음으로 과거에 대해 생각하지 않았어요. 거기다 곧 스페인으로 휴가를 가게 돼서 엄마가 이모와 같이 있으니까 엄마 생각도 할 필요가 없었고."

그는 일어서면서 내게 묘한 미소를 지어 보였다. "내가 같이 있었던 사람이 누군지 생각해보면 정말 아이러니한 일이죠."

나는 테이블에 2달러를 팁으로 남기고 그와 같이 물가로 걸어갔다. 작은 물결이 발치에서 비단처럼 펼쳐지다가 다시 끝없이 파란 태평양으로 물러갔다. 지글지글 끓는 수평선이 일렁거리며 희미하게 보였다.

나는 주머니에 손을 넣었다. 마우스. 나는 마지막으로 한번 더 마우스를 엄지로 쓸어보고 손바닥에 마우스를 얹어서 에디에게 내밀었다.

그는 오랫동안 마우스를 물끄러미 바라봤다. "난 알렉스를 위해 마우스를 만들었어요. 알렉스의 두 번째 생일 선물로 줬죠. 마우스는 내가 나무로 만든 최초의 괜찮은 작품이었어요."

그는 부드럽게 마우스를 집어서 마치 그 형태를 다시 눈에 익히려는 것처럼 바라봤다. 나는 그가 작은 나무토막으로 자기 아버지의 차고나 식탁에서 이걸 조각하는 모습을 상상했다. 그러자 마음이 찢어질 것처럼 아팠다. 얼굴이 동그란 남자아이가 갓난아기 동생을 위해 아주 작은 마우스를 만드는 모습.

"알렉스가 아장아장 걸어 다니는 아기였을 때는 마우스를 고슴도치라고 생각했어요. 다만 그때는 '고슴도치'라는 말을 제대로 하지 못해서 '도치'라고 했죠. 그 말을 들을 때마다 웃음이 나왔어요. 그때부터 동생을 고슴도치라고 불렀죠. 세월이 흘렀어도 그렇게 부를 때마다 웃음이 나왔어요." 그는 마우스를 다시 자신의 열쇠고리에 끼워서 주머니에 넣었다.

더 이상 그를 잡아둘 구실이 없었다. 바닷물이 밀려왔다 다시 밀려나갔다. 우리 둘 다 아무 말도 하지 않았다.

우리는 재갈매기들과 도요새들이 소풍 나온 가족의 머리 위를 빙빙 맴도는 모습을 지켜봤다. 미처 움직일 새도 없이 갑자기 파도가 우리를 확 덮쳤다. 그의 반바지가 젖고 내 스커트도 젖었다. 우리는 웃음을 터트렸다. 그는 순간 발을 헛디뎌서 넘어질 뻔했고 그때 그의 체취를 맡을 수 있었다. 그의 피부, 그의 깨끗한 머리, 에디의 체취를.

에디가 마침내 입을 열었다. "난 내일 돌아가요. 당신과 이렇게 그 이야기를 나누게 돼서 기뻐요. 하지만 그거 말고 달리 우리가 무슨 이야기를 할 수 있을지 모르겠어요. 그 점에 관해선 달리할 수 있는 일도 없을 것 같고."

안 돼요! 안 돼. 이렇게 날 두고 떠나지 말아요! 우리는 여기 있잖아요! 바로 여기! 우리 사이에 흐르는 이 감정을 느끼지 못하나요? 나는 절망적으로 생각했다.

하지만 내 입에선 아무 말도 나오지 않았다. 이건 내가 내릴 결정이 아니니까. 나는 알렉스를 태운 차를 나무에 들이받았고, 알렉스는 바로 그 자리에서, 내 옆에서 나 때문에 죽었다. 시간이 흘러도 그건 바뀌지 않는다. 그 어떤 것으로도 그걸 바꿀 수 없다.

그는 내 두 손을 잡아서 꽉 쥐고 있던 주먹을 하나하나 풀었다. 내 손톱들이 손바닥에 하얗게 반달 모양의 자국을 남겨 놓았다.

"우리는 결코 처음 만났던 그 순간으로 돌아갈 수 없어요." 그는 마치 넘어진 아이의 무릎을 문질러 주는 아빠처럼 내 손바닥에 남은 손톱자국들을 문질러 펴면서 말했다. "그건 끝났어요. 당신도 그건 이해하죠, 사라, 그렇죠?"

나는 고개를 끄덕이고 동의한다는, 혹은 체념한다는 표정을 지었다. 그는 내 손을 떨어뜨리고 한동안 머나먼 바다만 바라봤다. 그러다 아무 경고도 없이 갑자기 허리를 숙여 내게 키스했다.

지금 무슨 일이 벌어지고 있는지 믿기까지 시간이 좀 걸렸다. 그의 얼굴이 내 얼굴을 바짝 누르고, 그의 입, 그의 온기, 그의 숨결이 내 얼굴과 맞닿아 있었다. 내가 백번도 넘게 상상했던 바로 그 대로. 몇 초 동안 나는 꼼짝도 하지 않았다. 하지만 내가 그에 화답해 들뜬 마음에 그 키스에 화답하기 시작했을 때, 그가 처음에 그랬던 것처럼 나를 꽉 끌어안았다. 그는 내게 더 격렬하게 키스했고, 나도 같이 키스하면서, 하늘에서 뱅글뱅글 돌고 있는 갈매기들과 소리를 지르는 아이들은 다 사라져버렸다.

하지만 내가 완전히 긴장을 풀기 시작했을 때 그는 멈추고 내 머리에 자신의 턱을 올려놨다. 빠르고 불규칙한 그의 숨소리를 들을 수 있었다.

그때 에디가 말했다. "잘 있어요, 사라. 건강 잘 챙겨요."

그러더니 날 놔주고 가버렸다.

나는 그가 걸어가는 모습을 지켜봤다. 두 팔을 축 늘어뜨린 채. 그는 점점 더 멀리 가버렸다. 점점 더 멀리.

그가 판자 길 위로 다시 올라갔을 때 나는 아까 차마 말할 수 없었던, 나에게도 할 수 없었던 말을 했다.

"나 아이를 가졌어요, 에디." 내 말은 내가 원했던 그대로 바람에 실려 가버렸다.

39

나는 배에 한 손을 얹었다. 난 임신했다. 내 몸에 아이가 들어섰다.

제니는 자비에에게 어제 침을 놔주는 병원 대기실에서 만난 슬로베니아 출신 유전학 연구원에 대해 이야기하고 있었다. 자비에는 아내의 이야기를 주의 깊게 듣는 한편 카운터에서 주문을 받고 있는 여자 종업원이 하는 말에 귀를 쫑긋 세우고 있었다. 그 종업원이 부른 마지막 번호는 84번이었다. 자비에가 손가락에 끼고 있는 우리 티켓 번호는 87번이었다.

나는 몇 주 전에 세포들이 많이 증가하는 장면을 상상했다. 사라의 세포들과 에디의 세포들. 사라와 에디의 세포들이 섞여서 점점 더 많은 사라와 에디의 세포들이 되는 모습. 인터넷에 따르면 지금쯤 그것은 딸기만 한 크기라고 했다. 그 인터넷 페이지에 컴퓨터 이미지가 나와 있었는데 아주, 아주 작은 아기처럼 보였다. 나는 아주 오랫동안 그걸 빤히 보면서 전에는 한 번도 느껴보지 못했던 감정들, 심지어 이름조차 붙일 수 없는 그런 새로운 감정들을 느꼈다.

난 임신 9주째다.

하지만 우린 그때 조심했는데! 매번 할 때마다! 거기다 체중이 거의 2킬로 가까이 빠졌는데 어떻게 임신일 수 있지!

"그동안 입맛이 없어서 식사하는 게 너무 힘들었다고 그랬잖아요. 입덧으로 체중이 주는 건 드문 현상이 아닙니다." 의사가 말했다.

속이 메스껍고. 항상 피곤하고. 호르몬이 날뛰고, 음식은 보기도 싫고, 머릿속에 짙은 안개가 낀 것 같은 느낌. 지금 정말 놀라운 일은 내가 임신했다는 사실이 아니라 이렇게 분명한 징조들이 많았는데도 미처 알아차리지 못했다는 점일 거라는 생각이 들었다.

오늘 아침에 내 앞으로 소포가 하나 왔다. 나는 침대에 누워 초음파 검사를 받을 양식을 채우고 있었는데 머릿속이 너무 뒤죽박죽이어서 순간 그게 에디가 아닌가 하는 생각마저 했다. 에디가 상자 속에 웅크리고 있다가, 벌떡 뛰어나와서 소리를 지르는 거다. "마음이 바뀌었어! 당연히 나는 당신과 같이 있고 싶지. 내 꼬마 여동생을 죽인 여자랑! 자, 우리 함께 가정을 꾸립시다!"

대신 포장지를 뜯자 장난감 양 한 마리가 나왔다. 그 양은 작은 가죽으로 만든 발굽에 양털 코트를 입고 있었고, 목에 쪽지가 걸려 있었는데 거기에 에디의 필적으로 '루시'라고 적혀 있었다. 편지도 한 통 있었는데 이상하게 봉투에서 셔벗 냄새가 났다. 나는 그걸 밖으로 가지고 나갔다.

제니의 데크에 있는 의자에 몸을 동그랗게 말고 앉아 거기 뒤죽

박죽 섞여 있는 더러운 에어컨 장비들과 내 밑에 뻗어 있는 위성접시들을 바라봤다. 에디가 펜으로 내 이름을 꾹꾹 눌러 써서 생긴 작은 자국들을 손가락 끝으로 쓸어내렸다. 나는 이 편지가 어떤 편지인지 알고 있었다. 이것은 시작도 하기 전 이미 19년 전에 끝나버린 관계에 마지막으로 찍는 마침표다. 하지만 나는 그 최후의 마침표를 보기 전에 몇 분 더 이대로 있고 싶었다. 몇 분 더 소중하지만 정신적으로 해로운 현실 부인이라는 순간을 음미하며.

나는 고양이를 한동안 바라봤다. 고양이도 날 바라봤다. 나는 드라마가 끝났다는 걸 아는 사람, 자기가 정말로 패배했다는 걸 아는 사람 특유의 느리고 규칙적인 리듬으로 숨을 내쉬었다. 고양이가 꼬리를 허공으로 한껏 치켜 올린 채 도도하게 걸어가 버렸을 때 봉투의 윗부분에 있는 틈 사이로 손가락을 끼워 넣었다.

사라에게

어제 솔직하게 이야기해줘서 고마워요. 알렉스가 그날 행복했다는 걸 아니 아주 큰 위로를 받았어요.

다 괜찮다고 말하고 싶지만 그렇지 않고, 그럴 수도 없죠.

그래서 우리가 연락하지 않는 것이 최선이라고 생각해요. 친구로 남아 있기엔 너무 혼란스러운 사이니까. 하지만 당신이 잘살길 바라요, 사라 해링턴. 그리고 우리가 함께했던 시간을 항상 기억할 거예요. 그 시간은 내게 아주 큰 의미가 있어요.

이 얼마나 끔찍한 우연의 일치인가요, 그렇죠? 세상에 그 많고 많은 사람 중에.

어쨌든 당신을 웃게 해줄 뭔가를 보내주고 싶었어요. 이 일이 당신에게도 얼마나 힘들었는지 알아요.

행복해요, 사라. 그리고 건강 챙기고.

에디

나는 그 편지를 세 번 읽고 다시 접어서 봉투에 넣었다.

행복해요, 사라. 그리고 건강 잘 챙기고.

나는 제니의 방갈로 밖에 머리를 기대고 하늘을 바라봤다. 터키 사탕 색 구름들로 얼룩진 하늘은 희부옇고 뭔가 기대에 차 있는 것처럼 보였다. 새들이 한바탕 휩쓸고 지나간 후에 비행기 한 대가 하늘로 올라왔다.

나는 아직 제니에게 아이에 대해 말하지 않았다. 도저히 그럴 수 없었다. 제니가 10년이 넘는 세월 동안 가족을 이루기 위해 정서적, 육체적, 경제적 자원을 다 쏟아부었는데도 안 생긴 애가 피임까지 한 내게 덜컥 생겼다는 말을 감히 어떻게 하겠는가.

나는 내 배를 물끄러미 보면서, 그 속에서 자라기 시작하는 아주 조그만 사람을 상상해보려고 애를 썼다. 순간 마치 가슴이 뭔가에 세게 눌린 것처럼 뭔가 기이한 감정이 느껴졌다. 이게 기쁨일까? 아니면 공황 상태에 빠진 건가? 아기에게도 심장이 생겼다고 의사가 말했다. 영양 상태도 좋지 않고, 와인도 마셨고, 그동안 심한 스트레스를 받았는데도. 아기에게는 내 심장이 뛰는 속도보다 두 배나 빠르게 뛰는 아주 작은 심장이 있는데 내일 초음파 검사로 보게 될 것이다.

나는 하늘을 물끄러미 봤다. 그이가 이미 저기 있을까? 아직도 탑승구에서 기다리고 있을까? 나는 의자에서 반쯤 일어섰다. 나는 공항에 가야 한다. 그를 찾으러. 그를 막으러. 이 아기를 위해 그에게 돌아오라고 말해야 한다. 그를 설득해서―

뭐라고 설득할 건데? 내가 사라 해링턴이 아니라고? 그날 그의 여동생을 나무에 부딪치게 해서 죽게 한 사람이 아니라고?

나는 거기에 앉아서 손가락으로 허벅지를 툭툭 치고 있었다. 그때 자비에가 프라푸치노를 데리고 마당에 나왔는데 그 개가 내 다리에 대고 오줌을 갈겼다. 나는 웃기 시작했다가 울면서 성인이 된 후 평생 아이들을 피해 다녔는데 어떻게 아이를 낳을 수 있을지 궁금해졌다. 아이 아빠는 엄마인 나와 아무 관계도 맺고 싶어 하지 않는다는 걸 알면서 어떻게 아이를 낳을 수 있을지. 하지만 이제 돌이키기엔 너무 늦었다는 걸 알고 있었다. 그리고 나조차 이해할 수 없지만 어쨌든 이 아이를 원하고 있다는 걸 알았다.

나는 이런 생각을 계속했다. 제니가 마침내 침대에서 나왔을 때 나를 도와주려고 애를 썼지만 내게 줄 에너지가 하나도 남아 있지 않았다. 우리 둘은 두 시간 동안 우울한 침묵 속에서 같이 앉아 있었다.

자비에가 더 이상 그 답답한 분위기를 견디지 못하고 다 같이 말리부에 있는 넵튠스 넷(오토바이족을 위한 카페)으로 생선튀김을 먹으러 가자고 했다. 그것은 모든 심각한 문제들에 대한 그의 해결책이었다. 그는 핸들을 잡고 해안 도로를 달려왔는데 그게 우울해하는 우리를 어서 맛있는 음식으로 달래주려고 그런 건지 아니면 그를 둘러싼 복잡한 감정들로부터 벗어나고 싶어서 그랬는지는 나도 잘 모르겠다.

이제 우리는 마치 통조림 속에 빽빽이 들어찬 정어리처럼 칸막이 좌석 안에 몰려 있었다. 카페는 손님들로 꽉 차 있었다. 빈 테이블이 하나도 없었고, 입구는 자리가 나오길 기다리는 사람들로 꽉 막혀 있었다. 자리에 앉은 우리는 그들을 무시했다. 서 있는 그들은 단호한 표정으로 우리를 빤히 보고 있었다. 카페에서 흘러나오는 음악 소리는 사람들의 시끄러운 이야기 소리, 밖에서 들리는 할리 데이비슨의 엔진 소리, 그날 아침 잡은 물고기들이 끓는 기름에 튀겨지는 소리에 묻혀 하나도 들리지 않았다. 오랫동안 오토바이를 타고 와서 맞은 이곳의 아침은 고요한 아침과는 아주 거리가 멀었지만 기분 전환에는 조금 효과가 있었다.

"87번!" 카운터에 있는 여자가 소리치자 자비에가 벌떡 일어나면서 안도해서 쉰 목소리로 말했다. "네! 네!"

제니는 남편이 감정 표현이 서투르다는 사실을 평소에는 인정하지 않았지만 오늘은 날 위해 눈동자를 굴려 보였다. 그다음에 아주 부드러운 표정으로 나를 보면서 에디에 대해 어떻게 할지 물어봤다.

"아무것도 없어. 내가 할 수 있는 게 아무것도 없어, 제니. 너도 알잖아. 나도 알고. 자비에까지 알고 있지."

자비에는 말없이 해산물 요리가 담긴 바구니를 내려놓고, 제니에겐 스프라이트를 내게는 마운틴 듀를 줬다. 그다음에 조용하지만 아주 잘 들리는 안도의 한숨을 쉬고 나서 자신의 새우 타코스,

오징어 튀김과 치즈와 칠리소스를 뿌린 감자튀김으로 고개를 돌렸다. 우리가 한 질문에 대해 자기 의견을 말해야 할 시간은 아직 남아 있다는 걸 알고 안도해서 그런 것이다.

"에디가 정말 아무 여지도 안 남겼어? 아무런 희망의 기미도 없고?"

"먼지 한 톨만큼도 없어. 있지, 제니, 이번에 마지막으로 말할게. 이게 네 여동생인 낸시 일이라고 상상해봐. 어떤 남자가 사랑스러운 낸시를 차에 태우고 가다 나무를 들이받아서 죽게 했어. 너라면 그 사람과 사귈 생각을 하겠어? 너라면 정말 그러겠어?" 내가 말했다.

제니는 그 말에 져서 포크를 내려놨다.

"94번!" 카운터의 여자가 소리를 질렀다.

나는 가리비 하나를 포크로 찍었다.

그때 갑자기 생각났다. 이걸 먹어야 하나? 임신한 친구들이 해산물을 피하는 걸 분명 봤는데. 나는 앞에 놓인 음식을 봤다. 해산물, 조개, 마운틴 듀 큰 거로 한 잔. 카페인도 마시면 안 되는 건가?

또다시 내 삶의 토대가 내 의지와 상관없이 바뀌어버렸다.

난 임신 9주 차잖아.

"자. 내가 다 먹어 치우기 전에 여기 이 가리비 좀 먹어, 사라. 난 아무래도 또 미친 듯이 먹을 것 같은 예감이 들어." 제니가 천천히 큰 소리로 말했다.

나는 사양했다.

"하지만 넌 가리비라면 사족을 못 쓰잖아."

"나도 알아…… 그런데 오늘은 가리비에 대한 애정이 샘솟질 않네."

"정말? 그럼 여기 블루치즈 소스에 감자튀김 좀 찍어서 먹어봐. 이건 진짜 치즈 같아. 맛있어."

"아, 난 케첩이면 됐어. 네가 먹어."

제니가 웃었다. "사라 매키, 넌 케첩이라면 질색하잖아. 가리비도 안 먹겠다, 블루치즈도 싫다. 누가 보면 너 임신한 줄 알겠어. 있지, 괜히 굶어 죽으려고 하지 마, 자기야. 그래봤자 나아지는 것도 없고, 게다가 음식이 없는 삶이 얼마나 우울한데."

나는 웃었는데 아마 조금 지나치게 큰 소리로 웃은 것 같다. 나는 가리비 하나를 포크로 찍어서 내가 괜찮다는 걸, 정말 임신하지 않았다는 걸 보여주려고 했지만 도저히 먹을 수가 없었다. 나는 그 빌어먹을 걸 먹을 수 없었다. 내 뱃속에서 딸기만 한 아이가 크고 있다. 내가 계획하지도 않았고, 달라고 청하지도 않았지만, 그래도 여전히 먹을 수 없었다. 제니의 얼굴이 서서히 찌푸려지기 시작했다.

"난 그냥 무시해. 오늘따라 유난히 식욕이 없어." 나는 억지로 유쾌한 척하느라 딱딱한 목소리로 말했다. 자비에가 나를 힐끗 봤다.

"그거야말로 어마어마한 아이러니일 텐데, 그렇지 않아? 네가 임신한다는 거 말이야." 제니가 말했다.

"하하! 그렇지?"

제니는 다시 음식을 먹기 시작했지만 몇 초가 지난 후에 나를 다시 봤다. "내 말은 네가 임신하지 않았다는 말이지. 너 혹시 임신했니?"

"물론 아니……."

난 할 수 없었다. 제니에게 거짓말을 할 수 없었다. 그래서 닥치고 있었다.

제니가 포크를 테이블에 내려놨다. "사라, 너 임신한 거 아니지?"

내 얼굴이 벌겋게 달아올랐다. 나는 고개를 숙이고, 주위를 둘러보면서 제니의 시선을 계속 피했다.

"그래서 네가 안 먹은…… 그래서 네가 그동안 아팠던 거 아니지? 그 의사는……?"

자비에가 날 빤히 바라봤다. *감히 당신이. 감히 그 말은 하지 마.* 그의 표정에 그렇게 나와 있었다.

날 빤히 보고 있는 제니의 눈에 눈물이 고이기 시작했다.

"너 왜 아무 말도 안 해? 왜 내가 묻는 말에 대답하지 않는 거야?"

나는 눈을 감았다. "제니. 아, 맙소사. 제니. 난……."

제니가 손을 들어 입을 막았다. 그녀는 믿을 수 없다는 표정으로 날 봤고 이윽고 눈물이 터져 나오기 시작했다. "아니, 넌 임신 안…… 넌 그럴 수 없…… 아, 맙소사. 사라."

자비에가 아내를 보호하려고 어깨에 한 손을 둘렀다. 심호흡을 한 번 한 후에 나를 바라봤는데 내가 지금까지 15년 동안 봐오면서 그렇게 격렬한 표정은 처음이었다. 그것은 격노한 표정이었다.

"제니. 내 말 잘 들어봐, 자기야. 내가 의사에게 갔을 때, 의사가…… 의사가 검사를 몇 가지 했는데, 그리고 말하기를…… 제니, 정말 너무 너무 미안해……." 나는 조용히 말했다.

"네가 임신했다고."

"나…… 그래. 내가 얼마나 미안한지 말로 다 할 수 없을 만큼 미안해하고 있어."

완벽하게 침묵이 흐르는 우리 테이블 위에서 내 핸드폰이 울리기 시작했다.

"에디야?" 제니가 속삭였다. 자기 친구가 느닷없이 자기 뺨을 후려치는 이런 상황에서도 제니는 결코 사랑을 포기하지 못하는 사람이었다.

"나는…… 나는 모르겠어. 그 사람 번호는 삭제해버렸거든. 하지만 영국 핸드폰 번호야."

"받아. 그냥 받아. 그 사람은 어쨌든 네 아이의 아빠야." 제니가 단호하게 말했다.

내가 핸드폰을 손에 쥐고 사람들로 북적거리는 카페 입구에 도착했을 때 마지막으로 돌아서서 제니의 얼굴을 한 번 더 봐야 한다는 생각이 들었다. 뭘 하기 전 마지막이라는 거지?

나는 뭔가 이해가 잘 안 되는 상황에서도 돌아섰지만 그때 어마어마한 거구의 여자가 마침 앞자리에 앉아 제니를 완전히 가려버렸다.

그래서 나는 계속 밖으로 나가서 바깥 테라스에 앉아 식사를 하는 사람들 사이를 요리조리 피해서 걸어갔다. 나는 오토바이족을 지나 고속도로 쪽으로 갔다. 제니가 이 일을 극복할 수 있을까 하는 의문이 들었다. 우리의 우정이 이 위기를 이기고 살아날 수 있을까.

나는 힘없이 전화를 받았다.

몇 초 흐른 후에 대서양 밑 깊은 곳에 있는 케이블들을 통해 목소리 하나가 들렸다.

"사라?"

"네."

잠시 후에 그 목소리가 말했다. "나 한나야."

"한나라고?"

"그래. 어…… 한나 해링턴."

나는 한 손을 내밀어서 내 몸을 받치려고 했지만 마침 핸드폰을 두 손으로 쥐고 있었다. 그래서 내가 잡고 있는 유일하게 단단한 물체인 핸드폰에 온몸을 의지했다.

"한나라고?"

"그래."

"내 여동생 한나?"

"응."

잠시 침묵이 흘렀다.

"언니가 충격을 받을 거라 생각했어."

"너의 목소리. 너의 목소리." 나는 속삭이면서 전화기를 더 꽉 쥐었다. 한나는 뭐라고 말하기 시작했지만 주차장에 모여서 부르릉거리는 오토바이들의 엔진 소리 때문에 하나도 안 들렸다.

"미안해. 뭐라고 했지, 한나?" 내가 말했다.

"이제 내 말 들을 수 있어? 난 지금 큰 소리로 말하고 있는데……." 주차한 오토바이족이 모두 앉아 있었는데 이유도 없이 시동을 틀어놓고 있었다. 순간 터무니없는 분노가 확 치솟았다. "조용히 좀 해요! 제발, 그것 좀 그만하라고!" 내가 소리를 질렀다.

도로 반대편에 평화로워 보이는 길 하나가 머나먼 바다를 향해 멋대로 뻗어 있었다. 저 길을 건너가야겠어, 나는 필사적으로 생각했다. 그사이에 차 한 대가 쌩 소리를 내며 바로 내 앞을 확 달려갔고, 그 뒤를 오토바이들이 씽씽 달렸다. *지금 당장 저 도로를 건너야 하는데.*

"내 말 듣고 있어?" 한나가 하는 말이 들렸다.

"응! 내 말 들려?"

"간신히 들려. 지금 거기는 대체 왜 그래?"

나는 한나가 어떻게 생겼는지 알고 있었다. 엄마와 아빠가 사진들을 보내줬다. 그러다 사진도 볼 수 없을 정도로 고통스러워지는 때가 왔다. 그래서 사진에서 본 여자가 지금 나와 통화하고 있는 여자와 똑같을 거라는 생각을 하기가 힘들었다. 곱슬머리 남편과 두 아이와 개 한 마리와 같이 있는 여자. 내 동생.

"있지, 한나. 내가 길을 먼저 건널게. 지금 오토바이족 카페에 와 있어서 아주 시끄럽지만 길을 건너가면……."

"언니 오토바이 타는 거야?" 한나의 목소리에서 살짝 웃음기가 들렸다.

"아니, 그건 아니야. 나는. 잠깐만. 내가 얼른 저쪽으로 건너갈게. 전화 끊지 마……." 남쪽으로 가는 차들의 흐름이 순간 끊겼다. 도대체 무슨 이유에서인지 북쪽 방향 차선은 돌아보고 확인할 생각도 하지 못했다. 난 그냥 달렸다. 바다를 향해, 한나를 향해.

나는 아무 소리도 듣지 못했다. 아무것도 보지 못했고. 무시무시하게 빨리 달리는 목재 트럭도 보지 못했고, 브레이크들이 끼익 걸리는 소리도, 테라스에서 손님들이 지르는 비명 소리도. 나도 모르게 내 목에서 터져 나온 비명도 듣지 못했다. 갑자기 침묵이 찾아왔다. 마치 더 이상 그럴 필요가 없기 때문에 사이렌을 꺼버린 앰뷸런스처럼, 제니가 레스토랑에서 뛰쳐나오면서 그녀의 입에서 터져 나온 울음소리도 듣지 못했다.

나는 아무것도 듣지 못했다.

Part 3

Dear You,

I know who you are.

40

너에게

지금은 새벽 3시 37분이야. 내가 히스로 공항에 내린 지 거의 여덟 시간이 지났지.

물론 공항에서 날 기다리는 사람은 하나도 없었어. 내가 오늘 돌아올 걸 아는 사람은 엄마밖에 없었거든. 나는 환영하는 사람 이름이 적힌 도화지들의 물결을 아무 관심 없는 척 슥 훑어보면서(물론 거기에 내 이름은 없었지) 휘파람으로 데이비드 보위의 노래를 불었지.

그리고 롱 스테이 주차장으로 가는 길에 엄마에게 전화했단다. 이유는 잘 모르겠지만 엄마는 이번에 내가 집을 비운 것에 대해 다른 때보다 더 힘들어하시더구나. 아마 너무 먼 곳에 다녀와서 그런 것 같아. 내가 2주 동안 집을 비운 게 이번이 처음도 아닌데. 어쨌든 엄마는 내 비행기가 사고날까봐 걱정하면서 밤을 새우셨다고 하시더라. "아주 끔찍했어. 너무 피곤해서 말도 안 나온다."고 엄마가 그러셨어. 하지만 곧바로 기운이 나셨는지 무려 10분 동안이나 내가 없는 사이에 이모가 하지 못한 일들을 일일이 말씀하시더구나. "네이모는 아직 재활용 쓰레기도 안 버렸어. 글쎄 그게 우리 집 문 옆에 아직도 그냥 있다니까! 내가 도무지 창밖을 내다볼 수가 없다. 에디, 집에 가는 길에 잠깐 들를 수 없겠니?"

불쌍한 마거리트 이모.

마거리트 이모가 엄마를 모시고 예약해 놓은 정신과 면담을 받으러 가려고 했을 때 엄마가 공황 발작을 일으키실 뻔했던 모양이야. 그래서 다음 주에 내가 다시 모시고 가게 생겼다. 엄마는 차들, 병원들, 사람들에 도저히 대처할 수가 없었다고 하시더구나. 내가 없인 안 된다고. 엄마와의 대화는 우리 둘의 죄책감 때문에 깊은 골이 파였다. 나는 그렇게 불쑥 가버려서 죄책감이 느껴졌고(다만 엄마는 항상 나보고 나만의 삶을 살라고 하시지만) 엄마는 막상 엄마가 말한 대로 살면 이런 일이 일어난다는 걸 알아서 죄책감을 느끼시는 거지.

나는 주차장에서 랜드로버를 찾아서 M4 고속도로로 들어갔다. 다시 글로스터셔로, 새퍼튼으로, 이 삶으로 돌아온 거지. 나는 한동안 라디오를 들었어. 그러면 사라 생각을 안 할 수 있으니까. 그리고 멤버리 주유소에 내려서 치즈 샌드위치를 하나 사먹었지.

그다음에 시런세스터 도로로 가는데 이상한 일이 일어났어. 나는 새퍼튼 교차로에서 속도를 줄이지 않았어. 심지어 깜박이도 안 켜고 그냥 정신없이 달렸어. 그렇게 프램튼 분기점까지 갔지만 거기서도 빠져나오지 않았어. 그렇게 계속 가다가 민친햄프턴 공유지까지 간

걸 깨달았단다. 나는 저수지에 주차하고 아이스크림을 하나 사서 앰뷸런스 주위를 걷다가 블랙 호스 펍으로 들어갔어. 거기서 오렌지 헨리를 하나 주문해 놓고 두 시간 동안 앉아서 멍하니 건너편에 있는 우드체스터 계곡을 바라봤지.

내 머릿속에서 무슨 일이 일어나는지 나도 알 수 없었어. 모든 것이 기이하게 나와 멀리 떨어져 있는 일처럼 느껴졌어. 마치 내가 CCTV에 찍힌 내 모습을 보고 있는 것 같았다고 할까. 내가 아는 거라곤 엄마 집에 갈 수 없다는 것뿐이었어.

이쯤 되자 엄마는 내게 몇 번이나 문자를 하고 전화를 했지. 내가 고속도로에서 사고가 났을까 봐 걱정해서 그러신 거지. 그래서 엄마에게 괜찮다고, 그냥 뭘 좀 해결하느라고 시간이 지체돼서 그런 거라고 말했단다. 하지만 그게 다가 아니었어. 그때 나는 나도 모르는 뭔가를 숨기고 있다는 것 외엔 내가 뭘 하고 있는지도 몰랐거든. 네 시 정도 됐을 때 다시 톰 롱스 포스트로 돌아왔지만 그때 정말 상황이 걱정스러워지기 시작했단다. 나는 새퍼튼으로 곧바로 차를 돌린 게 아니라 스트라우드를 향해 좌회전을 해버렸거든.

나는 골든 플리스에 맥주 한잔 하러 갔고 그다음에 알란과 그의 아내 지아가 사는 집에 들렀어. 그 부부는 좋은 사람들이야. 아주 다정하고 항상 날 도와주려고 애를 쓰지. 자기 딸인 릴리와 같이 밥을 먹으라고 차려주고 사라와 헤어지다니 옳은 일을 했다고 말해 주더구나. 그 부부는 내가 엄마를 피하고 있는 건 전혀 모르고 있었어.

릴리는 자지 않겠다고 고집을 부렸어. 릴리는 내 무릎에 앉아서 인어들을 그렸지. 사라를 만난 후로 릴리와 놀 때는 항상 기이하게 숨이 막히는 기분이 들더구나. 가슴을 눌러오는 묵직한 슬픔과 내 친구의 어린 딸인 릴리에 대한 애정이 섞인 묘한 감정 때문에 힘들었어. 아무래도 사라가 내 마음에 있는 일종의 봉인을 해제해버린 것 같아. 오랫동안 무시해버렸던 생각, 내 아이를 갖는다는 생각을 사라를 만나면서 시작할 수 있게 된 것 같아. 릴리가 내 손등에 잉크로 인어를 하나 그렸는데 마치 바다 바닥에 길게 금이 간 것처럼 내 속에 깊은 도랑 하나가 파인 느낌이 들었단다.

나는 알란에게 일이 생겨서 오늘 밤은 못 가겠다고 엄마에게 문자를 보냈어. 내일 아침엔 꼭 갈게요, 그렇게 약속했지. 엄마는 기분이 안 좋았지만 참고 받아들였어. 내가 엄마를 바람맞히는 습관이 있는 것도 아니니까.

마침내 우리 집 문을 열었을 때 안도와 절망이 밀려들었다. 나는 그 헛간을 단순한 건물 이상으로 사랑하고 있지만, 그곳은 또한 내 삶의 암울한 현실을 일깨워주는 곳이기도 해. 세상 사람들에게 내 헛간은 말하지. 아주 좋은 삶이에요. 해가 나무 위로 천천히 질 때 맛있는 와인 한 잔을 마시는 삶! 새들이 홰에 앉아 있는 동안 숲에서 캐낸 유기농 야채로 만든 저녁 식사! 땅속에서 뽑아낸 수정처럼 맑고 신선한 코츠월드의 물!

그들은 내가 얼마나 단단한 덫에 갇혀 있는지 몰라. 엄마와 같이 지내는 생활이 어떤 건지 말해줘도 믿지 않지.

나는 도착하고 좀 지나서 작업장을 청소하고 내일 작업을 하기 위해 화이트보드에 적은 스케줄들도 정리했어. 저녁은 만들지 않았어. 부엌으로 들어갔을 때 거기 있었던 사라와 내 추억들에 기습을 당했거든. 둘이 같이 요리하고, 이야기하고, 웃고, 우리가 같이 있는 미래를 거침없이 상상해보고. 그러니 나 혼자 침묵 속에서 요리하는 상황을 도저히 대면할 수 없었단다. 그래서 봄베이 믹스(인도 즉석 요리 제품-옮긴이)를 하나 먹고 침대로 갔어. 사라를 보내준 건 잘한 일이었다고 스스로를 다시 설득하면서 이를 닦았지. 거울을 보니 얼굴이 좀 탔더구나.

그다음에 채광창 밑에 누웠단다. 별들이 천천히 하늘로 올라가면서, 내 불굴의 용기, 내 의지, 내 결단력을 축하해주더구나. 잘 했어, 친구. 쉽지 않았겠지만 꼭 해야 하는 일이었어.

다만, 잠이 오길 기다리면서 시간이 흐르는 동안 그 말에 대한 믿음이 점점 옅어져 갔어.

나는 다시 일어나서 한동안 TV를 보려고 해봤지. 다른 생각을 해보려고 말이야. 하지만 TV에는 M25 고속도로에서 일어난 끔찍한 연쇄 충돌 사고 뉴스만 나오더구나. 여러 명이 죽고 심각한 부상을 입었다고. 그러자 나도 모르게 순간 내 머릿속에 있는 목소리가 사라가 죽으면 기분이 어떨 것 같으냐고 묻는 거야(지금 이 상황에서 정말 도움이 되는 질문이지 않니?). 만약 사라가 고속도로에서 연쇄 충돌 사고를 당했다는 전화를 받으면 어떨 것 같아? 그 목소리가 묻더구나. 사라가 마약 범죄 조직 간의 총격전에 휘말렸다면? 트럭에 치였다면? 그런데도 여전히 너는 옳은 일을 했다고 생각할 거야?

나는 텔레비전을 끄고 다시 침대로 돌아갔지만 그 생각은 계속 머릿속에 남아 있었단다. 마치 내 의식에 녹슨 갈고리 하나가 걸려서 계속 끌어당기는 것 같았지. 사라가 죽어도 여전히 옳은 일을 했다고 생각할거야?

그게 문제란다, 알렉스. 왜냐하면―솔직히 말하자면―그렇게 생각하지 않을 테니까. 사라가 죽는다면, 나는 평생 그 일을 후회하게 될 거야.

나는 지난 20년간 잘 살아왔어. 슬픔을 이겨내고 앞을 보며 살아왔지. 하지만 그러느라 내 인생에서 나보다 엄마가 더 중요한 존재가 되게 해버렸어. 내게는 선택의 여지가 없다고 느꼈거든. 인간이라면 도움이 필요한 엄마를 돌보지 않을 수 있겠니? 하지만 그날 해변에서 사라를 두고 떠났을 때 내 마음의 뭔가 변했단다. 엄마를 선택하는 게 옳지 않게 느껴졌어. 지금도 그렇게 느끼고.

지금은 새벽 3시 58분이야. 난 정말 잠이 오길 기도하고 있단다.

41

"저 남자. 저 남자가 날 계속 쳐다보고 있어."

나는 의자에 몸을 찰싹 붙인 채, 거북이처럼 목을 앞으로 쭉 내민 엄마를 봤다. 그다음에 그 남자를 봤다. 그 사람은 체격이 어마어마하게 거대해서 의자 세 개를 차지하고도 모자라 그 옆에까지 살이 퍼져 있었고, 2리터짜리 다이어트 콜라를 계속 마시고 있었다. 그의 머리 위쪽 창문에서 청파리 한 마리가 계속 창문을 톡톡 치고 있었다. 마치 아이가 이미 30분 전에 누군가를 웃게 만든 농담을 계속하고 있는 것 같은 모습이었다.

나는 그 남자를 한동안 지켜봤지만, 그는 엄마를 보고 있지 않았다. 그는 《대화 합시다》라는 제목의 NHS(영국의 국민 의료 보험―옮긴이) 책자를 보고 있었다.

"저 사람은 엄마를 보고 있지 않아요. 하지만 엄마가 불편하다면 다른 곳에 가서 앉아요." 내가 속삭였다.

나는 아무 죄도 없는 저 남자가 보이지 않는 쪽에 한 줄로 늘어서 있는 초록색 의자들을 가리켰지만 엄마가 거기 가지 않을 거라는 걸 알고 있었다. 그 줄 끝에 유모차에서 잠이 든 갓난아기 하나와 그 아이 엄마가 앉아 있었다. 엄마는 요즘 갓난아기들 근처에 있으면 어쩔 줄 몰라 한다. 지난달에는 지역 보건의에게 진료를 받으러 갔다가 화장실 문을 잠그고 있었던 적도 있었다. 거기 대기실에서 아장아장 걸어 다니는 아이 하나가 엄마에게 레고 블록 하나를 줬다고 그 사달이 벌어진 것이다.

엄마가 결국 말했다. "그냥 여기 있을게. 미안하다, 에디. 소란을 피우고 싶진 않다만 저 남자 좀 계속 지켜봐줄래?"

나는 눈을 감은 채 고개를 끄덕였다. 여기는 너무 더웠다. 밖에서 환하게 빛나고 있는 햇빛과는 상관없이 사람들의 불안에 찬 숨결과 충분히 쓰지 못하는 여러 몸에서 나오는 열기 때문에 활기 없는 대기실의 온도가 올라간 것이다.

"그 해변을 그리워하고 있는 거냐?" 엄마가 말했다. 엄마는 자기 때문에 내가 짜증이 났을까 봐 걱정할 때 나오는 어조로 말했다. 평소보다 목소리가 살짝 올라가면서 억양이 사정없이 강해지는 엄마의 습관. "산타 모니카 해변?"

"아뇨! 아니에요. 정말 아니야. 내가 그 해변에 대해 엄마에게 이야기했었나요?"

엄마는 고개를 끄덕이면서 그 다이어트 콜라 남을 힐끗 보더니 다시 내 얼굴을 봤다. "네 이야기를 들어보니 근사한 것 같더구나."

엄마가 덧붙였고 나는 시차에 절어서 엄마에게 한 거짓말 중에 해변에서 보냈던 하루도 있었나, 생각해봤다. 엄마에게 거짓말하는 건 정말 싫은데. 인생이 엄마를 배신했다는 엄마의 가치관을 받아들이지 않기란 힘들었다. 다만 내가 그런 짓을 하면 내가 싫어진다. 아무리 엄마를 위해 그렇게 한다 해도.

엄마는 고개를 돌렸고 나는 다시 아까 봤던 장례 행렬을 생각했다. 그것은 프램튼 만셀에 있는 녹지를 향해 가고 있었다. 그 영구차는 들꽃으로 가득 차서 목재 관 옆으로 굴러떨어져 있는 꽃들도 많았다. 영구차 뒤를 승객이 없는 검은 차 세 대가 따라갔다. *젊은 사람이 죽었나 보네*, 나는 생각했다. 나이가 많은 사람들은 문상객이 그렇게 많이 오지 않는다. 나는 그 차들이 어떤 사람들을 태우러 갔는지 궁금했다. 어떤 불쌍하고 절망한 가족이 그 근처 어딘가에 있는 집에 모여, 커피를 마시고, 불편한 상복의 옷매무새를 고치면서, 이 생각을 하고 또 하게 될까? *어떻게 이런 일이 우리에게 일어날 수 있지?*

그 장례 행렬이 지나가는 동안 나는 엄마를 곁눈질하면서 엄마가 또 그걸 보고 흥분하지 않기를 바랐다.

그러다 엄마의 얼굴에 떠오른 추한 표정을 봤다. "프램튼 만셀로 가는 것처럼 보이는데." 엄마는 기이하게 기뻐하는 목소리로 말했다. 심지어 독기까지 품은 목소리였다. "죽은 사람이 그 계집이었기를 빌자. 그 사라라는 계집 말이다." 그러더니 엄마는 내가 그 말에 동의하길 기대하는 것처럼 내 얼굴을 봤다.

나는 몇 분 동안 아무 말도 할 수 없었다. 그저 입으로 숨만 쉬었다. 알렉스가 죽은 후 몇 주 동안 끊임없이 해서 아주 잘 기억하고 있는 일종의 에디 응급 반응이라고 할 수 있겠다. 순간 어딘가 아픈 느낌이 들었다.

정말 가슴을 끈으로 꽉 묶은 것처럼 아팠다. 방금 엄마가 한 말을 어떻게든 마음속에 묻어버리려고 애를 썼지만 도저히 그럴 수 없었다.

사라가 지구 반대편으로 떠난 것도 놀랄 일이 아니라고 힘없이 생각했다. 여기에 있었다면 사라가 어떻게 살아 남아겠는가.

창가의 청파리는 한동안 조용히 있었고, 나는 이제 사라가 들꽃을 올린 관을 얼마나 마음에 들어 할지 생각해봤다. 사라는 우리가 같이 보낸 한 주 동안 들꽃을 수도 없이 꺾어서 우리 집에 가져와 거의 모든 머그잔에 꽃을 꽂았다. "세상에 이보다 더 예쁜 게 있을까요?" 사라는 그 꽃들을 보고 미소를 지으며 물었다.

당신이지, 나는 생각했다. 당신은 우리 집에 들어온 것 중에 가장 아름다운 것이야.

브리스톨에 있는 자연사 박물관에서 일하는 내 친구 바즈를 빼면 내가 지금까지 만난 60세 미만의 사람들 중에서 야생 동물에 대해 아주 많이 알고 있는 최초의 사람이 사라였다. 내가 캐롤린 젬 시리즈에서 새들에 대한 퀴즈를 냈을 때 흥분한 사라의 목소리가 어떻게 올라갔는지 기억난다. 동고비! 검은딱새! 그러더니 생기가 가득 찬 목소리로 웃음을 터트렸다.

맙소사, 마음이 너무나 아프다. 이렇게 아프리라곤 생각도 못했는데.

나는 지상에 있는 모든 여자들 중에 절대 사귈 수 없는 여자가 사라라는 생각을 굳히기 위해 고개를 돌려서 엄마를 봤다. *이 사람은 네 어머니야. 너의 어머니라고. 거의 20년 동안 정신 치료를 받아온 사람이지. 삶의 결, 세상의 리듬을 기억하지 못하는 분이야. 세상과 너무 격리돼서 살아왔기 때문이지. 어머니는 네가 필요해.* 나는 스스로에게 이렇게 말했다.

엄마는 대단히 피곤한 것처럼 두 손에 얼굴을 파묻고 쉬는 척 했지만 사실은 그냥 살짝 벌린 손가락들 사이로 그 다이어트 콜라 남을 지켜보고 있었다.

"엄마. 괜찮아요." 내가 속삭였다.

내 말을 엄마가 들었는지도 모르겠다.

어젯밤에 알란 집에 갔을 때 알란이 나더러 틴더(데이트 주선 앱-옮긴이)에 가입하라고 했다. 난 좋다고 했다. 알란이 그러길 원하니까. 그리고 순간 솟구친 공포를 똥처럼 흘려보내기라도 할 것처럼 화장실에 가야 했다. *틴더라고?* 내가 옳은 일을 한 후에도 인생이 계속 이렇게 복잡해질 거라고 경고한 사람은 하나도 없었다. 옳은 일을 해서 받은 보상이라곤 눈에 보이지 않는 윤리적 용기 밖에 없다. 영국으로 돌아온 지 이제 11일이 됐는데, 뭔가 변한 게 있다면 해변에 혼자 서 있는 사라를 놔두고 왔을 때보다 기분이 더 더러워진 것밖에 없다.

틴더라니! 무슨 개 소리야!

"아룬은 어디 있니? 우리는 끝도 없이 기다렸잖아." 엄마가 속삭였다.

나는 차고 있던 손목시계를 봤다. 기다린 지 10분 됐다.

"아룬이 아파서 쉬는 걸까, 에디? 아룬이 벌써 퇴근한 것 같니?" 엄마의 얼굴이 그 생각에 어두워졌다.

"아니에요. 그냥 조금 늦는 것 같아요. 걱정하지 마세요." 나는 엄마의 손을 내 팔꿈치 속으로 밀어 넣으며 말했다.

엄마의 정신과 의사인 아룬은 가족을 빼고 엄마가 당황하지 않고 이야기를 할 수 있는 단 두 명 중 하나다. 또 한 사람은 정부에서 지정해준 엄마의 정신과 간호사로 세상에서 엄마를 가장 잘 다루는 데렉이다. 가끔 또 다른 방문객으로 이 지역 교구 목사인 프랜스가 엄마를 가끔 찾아온다. 엄마는 요즘 "사람들이 너무 많은" 교회에 가는 것에 너무 스트레스를 받기 때문이다. 사라의 여동생인 한나 해링턴도 가끔 찾아왔다. 다만 엄마가 한나 이야기를 한 지 오래됐기 때문에 이제는 안 오나 보다, 라는 생각도 했다. 한나나 목사님이나 오래 머물진 않았다. 그들이 찾아와서 30분 정도 지나면 엄마가 벌떡 일어나 청소를 하면서 마치 어디 가야 하는 사람처럼 계속 안절부절 시계를 봐대니 어쩔 수 없었다.

아룬이 엄마의 마음에 가닿을 수 있는 이유는 그가 정말 선량한 사람인 데다 유능하기도 하지만 한편으로는 그를 보면 엄마가 수줍어하면서도 살짝 좋아하기 때문이라는 생각이 들었다. 물론 그는 엄마를 두고 떠나지 않았다. 아파서 병가를 내지도 않았다. 그랬다면 병원에서 엄마의 진료 예약을 취소하고, 이 지역의 다른 정신과 의사에게 보냈을 것이다. 하지만 이제 엄마의 머릿속에는 아룬이 떠날지도 모른다는 생각이 단단히 박혀버렸다. 마치 내 머릿속에서 화가 날 정도로 도무지 나갈 줄을 모르는 사라에 대한 생각처럼.

만약 사라가 죽는다면? 그래도 계속 옳은 일을 했다고 생각할 거야? 그 질문은 마치 습기 때문에 벽을 타고 올라오는 얼룩처럼 사방에 스며들고 있었다. 이건 어디서 나타났지? 왜 사라지지 않는 거야?

사라는 잘 있어. 나는 스스로에게 엄격하게 말했다. 사라는 지금 여기서 수천 마일 떨어진 친구의 작은 방갈로에서 자고 있을 게 분명했다. 숨을 들이마셨다 내쉬면서. 팔다리는 부드럽고 늘어뜨리고, 얼굴은 고요한 표정으로.

내가 그녀 옆에 누워서 잠에 취해 팔을 그녀의 허리에 두르는 상상을 하고 있다는 걸 깨달았을 때 벌떡 일어났다. "가서 얼마나 더 기다려야 하는지 확인해볼게요." 내가 엄마에게 말했다.

접수처에 있는 여자는 내가 궁금해서 묻는 게 아니란 걸 알고 있었다. 보안 출입증에 수라고 이름이 나와 있는 그녀가 말했다. "다음에 들어가세요." 그녀는 엄마가 들을 수 있게 아주 큰 목소리로 대답해줬다. 그녀의 등 뒤에 가족사진이 하나 있었다. 인상 좋아 보이는 남자 하나와 아이 둘로 하나는 사자 인형 옷을 입고 있었다. 수가 나와 같은 가족들을 보면서 이런 생각을 할지 궁금했다. *내가 저런 처지가 아니라서 정말 다행이야!* 라고. 내 전 여자 친구인 젬마와 헤어졌을 때 젬마가 바로 이런 말을 했다. 젬마는 나와 사귄 지 석 달 만에 나를 차버렸다. 내가 일주일에 한 번씩 엄마와 관련된 비상사태에 뛰어가서 수습하고 다니는 걸 더 이상 감당할 수 없다는 게 이유였다.

한동안 젬마 때문에 마음이 많이 아팠다. 그녀는 지난 6년 동안 엄마를 계속 돌봐야 하는 내 생활 때문에 지쳐서 나가떨어진 여자 친구들 중 세 번째로 만난 사람이었다. 그러다 몇 달 뒤에 브리스톨에서 우연히 마주쳤는데 그녀는 테이라는 남자와 손을 잡고 걸어가고 있었다. 그는 길거리 예술가로 똥 머리 스타일을 하고 있었다. 젬마와 내가 길거리에 서서 별 의미도 없는 인사를 주고받고 있을 때 문득 애초부터 우리 둘 다 서로에게 미친 듯이 빠져 있지 않았다는 걸 깨달았다.

　서로에게 미친 듯이 빠져 있는─사라와 나처럼─이런 감정은 연인이라면 반드시 느껴야 하는 거 아닐까. 당연히 그래야했다.

　내가 다시 엄마 옆에 앉았을 때, 엄마는 작은 손거울로 자신의 머리를 살펴보고 있었다. 오늘 엄마의 헤어스타일은 럭비공처럼 보였다.

　"이건 올림머리란다. 60년대에 다들 이렇게 하고 다녔었지. 너무 꾸민 것처럼 보이니?" 엄마가 자기 머리를 유심히 보면서 물었다.

　"전혀 그렇지 않아요, 엄마. 예뻐요."

　사실을 말하자면, 엄마의 올린 머리는 첫째 속이 텅 비어 있었고, 둘째 피사의 사탑처럼 오른쪽으로 기울어져 있었지만 엄마가 아룬을 위해 그 머리를 했다는 걸 나는 알고 있었다.

　엄마는 거울을 넣더니 자기 핸드폰을 가지고 뭘 하기 시작했다. 몇 초가 지난 후에 엄마가 구석에 있는 그 불쌍한 남자의 사진을 몰래 찍으려고 누군가에게 메시지를 보내는 척한다는 걸 깨달았다. 아마 그 남자가 엄마를 잔인하게 살해했을 때 증거로 사용할 모양이었다. 카슈미르인 특유의 잘생긴 얼굴에 따뜻한 미소를 짓고 있는 아룬 소포리 박사가 곧 나오지 않는다면 오늘 엄마의 상태는 나빠질 것 같았다. 나는 정말 다시 일하러 가봐야 하는데.

그때 데렉의 목소리가 들렸다. "안녕하세요, 캐롤." 그는 느긋하게 걸어와―데렉은 절대 빨리 걷는 법이 없다―나와 악수하고, 엄마의 맞은편에 앉았다. "오늘은 기분이 어떠세요?" 그는 다리를 쭉 뻗었고 긴장을 풀기 시작한 엄마가 솔직히 말하면 오늘은 그저 그렇다는 말을 하는 걸 들었다.

"오늘 헤어스타일은 폭풍처럼 에너지가 넘치는데요." 엄마가 이야기를 끝냈을 때 데렉이 말했다.

"그렇게 생각해요?" 엄마는 벌써 미소 짓고 있었다.

"그렇답니다, 캐롤. 엄청난 에너지에요."

데렉이 있어 얼마나 다행인지! 데렉은 매주 한 번도 빠지지 않고 엄마를 찾아온다. 가끔 그가 마법사 같다는 생각이 든다. 데렉은 다른 사람이 볼 수 없는 것들을 발견하고, 아무도 그럴 수 없을 때 엄마가 말을 하게 만들 수 있다. 엄마의 상태가 아무리 악화돼도 단 한 번도 감정적으로 반응한 적이 없었다.

"어머님이 구체적인 진단을 받았나요?" 사라가 어느 날 내게 물은 적이 있었다. 나는 깎은 풀 냄새로 사라가 다시 영국으로 돌아오도록 유혹하려고 막 내 빈터의 풀을 깎은 참이었다. 그걸 끝냈을 때 우리는 차가운 진저 코디얼(생강, 레몬 껍질, 건포도, 물로 만든 음료―옮긴이)을 가지고 풀밭 위에 앉아 있었고 사라는 행복하게 공기 냄새를 킁킁거리며 맡고 있었다. 그러다 갑자기 내게 고개를 돌리더니 엄마에 대해 물어본 것이다. 오랫동안 망설이지도 않고 곧바로 솔직하게. 그래서 그녀가 더 좋아졌다.

그래도 처음에는 대답하고 싶지 않았다. 나는 코츠월드의 돌로 지은 헛간에서 빵을 굽고 진저 코디얼을 만들고 대단히 매력적인 인생을 사는 남자이고 싶었지, 하루에 몇 번씩 엄마 전화를 받아야 하는 남자이고 싶지 않았으니까. 하지만 그것은 타당한 질문이었고 그에 맞는 대답을 해야 했다.

그래서 엄마가 지난 몇 년 동안 받은 진단 목록을 줄줄 읊을 마음의 준비를 했다. 만성 우울증, 전반적인 불안 장애, 불안하고, 의존적이고, 강박적인 증상을 아우르는 C 타입 인격 장애, 심리적 외상 후 스트레스 장애, 조울증일지도 모르는 우울증. 하지만 대답을 하려고 입을 열었을 때 거대한 피로가 엄습했다. 여기까지 오다가 어느 순간 나는 엄마의 병에 붙은 여러 가지 꼬리표들을 포기했다. 그런 병명들은 엄마가 회복될 수 있을 것이란 희망, 적어도 나아질 것이란 희망을 갖게 했지만 엄마는 거의 20년 동안 계속 아팠다.

나는 결국 이렇게 말했다. "엄마는 그냥 힘들게 지내고 계세요. 이번 주에 이모가 와서 같이 있지 않았더라면, 내가 엄마 전화를 상당히 많이 받아야 했을 거예요. 그러다 결국엔 엄마가 어쩌고 있는지 가봐야 했을 거고."

그때 그녀에게 좀 더 많이 말했으면 좋았을 거란 생각이 들었다. 하지만 그래봤자 우리가 같이 있던 시간이 더 빨리 끝나버리는 것 외에 달리 무슨 좋은 일이 있었겠는가? 우리는 몇 분 만에 서로의 정체를 알아냈을 것이고, 그랬다면 나는 그렇게 행복한 것이 어떤 느낌인지 결코 알 수 없었을 것이다. 그건 확실했다.

"월리스 부인." 나는 고개를 들었다. 엄마의 손이 자동으로 럭비공 같이 올린 머리로 올라갔다. 그다음에 엄마는 갑자기 수줍어하면서 내 옆에 찰싹 붙었다. 데렉과 내가 엄마와 함께 아룬에게 걸어갔다.

42

몇 시간 후에 나는 자유의 몸이 됐다.

나는 엷은 안개비가 내려 공기가 부드러워진 저녁 풍경 속을 걸어 다니면서 콧노래로 어떤 멜로디를 불렀다. 대체로 오솔길로 걸어갔지만 가끔은 차도로 가기도 했다. 축축한 흙길, 축축한 아스팔트, 축축한 나뭇잎들. 축축한 에디. 가끔 빗방울이 내 후드 가장자리에서 떨어졌다.

가다가 앞에 있던 돌멩이를 하나 차면서 오늘 엄마가 받았던 치료를 생각했다. 데렉의 최근 보고서에 따르면 아룬은 엄마에게 투여하는 약을 조금 바꾸고 싶어 했는데 내가 보기엔 좋은 생각 같았다. 아무래도 엄마가 요즘 피해망상에 빠져들고 있는 것 같았다. 처음에는 내가 잠시 옆에 없었기 때문에 보이는 반응일거라고 생각했지만 데렉이 내가 가기 전부터 적신호들이 보이기 시작했다고 말했다.

나는 오래전에 기적이 일어나지 않는다는 걸 알았기 때문에 대단한 변화가 일어나길 기대하진 않지만, 작은 행운이 따라줘서 아룬 박사의 새 약으로 엄마의 상태가 악화되는 걸 막고, 위기를 피할 수 있다면 그걸로 충분했다. 엄마의 건강을 돌보는 의료진이 아무리 훌륭하다고 해도, 그 분야의 연구가 아무리 대단하다고 해도, 엄마가 받는 치료들이 아무리 효과적이라고 해도, 그들이 엄마의 뇌를 통째로 이식할 수는 없는 노릇이니까.

오늘 가장 좋았던 일은 엄마가 그 상담 치료를 받고 상당히 좋은 기분으로 나왔다는 것이다. 사실 아주 좋아서 엄마를 설득해서 첼트넘에 차와 케이크를 먹으러 갈 수 있었다. 엄마는 커다란 플랩잭(두툼한 팬케이크—옮긴이)를 하나 먹고 거기 있던 손님들 중에 단지 한 남자만 엄마를 살해하려고 음모를 꾸민다고 의심했다. 엄마는 심지어 그런 스스로를 보며 웃기까지 했다.

다시 일터로 돌아가려고 엄마를 집에 내려줬을 때 엄마는 내가 세상에서 가장 잘생긴 남자고 말로 표현할 수 없이 내가 자랑스럽다고 말했다.

그러니까 그건 좋았다.

나중에 데렉이 전화했다. "어떻게 지내고 있나?" 그가 물었다.

내가 말했다. "잘 지내고 있어요."

"확실해?"

그는 아까 내가 탈진한 것처럼 보였다고 말했다. "잊지 마. 자네가 힘들어할 때 내가 옆에 있다는 걸 말이야, 에디."

30분 후에 비슬리에 도착했는데 비가 쏟아졌다. "끝내주네." 나는 말뚝 위에 앉아 있는 까마귀에게 말했다. 까마귀는 날아갔는데 아마 더 좋은 곳으로 갔을 것이고, 살짝 그 까마귀가 부러워졌다. 엄마는 당분간 위험에서 벗어났을지도 모르지만, 내 삶은 하나도 바뀌지 않았다. 난 자유롭지 않고, 사라와도 같이 있을 수 없다. 그리고 데렉이 날 위해 할 수 있는 일도 없다. 그가 정신 건강 서비스에 있는 어떤 연줄을 동원한다 해도 그건 바꿀 수 없었다.

"그렇지, 에드." 몇 분 후에 알란이 말했다. 그는 자기가 지을 수 있는 가장 엄격한 표정을 지어 보이며 말했는데 그래도 여전히 순해 보였다. 알란은 아주 다정하고 따뜻한 사람이니까. 오늘 그에게선 딸기와 시큼한 냄새가 났고, 그의 스웨터는 핑크색 얼룩 범벅이었다. 오늘 밤 릴리가 잘 때 동화를 읽어줄 수 없다고 했더니 릴리가 딸기 요거트를 가지고 성질을 부렸다고 했다.

오늘만큼 비참한 기분이 든 적도 없었지만 그래도 나는 그에게 씩 웃어 보였다. "나도 알아. 한 두 주 정도 시간을 줘. 그때…… 있었던 일을 정리하고."

나는 그녀의 이름을 말할 수 없었다.

"…… 그녀와의…… 일을 정리하고 할게."

그녀라고?

알란은 친절하게도 웃지 않았다.

나는 내 마흔 번째 생일을 어떻게 할 건지 의논하기 위해 펍에 불려왔다. 내 생일은 이제 4주도 남지 않았다. 지금까지 나는 아무

것도 계획해놓지 않았고 알란은 "내가 걱정된다고" 말했다. 아무래도 네가 잘 지내고 있는지 확인해야 할 것 같아. 생일 파티 계획도 좀 짜야 할 것 같고. 네가 수염을 기르지 않도록 검사해야지. 그는 어제 이런 메시지를 보냈다.

그는 내 일에 간섭하기 위해 비즐리에 있는 베어라는 펍을 골랐다. 그곳은 오래되고 근사한 펍이다. 거기 도착하자 우리 둘 다 젊었을 때 좋았던 시절이 떠올랐지만 우리 둘 모두에게 가까운 곳은 아니었다. 우리는 나중에 집에 가는 비싼 택시비를 나눠서 내야 할 것이고, 알란은 어떻게든 내일 자기 차를 가져가야 할 것이다. 하지만 그는 곧 이 마을로 이사를 오기 때문에 여기 술집들이 어떤지 확인해보고 싶어 했고, 나는 하루 내내 병원에 들렀다가 부엌 시공 작업을 한 후에 여기로 걸어와서 아주 좋았다.

한나 해링턴은 여기서 불과 몇 집 건너에 살고 있다. 나는 2년 전에 스트라우드에서 그녀와 우연히 마주쳤다. 그것도 많고 많은 곳 중에 건강식품 상점에서. 나는 바나나 칩같이 별로 건강에 좋지 않은 걸 사고 있었지만, 한나는 알 수 없는 이유로 중산층의 필수품이 돼버린 귀리 시리얼과 그런 종류의 건강식품을 한 아름 안고 있었다. 그것은 아마 알렉스가 죽은 후로 내가 그녀를 본 네 번째인가 다섯 번째였을 것이다. 항상 그랬지만 나는 또다시 열두 살짜리 한나와 성인 한나가 너무 닮아서 놀랐다.

알렉스가 살아 있었다면 얼굴이 얼마나 변했을지 궁금해졌다.

한나는 그때 남편과 같이 비즐리에 있는 집을 사기로 했다고 말했다. 우리는 집값과 건축회사들에 대한 이야기를 나눈 후 헤어졌다. 그때 한나가 언니인 사라가 미국으로 갔다는 말을 해줬더라면 좋았을걸. "있죠, 내 사악한 언니 기억나요? 언니는 몇 년 전에 미국으로 가버렸어요. 당신과 당신 어머니가 다시는 언니와 우연히 마주칠까봐 걱정하지 않게 하려고요!" 한나가 이렇게 말해줬더라면 얼마나 좋았을까.

알란이 내 앞에 맥주를 한 잔 내려놓고 앉았다.

"그 여자 생각하고 있어?" 그가 물었다.

"그래. 나 좀 말려줘."

그는 내 팔뚝 위쪽에 일격을 가하더니 말했다. "그만해, 에디. 지금 당장."

그러더니 그가 날 봤는데 그 눈에서 오랜 결혼 생활의 결과물인 병적인 호기심이 보였다. "무슨 생각을 하고 있었어? 그 생각 속에 홀딱 벗고 있는 사람 있어?"

나는 피식 웃었다. "아니."

"그럼 무슨 생각해?"

"그냥 우리가 그 일을 얼마나 쉽게 피할 수 있었나, 그런 생각. 그녀가 미국에 갔다는 걸 내가 알고 있기만 했어도 몇 초 만에 알아낼 수 있었을 거란 그런 생각."

알란은 곰곰이 생각하는 것처럼 보였다. 그러면서 맥주를 길게 한 모금 마셨는데 요거트 얼룩이 반바지까지 묻은 게 보였다. 심지어 다리털에도 핑크색 얼룩이 튀었다.

"그때 알았다고 해도 넌 자제하지 못했을 거야. 그녀를 처음 본 순간 반해버렸다고 했잖아." 알란이 말했다.

사라를 처음 본 그 몇 분을 다시 생각해봤다. 그녀가 얼마나 똑똑하고 재미있었는지, 얼마나 예뻤는지. 계속 이야기하고 싶어서 양에 대한 썰렁한 농담을 끝도 없이 늘어놓았던 그때 일을.

"하지만 난 자제했어. 진실을 알아차린 바로 그 순간에. 그 이후로 난 제정신이 아니고. 그건 그렇고 그녀 생각을 못 하게 말려달라고 했잖아, 이 바보야."

알란이 싱긋 웃었다. "그래. 미안해."

알란은 사람들이 나를 보면서 이럴 거라고 상상하는 바로 그런 타입의 사람이다. 자신에게 만족하고 자존감이 높으며, 그 어떤 일이 일어나도 별로 크게 개의치 않는다. 방금 막 기차를 놓쳤거나(그런 일이 자주 일어난다), 지갑을 잃어버렸을 때도(역시 자주 일어난다) 웃음을 터트릴 것 같은 그런 사람. 중등학교 입학식 날 교장 선생님의 환영사를 듣고 있다가 사정없이 코를 파고 있는 그를 처음 봤다. 그는 코를 파다가 내가 보고 있는 걸 눈치채자 얼굴을 붉히는 대신 씩 웃고 나서 계속 열심히 팠다. 나중에 그는 내게 바보 같은 게임을 하자고 덤볐고 내게 완패 당했을 때도 전혀 기분 나빠하지 않았다.

우리는 같이 축구하느라 바쁘고 여학생들을 못 본 척하느라 바빠서 단짝 친구가 되자고 한 적도 없지만 아무튼 단짝이 됐다. 둘이 같이 나쁜 짓을 저질러서 종종 혼이 났다. 한 번은 정학까지 맞았다. 토사물 같은 물질을 만들어서 학교에 반항적인 선생님들이 담배 피우는 곳을 향해 화장실 유리창 밖으로 던졌다는 죄목으로. 그 선생님들은 가죽 재킷을 입고 머리도 장발이었다. 나는 엄마가 날 죽일 거라고 생각했지만, 차에 탔을 때 엄마가 웃기 시작했다. 엄마는 그때만 해도 자주 웃었다. "너희들은 그냥 애들일 뿐이야." 엄마가 말했다.

그로부터 거의 30년이 흘렀는데 알란과 나는 별로 변한 것이 없어 보였다.

아니, 나는 변했다. 소년 같고 단순하던 에디는 의식을 잃은 채 바닥에 쓰러져 있던 엄마를 처음 발견한 순간 사라졌다. 엄마는 자기의 토사물과 알약이 든 병들에 둘러싸여 있었다. 그때 에디가 사라지지 않았다면 아마 두 번째, 혹은 세 번째로 엄마를 발견했을 때 완전히 없어졌을 것이다. 그때 엄마는 욕조에 누워 칼로 그어버린 양 손목에서 나오는 붉은 피를 물속에서 흘리고 있었다. 그 세 번의 시도로도 그때의 내가 사라지지 않았다면, 네 번째 시도로 확실히 그렇게 됐을 것이다. 엄마가 정신병원에서 퇴원하고 몇 년이 지났을 때, 이제 앰뷸런스를 타고 병원으로 달려가고, 한밤중에 병원 음료수 자판기 옆에서 동전을 찾아 허둥거리는 일은 끝났다고 생각하고 있을 때 일어났던 그 일로.

내 말을 오해하면 안 된다. 지난 20년이 다 불행하고 비참하기만 했던 건 아니다. 내겐 친구도 많고, 사회생활도 괜찮게 하고 있고(헛간에 사는 은둔자치고는), 심지어 여자 친구들까지 있었다. 나는 좋아하는 일을 하고 있고, 아름다운 곳에 살고 있으며, 가끔 훌쩍 떠나고 싶을 땐 엄마에게 와서 같이 있어 주는 인내심 많은 이모도 있다.

하지만 그러다 사라를 만났고, 그때 사는 게 어떤 느낌인지 기억이 났다. 그 가벼움, 편안함, 웃음. 내 인생이 갑자기 단조가 아닌 장조로 노래를 불렀다.

나는 사라와 같이 있을 때 그녀에게 에디 데이비드의 가짜 버전을 보여준 게 아닌가, 라고 종종 생각할 때가 있다. 더 행복하고 더 자유로운 버전으로. 하지만 그러진 않은 것 같다. 내 생각에 사라는 그저 내가 오래전에 잊어버린 내 모습을 봤다. 그녀만이 소생시킬 수 있을 것처럼 보였던 오래전의 나.

"그건 힘든 일이지, 에디." 알란은 다리에 묻은 요거트 얼룩을 긁어내려고 몸을 앞으로 숙이면서 말했다. "미안해."

나는 내가 알아서 잘 극복해보겠다고 그에게 단호하게 말했다.

나는 맥주를 쭉 들이키고 나서 의자에 등을 기댄 채, 릴리가 초등학교에서 겪고 있는 문제들이나 아니면 우리 친구인 팀의 임신한 아내가 바람을 피운 당혹스러운 뉴스에 대해 이야기를 할 준비를 했다.

하지만 알란은 나에 대한 이야기를 아직 끝내지 않았다. "너 확실해? 미안해, 에드. 하지만 넌 지금 그걸 극복하고 있는 것처럼 보이지 않아. 너 진짜 무지하게 안 좋아 보여." 에디가 말했다.

알란이 날 기습했다. "그래, 확실해." 내가 말했지만 그건 말이라기보단 질문처럼 들렸다. "하지만 아무튼 내가 뭘 선택할 수 있겠어? 내가 사라와 만나면 엄마는 돌아가실 거야. 정말 글자 그대로 돌아가신다고."

알란이 움찔했다. "나도 알아. 그 말에 반박은 못 하겠다. 하지만 내가 물어본 건 그게 아니야. 네가 그걸 극복하고 있는 게 확실하냐고 물었지."

그는 날 똑바로 봤고, 나는 느낄 수 있었다. 내 피부 바로 밑에서. 다년간에 걸쳐, 밖으로 나오지 못하도록 필사적으로 눌러놓고 있는, 아주 얇은 피부 한 겹으로 가둬놓고 있는 내 마음을.

"아니. 못 하고 있어." 나는 잠시 후에 말했다.

그는 고개를 끄덕였다. 그는 알고 있었다.

"난 벼랑 끝에 서 있어. 빌어먹을 벼랑 끝에 서 있는데 도대체 어떻게 해야 할지 모르겠어."

나는 맥주잔을 계속 돌리고 돌리면서, 내 눈을 밀고 나오려는 열기와 싸웠다. "잠도 못 자. 집중도 못 하겠어. 그저 사라 생각만 나. 난 그저…… 음, 절망스러워. 내가 그 어떤 가능성이건 하나도 남기지 않고 다 끊어버렸다는 걸아니까. 게다가 LA에 다녀온 후로 엄마를 돌보는 일이 불가능하게 느껴지기 시작했어. 내가 계속 이런 생각을 하고 있더라고. *더 이상 못 하겠다고.* 하지만 이건 내가 선택할 수 있는 일이 아니잖아, 알란. 내가 그냥 확 돌아서 토껴버리면 우리 엄마는 대체 어떻게 하라고? 내 인생은 완전 망했어."

"망했지." 알란은 조용히 동의했다.

더 이상 내 입에서 무슨 말이 나올지도 알 수 없었다.

알란이 맥주를 한 모금 마셨다. "네가 어머니를 보살피는 일에 도움을 받아야 하는 게 아닌가 하는 생각이 자주 들어, 에디. 지아가 자기 남편을 15년 동안 돌봐온 한 친구에 대한 이야기를 해줬는 데. 끔찍한 이야기였어. 그 남편은 자전거에서 떨어졌다가 완전히 사지가 마비됐고…… 어쨌든 그 부인이 지난달에 신경쇠약에 걸렸어. 그야말로 이제 벽에 부딪친 거야. 단 1분도 그 일을 할 수 없게 된 거지. 그렇다고 남편에 대한 애정이 식은 것도 아니야. 아직도 대단히 사랑해."

알란은 이야기를 멈추고 맥주를 한 모금 더 마셨다. "그 이야기를 들으니까 네가 생각나더라고, 친구. 그 일이 분명 너를 심각하게 갉아먹고 있을 거야."

나는 이 이야기를 하고 싶지 않아서 대충 으음, 하는 소리만 냈다. 내게 이 이야기를 마지막으로 한 사람이 젬마였다. 나 스스로 자유를 더 얻어내는 방법을 찾아내지 못하면 내가 결국 파멸할 거라는 말이었다. 나는 그녀의 말을 엄마에 대한 비판으로 받아들이고 그녀와 싸웠지만 마음속으로는 그 말이 옳다는 걸 알고 있었다.

나는 이제 입을 열었다. "하지만 지금 내가 하는 일을 할 수 있는 사람이 하나도 없어. 엄마의 몸을 씻겨주거나 음식을 먹여주는 사람이 필요한 건 아니야. 다만 믿고 전화할 수 있는 사람, 엄마의 불안이나 근심이 너무 커져서 통제할 수 없게 되면 엄마에게 와줄 수 있는 사람이 필요해. 난 엄마와 장을 보러 가고, 자질구레한 일들을 처리해주고, 엄마와 이야기를 해. 난 엄마의 친구지 간병인이 아니야."

알란은 고개를 끄덕였지만, 내가 말하는 식으로 이 문제를 보지 않는다는 생각이 들었다. "그 문제는 일단 생각만 해봐. 하지만 사라에 대해서라면…… 네가 옳은 일을 한 거야, 에디. 네가 할 수 있는 일은 하나밖에 없었어."

"음."

"로미오와 줄리엣을 생각해봐. 아니면 토니와 마리아를 생각해 보던가."

뮤지컬에 대한 알란의 열정은 평소에는 재미있는 화제지만, 오늘 밤은 「웨스트 사이드 스토리」를 음미할 기분이 아니었다.

"그들은 만나면 안 된다는 걸 알면서도 어쨌든 만났다가 결국 죽었어. 넌 그보다는 훨씬 영리하게 처신해왔어. 넌 그 운명을 거부했는데 그건 아주 큰 용기가 필요한 일이었지." 알란은 내 심드렁한 반응에도 굴하지 않고 계속 이야기했다.

"음, 그걸 알게 되니 기분 째진다, 알란. 고마워. 하지만 지금 진짜 문제는 이제 사라를 그만 사랑해야 하는데 어떻게 해야 할지 모른다는 거야."

알란은 생각에 잠긴 것처럼 보였다. "나는 종종 그걸 어떻게 하는지 궁금해 했었어. 누군가를 더 이상 사랑하지 않는 거 말이야. 그건 실제로 어떻게 하는 걸까? 왜 헤인즈에서(매뉴얼 전문 출판사─옮긴이)그런 매뉴얼은 만들지 않는 걸까?" 그 말을 하면서 골똘히 생각에 잠긴 알란의 갈색 머리가 옆으로 뻗쳐 있었다. 알란은 살면서 단 한 번도 누군가를 사랑하지 말아야 했던 경험이 없었다. 그와 지아는 결혼한 지 9년이 됐고, 사귄지는 19년째다. 지아 전에 사귄 여자 친구는 쉘리밖에 없었는데, 알란이 찼고(대단히 미안해하면서), 학교 다닐 때 여자 친구가 몇 명 있긴 했지만 대부분은 그저 십 대 시절의 그칠 줄 모르는 성욕을 억누르려고 만난 것뿐이었다.

어떻게 누군가를 사랑하는 마음을 그냥 멈출 수 있지? 내가 사라에 대해 느낀 사랑은 이미 내 안에 살고 있던 뭔가가 아니라 내가 처음부터 쌓아올린 것, 내가 성장하면서 만들어간 것이었다. 우리가 작별 인사를 했을 때쯤 그 사랑은 그녀만큼이나 생생하게 손에 잡히는 구체적인 것이 돼 버렸다.

그걸 어떻게 간단히 죽일 수 있을까? 시간이 그걸 마모시키게 내버려둔다 해도, 내 안에는 여전히 그 파편들이 사방에 흩어져 있을 것이다. 예상과 달리 소탈했던 그녀의 웃음소리, 내 베개 위에서 부채처럼 착 펼쳐지던 머리카락. 양의 매애애 소리, 그녀의 가는 손가락 사이로 보이던 마우스.

나는 결국 입을 열었다. "누군가에 대한 사랑을 멈추는 법을 나는 모르겠어." 알란이 다시 나를 보고 있었다. "그냥 가만히 앉아서 기다리는 수밖에…… 나도 몰라. 그 강렬한 감정이 희미해질 때까지? 하지만 지금은 내가 마치 압력솥이 된 느낌이야."

"그래서 그 많은 시인들이 실연에 대해 시를 썼나 봐. 몸속에 가득 찬 증기를 빼는 데 도움이 되니까. 피 뽑는 거랑 비슷하지. 미칠 것처럼 솟아오르는 감정들을 신속하게 배출하는 거야." 알란이 말했다.

"맞아. 신속하게 배출한다는 표현 좋네. 해방시켜주는 거지." 내가 한숨을 쉬며 말했다.

잠시 침묵이 흘렀다가, 코웃음을 한번 치고 나서 우리 둘 다 웃음을 터트렸다. "네가 지금 신속한 배출을 하고 싶어서 집에 가겠다면 기분 나빠하지 않을게." 알란이 말했다.

알란이 일어나서 바로 갔다. 나는 그의 발목을 보며 싱긋 웃었다. 그는 체격은 보통이지만 발목이 너무나 가늘어서 한 손으로도 잡힐 정도였다. 내가 그러면 알란은 정말 무지하게 화를 냈다.

와인 냉장고에서 윙 소리가 났다. 저쪽에 있는 주방에서 누군가 접시에 남은 음식을 긁어내는 소리가 들렸다.

나는 시계를 봤다. 저녁 8시 40분이었다. 사라가 점심으로 뭘 먹을지 궁금했다. 정말 나는 구제 불능이구나.

알란이 맥주 두 잔을 가져와 앉으면서 방금 주문한 스테이크 생각에 두 손을 문지르며 즐거워했다. 지금 이 순간 너무나 알란이 되고 싶었다. 알란 글로버가 돼서, 몸에서 희미하게 요거트 냄새를 풍기면서, 안정적으로 살아가며, 사랑하는 어린 딸의 행복만 책임지면 되는 알란.

"화장실 좀 갔다 올게." 알란에게 말했다.

우리 테이블로 돌아오는 길에 구석에 있는 테이블에 앉아 있는 한 커플이 눈에 들어왔다. 검은 옷을 입은 그들을 보자마자 뭔가가 이상하다는 걸 알 수 있었다. 여자가 마치 강풍을 맞고 있는 것처럼 남자에게 매달려 있었고, 두 사람은 아무 말도 안 하고 있었다.

그 순간 나는 그 여자가 울고 있는 걸 알아차렸고, 또한 아는 여자라는 것도 알았다. 나는 그 여자를 잘 볼 수 있게 속도를 늦췄고, 몇 초 후에 그 여자가 한나 해링턴이라는 걸 알았다. 사라의 여동생. 내게서 2미터도 안 되는 거리에서 한나가 남편에게 몸을 기대고 있었다. 그녀의 얼굴은 슬퍼서 일그러진 채 눈물 바람으로 온통 빨갰지만, 볼 수 있었다. 그 얼굴에서 사라의 흔적을. 내가 그녀를 떠났을 때 해변에 남아 있던 그녀처럼 망연자실하고, 슬픔에 젖어,

아무 말도 못하고 있는 그 모습.

한나는 날 보지 못해서 나는 재빨리 우리 테이블로 돌아갔다. 나는 알란에게 아까 사라가 사는 동네로 향하는 장례 행렬 차들을 봤다고 말했다. 그러다 머릿속이 미칠 듯이 혼란스러웠기 때문에 나도 모르게 불쑥 한나가 울고 있다면, 분명 사라 가족이 잘 아는 누군가가 죽었을 것이라는 말을 하고 말았다. "사라가 장례식에 참석하러 비행기를 타고 돌아왔을 수도 있어." 그렇게 속삭이는 내 목소리에 살짝 광기가 묻어났다. "사라가 지금 바로 여기서 몇 마일 떨어진 곳에 있을 수도 있다고, 알란!"

알란은 놀란 표정이었다. "그녀를 찾으러 가지 마." 그가 마침내 말했다.

곧 우리가 주문한 스테이크가 나왔지만 결국 알란이 내 것까지 먹어 치워야 했다.

조금 후에 나는 맥주를 더 주문하러 일어났다가 한나와 남편이 간 걸 봤다. 누가 죽었는지 궁금해서 참을 수 없었다. 잠시 사라가 죽었을 가능성까지 고려한 끔찍한 순간도 있었다.

물론 그건 터무니없는 생각이었고, 밤이 깊어가면서 그 생각을 잊기 위해 사력을 다했다. 그것은 내가 LA에서 돌아왔을 때 불쑥 내 마음에 쳐들어온 그 생각과 너무나 잘 맞아떨어졌다. 사라가 죽어도 내가 한 일이 옳은 일처럼 느껴지냐고 묻던 그 목소리.

나는 창피할 정도로 취해버렸고, 어느 순간 아무것도 할 수 없는 이 무력한 상황에 화가 나 테이블을 주먹으로 탕탕 내려치고 있었다.

나는 평소에 그런 술주정을 하지 않는데. 알란이 우리 집에 같이 가서 위스키를 마시며 올림픽 경기를 보겠다고 했을 때 말리지 않았다. 내가 그의 입장이었다고 해도 나를 혼자 내버려두지 않았을 것 같았다.

43

너에게

이제 충분해. 사라를 내 마음에서 떠나보내야 해. 말로만 그러겠다고 하고 하루 종일 그녀 생각만 하지 말고. 사라 생각이 나는 순간 곧바로 멈춰야 해. 그런 생각은 내게 도움이 안 될 뿐만 아니라 위험하니까. 일단 그 생각들이 문밖으로 나가면 바이러스보다 더 빨리 퍼져서 통제가 안 된다는 걸 알았거든. 그리고 엄마를 보면 그런 생각들이 나를 얼마나 미치게 만들지 알 수 있어.

그래서 지금 바로 시작할게, 고슴도치. 내가 그토록 지겹게 떠들어온 선택의 힘을 실천할 때야.

내 증인이 되어줘서 고마워. 언제나 그렇듯.

나는 단 몇 분 만이라도 더 사라를 붙잡으려고 애를 쓰는 것처럼 봉투를 집기 전에 그 편지를 다시 읽었다. 이른 아침 햇살이 창문으로 들어와 내 책상 위에 있는 먼지 낀 카탈로그들, 송장들, 자 하나, 셀 수 없는 연필들과 잘라낸 종잇조각들, 차갑게 식은 찻잔들과 같은 물건의 숲을 골고루 비추었다. 이런 장애물들을 통과한 가는 손가락 같은 햇살이 내가 방금 쓴 네모난 보라색 종이까지 도착했다. 창밖의 나무들이 움직이는 동안 그 손가락이 편지에 있는 글자들, 단어들을 하나하나 짚어가는 것처럼 보였다. 그러다 구름이 하나 지나가면서, 그걸 집어삼켰고, 글자들은 다시 옅은 회색 아침에 미동도 없이 누워 있었다.

내가 보라색 봉투 하나를 꺼내는 순간 머리 위쪽에서 삐걱 소리가 나면서 알란이 깬 걸 알렸다. 그러더니 목소리가 들렸다. "에디? 어이, 에디!"

알란은 어제 나의 정신 상태에 대한 문자를 지아에게 쓰다가 소파에서 잠이 들었다. *에디가 괜찮을지 좀 지켜봐야겠어*, 그는 거기까지 쓰고 필름이 끊겼다. 지아가 걱정하지 않도록 내가 메시지를 마무리해서 보냈다. *에디가 술집에서 이성을 잃었어. 그래서 내가 에디 집에서 같이 자는 게 좋을 것 같아.* 나는 이렇게 썼다. 지아는 알란과 나에 관계된 일에 대해서는 아주 관대하다.

알란은 가끔 코를 골았다. 영국 팀이 남성 싱크로나이즈드 다이빙 부문에서 우승했다. 나는 소파에 앉아서 그 경기를 보면서 사라 생각을 하지 않으려고 노력했다.

숙취에 시달리는 알란이 걸어 다니는 소리가 머리 위에서 들렸다. 알란은 이제 굶주린 곰처럼 부엌을 뒤지고 다니면서 그가 앞발을 댈 수 있는 맛있는 음식이 없나 냄새를 맡고 있을 것이다. 그는 큰 잔으로 차를 넉 잔은 마시고, 토스트도 네 조각은 거뜬히 먹어치우고, 직장까지 태워다 달라고 할 것이다. 아마 내 옷도 빌려달라고 하겠지. 그의 옷은 딸기 요구르트 범벅이니까.

나는 기쁜 마음으로 내놓을 것이다. 알란은 진정한 친구니까. 그는 내가 어젯밤 같이 있을 사람이 필요하다는 걸 알고 있었다. 그는 내가 사라 때문에 우울해하는 걸 알고 있었고, 어떻게 알았는지는 모르겠지만 엄마와 내 상황이 좋지 않다는 것도 알고 있었다. 그러니 내가 그를 위해 할 수 있는 최소한은 토스트를 구워주는 것이다.

나는 다시 편지로 관심을 돌려서 보라색 봉투에 넣고 앞쪽에 알렉스의 이름을 썼다. 알란이 들을 수 없게 조용히 작업대에 있는 서랍으로 걸어갔다. 그리고 끝이라고 표시한 서랍을 열었다.

그 안에 보라색 종이 바다가 있었다. 슬픈 보물 상자이자 나의 어두운 비밀. 서랍이 다시 넘치고 있었다. 뒤쪽에 있는 편지 몇 통은 그 밑에 있는 서랍으로 떨어질 위험이 있었다. 거기에 진짜 끝들을 보관하고 있는데. 나는 조심스럽게 그 편지들을 앞쪽으로 올려놨다. 정말 바보 같은 짓이지만, 하나라도 잃어버린다는 생각 자체가 끔찍했다. 혹은 구부러지거나, 눌리거나, 어떤 식으로든 망가지는 건 싫었다.

나는 천천히 숨을 쉬면서 그 편지들을 내려다봤다.

나라고 항상 편지를 쓰진 않는다. 아마 2주에 한 번 정도―정말 바쁘지 않는 한—이건 지난 20년 동안 가득 채운 세 번째 서랍이다. 나는 이제 조심스럽게, 살짝 부끄러운 마음으로 그 편지 더미 속에 손을 집어넣어 편지들을 들어 올렸다. 사람들이 이런 말을 하는 걸 상상했다. *저 사람은 어디가 이상한 거 아니야? 아직도 죽은 동생에게 저렇게 집착하다니. 정신 치료를 받아야겠는데.*

죽은 동생에게 편지를 쓰라는 의견을 낸 사람은 사별 상담 전문가인 진 버러우라고 하는 여자였다. 나는 알렉스와 다시는 이야기할 수 없다는 생각을 견딜 수 없었다. 그 생각만 해도 머리가 어질어질해지면서 공황 상태에 빠졌다. 그때 진이 이렇게 제안했다. 동생에게 편지를 써요. 당신이 어떻게 느끼고, 동생을 얼마나 그리워하는지 말해요. 앞으로 일어날 일을 알았다면 동생에게 했을 말들을 편지에 써요.

법원과 정신 병원 사이를 오가며 말없이 운전한 시간들, 내가 성장한 텅 빈 집에서 그 편지들을 쓰면서 위로받았다. 물론 내게는 친구들이 있었다. 버밍엄에 새로 사귄 여자 친구도 있었다. 그때 나는 대학교 1학년을 마친 시점이었다. 마거리트 이모가 매일 전화했고, 아버지가 컴브리아에서 와서 동생의 장례 치르는 걸 도와줬다. 하지만 사실 아무도 나에게 어떻게 해줘야 할지 몰랐고, 내게 무슨 말을 해야 할지도 모르고 있었다. 내 친구들은 날 위로해주고 싶은 마음은 굴뚝같았으나 아무짝에도 쓸모가 없었고, 내 여자 친구는 최대한 인간적인 방식으로 내게서 도망쳐 버렸다. 아버지는 자신의 슬픔을 최대한 미루기 위해 자기 아내와 통화하면서 주로 시간을 보냈다.

나는 기숙사의 내 방에 있는 물건들을 가지러 차를 타고 왔던 날 그 텅 빈 방에서 첫 번째 편지를 썼다. 엄마는 그때 보안이 철저한 정신병원에서 치료를 받고 있었다. 내년에 다시 학교로 돌아올 수 있는 길은 없었다.

하지만 나는 그 편지를 쓴 후에 잠이 들었다. 밤새 잤고 다음 날 아침 일어나 그 보라색 봉투를 봤을 때 울긴 했지만 그래도 전보다 덜…… 갑갑했다. 마치 내 가슴 속에 꽉꽉 들어 찬 압력이 나갈 수 있는 작은 구멍을 하나 뚫은 느낌이었다. 그날 밤 글로스터서에 있는 우리 집에서 짐을 풀고 나서 또 편지를 썼고 사실 그 후로 멈춘 적이 없었다.

나는 진을 보기 위해 며칠 후에 상담 예약을 했다. 그녀는 여전히 로드버로우 대로에 있는 집에서 상담을 하고 있었다. 그녀의 목소리는 예전과 똑같았고, 날 기억하진 못했지만, 내게서 연락이 와서 *기뻤다*고 말했다. 나는 그녀를 만나고 싶었던 이유가 사라 해링턴과 만나게 되면서 "오래된 상처들"이 다시 벌어졌는데 이유가 그게 다 인지는 잘 모르겠어서 상담 예약을 했다고 말했다. 그냥 느낌이—이곳으로 돌아온 후로 느낀 건데—모두 다 잘못된 것 같이 느껴진다고 했다. 마치 내 것이 아닌 삶으로 돌아와, 내 것이 아닌 침대에서 잠들고, 내 것이 아닌 신발을 신고 있는 것 같다고.

정말 놀라운 점은 모든 것이 이렇게 철저히 어그러진 걸 근 20년 동안이나 알아차리지 못했다는 것이다.

나는 고개를 돌려서 나의 작업장, 내 안전 가옥, 내 은신처를 돌아봤다. 망치질을 하고 톱질을 하면서 무수한 분노와 절망을 견뎌

왔던 곳. 수십 만 잔의 차를 마시고, 라디오에서 흘러나오는 노래를 따라 부르고, 손에 박힌 나무 조각들을 뽑아내고, 가끔 술에 취해 섹스를 하기도 했던 곳. 이 곳이 없었다면 내가 뭘 했을지 알 수 없었다.

사실 내가 고마워해야 할 사람은 엄마다. 처음엔 아버지 덕분에 나무에 빠졌지만 이걸 직업으로 하겠다고 하자 아버지는 적극 반대했다. 아버지가 망할 빅토리아와(당시 알란이 이렇게 별명을 붙였는데 입에 척척 달라붙었다.)눈이 맞아 달아나고, 알렉스가 죽기 전까지 아버지는 계속 내 인생과 내 결정에 간섭했다. 아직도 우리 집의 가장인 것처럼. 내가 A 레벨 대신 가구 제조 예비 과정을 들을까 생각 중이라고 했더니 벌컥 화를 냈다. 아버지는 수화기에 대고 고래고래 소리를 질렀다. "넌 공부를 해야 할 머리를 타고났어. 절대 그걸 낭비하지 마! 그러다 장래를 망치게 될 거야!"

그때까지만 해도 엄마는 다른 사람들과 언쟁을 할 수 있었다.

"에디가 망할 회계사가 되고 싶지 않다면 어쩔 건데?" 엄마는 수화기를 내 손에서 홱 낚아채서 말했다. 엄마의 목소리는 분노로 부들부들 떨리고 있었다. "에디가 만든 걸 한 번이라도 제대로 본 적 있어, 닐? 아마 없겠지, 우리 집엔 코빼기도 안 보이는 주제에. 내 말 똑똑히 들어, 이 양반아. 우리 아들에겐 아주 끝내주는 재능이 있어. 어디다 대고 참견이야, 참견이."

엄마는 내게 최초로 7번 대패를 사줬다. 아주 근사한 스탠리 제품이었다. 아직도 그걸 쓰고 있다. 그래서 내가 지금 가지고 있는 걸 생각할 때면 항상 엄마에게 고마운 마음이 든다.

"봉주르." 알란이 조금 불분명한 목소리로 말했다. 그는 바지와 양말 한 짝만 신은 채 계단 밑에 서 있었다. "난 차와 토스트와 교통편이 필요해, 에디. 도와줄래?"

한 시간 후에 우리는 스트라우드 끝에 있는 그의 집 앞에 차를 세웠다. 내가 차의 시동을 켜놓고 있는 동안 그는 집 안으로 달려가서 적당한 작업복(그는 내가 가지고 있는 모든 옷을 단호하게 거부했다)을 찾으러 갔다. 나는 내 밑에 있는 상실과 사랑의 체스 판 같은 오래된 묘지를 바라봤다. 거기에 한 줄로 늘어선 묘비들을 따라 천천히 걷고 있는 고양이 한 마리 말고는 아무도 없었다.

나는 피식 웃었다. 정말 고양이다운 행동이다. 인간의 묘지 위를 멋대로 걸어 다닐 수 있는데 왜 아주 공손하게 묘지 사이의 풀밭을 따라 조심스럽게 걷고 있니?

어딘가에서 교회 종소리가 울리기 시작했다. 아홉 시인 모양이다. 그 소리를 듣자 갑자기 어제 그 장례 행렬이 떠올랐다. 반짝반짝 윤기가 흐르던 그 고요한 영구차가 여러모로 사람을 불안하게 만드는군. 운전기사의 조심스러운 표정, 관에서 폭포수처럼 떨어지던 들꽃들, 모든 인간은 죽는다는 사실을 깨달을 때마다 밀려오는 아찔한 두려움. 갑자기 속이 울렁거려서 팔짱을 끼었다.

누가 죽었을까? 죽은 사람은 누굴까?

하지만 그때 불과 90분 전에 내 여동생에게 한 약속이 기억났다. 더 이상 사라 생각은 하지 않겠다는 약속. 지금도 안 하고, 앞으로도 영원히 하지 않겠다. 그래서 나는 내 마음의 그 부분에 칸막이를 치고 대신 억지로 오늘 해야 할 일에 대한 계획을 짰다. 첫째,

애스톤 다운에 있는 길가 카페에서 베이컨 샌드위치를 사서 먹는다.

"야옹!" 나는 고양이를 불렀지만, 그 아이는 어떤 불쌍한 생쥐의 목숨을 노리느라 여념이 없었다.

44

6주 후

가을이 왔다. 거칠고 정제되지 않으며—항상 생각했지만—기이하게 미안해하는 그런 냄새를 허공에서 맡을 수 있었다. 사람을 취하게 만드는 여름의 단꿈들을 허물고 또다시 잔인한 고난의 시간이 날아올 길을 열어주는 것이 조금 수치스러운 것 같은 느낌이다.

다만 나 개인적으로 나는 겨울이 싫지 않았다. 서리가 땅에 내리꽂히고 나무들이 벌거벗은 맨땅을 가로질러 긴 그림자들을 드리울 때 이 계곡은 이 세상 것이 아닌 것 같은 아름다운 풍경이 깃든다. 나는 외롭게 서 있는 굴뚝에서 구불구불 올라가는 연기, 동화 속에 나오는 것처럼 외딴집 창문에 아주 조그만 불이 켜진 모습을 보는 걸 좋아한다. 친구들이 멋대로 우리 집에 찾아와서 불가 앞에 앉아서 내가 시골 헛간에 사니까 항상 요리할 거라고 생각하는 푸짐한 수프를 먹는 게 좋다.

묘하게 엄마도 항상 겨울에 조금 더 행복해하는 것 같았다. 아마 일단 기온이 내려가면 실내에서만 지내는 엄마의 생활을 사람들이 좀 더 잘 받아들이기 때문이라는 생각이 든다. 여름은 사람들과 어울리고 야외 활동도 더 늘어날 거라고 대체로 생각하는 반면 겨울에는 그렇게 살지 않아도 굳이 그 이유를 설명하거나 해명할 필요가 없어지니까.

하지만 오늘은 아직 9월이고, 시카리지 숲의 퇴비가 되는 언덕을 올라가고 있는 나는 아직 반바지를 입고 있다. 반바지와 그걸 마지막으로 입은 사람이 사라지기 때문에 여태 빨아서 보풀을 제거할 엄두가 나지 않는 스웨터를 입고 있다.

나는 조금 더 빨리 걸었다. 쿵쿵 소리를 내며 언덕을 올라갈 때 종아리 근육이 서서히 화끈거리기 시작했다. 너무 빨리 걸어서 여러 겹의 뿌리 덮개가 덮여 있는 흙을 제대로 밟지도 않고 갔다. 나는 〈Gimme Shelter(롤링 스톤스의 Let it Bleed의 수록곡)〉에서 매리 클레이튼이 부르는 부분을 부르기 시작했다. 강간과 살인에 대한 내 노래를 들을 수 있는 유일한 이는 새들뿐이었는데, 그들은 아마 이미 내가 미쳤다고 생각하고 있을 것이다.

클레이튼이 사실상 소리를 꽥꽥 지르기 시작하는 마지막 부분에 이르렀을 때 웃기 시작했다. 지금 내 인생은 그다지 평온하게 느껴지지 않지만, 그건 생각하지 않기로(내 인생에 도움이 되지 않는 것들)하니 확실히 잠시나마 좀 살 것 같았다.

사라에 대한 모든 생각을 마음속에서 차단해버리겠다는 내 계획에 진 버러우는 동의하지 않는다는 점이 문제였다. 그녀와 상담

하면서 기분이 훨씬 나아졌고, 외로움도 한결 덜긴 했지만 매주 만날 때마다 그녀는 내 급소를 힘껏 걷어찼다. 어쩌면 그렇게 친절하고 부드럽게 상대를 존중하는 동시에 그 사람의 급소를 공격할 수 있는지 도무지 상상이 안 되지만 진은 바로 그렇게 하고 있는 것 같았다.

하지만 오늘 상담은 정말 뜻밖이었다.

진이 살고 있는 로드버로우 대로 끝에 이르렀을 때, 다른 사람도 아닌 한나 해링턴이 진의 주차장에서 차를 후진해서 빠져나오고 있는 걸 봤다. 한나는 이웃 사람의 차를 치지 않으려고 신경을 곤두세우느라 날 못 봤지만, 나는 그녀를 아주 잘 봤다. 한나는 지난번에 봤을 때와 비슷하게 얼굴에 눈물이 얼룩지고, 지친 데다, 어찌할 바를 모르는 표정이었다.

나는 너무나 당연하게도 즉시 왜 한나가 진을 보러 왔는지 궁금해졌고, 무의식중에 오래된 두려움의 엔진이 다시 돌아가기 시작했다. 만약 죽은 사람이 사라의 부모님 중 한 분이었다면 어쩌지? 사라는 완전히 제정신이 아닐 텐데. 사라는 그때 내게 보낸 여러 통의 편지에서 너무나 오랫동안 머나먼 타국에 떨어져 살아서 부모님에게 너무나 죄송스럽다고 말했다. 나는 그녀를 돕는 게 내 의무라고 판단했다.

"나는 사라 해링턴에게 전화하고 싶어요. 여기서 당신이 보고 있을 때 그래도 될까요?" 나는 진의 집에 도착하자마자 이렇게 말했다.

"와서 앉아요." 진이 침착하게 말했다. *아, 끝내주는군. 또 시작이*

야. 진이 나를 보며 이렇게 생각할 것 같았다.

몇 분이 지난 후에 나는 진정해서 사라 해링턴에게 전화할 권리가 내게 없다는 사실을 받아들였지만 그것 때문에 어쩔 수 없이 사라에 대한 대화를 나누게 됐다. 진은 사라에 대한 모든 생각을 차단하는 게 그녀를 뇌주는 데 도움이 된다고 느끼는지 다시 물었다.

"그래요." 나는 고집스럽게 말했다. 그다음에. "아마도." 그다음에 "아니요."

우리는 누군가를 마음속에서 떠나보내는 과정에 대해 이야기를 나눴다. 나는 그걸 너무나 못하는 내가 지겹지만 달리 뭘 해야 할지 모르겠다고 말했다. "난 그냥 행복해지고 싶어요. 자유로워지고 싶고." 나는 중얼거렸다.

내가 누군가를 사랑하는 걸 멈추게 하는 방법에 대한 매뉴얼은 없다고 불평하자 진이 웃었다. 나는 그게 사실 알란이 한 농담이란 걸 시인했고, 그 후에 그녀는 아무렇지도 않은 표정으로 날 보면서 말했다. "우리가 스스로를 자유롭게 풀어주는 문제에 대해 이야기를 나눴는데요, 에디, 그것과 관련해서 당신이 어머니에 대해 어떻게 느끼는지 궁금해요. 엄마에 대한 의무감에서 풀려나는 걸 상상할 때 어떤 느낌이 드나요?"

나는 너무나 충격을 받아서 그 질문을 다시 한번 물어봐달라고 했다.

"그 짐을 조금이라도 던다는 것에 대해 어떤 느낌이 들어요?" 그녀는 다정한 어조로 물었다. "당신이 지난주에 바로 이렇게 표현했어요. 어디 보자……." 진은 자신의 노트를 들여다봤다. '악몽 같은 짐'이라고 당신이 말했네요."

내 얼굴이 화끈 달아올랐다. 나는 소파에서 삐져나온 실 한 가닥을 잡아당기면서 그녀의 눈을 보지 못했다. 어떻게 진이 감히 이 이야기를 꺼낼 수 있지?

"에디, 당신이 어머니를 돌보는 일이 힘들다고 느끼는 그 감정에 수치심을 느낄 필요가 전혀 없다는 점을 일깨워주고 싶어요. 전혀요. 가족을 간병하는 사람들은 환자를 아주 많이 사랑하고 지켜줘야 한다고 느끼지만 또한 분노, 절망, 외로움도 겪어요. 환자가 모르길 바라는 다양한 감정들도 느끼고. 가끔 휴식이 필요한 시점에 이르기도 해요. 혹은 환자를 보살피는 시스템에 대해 전면적으로 다시 생각해봐야 할 때가 오기도 하고."

나는 바닥을 물끄러미 봤다. 그 말 당장 취소해요! 지금 당신이 말하는 환자란 바로 우리 엄마란 말이에요! 나는 소리를 지르고 싶었다. 하지만 내 입에선 아무 말도 나오지 않았다.

"지금 무슨 생각을 하고 있어요?" 진이 물었다.

나는 자주 화를 내진 않는다. 엄마를 위해 그러지 않는 법을 익혔지만, 갑자기 화가 치밀었다. 진이 지금 날 위해 하려는 일을 감사하게 생각할 수 없을 정도로 화가 났다. 그녀가 이 화제를 꺼내기 위해 몇 주 동안 기다려왔다는 점도 고맙게 생각할 여유가 없었다. 나는 진의 벽난로 위 선반에 있는 복숭앗빛 금어초 꽃병을 집어서 벽에 던져버리고 싶었다.

"당신은 아무것도 몰라요." 나는 37년 경력의 카운슬러에게 이렇게 말했다.

진이 충격을 받았더라도 표정에는 드러나지 않았다.

"어떻게 감히?" 이야기를 계속하는 내 언성이 올라가고 있었다. "어떻게 당신이 감히 나더러 엄마를 버리고 달아나라는 말을 할 수 있죠? 우리 엄마는 네 번이나 자살 시도를 했어요! 엄마의 부엌은 빌어먹을 병원 조제실 같았단 말이에요! 엄마는 내가 지금까지 본 사람들 중에서 가장 상처받기 쉬운 사람이에요, 진. 그리고 그녀는 내 엄마라고요. 당신에겐 엄마가 있나요? 엄마에게 신경은 쓰고 있 나요?"

내가 진에게 사과하고 진정하기까지 거의 30분이나 걸렸다. 진은 친절하고 예의 바른 질문들을 던졌고, 나는 무뚝뚝하게 예 아니면 아니오, 로만 대답했지만 진은 이야기를 계속했다. 계속 지독하게 영리한 질문들을 던져가면서 조금씩 살살 밀어붙여서 나와 엄마의 관계가 위험할 정도로 한계에 이르고 있다는 점을 인정하게 만들었다. 내 삶도 마찬가지고. 그리고 내가 슬픔에 차 있었기 때문에 좀 더 일찍 엄마와의 관계나 내 인생에 대해 적극적으로 행동하지 못했다는 사실도 마지못해 인정하게 했다.

진은 내가 해결책을 찾는데 데렉이 도와줄 수 있을 것이라고 확신하는 것처럼 보였다. "그게 그 사람 일이에요. 그는 시에서 파견한 정신과 간호사예요, 에디. 어머님과 당신 둘 다 돕는 일을 하는 사람이라고요." 제인은 계속 그렇게 말했다.

그 말에 나는 계속 엄마를 데렉에게 넘기는 일은 있을 수 없다는 대답만 계속했다. 데렉이 아무리 선량하고 좋은 사람이더라도. "엄마가 도움이 필요할 때 전화하고 싶은 사람은 나밖에 없어요. 나

외에 엄마가 신뢰하는 사람이 없다고요."내가 말했다.

"당신도 그건 확실히 몰라요."

"하지만 난 알아요! 내가 엄마에게 전화하면 안 된다고 말하면
ㅡ전처럼 자주 해선 안 된다고 말하더라도ㅡ엄마는 분명 들은 척
도 안 하고 전처럼 계속 전화하거나 아니면 위험할 정도로 병세가
악화될 거라고요. 당신도 우리 엄마 병력을 알잖아요. 내가 이유도
없이 비관적으로 이 상황을 보는 게 아니란 걸 알잖아요."

상담 시간이 끝났을 때 실질적으로 진전을 이룬 건 하나도 없
었지만 나는 다음 주에는 짜증 부리지 않고 상담하겠다고 약속했
다. 진은 웃음을 터트렸다. 그러면서 내가 정말 잘하고 있다고 말
해줬다.

나는 마침내 언덕 꼭대기에 도착해서, 내가 확인하러 온 너도밤
나무 밑에 도착했다(그 미스터리한 고무장화는 몇 미터 떨어진 곳에 있었
다). 지난 6월 이곳을 터벅터벅 걸어 다니면서, 사라에 대해 화가
나고 혼란스러운 생각에 잠겨 있다가 이 나무가 잎마름병에 걸렸
다는 걸 알아챘다. 지금은 상태가 더 악화된 것처럼 보였다. 나무껍
질에 또렷하게 보이는 병원체가 없는 거로 봐서 일종의 딱정벌레
가 범인이 아닐까 싶었지만, 아무튼 이제는 살릴 가망이 없어 보였
다. 나는 나무 몸통에 한 손을 댄 채 이 아름다운 야수가 톱질에 쓰
러질 것을 상상하니 슬퍼졌다.

"미안해. 그리고 고마워. 산소를 만들어주고. 모두 다 다 고마워."
무슨 말이라도 해야 할 것 같아서 이렇게 말했다.

나는 주위에 있는 나무들을 살펴보고(그 고무장화는 아직도 그 자리에 있었다) 다시 주머니에 두 손을 찔러 넣은 채 언덕길을 걸어서 내려왔다. 내 두뇌는 계속해서 날 다시 사라와 사별 상담가를 찾아온 그녀의 여동생이 있는 쪽으로 밀어 넣으려고 했지만 내가 거부했다. 대신 그 나무를 생각했다. 그 나무에 대한 문제는 내가 해결법을 알고 있다. 내일 글로스터셔 야생보호협회에 전화해서 그걸 베는 걸 도와줄 수 있는지 물어봐야겠다.

내 헛간으로 돌아왔을 무렵에는 어느 정도 평소와 같은 기분으로 돌아왔다.

그렇게 집 안에 들어갔는데 보라색 편지들이 들어 있는 내 서랍 옆에 엄마가 서 있는 걸 발견했다. 진 말고 아는 사람이 단 하나도 없는 보라색 편지들이 들어 있는 내 비밀 서랍 옆에. 나는 엄마가 —상당히 침착하게—알렉스에게 보내는 내 편지 중 하나를 읽고 있다는 걸 알아차렸다. 엄마는 얼굴에 흉한 표정을 지은 채 한 손에 그 편지를 쥐고 있었다.

나는 이 일이 정말 일어나고 있는지 확인하기 위해 잠시 뜸을 들여야 했다. 정말 엄마가—내가 사랑하는 엄마—이렇게 심각한 수준으로 내 프라이버시를 침해하고 있는지 확실히 알아야 했다. 하지만 바로 그 순간 엄마가 편지를 뒤쪽으로 돌려서 뒤에 적힌 내용을 읽으려는 걸 보고 의심의 여지가 없다는 걸 알았다.

믿을 수 없어 하는 마음은 서서히 사라지고 격노가 치밀었다.

"엄마?" 내가 말했다. 나는 마치 탁상 바이스를 잡은 것처럼 문틀을 죽어라 부여잡고 있었다.

엄마는 그 순간 편지를 뒤로 쓱 밀면서 나를 향해 돌아섰다.

나는 밖에 나가기 전에 엄마에게 보낸 문자를 다시 떠올렸다. 난 산책하러 가요. 핸드폰 두고 가는데 혹시 엄마가 전화할까 봐 걱정하지 마시라고 일러두는 거예요. 하지만 두어 시간 후에 돌아올 거예요.

난 항상 뭘 하는 시간을 넉넉하게 잡아두는 편이다. 그렇지 않으면 엄마가 또 공황 상태에 빠질 테니까.

"안녕, 얘야." 엄마가 날 사정없이 몰아붙일 때 나오는 그 목소리가 또 나왔다. 하지만 오늘은 평소보다 더 올라갔다. "너 빨리 왔구나."

"지금 뭐하고 계세요?"

"난……"

엄마가 뭐라고 해야 할지 궁리하는 동안 당혹스러운 침묵이 흘렀다. 모든 것이 조용해졌다. 밖에 있는 나무들까지도 마치 엄마가 나를 배신했다는 걸 확인하려는 것처럼 움직임을 멈춘 것 같았다. 하지만 엄마는 할 수 없었다. 도저히 내게 진실을 말할 수 없다. "무슨 소리가 들리는 것 같은데." 엄마가 말했는데 목소리가 어찌나 카랑카랑한지 TV의 어린이 프로그램에 나오는 성우 같았다. "생쥐 소리 같아. 요즘 생쥐들이 말썽을 부리니, 에디? 여기 근처에 있는 것 같은데. 난 그냥 여기저기 뭘 좀 찾아보느라…… 서랍을 몇 개 열어봤어. 네가 기분 나빠하지 않았으면……"

엄마가 계속 이런 식으로 주저리주저리 변명을 늘어놓자 내가 소리를 질렀다. 아니, 고함을 질렀다. "내 편지들을 언제부터 읽으셨어요?"

그러자 바다의 바닥 같은 침묵이 찾아왔다.

엄마가 결국 입을 열었다. "네가 도착하기 직전에 편지를 몇 통 발견하긴 했어. 하지만 읽진 않았다. 편지 한 통을 보고 생각했지. 아, 이건 내가 보면 안 되는 거구나. 그래서 방금 막 집어넣으려고 하는데 네가-"

"제게 거짓말하지 마세요! 내 편지를 얼마나 오랫동안 읽으셨어요?"

엄마가 손을 들어 안경을 벗기 시작하다가, 마음을 바꾸고, 아이들이 타는 시소처럼 코에 비딱하게 걸려 있게 내버려 뒀다. 엄마의 얼굴을 봤지만 내가 아는 엄마는 보이지 않았다. 그저 요리용 철판처럼 펄펄 끓어오르는 거대한 분노만 보였다.

"내 편지를 얼마나 오랫동안 읽으셨어요?" 나는 세 번째로 물었다. 내가 엄마에게 이런 식으로 말한 적은 단 한 번도 없었던 것 같다. "그리고 거짓말하지 마세요. 절대 하지 마세요. 엄마, 나 지금 심각하게 말하는데 거짓말하지 말아요."

그다음에 일어날 일에 대해 나는 전혀 준비돼 있지 않았다. 나는 엄마가 울 거라고, 바닥에 털썩 쓰러져서 용서해달라고 할 줄 알았는데 갑자기 엄마가 홱 돌아서면서 내 편지를 마치 주차 위반 딱지나 자기를 모욕하는 존재인 것처럼 허공으로 던져버렸다. 내 편지는 허공에서 지그재그 선을 그으며 천천히 바닥으로 떨어졌다. "네가 나에게 거짓말했던 것처럼? 네가 LA에 '휴가'를 보내러 가고 싶다고 거짓말했던 것처럼? 네 친구 네이선을 보고 싶고, 거기서 서핑도 하고 싶다고 했던 것처럼? 네가 돌아온 날 알란에게 '급한 일'

이 생겼다고 거짓말했던 것처럼?"

내가 넋을 잃고 바라보는 동안 엄마는 일부러 앞으로 가서 작업장 한가운데 있는 작업대에 한 손을 올려놨다. "네가 그…… 그 계집에 대해 내게 거짓말을 했던 것처럼 말이냐?" 엄마는 마치 연쇄살인범과 대치하고 있는 상황에서 아들을 찾고 있는 것처럼 사나운 눈빛으로 나를 노려봤다.

"네가 어떻게 그럴 수 있니? 네가 어떻게 그 계집애와 잘 수 있어, 에디? 네가 어떻게 그런 식으로 네 여동생을 배신할 수 있니?"

엄마는 내 편지를 몇 달째 읽어온 게 분명했다.

내가 LA에서 돌아온 후로 엄마의 편집증이 심해지고 내게서 떨어지지 않으려고 애를 쓴 것도 당연했다. 그리고 엄마가 애초에 내가 LA에 가지 못하게 온갖 수를 다 써서 말리려고 했던 것도 당연했다. 대개 내가 여행 계획을 세우고 있다고 하면 엄마는 기뻐하는 것처럼 보였다. 그러면 내가 아직 나만의 삶을 살고 있다고 엄마가 생각할 수 있었으니까. 그런데 이번에는 내가 마치 호주에 이민을 가겠다고 한 것처럼 결사반대했다.

"그 계집." 엄마는 몸서리를 치면서 말했다. 사라 해링턴이 아니라 마치 강간범이나 소아성애자에 대해 이야기하는 것 같은 표정이었다. 엄마에겐 그들이나 사라나 도덕적으로 다 천벌을 받을 인간들이겠지만. "그날 내가 한 말은 진심이었어. 그 영구차에 탄 사람이 그 계집이길 바란다."

"맙소사, 엄마!" 나는 나직하게 말했다. 놀란 나머지 내 목소리가 작아졌다.

"그런 일을 겪고도 다른 사람이 그 고통을 겪기를 바란다고요? 엄마 진심으로 하는 말이에요?"

엄마는 날 무시하는 소리를 냈다. 내 마음이 사방으로 뛰면서 단서를 찾아냈다. 그래서 엄마가 다시 아프기 시작했구나. 엄마는 몇 달 동안 사라에 대해 알고 있었다.

"사라에게 전화한 사람이 엄마였어요? 사라를 협박하는 메시지를 보낸 사람이 엄마였어요? 그래서 7월에 새 전화를 사자고 한 거예요?" 나는 조용히 물었다.

엄마 핸드폰으로 광고 전화들이 오기 시작했다고 말했다. 정말 그것 때문에 스트레스를 받는다, 에디. 난 새 전화번호가 필요해.

"그래. 내가 걔에게 전화했다. 그리고 난 후회하지 않아." 엄마는 핑크색 스웨터를 입고 있었다. 왜 그런지 그 핑크색 때문에 이 추한 상황이 훨씬 더 충격적으로 느껴졌다.

"그날 사라의 모교에 나타난 사람이 엄마였어요? 사라가 부모님 집에 왔을 때 그 운하 길에서 서성거리고 있던 사람도 엄마였어요?"

"그래. 누군가 뭔가 해야 했어. 그 아이가 널 타락시키게 놔둘 수 없었어. 내게 남은 건 너 하나뿐이라고!" 엄마는 이제 소리를 지르고 있었다.

내가 아무 대꾸도 못 하자 엄마가 다시 말했다. "누군가 뭔가 해야 했다. 그런데 넌 아무것도 못 할 것처럼 보였어. 그렇게 침울해하면서 싸돌아다니는 꼴이라니. 네 불쌍한 여동생에게 자길 죽인 그 여자를 얼마나 사랑하는지 그딴 소리나 늘어놓고……." 엄마는 거기서 말끝을 흐렸다. 그러면서 다시 씩씩거렸다. 나는 더 이상 엄마가 하는 말을 듣지 않았다. 내가 생각할 수 있는 건 이것뿐이었다. *엄마가 이 일을 모르게 하려고 내가 어떤 고통을 겪었는지 알기나 해요? 내가 그동안 얼마나 외로웠는지? 내가 엄마의 정신 건강을 지키기 위해 뭘 희생했는지 알기나 하냐고요?*

어느 순간 엄마가 이야기를 멈췄다는 생각이 들었다. 엄마의 크게 뜬 눈은 눈물이 고여 흐릿했다.

"사라 전화번호를 어떻게 알아냈어요?" 나는 그 답을 알고 있으면서도 나도 모르게 물어봤다. "그날 사라가 자기 모교에 있을 거라는 걸 어떻게 알았어요? 그동안 내 핸드폰도 훔쳐보고 계셨던 거예요?"

엄마는 그렇다고 대답했다. "그건 네 잘못이다, 에디. 그러니까 내게 화내지 마. 난 어떻게든 그 일에 개입해야 했어. 난 알렉스를 …… 이 일로부터 보호하려고 애쓴 거야."

엄마의 눈에서 눈물이 흘렀지만 목소리는 변함없이 단호했다. 엄마는 다시 말했다. "그건 네 잘못이야. 선택에 대한 이야기를 좋아하는 바로 너! 넌 선택할 수 있었어. 그런데 그 여자를 선택했지. 그 계집을!"

나는 역겨워져서 고개를 흔들었다. 엄마의 증오는 알렉스가 죽은 직후 몇 주 동안 그랬던 것처럼, 그 오랜 세월이 흘렀는데도 하나도 변하지 않고 그대로 격렬하고 생생했다.

엄마가 다시 말했다. "그건 네 잘못이야. 난 사과하지 않을 거야."

그 말을 듣자 내 피부가 찢어지는 게 느껴졌다. 아주 오랫동안 너무 팽팽히 잡아당겨서 사정없이 얇아진 그 피부가 그만 찢어지

면서 피가 쏟아져 나왔다. 분노, 억울함, 고독, 근심, 두려움, 이름을
뭐라고 부르건 그 모든 것들이 마치 수도 본관이 터져버린 것처럼
거세게 쏟아져 나왔다. 바로 그 순간 나는 더 이상 이렇게는 살 수
없다는 걸 알았다. 이제 끝이다.

나는 기진맥진해서 문에 기댔다. 마침내 목소리가 나왔을 때 마
치 일기 예보를 읽는 것처럼 기이하게 침착했다.

"안 돼요. 안 돼, 엄마. 날 탓하지 말아요. 난 엄마가 한 행동에 책
임을 질 수 없어요. 난 엄마가 느끼는 감정이나 엄마의 생각을 책
임질 수 없어요. 그건 다 엄마가 하는 거죠. 내가 아니라. 엄마가 내
편지들을 읽기로 선택했어요. 엄마가 사라를 괴롭히기로 선택했
고. 엄마가 지난 몇 달 동안 내게 일어난 일들을—분명히 말하는
데 정말 지옥 같았어요—거대한 배신으로 바꿔버렸어요. 다 엄마
혼자 한 거예요. 내가 한 건 하나도 없어요." 나는 멍하니 말했다.

엄마는 아직 화가 난 것처럼 보였지만 그때부터 정말 목 놓아 울
기 시작했다.

"엄마가 아픈 게 내 책임은 아니에요, 엄마. 사라 책임도 아니고.
난 최선을 다했는데—정말 최선을 다했는데—그동안 엄마는 내
게 유일하게 남았다고 생각한 내 프라이버시마저 침해했어요."

엄마가 고개를 흔들었다.

"그래요, 난 사라를 만났어요. 맞아요, 사라에게 반했어요. 하지
만 그 순간, 사라가 누군지 알아낸 바로 그 순간 그녀를 포기했어요.
그 후로 내가 한 모든 일은 다 엄마를 위해서 한 거예요. 내가 아니
라 엄마를 위해서. 그런데 엄마는 아직도 내 탓을 하고 있어요?"

나는 엄마가 내 말에 어떻게 대꾸할지 고민하는 모습을 지켜봤다. 엄마는 공황 상태에 빠지기 시작했다. 엄마가 내 말을 듣고 곰곰이 생각해보거나, 내 말에 일리가 있다고 생각해서(그런 일은 절대 없지)그런 게 아니다. 그것보다는 상황이 이 정도로 발전하면 내가 항상 엄마에게 항복하는 상황에 익숙해져 있었는데 이제 내가 그러지 않을 거라는 현실을 깨닫기 시작한 것이다.

그래서 엄마는 내가 예상한 대로 행동했다. 엄마는 피해자로 다시 자신의 역할을 바꾸었다.

"좋다." 그렇게 말하는 엄마의 얼굴에 눈물이 흐르기 시작했다.

"알았어, 에디. 그건 내 잘못이다. 이런 끔찍하고 비참한 인생을 살게 된 건 내 잘못이고, 내가 집에 갇혀서 끔찍한 약들을 먹고 있는 것도 내 잘못이야. 다 내 잘못이라고."

엄마는 내 얼굴을 지켜봤지만 난 얼굴의 근육 하나 움직이지 않았다. "하고 싶은 말 있으면 다 해봐라, 에디. 하지만 넌 정말 내 인생이 어떤지 하나도 몰라."

내가 엄마를 19년이나 보살펴 본 사실을 고려하면 이 말은 공정하지 않다는 생각이 들었다.

우리는 체스 시합에 있는 두 개의 졸처럼 서 있었다. 엄마가 먼저 내 시선을 피했는데 분명 내가 엄마를 공격한 것처럼 느끼게 만들기 위해서였다. 엄마는 비참한 표정으로 벤치를 내려다보면서 눈물을 짜냈다. 그렇게 떨어진 눈물이 작업대에 팬 홈으로 떨어지는 걸 내려다봤다.

엄마가 결국 말했다. "날 떠나지 말아다오, 에디." 엄마가 결국 그렇게 말할 걸 알고 있었다. "그런 짓을 해서 미안하다. 난 그냥 너와…… 그 여자 때문에 너무 엄청난 충격을 받았어. 그것 때문에 죽을 것 같았다."

나는 눈을 감았다.

"날 떠나지 마, 에디." 엄마가 다시 말했다.

나는 벤치를 돌아가서 엄마를 안았다. 작은 참새 같은 사람, 너무나 쉽게 으스러질 것 같은 사람. 나는 뻣뻣하게 엄마를 껴안고 있으면서 전 여자 친구인 젬마를 생각했다. 바로 이런 순간을 젬마는 결코 이해하지 못했다. 엄마가 내 능력의 한계까지 밀어붙이는 순간에도, 엄마를 위로하고, 다 괜찮을 거라고 말해주는 게 내 일이었다. 내가 이렇게 엄마에게 굴복하는 걸 젬마는 황당해했다. 하지만 대부분의 사람처럼, 젬마는 다른 사람의 정신적 안녕에 대해 책임져본 경험이 없어서 그러리라고 생각한다. 젬마는 여동생을 잃어본 적도 없고, 엄마를 잃을 뻔한 경험도 없었다.

하지만 이번은 달랐다. 내가 엄마를 안은 이유는 그래야 하기 때문이었지만, 내 마음속 풍경은 이미 달라졌다.

엄마를 랜드로버에 태우고 집에 모셔다드렸을 때 비가 내리고 있었다. 하늘에 회색 구름이 잔뜩 끼어 있었는데 구름들이 마치 성난 생각들처럼 서로의 주위를 빠르게 빙빙 돌고 있었다. 나는 말없이 사라에게 사과했다. 그녀가 어디 있든. *난 당신이 죽길 바라지 않아요. 당신이 행복하기만 빌어요.*

엄마 집에 들어가서 실내 온도를 높이고 엄마가 잠자리에 들기 전에 토스트를 구워서 드렸다. 그리고 수면제를 한 알 드린 후에 엄마가 잠들 때까지 엄마 손을 잡고 있었다. 내 아이가 자는 걸 지켜본 경험은 한 번도 없었지만 비슷한 느낌일거라 상상했다. 엄마는 어쩐지 길을 잃은 것 같기도 하고 평화롭기도 한 표정으로 마치 애착 인형을 쥐고 있는 것처럼 내 손을 꼭 움켜쥔 채, 가끔 씰룩이면서 잠들었다. 엄마의 숨소리가 간간히 들렸다.

그다음에 밖으로 나가서 데렉에게 전화를 걸었고, 자동 응답기에 아주 사무적으로 메시지를 남겼다. 내가 벽에 부딪쳐서 그의 도움이 필요하다고.

집으로 돌아와 넷플릭스 시리즈를 세 편이나 연속으로 보고—지칠 대로 지쳤지만 잠을 잘 수 없어서—밤새 정원의 벤치에 앉아 담요를 몸에 두른 채 다람쥐 스티브와 일방적인 대화를 나누었다.

4

45

12월-석 달 후

너에게

메리 빌어먹을 크리스마스.

올해가 끝나면 정말 감사할 것 같다.

석 달도 넘은 지금 네게 처음으로 편지를 쓴다. 그동안 내가 생각할 게 많았나 봐. 그리고 엄마가 눈치 못 채게 엄마의 상황을 바꿔보려고 아주 바빴단다. 데렉이 그렇게 계획을 짰어. 에디를 엄마 모르게 해방시켜주자는 계획. 데렉은 정말이지 대단한 사람이야.

데렉은 몇 년째 엄마를 찾아오는 프랜스 목사와 만나서 회의를 했단다. 그 여자 목사가 홀로 있는 외로운 교구 주민을 기쁜 마음으로 찾아갈 신도들이 몇 명 있다고 했어. 데렉은 엄마와 자원봉사자 간에 신뢰할 수 있는 관계가 맺어지도록 하자는 계획을 세웠어. 시간이 얼마나 걸리든 상관없이 말이야. 그래서 결국 엄마가 그들을

16

믿게 돼서 같이 장을 보러 가거나, 가끔 병원에 치료받으러 가는 걸 같이 갈 수 있도록 말이야. 일이 있을 때 내가 아닌 다른 사람에게 전화를 걸 수 있고, 자신의 세계를 아주 조금이라도 열어 보일 수 있는 사람들이 생기게 하려는 계획이지.

그래서 프랜스 목사 말고 펠릭스라는 사람이 일주일에 한 번씩 엄마를 찾아오게 됐어. 펠릭스는 걸프전 참전 용사야. 그 전쟁에서 팔 하나를 잃었지. 그다음엔 아내가 그 상황을 견딜 수 없어서 떠났고. 그다음엔 또 2006년에 아들을 이라크 전쟁에서 잃었어. 그러니까 펠릭스란 사람은 고통과 상실에 대해 잘 아는 사람인 거지. 그런데 그거 아니, 고슴도치야? 그는 정말 쾌활한 사람이야! 난 그를 단두 번 만났지만 세상에서 가장 긍정적인 사람처럼 보였어. 그 사람과 엄마가 하는 이야기를 듣고 있으면 정말 재미있어. 엄마는 매사가 부정적이지만 펠릭스는 항상 낙관적이거든. 가끔 펠릭스가 하는이야기를 듣고 있으면 엄마가 무슨 생각을 하는지 알 수 있어. 저 남자가 미쳤나?

며칠 전에 데릭이 이렇게 말했단다. "몇 주 더 기다려 봐요. 내 생각엔 어머니가 펠릭스와 같이 외출할 날이 머지않았으니까."

데릭은 심지어 엄마를 설득해서 크리스마스를 이모와 같이 보내게 했단다. 내가 쉴 수 있게 말이지.

그래서…… 천천히 하지만 확실하게 나는 조금씩 자유로워지고 있단다. 조금씩 숨통도 트이고. 가끔 이 모든 일이 일어나기 전 내 모습이 슬쩍슬쩍 보일 때가 있단다. 사라와 같이 지내던 그 한 주간의 내 모습. 어렸을 때 내 모습. 그때는 정말 기분이 좋단다.

어쨌든! 지금 나는 비즐리에 있는 알란의 새 손님방에서 크리스마스를 보내고 있단다. 지금은 새벽 5시 45분이야. 릴리는 이미 일어나서 알란과 지아의 방문을 쾅쾅 두드리고 있어. 나는 릴리의 양말을 채우고도 남을 선물들을 잔뜩 샀단다. 알란이 나보고 릴리에게 잘 보이려고 잘난 척하는 이기적인 놈이라고 했단다.

하지만 지금 나는 아직 쳐져 있는 커튼 사이로 청회색 하늘을 보면서 널 생각하고 있단다. 내가 가장 사랑하는, 가장 소중한 알렉스.

네가 거기 있는지는 모르겠구나. 네가 그 오랜 세월 내 어깨 옆에 서서 내가 너에게 쓰는 편지들을 읽고 있었는지, 아니면 네가 소멸해버린 에너지의 진동에 지나지 않는지 모르겠어. 하지만 네가 어떤 존재로 있었건, 네가 얼마나 큰 사랑을 받았는지, 우리가 너를 얼마나 많이 그리워하고 있는지 알았으면 좋겠다.

너나, 이 편지들이 없었다면 내가 어떻게 지금까지 살아올 수 있었을지 모르겠어. 너는 죽었어도 살아 있는 것처럼 친절하고, 흥미진진하고, 따뜻한 나의 친구였어. 나는 이 보라색 페이지들을 통해 너를 느낀단다. 너의 생기와 웃긴 면들, 너의 참견하기 좋아하는 성격, 너의 선함, 너의 순수함, 너의 다정함. 너 덕분에 계속 지금까지 앞으로 나아갈 수 있었어. 인생이 내 목을 조르고 있을 때 너 덕분에 숨을 쉴 수 있었지.

하지만 진이 말한 것처럼 이제 혼자 가야 할 때가 온 것 같다. 내 두 발로 서야 할 때가 온 거지. 그래서 내 꼬마 고슴도치야, 이게 나의 마지막 편지란다.

난 괜찮을 거야. 진이 확신한다고 했어. 사실 나도 그렇게 느껴.

난 정말 괜찮아야 해. 그렇지 않으면 어떻게 되는지 매일 엄마 얼굴을 통해 확인하고 있으니까.

알란의 주장에 따라 데이트도 시작해 볼까 해. 사실 그러고 싶지 않지만 적어도 다른 사람을 사랑할 기회는 줘야 한다는 걸 받아들였어.

중요한 건 이거지. 엄마는 변하지 않지만 나는 그럴 수 있다는 거. 그리고 나는 변할 거야. 나는 추운 겨울이 와도 계속 앞으로 나아갈 것이고, 내가 의뢰받은 일들을 끝낼 것이고, 더 많은 의뢰를 받을 거야. 여름에 청년들을 위한 워크샵도 시작하려고 해. 바보 같은 틴더에도 가입할 것이고. 건강관리도 하고, 석공 기술도 더 향상시키고. 릴리에게 아주 좋은 대부가 될 거야. 난 웃으며 이 모든 일들을 해낼 거야. 사람들은 내가 그런 사람이라고 생각하고, 나도 다시 그런 사람이 되고 싶으니까 말이지.

그게 내가 너에게 하는 약속이야, 고슴도치. 너와 나에게 하는 약속.

난 절대 너를 잊지 않을 거야, 알렉스 헤일리 윌리스. 단 하루도. 이 생이 끝나는 날까지 너를 사랑할 거야. 항상 너를 그리워할 거고, 항상 너의 큰 오빠가 될 거야.

내 옆에 있어줘서 고마워. 살아서나 죽어서나.

사랑해. 안녕. 내 사랑하는 고슴도치

46

3월 초-3개월 후

내 인생이 영원히 바뀐 날 나는 첫 턴더 데이트 준비를 하고 있
었다. 긴장이 된 나머지 우스꽝스러운 기분마저 들었다. 알란이 매
시간마다 전화해서 취소하지 못하게 해서 더 그랬다. 나의 데이트
상대는 이름이 헤더고, 머릿결이 좋고, 똑똑하고 재밌어 보였다. 하
지만 그래도 여전히 가고 싶지 않았다. 실지로 내 손에 못을 박으
면 응급실에 가야 한다는 핑계를 댈 수 있지 않을까, 생각하고 있
는 걸 문득 깨달았다.

알란에게는 그런 속내를 인정하지 않았지만.

오늘은 또한 엄마의 예순일곱 번째 생신이어서 엄마를 모시고
스트라우드에 점심을 먹으러 갔다. 우리는 위티스 야드에 갔다. 그
곳은 항상 엄마에게 안전한 식당이었다. 아마 오래된 돌담으로 둘
러싸인 골목길 안쪽에 있어서 지나다니는 사람들에게 잘 안 보여

서 그런 것 같았다. 오늘 엄마는 수다를 열심히 떨었다. 펠릭스가 어제 엄마를 차에 태워서 장을 보러 갔는데, 그 방면에는 그가 나보다 훨씬 나았다. 펠릭스의 유일한 단점은 팔이 하나밖에 없어서 쇼핑백을 많이 들 수 없다는 거지만.

솔직히 말해서 나는 엄마가 하는 이야기를 반쯤 흘려듣고 있었다. 오늘 밤 하게 될 데이트에서 흐를 끔찍한 침묵과 가끔씩 나올 카랑카랑한 웃음소리를 상상하는데 바빠서 엄마가 이야기를 멈췄다는 걸 깨닫기까지 시간이 조금 걸렸다.

나는 고개를 들었다. 엄마는 오른쪽을 보면서 그대로 얼어붙어 있었다. 엄마가 들고 있는 수프용 스푼은 그릇에서 몇 인치쯤 위에 맴돌고 있었다. 나는 엄마가 보는 곳을 봤다.

처음에는 그 사람들을 알아보지 못했다. 그들은 그저 샐러드를 먹는 중년부부 같아 보였다. 체크무늬 스커트를 입은 여자는 핸드폰으로 통화를 하고 있었다. 코르덴 재킷을 입은 남자는 그 여자를 보고 있었다. 엄마처럼 두 사람 다 음식을 먹다가 중단한 것처럼 보였다. 그 남자의 옆모습을 보니 어렴풋이 아는 사람 같은 느낌이 들었지만 그게 다였다.

하지만 다시 엄마를 힐끗 보고 두 사람이 누군지 알았다. 엄마에게 이렇게 강력한 영향을 미칠 수 있는 사람들은 그들밖에 없으니까. 엄마의 스푼은 이제 수프 속에 떨어져서 마치 침몰하는 배의 고물처럼 천천히 스프 속으로 손잡이가 사라지고 있었다.

나는 다시 사라 해링턴의 부모님을 돌아봤다. 이제는 그들을 확실히 알아봤다. 당연한 일이다. 그들은 종종 한나와 같이 놀게 해주려고 알렉스를 태우러 오거나 오후에 한나를 우리 집에 내려주고 갔다. 부부가 항상 다정했던 기억이 난다. 어찌나 다정하던지 가끔 나도 프램튼 만셀에 가서 놀고 싶었던 적도 있었다. 부부가 함께 있는 모습이 아주 사이가 좋아 보였고, 행복하게 사는 안정적인 가족처럼 보였던 반면 우리 집은 아버지는 수백 마일 떨어진 곳에서 사는 데다 곧 새로 이룬 가정에서 아이가 태어나는 반면 우리 엄마는 비탄과 우울증에 시달린 병자였으니까.

그 순간 분명하게 든 생각은 두 가지였다. 첫째, 엄마를 어떻게 하지? 엄마는 마이클과 팻시 해링턴 부부와 두 테이블 떨어진 이 자리에 있을 수 없다. 두 번째로 마이클이나 팻시 해링턴이 작년에 죽지 않았다면, 그때 죽은 사람은 누구란 말인가?

나는 그 여자가 "금방 갈게"라고 하는 말을 똑똑히 들었다. 그리고 나서 두 사람 다 일어서서 비뚤어진 의자를 바로잡거나 카운터 뒤에 있는 여자에게 사과하려고 멈추지도 않고 그대로 가버렸다. 사라 엄마는 코트를 입으면서 서둘러 하이 가에 있는 골목길을 걸어갔다. 엄마와 나는 잠시 몇 분 동안 가만히 앉아 있었다. 사람들의 웅성거리는 이야기소리와 달그락거리는 포크와 스푼 소리 한가운데 우리 테이블엔 침묵만 흘렀다. 우유 스팀기에서 삑 소리가 나고 나서야 우리는 서로를 바라봤다.

∽

결국 우리는 사이런세스터 도로에 있는 상점에 가서 집에 가서 먹을 맛있는 수프를 샀다. 해링턴 부부가 떠난 후에 엄마는 자신의 생일을 축하하는 점심 식사를 망쳤고 더 이상 한 입도 먹을 수 없다고 말했다.

그 부부에 대한 우리 대화는 이 정도로 끝났다.

나: "괜찮으세요?"

엄마: "말하고 싶지 않다."

나는 그런 엄마를 더 이상 다그치지 않았다. 하지만 다른 생각은 아예 할 수 없었다. 사라의 부모님. 사라를 낳아준 분들. 그들은 어디로 간 걸까? 뭐가 잘못됐을까? 두 사람을 봐서 좋은 소식은 절대 아닌 것 같았는데.

사라는 엄마를 닮았다. 사실은 아버지도 닮았다. 나는 그들의 얼굴을 몇 시간씩 지켜보면서 조금이라도 사라와 같은 모습이 있을지 찾아볼 수 있을 것 같았다.

우리는 엄마 집으로 돌아갔다. 나는 수프를 데우고 맛있는 냄새가 나는 반죽 빵을 그릴 밑에 넣었지만, 엄마가 먹지 않을 거란 걸 알고 있었다. 이유는 잘 모르겠지만 엄마는 어쩐지 내게 화가 난 것 같았다. 내가 사라 부모님에게 가서 사라를 낳았다는 죄로 주먹이라도 휘둘러야 했나? 나는 부엌에서 공허하고 불안한 마음으로 서서 작년 8월에 죽은 사람은 누구였을지 또다시 궁금해 했다. 엄마의 정원 끝자락에 서 있는 자두나무 밑에, 군데군데 자란 풀을 용감하게 헤치고 피어난 황금빛 애기똥풀 한 무리가 있었다. 나는 그 꽃들이 관 위에 놓여 있었던 걸 기억해내고 지금 이런 생각을 하고 있을 때가 아니라고 스스로를 혹독하게 나무랐다.

예상대로 엄마는 먹으려 하지 않았다. "그 사람들 때문에 기분 잡쳤다. 지금은 입맛이 없어." 엄마는 아까처럼 말했다.

"알았어요. 전 제 거 먹을래요. 나중에 드시고 싶으면 데워서 드세요." 내가 말했다.

"그러면 식중독에 걸릴 거야. 데운 걸 또 데우면 안 돼."

엄마, 이건 토마토 수프예요! 라는 말이 입에서 튀어나올 뻔 했지만 참았다. 그래봤자 아무 의미 없으니까.

그래서 혼자 자기 그릇에 스푼을 달그락거리면서 수프를 먹으며 버터를 바른 빵 한 조각을 수프에 적셔 먹었다. 다 먹고, 설거지하고, 엄마에게 선물을 드렸다. 엄마는 나중에 풀어본다고 했고, 나는 결국 코트를 챙겼다.

"엄마가 원하시면 여기 남아서 이야기해도 되는데." 엄마는 소파한구석에 고양이처럼 파고들어서 앉아 있었다.

"난 괜찮아. 와줘서 고맙구나." 엄마는 딱딱하게 말했다.

나는 엄마에게 가서 키스했다. "안녕, 엄마. 생일 축하해요."

나는 문가에서 멈춰 섰다. "사랑해요."

내가 현관문 앞에 있을 때 엄마가 날 불렀다. "에디?"

"네?"

나는 다시 안으로 들어갔는데 그때는 몰랐지만 그 순간이 모든 걸 바꿔놓게 된다.

"네가 알아야 할 일이 있다." 엄마가 말했지만 나와 눈은 마주치지 않았다.

나는 엄마 맞은편에 있는 의자에 조심스럽게 앉았다. 엄마의 어깨 너머에 그네를 탄 알렉스 사진이 걸려 있었다. 알렉스가 초등학교에 입학하고 얼마 후에 찍은 것이었다. 알렉스는 사진사를 향해 날아오면서 좋아서 소리를 지르고 있었다. 아주 황홀해하는 표정이었다. 아빠가 떠나는 걸 막기 위해 엄마가 일부러 임신을 한 건 아닌가, 하는 의문을 몇 년 동안 품은 적이 있었다. 보아 하니 망할 빅토리아와의 불륜은 오랫동안 계속된 일이었으니까. 하지만 저 사진을 볼 때마다 그건 그리 중요하지 않다는 걸 다시 깨닫곤 했다. 아버지가 있건 없건 알렉스는 우리 인생에 기쁨만 가져왔다.

"해링턴 부부를 아까 봐서 기분 잡쳤다." 잠시 후에 엄마가 아까 했던 말을 또 했다. 그러면서 손톱 하나를 물어뜯었다.

"나도 알아요. 아까 그렇게 말씀하잖아요." 그 말이 지겨워진 내가 대꾸했다.

엄마는 주위를 둘러보다가, 사이드 테이블 가장자리를 한 손으로 쓸어보며, 먼지가 있는지 확인했다. "그 사람들이 어떻게 자기 딸을 용서할 수 있는지 나는 모르겠……."

나는 벌떡 일어나서 다시 갈 준비를 했지만, 엄마의 얼굴에 떠오른 뭔가가 마음에 걸려 다시 의자 등 위에 걸터앉았다. 엄마는 뭔가 알고 있었다.

"엄마, 하고 싶은 말이 뭐예요?"

"최소한 한나는 잘 컸다." 엄마는 내 말을 무시하며 말했다.

"너도 알겠지만 그 애는 아직도 날 찾아와. 그 부모는 안 그러지만 그 아이는 아직도 내게 신경을 쓰는 거지." 엄마는 거기서 다시 말을 멈추면서 주먹을 쥐었다가 다시 좍 펴길 반복했다. "다만 사실 작년 크리스마스 직전부터 한나를 보지 못했다. 그때 우리가 작은 말다툼을 했거든."

"뭐에 대해서요?"

엄마는 계속해서 나를 외면하고 있었다. "그 마녀 같은 개 언니 때문에."

"사라? 한나가 사라에 대해 뭐라고 했는데요?" 나는 몸을 앞으로 기울이면서 엄마를 빤히 바라봤다.

엄마는 어깨를 살짝 으쓱했다. 엄마의 얼굴은 잔뜩 긴장한 표정이었는데 엄마가 숨기고 있는 게 뭔지 더럭 겁이 났다.

"엄마……?" 내 심장이 쿵쿵 뛰는 걸 느낄 수 있었다. 이건 오늘 사라 부모님이 카페에서 서둘러 나간 일과 관계가 있다. "엄마, 제발 말해줘요."

엄마는 한숨을 쉬었다. 그리고 소파 위에 포개고 있던 다리를 펴고 마치 인터뷰를 당하는 것처럼 소파에 제대로 앉았다. 두 손은 무릎 위에서 꽉 맞잡고 있었다. "작년 크리스마스 직전에 한나가 왔었다. 내가 받아들이기 힘들 수 있는 새로운 소식이 있다고 하더구나. 음, 그건 틀린 말이 아니었지."

엄마는 더 할 말을 찾을 수 없는 것처럼 이야기를 멈춰버렸고, 나는 속이 울렁거리기 시작했다. 사라에게 무슨 일이 일어난 걸까? 아, 사라에게 무슨 일이 일어났지? 내 두 손이 마치 거미들처럼 허공에서 허우적거렸는데, 뭘 그렇게 찾으려는 건지는 나도 몰랐다.

"한나가 엄마에게 뭐라고 했어요?" 내가 물었다.

엄마는 아무 말도 하지 않았다.

"엄마, 이건 아주 중요한 거니까 꼭 말해주세요."

엄마는 어금니를 꽉 무느라 관자놀이가 불룩하니 튀어나왔다. 이렇게 조마조마한 기분이 드는 게 몇 년 만인지 기억도 안 난다. 마침내 엄마가 말했다.

"사라가 영국으로 돌아왔다. 작년 8월에 왔다더구나."

피가 얼굴로 몰려들면서 나는 의자에 털썩 주저앉았다. 엄마가 내게…… 내게 뭐라고 말할 거라 생각했느냐면-

또다시 그 장례식은 누구의 장례식이었는지 궁금해졌다. 그 야생화들은 누구의 죽음을 슬퍼하고 추모하기 위해 바친 걸까? 그동안 최선을 다해 편집증적인 가설들은 떠올리지 않으려고 애썼지만 서서히 커져가는 그 의문들은 결코 내 마음속에서 떠나지 않았다. *만약 그녀가 죽었으면 어떻게 할 건데? 그 영구차에 탄 사람이 사라였으면 어쩔 건데?*

사라는 건강하게 살아 있다. 그녀는 영국에 있다.

엄마가 한 말이 제대로 이해되기까지 시간이 좀 걸렸다. "잠깐만요." 나는 그러면서 일어나 앉았다. "엄마, 사라가 여기로 돌아왔다고 했어요? 영국으로?"

엄마는 평소에 볼 수 없는 아주 격렬한 기세로 소파에서 벌떡 일어났다. 그리고 내 앞에 섰는데 그 왜소한 체격이 분노로 뻣뻣하게 굳어져 있었다.

"넌 어쩜 그렇게 기뻐 보일 수 있니? 네 얼굴 좀 봐라, 에디. 넌 대체 뭐가 잘못된 거냐? 그 여자는-" 엄마가 낮은 소리로 쏘아붙였다.

"그녀는 어디 있어요? 사라는 그동안 어디서 살고 있었죠?" 내가 끼어들었다.

엄마는 고개를 절레절레 흔들고 창가로 걸어갔다. "내가 알기론 제 부모랑 같이 살고 있다더라." 엄마가 중얼거렸다. 그러더니 잠시 후에 돌아서서 다시 소파로 걸어와, 알렉스의 사진을 봤다. 일부러 나 보라고 그런 것 같았다. 네 불쌍한 여동생을 보란 말이야.

"무슨 기생충처럼 제 부모랑 같이 살다니. 돈 한 푼 없고…… 듣자 하니…… 임신한 모양이더라." 엄마는 마치 이 말을 해서는 안 되는 것처럼 갑자기 손으로 입을 가려버렸다. 잠시 후에 다시 앉아서, 눈을 감고 소파로 깊숙이 파고들었다. 그러더니 몸서리를 쳤다. "내 말은, 그 나이 먹고도 지 인생 하나 제대로 챙기지 못하는 여자라면 희망이 없는 거 아니냐."

나는 멍하니 엄마를 봤다. "임신했다고요? 사라가 임신했다고요?"

엄마가 마치 내 가슴에 비수를 꽂은 것처럼 너무나 큰 고통이 느껴졌다.

엄마는 아무 대답도 하지 않았다.

"엄마!"

엄마는 눈에 띄게 역겨워하는 태도로 고개를 딱 한 번 끄덕였다. "임신했어." 그렇게 내 질문에 답했다.

"안 돼." 나는 말했지만 다만 입 밖으로 나오진 않았다.

안 돼. 안 돼. 안 돼. 안 된다고.

사라가 다른 남자의 아이를 가지다니. 엄마는 내 시야에서 멀어져 버리고 내 머릿속은 수백 가지 다른 색조의 불행으로 폭발하기 시작해서 사방으로 흩어졌다. 하지만 그때 또다시 운명의 롤러코스터가 밑으로 떨어지면서 또 다른 느낌, 희망이 불타올랐다. 이렇게 눈 깜짝할 사이에 수많은 감정을 격렬하게 느끼느라 머리가 어질어질해졌다. 하지만 희망은 남아 있었다-2초, 3초, 4초, 5초……그 희망은 가시지 않았다. *그 아이는 내 아이일 수도 있어. 내 아이일 수도 있다고.* 나는 깨닫고 있었다.

"걔가 돌아온 이유는 자기 할아버지가 죽었기 때문이야. 우리가 본 그 장례 행렬은 아마 할아버지 장례였을 거야." 엄마는 아주 딱딱한 표정으로 말했다.

내 마음속 어딘가에서 그 사람이 사라 할아버지였다는 걸 깨닫고 안도했지만, 그런 생각을 했다는 것에 죄책감을 느끼기엔 지금 받은 충격이 너무 컸다. 사라가 임신했는데 내 아이일 수도 있었다.

"또 알고 있는 게 뭐죠, 엄마? 제발 말해줘요."

엄마는 건드리지도 않은 자신의 수프 그릇을 들고 부엌으로 갔다. 나는 충성스러운 개처럼 엄마를 따라갔다. "엄마."

"그 부고를 그 계집에게 전화로 전한 사람이 한녀였나 보더라." 엄마는 결국 입을 열었다. 엄마의 목소리는 잘 들리지도 않았다.

"전화로 한나 목소리를 들은 충격 때문에 그 계집은 죽을 뻔 했던 모양이야. 도로 한가운데로 걸어 들어갔다가 트럭에 치일 뻔 했다더라. 어리석은 것. 하지만." 엄마는 수프 그릇을 내려놓고 티끌하나 없는 자신의 부엌을 둘러봤다. "좋든 나쁘든, 그 트럭이 방향을 확 틀어서 죽지 않았단다."

엄마는 이야기를 멈췄다. 엄마는 점점 동요해서 숨이 얕아지고 한 자리에 가만히 서 있지를 못했다. 나도 마찬가지였다. 사라가 여기 영국에 있는데 임신했다. 나는 엄마를 따라 다시 거실로 나갔는데 거기서 엄마의 호흡이 더 거칠어졌다.

나는 기계적으로 데렉이 가르쳐준 호흡 연습을 엄마에게 시켰다. 엄마가 천천히 숨을 길게 쉬게 이끌면서 지금까지 이 비밀을 숨기다 왜 이제 털어놨는지 의아해했다. 사라가 임신한 건 고사하고 사라가 돌아왔다는 걸 말해주는 것조차 너무 싫었을 텐데. 엄마는 내가 사라 해링턴을 생각하는 것조차 몸서리를 치는데.

아무래도 사라의 부모님과 관계가 있다는 생각이 들었다. 그들이 그 카페를 달려 나간 것과 관계가 있다. 내가 필사적으로 엄마를 바라보는 동안 엄마는 숨을 다시 제대로 쉴 수 있게 됐다. *내게 말해요! 전부 다 말하라고요!* 나는 소리를 지르고 싶었지만 대신 부드럽게 말했다. "그거 말고 아는 게 있으세요? 사라는 어떻대요? 그동안 어떻게 살았대요?"

"그동안 아주 우울해했다더라. 아이 아빠가 누군지 아무에게도 말하지 않았대." 엄마가 결국 말했다.

희망이 싹트기 시작했다.

"그 장례식에서 그 계집과 한나가 거의 20년 만에 처음 만났다더구나. 한나가 내게 말해주길 자기와 자기 언니는…… 그들은…… 이제 사랑하는 이들의 죽음을 충분히 겪었다는데 의견의 일치를 봤단다. 둘은 화해하기로 했대."

엄마는 그런 말이 자기 입에서 나오는 것만으로도 역겨운 표정이었다. 나는 이제 엄마와 한나의 사이가 틀어진 이유를 알았다. 엄마는 그 오랜 세월 내내 가까스로 한나를 자기편으로 데리고 있었는데. 그 일로 한나가 자기를 저버렸다고 생각했을 것이다.

"그러니까 사라는 지금까지 내내 프램튼 만셀에서 살고 있었던 거예요? 6개월 내내?"

엄마는 고개를 끄덕이면서 날 힐끗 봤다. "그럼 너도 그 아이를 한 번도 못 본 모양이구나." 내 얼굴에 분명히 드러난 모양이었다.

"사라가 임신한 거 확실해요, 엄마?" 목이 바짝 말라서 말이 나오다 막혔다.

엄마는 날 힐끗 봤고 실망해서 얼굴이 어두워졌다. 엄마는 이 일이 내게 어떤 의미가 있는지 알아차렸다. "확실하다."

"언제래요? 출산 말이에요."

"나도 모른다." 엄마가 손을 비틀었다. 엄마가 거짓말을 하고 있는 걸 알 수 있었다.

엄마가 이런 이야기를 꺼낸 동기를 모르겠지만 그게 엄마의 머릿속에서 사라에 대한 감정과 엄청난 전쟁을 치르고 있었다. 엄마는 다시 아까 그 호흡 연습을 시작했다.

"예정일이 언제인지 정말 모르세요?" 나는 다그쳤다. 더 이상 참을 수 없었다. "대충 언제인지도 모르세요? 어쨌든 내가 알아낼 거예요. 그러니까 지금 말씀하시는 게 좋아요." 내가 덧붙였다.

엄마는 눈을 감았다. "2월 27일. 엿새 전이야. 그러니까 그 아이는 작년 6월에 들어선 게 분명해." 엄마는 결국 그렇게 말을 하다가 자기가 한 말에 움찔했다.

갑자기 침묵이 흘렀다.

"아이 아버지가 누군지 아무도 모르고요?"

"그냥 뭐 잘 모르는 사람이겠지." 엄마가 깐깐하게 말했지만 진심은 아니었다. 엄마는 그 날짜가 의미하는 바를 정확히 알고 있었다.

나는 엄마 앞에서 쭈그리고 앉는데 온몸이 떨렸고 다리가 말을 듣지 않았다. 그래서 옆으로 쭉 미끄러지다 바닥에 엉덩방아를 찧었다. 나는 마치 이야기를 듣는 아이처럼 엄마 앞 카펫 바닥에 앉았다.

"엄마가 이 이야기를 하는 이유는 그게 내 아이라고 생각해서 그런 거죠? 엄마? 엄마는 그렇게 생각하시는 거죠?"

엄마가 눈을 떴는데 그 눈에 눈물이 고여 있었다. "나는 사라 해링턴이 내 손자를 낳게 놔둘 수 없다. 에디, 그런 상황에는 대처할 수 없지만…… 하지만 나는……." 엄마는 아주 작은 목소리로 말했는데 그 목소리가 떨리고 있었다. "하지만 지금쯤 그 아이가 태어났을지 모른다는 생각이 계속 들고 그 아이가……."

나는 엄마를 바라봤지만 이제 내 눈에 엄마는 보이지 않았다. 사라. 내 아이. 모든 것이 마치 옥수수밭처럼 사방으로 정신없이 흔들리고 있었다.

나는 생각을 정리하려고 애를 썼다. "엄마는 사라 부모님이 왜 그렇게 카페에서 빨리 나갔다고 생각해요? 뭔가 나쁜 일이 일어났다고 생각하세요?" 나는 쓰러지지 않기 위해 내 오른쪽 팔에 기대야 했다.

내 앞 어딘가에서 엄마의 목소리가 들렸다.

"나도 모른다. 하지만 그 후로 정말 너무 걱정되더구나. 그래서 너에게 말하기로 결심한 거야." 엄마는 세 번째로 호흡 연습을 재개했다.

엄마가 숨을 몇 번 몰아쉬는 동안 내가 엄마의 무릎에 떨리는 한 손을 댔다. 나는 사라를 찾아야 했다. "엄마…… 도와줘요." 내가 말했다.

한없이 이어지는 것 같은 침묵이 흐른 후에 엄마가 숨을 더 길고 깊게 들이쉬면서 사이드 테이블 위에 있는 전화기를 향해 고개를 끄덕였다.

"해링턴가의 번호가 아마 있을 거다. 거기 주소록에."

이것이 엄마로서는 얼마나 관대한 행위인지, 이것이 엄마에게 얼마나 힘든 일인지 나는 잘 알면서 일어나서 방을 가로질러 갔다. 엄마는 여전히 좋은 사람이다. 아무리 자신의 삶이 황폐해졌다 해도 여전히 사랑할 능력이 있는 사람이고.

엄마에 대해 이런 식으로 느낀 적은 정말 아주 오랜만이었다.

그 번호는 아직 남아 있었다. 아버지의 오래된 회계사 친구인 『나이젤 할린』과 『사이런세스터의 해리스 배관 공사』 밑에 있었다. 아주 오래전에 사는데 바빴던 엄마가 갈겨쓴 번호. 팻시 해링턴 ─알렉스와 같이 노는 그룹의 한나 엄마─ 01285……

나는 그 번호를 내 핸드폰에 입력하기 시작했지만, 내 핸드폰에─당연히─이미 입력돼 있었다. 사라가 작년 6월, 이 아기가 아직 몇 개의 세포에 지나지 않았을 때 내게 이 번호를 알려줬다.

나는 조심스럽게 말했다. "엄마, 난 지금 가야 했죠. 알았죠? 가서 무슨 일이 있었는지 알아내야 해요. 엄마에게 누군가 필요하면

비상시 올 수 있는 자원봉사자 번호가 있으시잖아요. 데릭 번호도 있고, 펠릭스 번호도 있고. 하지만 엄마는 괜찮으실 거예요. 아무 문제없을 거예요. 난 가야 해요. 난—"이상 말이 나오지 않았다. 나는 엄마의 머리에 키스하고, 떨리는 다리로 차까지 걸어갔다.

엄마는 아무 말도 하지 않았다. 엄마는 그 아기가 자신의 손주일 수 있다는 걸 알고 있었고, 그게 무엇보다 중요했다. 엄마는 차마 말을 할 순 없었지만—그걸 인정하느니 차라리 죽겠지만—사실 내가 가서 진실을 알아내길 원했던 것이다.

"이제 와서 겁이 나서 그만두겠다고 전화하는 거면 하지 마." 알란이 전화를 받자마자 이렇게 말했다. "나 농담하는 거 아니야, 에디—"

"사라가 아이를 낳았어. 아니면 이제 막 낳으려고 하는 중이고. 그 아이가 내 아이라고 확신해. 사라 부모님 집에 전화해봤는데 아무도 안 받아. 한나의 핸드폰 번호가 필요해. 너에게 있지?" 내가 말했다.

긴 침묵이 흘렀다.

"뭐라고?" 알란이 말했다. 알란은 항상 그렇듯 뭘 먹고 있었다. 알란은 건축회사에서 일한다. 그의 직장 동료들은 알란이 '비상사태를 대비해' 책상에 넣어두는 식량이 얼마나 많은지 두 눈으로 보고도 믿을 수 없을 지경이었다. "너 진심이야?"

"그래." "와우." 그는 내 말에 대해 생각해본 후에 조심스럽게 말했다.

"한나의 전화번호가 필요하다니까."

"야, 고객 정보는 알려줄 수 없다는 거 너도 알잖아." 알란은 최근에 비즐리에 있는 한나의 집 뒤쪽에 짓고 있는 다용도실을 설계했다. 알란이 내게 그걸 말해주면서 앞으로 그건 더 이상 말하지 말자고 합의를 봤는데 내가 그걸 깨뜨린 것이다.

"지아와 한나는 예전에 요가 수업이 끝난 후에 종종 같이 커피 마시러 갔다며." 내가 재빨리 말했다(그건 약 7년 전 일이다). "지아에게 한나의 핸드폰 번호가 있을 거야. 네가 지금 앞에 있는 컴퓨터에서 그걸 꺼내면 시간이 훨씬 절약되잖아. 네 아내에게 전화하는 대신 말이야. 알란, 정말 심각하게 하는 말인데 그 번호 알려줘."

알란은 조용한 사무실에서 동료들의 이목을 끌지 않으려는 듯 속삭이기 시작했다. "좋아. 하지만 지아에게도 번호를 알려달라는 문자를 보낼 수 있어? 만약 고객 정보가 새어 나갔다는 말이 나오면 내가 아니라, 네가 내 아내를 통해 그 번호를 알아냈다고 둘러댈 수 있게 말이지."

나는 소리를 지를 뻔했다. "그 빌어먹을 번호 말하라니까, 알란!"

그는 그렇게 했다.

"그럼 너 그 데이트는 안 나가겠구나." 그는 한숨을 쉬었다.

한나의 핸드폰은 꺼져 있었다. 음성 메시지에 남겨진 그녀의 목소리는 사라의 목소리와 감질날 정도로 비슷했지만 다만 훨씬 더 딱딱하고 사무적이었다. 아마 사라가 회의에서 말하거나 텔레비전에 나와 연설을 할 때 저런 목소리이리라.

아이. 내 아이. 머리가 다시 한 번 빙빙 돌았다. 하늘은 칙칙한 흰색이었다. 내 손은 여전히 덜덜 떨리고 있었다.

나는 손목시계를 봤다. 오후 3시 45분이었다. 한나의 아이들이 학교 수업이 끝났을 거란 생각이 퍼뜩 들었다. 내게 행운이 조금이라도 따라준다면 한나나 한나 남편이 그 아이들을 태워올 시간이다. 내가 알아차릴 수도 없는 오만가지 감정들이 내 몸속에서 솟구쳐 올랐다. 난 그저 그녀를 찾아내야 한다는 것만 알고 있었다.

나는 랜드로버에 시동을 걸고 비즐리로 향했다. 집에서 혼자 악몽처럼 느껴질 이 상황과 씨름하고 있을 엄마는 생각하지 않으려고 애썼다. 하지만 그때 문득 이런 생각이 떠올랐다. 엄마는 석 달이나 이 사실을 알고 있었어. 젠장, 무려 석 달이나!

하지만 엄마는 결국 내게 말했다는 사실을 다시 떠올렸다. 내가 알아야 하니까. 사라에 대한 증오에 의지해서 엄마는 마음속에 새겨진 가장 깊은 고통, 가장 참을 수 없는 고통을 오랫동안 피할 수 있었다. 그 증오가 엄마에게는 최고의 약이었다. 전화기를 향해 마지못해서 고개를 끄덕인 엄마의 허락을 절대 과소평가해선 안 된다.

볼품없이 죽 뻗은 채 물이 뚝뚝 떨어지는 겨울의 시골 풍경이 획획 스쳐 지나갔다. 나는 그 오랜 세월 엄마가 한나의 귀에 증오의 말을 속삭여온 후에 마침내 그녀가 언니와 만나는 모습을 상상해 보려고 했다. 두려움과 희망이 정확히 반반씩 섞인 사라의 모습도 떠올려봤다. 그 상황에 맞는 말을 하려고 필사적인 사라. 동생인 한나를 다시 찾기 위해.

사라가 아이 아버지의 정체를 아무에게도 밝히지 않은 건 놀랍지 않았다. 그건 다시 예전으로 서서히 돌아가는 가족에게 수류탄을 던지는 거나 마찬가지일 테니.

오후 3시 51분. "제발 한나에게 유모가 없기를. 초인종을 누르면 한나나 한나 남편이 나와야 할 텐데." 비즐리 외곽에 도착했을 때 나는 중얼거렸다.

나는 너무 빨리 달리고 있었지만 놀랍게도 신경도 안 썼다. 지난 몇 달간 올바른 일을 해야 한다는 극기심은 휙 날아가 버렸고 그 밑에 도사리고 있었던 맹목적인 광기와 마조히즘이 나타났다. 사라가 내 아이를 임신했다는 걸 안 지 15분도 안 됐는데 이미 그녀를 잊기 위해 다짐했던 모든 것들을 싹 잊어버렸다. 지금 가장 중요한 건 그녀를 보는 것이다.

내 아기. 사라가 내 아이를 임신했다니.

한나의 남편이 현관문을 여는 순간 그의 얼굴을 알아봤다. 내가 술집 테이블을 주먹으로 내려치던 그 날 밤 본 바로 그 사람이었다. "스멜리(냄새난다는 뜻─옮긴이)!" 그가 소리를 지르는 사이에 검은 래브라도 한 마리가 그를 들이받은 후에 내게 달려왔다. 그 개는 입에 지저분한 담요를 물고 내게 뛰어오르면서 기뻐서 꼬리를 미친 듯이 흔들고 있었다.

"스멜리! 그만해!" 그 남자가 소리를 질렀다.

그는 개의 목줄을 잡고 내게 달려들지 못하게 하려고 최선을 다해 막았다.

"스멜리?" 내가 말했다. 지난 몇 시간 만에 처음으로 웃을 뻔했다.

"아이들이 개 이름을 짓게 놔두는 실수를 저질렀어요. 뭘 도와드릴까요?" 그는 미안해하는 미소를 지으며 말했다.

스멜리가 다시 나를 향해 달려들었고, 나는 한 손으로 그를 쓰다듬으면서 이 불가능한 상황을 생판 모르는 남자에게 설명하려고 애를 썼다.

"미안해요. 아. 내 이름은 에디 윌리스라고 해요. 나는 한나를 오랫동안 알고 지냈어요. 한나는-"

"아, 그렇군요. 네, 당신이 누군지 알아요. 당신은 한나의 어렸을 적 친구인-" 그는 어색하게 말을 하다 말았는데 알렉스 이름을 잊어버려서 그런 건지 아니면 내 죽은 여동생 이야기를 꺼내고 싶지 않아서 그런 건지는 분간할 수 없었다.

"알렉스." 이런 상황에서 그런 어색한 침묵을 견딜 시간이 없어서 내가 곧바로 말했다.

그는 고개를 끄덕였다. 집 안쪽에서 요란하게 쿵 소리가 나고 아이들이 비명을 지르는 소리가 들렸다. 그는 불안한 표정으로 뒤를 돌아봤지만 아이 하나가 이 검에 맞아 죽을 준비를 하라는 소리를 지르기 시작하자 안심했다.

그는 다시 내게 돌아섰고, 나는 상황이 너무 급박해서 내가 미친 것 같이 느껴졌다. 지금 당장 정보가 필요했다.

스멜리가 내 가랑이 냄새를 맡았다.

"저기, 제 말이 좀 이상하게 들릴지도 모르지만, 한나의 언니가 방금 막 아이를 낳았거나 아니면 막 낳으려고 하는 것 같은데요. 내 말은 지금 그 사람이 아이를 낳고 있을 수도 있고……."

그 남자가 싱긋 웃었다. "맞아요! 한나는 지금 언니와 같이 병원에 있어요. 불쌍한 사라는 벌써 이틀째 진통 중이에요. 당신은 사라 친구인가요?" 그다음에 그는 내가 에디 윌리스라는 사실과 내가 사라의 친구일지도 모른다는 생각이 과연 말이 되는 건지 생각해보려고 입을 다물었다. 그의 표정이 혼란스러워지다가 방금 내가 알아선 안 될 정보를 말했을지도 모른다고 깨닫자 불안해하는 표정으로 바뀌었다.

잠시 나는 아무 말도 할 수 없어서 그 자리에 서서 스멜리만 쓰다듬고 있었다. 그 개가 나를 보고 미소를 짓자 나도 모르게 나도 개에게 미소를 지었다. 그다음에 한나의 남편에게 솔직히 털어놨다. 그가 믿지도 않을 변명을 지어낼 시간이 없었다. "친구가 아니에요, 정확히 말하면…… 그보다는 그 아이의 아버지라고 해야겠죠."

침묵.

그 남자는 멍하니 나를 보기만 했다. "뭐라고요?"

"나도 30분 전까지는 전혀 모르고 있었어요." 내 말을 들은 그 남자는 얼굴을 찡그렸다. 내가 사라가 임신한 아이의 아버지일 수 있다는 것이 그로서는 상상도 할 수 없는 일이리라. 나는 마른 침을 꿀꺽 삼켰다. "사연이 길지만, 그 아이가 제 아이라고 확신하지 않았다면 여기까지 오지도 않았을 겁니다."

또다시 침묵이 흘렀다.

"있죠. 난 내가 아버지라는 걸 알아냈어요. 억지로 사라에게 뭔가를 강요하려는 건 아니지만 나는……." 나는 말을 하다 멈췄는데 놀랍게도 내 목소리가 갈라지기 시작했기 때문이다. "난 그저 사라 옆에 있어주고 싶어요. 할 수 있다면."

"그렇군요." 그 남자가 마침내 말했다.

스멜리는 내 발치에 앉아서 나를 올려다보고 있었다. 내가 그를 실망시켰다는 걸 알 수 있었다.

"당신에게 말도 안 되는 압박을 가하려는 의도는 없지만, 난 지금 제정신이 아니에요. 어서 거기 가고 싶은 마음밖에 없어요. 거기서 할 수 있다면 그녀를 돕거나, 그녀를 사랑하는 내 마음을 전하거나, ……나도 모르겠어요. 그래서 당신이 알려주실 수 없는지 물어보려고요. 사라가 스트라우드에서 아이를 낳는지 아니면 글로스터셔에서 낳는지. 아니면 다른 곳에 있는지."

그 남자는 팔짱을 꼈다. "먼저 한나에게 물어봐야 해요. 당신이 이해해줬으면 좋겠습니다." 그가 마침내 말했다.

당연히 이해한다. 한편으로 그를 한 대 치고 싶기도 했다.

나는 심호흡을 한 번 하고 고개를 끄덕였다. "이해해요. 다만 한나의 핸드폰은 꺼져 있어요. 아까 내가 전화해봤어요."

그 남자는 고개를 끄덕였다. "아, 그럴 수도 있겠네요." 하지만 그는 어쨌든 한나에게 전화를 하겠다고 고집을 부리고, 복도 끝으로 걸어가서 그가 하는 말을 내가 듣지 못하게 했다. 그는 전화기에 대고 "당신은 내 말을 못 믿겠지만……."

몇 분이 지난 후에 그가 돌아왔다. "전화를 안 받네요." 그가 말했다. 그는 손에 든 전화기를 들었다 내렸다 하면서 어찌할 바를 몰랐다. 그는 아버지로서 이 상황을 이해하고 있었다. 그가 날 도와주려고 하는 마음은 볼 수 있었다. 하지만 이건 평범한 상황이 아니었다.

나는 공황 상태에 빠지기 시작했다. 이 남자가 내게 말해주지 않을지도 모른다.

"난 그냥 곧바로 스트라우드나 글로스터셔에 갈 수도 있어요. 하지만…… 적어도 출산이 어떻게 되고 있는지 정도는 말해줄 수 있나요?" 내가 물었다. 이 단계에서는 뭐라도 좋았다. 그가 테이블에서 흘리는 어떤 부스러기라도 허겁지겁 받아들 것이다. 스멜리는 한숨을 쉬면서 크고 넓적한 머리를 내 허벅지에 기댔다.

그는 잠시 아무 말도 하지 않다가 입을 열었다. "내가 아는 거라곤 이틀째 진통 중이라는 것뿐이에요. 그리고 병원에서 사라를 자연분만 병동에서 고문 의사가 있는 병동으로 옮겼어요."

"그게 무슨 뜻이에요?"

"우리가 엘사를 낳았을 때 그렇게 했는데 상황이 별로 좋지 않다는 뜻이에요. 하지만 별거 아닐 수도 있어요. 사라가 너무 지쳐서 약한 진통제를 맞고 싶어 했을 수도 있고. 나라면 너무 큰 걱정은 하지 않겠어요." 그가 말했다.

"사라가 어디 있는지 말해줘요." 내 목소리가 너무 컸지만 내 소리는 상대를 협박하거나 미친 사람의 목소리가 아니라 그냥 필사적이라서 그런다고 나는 생각했다. "제발. 난 미친놈이 아니에요. 그냥 거기 있고 싶어서 그래요."

그는 한숨을 쉬면서 항복했다. "알았어요…… 알겠습니다. 지금 글로스터셔 로열 병원에 있어요. 사라는 여성 센터라는 곳에 있나봐요. 하지만 미리 경고하는데 사라가 허락하기 전까지는 병원에서 당신을 들여보내 주지 않을 겁니다. 내가 한나에게 문자 보내서 미리 알려놓을게요. 정말 이렇게 하면 안 되지만…… 내가 당신이라면."

순간 몸에서 힘이 빠지면서 본능적으로 스멜리의 반짝이는 검은 머리를 만졌다. 그 따뜻하고 냄새나는 머리를 만지자 마음이 한결 놓였다. "고마워요. 정말 고마워요." 나는 조용히 말했다.

"아빠?" 위에서 아이 목소리가 들렸다. 그 남자 뒤쪽 이층에서 거꾸로 매달려 밑을 내려다보는 머리 하나가 나타났다. 적갈색 머리카락이 밑으로 떨어졌다. "저 아저씨 누구예요?"

"행운을 빌어요." 그는 딸의 질문을 무시하면서 말했다. 사라의 조카딸인 엘사, 사라는 결코 만나지 못할 거라고 생각한 아이. 그는 몸을 앞으로 기울여 나와 악수했다. "난 해미시라고 해요."

"에디에요." 난 이미 말했지만 다시 말했다. "얼마나 고마운지 말로 할 수 없을 정도입니다."

그리고 나는 떠났다.

47

그 드라이브는 내 인생에서 가장 긴 30분이었다. A417 도로에 들어갔을 때 나는 미친 듯이 달리고 있었다.

로터리에서 기다리는 동안 생각했다. 알렉스가 살아 있었다면 조카가 생기면 좋아했을 텐데. (이 적색 신호등은 왜 아직도 안 바뀌는 거야?)특히 한나와 혈연인 조카를 사랑했을 텐데.

그리고 나는? 나는 물론 아이를 원한다. 그건 몇 년 동안 알고 있었다는 생각이 들지만 그렇다고 그게 가능하다는 생각은 들지 않았다. 적어도 사라를 만나기 전까지는 그랬다. 그러다 사라를 만나면서 그게 더 이상 나와는 거리가 먼 판타지처럼 느껴지지 않고 아주 당연한 욕망처럼 느껴졌다.

나는 미친 듯이 밟아서 로터리를 빠져나오면서 생각했다. *나는 그녀를 사랑해. 그녀가 이 모든 것이 가능하도록 느껴지게 만들었어.*

사라 해링턴이 그동안 내 아이를 임신하고 있었다니. 슬픔과 비탄에 젖어서, 거기다 할아버지를 잃은 상실감까지 품고서. 그녀는 지구 반대쪽으로 삶의 터전을 옮겼다가 결국 다시는 돌아오지 않을 거라고 생각한 곳으로 돌아왔다. 그리고 그녀의 가족을 둘로 찢어놓은 흉터를 치료했다. 그 모든 걸 그녀 혼자서 해냈다. 내가 그녀와 우정조차 바라지 않는다는 걸 알고.

사라가 한나와 한나의 아이들에 대해 이야기할 때 그녀의 눈에 비쳤던 그 커다란 슬픔을 다시 떠올렸다. 나는 이 두 여자가 그런 특별한 상황에서 어떻게 다시 관계를 쌓아갔을지 궁금했다. 그것 덕분에 사라가 행복하기를 바랐다. 사라가 아이를 낳는 병원에 한나가 같이 있다는 사실은 둘이 당연히 그래야 하는 것처럼 가까워졌다는 뜻이길 바랐다. 자매들이 당연히 그래야 하는 것처럼.

병원까지 1마일, 이라고 표지판이 나왔다. 1마일도 너무 멀다. 나는 철교 밑을 지나 언덕을 올라가면서 도로를 꽉꽉 막고 있는 차들을 욕했다. 나는 이제 아주 천천히 한 피시 앤 칩스 가게 앞을 지나고 있었다. 희미한 불빛 속에서 한 남자가 그 가게 밖에서 서 있었다. 그의 손목에 따뜻한 종이 봉지가 든 비닐봉투가 덜렁덜렁 매달려 있었다. 그는 핸드폰으로 누군가와 통화를 하면서 웃으며 거북이처럼 기어가는 차들의 행렬에 갇힌 어떤 남자가 랜드로버를 필사적으로 운전하고 있는 건 전혀 의식하지 못했다.

일 분 정도 후에 병원이 반마일 남았다는 표지판이 나왔지만 여전히 멀었다. 또다시 신호에 걸렸다. 나는 욕설을 멈출 수 없었다.

구식 방향지시등이 깜박거리는 것만 빼면 랜드로버는 조용했다.

나는 사라, 나의 아름다운 사라가 어딘가에 있는 침대에서 탈진한 모습을 상상했다. 나는 영화에서 본 모든 분만 장면들을 떠올렸다. 끔찍한 비명 소리들, 공황 상태에 빠진 조산사들, 고함을 지르는 의사들, 비상경보기가 울리는 장면. 마치 누군가가 아이스크림 뜨는 주걱으로 내 머릿속을 푹 떠내서 머릿속이 텅 비어 버린 느낌이었다. 나는 두려움 때문에 허공에 둥둥 떠 있는 느낌이었다. 만약 뭔가 잘못됐으면 어떡하지?

나는 좌회전을 하면서 매일 산모들이 아무 문제 없이 아이를 낳고 있다는 사실을 내게 일깨워줬다. 그들은 그래야 한다. 그렇지 않았다면 인류라는 종은 살아남지 못했을 것이다. 거대한 갈색 건물인 글로스터셔 로열 병원이 마침내 시야에 들어왔다.

병원은 분주해 보였다. 질병 치료란 하루 24시간, 주 7일 돌아가는 업무일 거라는 짐작이 들었다. 사람들 몇 명이 내 앞에서 도로를 건넜다. 사방에 과속 방지턱이 있었다. 첫 번째 주차장은 꽉 차 있어서 소리를 지르고 싶었다. 나는 가장 가까운 출입구로 돌진해서 거기다 차를 버리고 가고 싶었다.

나는 마침내 사라가 그날 그녀의 남자친구와 어린 동생을 쫓아서 출발한 기분이 어땠을지 알게 됐다. 그녀를 사로잡은 공포, 한나가 결코 살아날 수 없었을 충돌 사고를 막기 위해 도로 밖으로 뛰쳐나간 그 본능을 알게 됐다. 사라가 그때 그랬던 건 알렉스에게 신경을 쓰지 않아서가 아니란 걸 알았다. 그때 그녀가 핸들을 확 비틀었던 이유는 사랑과 공포 때문이었다. 지금 이 순간 그 똑같은 사랑과 공포를 나는 사라에게 느끼고 있었다. 나는 그녀를 안전하게 지키기 위해 뭐든 다 할 것이다. 병원 주차장이라도 막을 것이고. 속도 제한도 위반할 것이고. 나도 1997년 사라와 같은 상황에 처한다면, 왼쪽으로 차를 틀었을 것이다. 그게 내가 가장 사랑하는 사람을 구하는 거라면.

48

해미시의 말은 당연히 옳았다. 병원에선 날 들여보내 주지 않았다. 인터컴을 받은 여자는 내가 그런 시도를 했다는 것 자체에 놀란 목소리였다.

"여기 어디 내가 기다릴 수 있는 곳이 있나요? 사라 가족에게 내가 여기 있다고 말했는데…… 음, 그리고 이게 도움이 될지 모르겠지만 사실 내가 아이 아빠인데…… 적어도 나는 그렇다고 생각하는데……." 이쯤 되자 그녀는 대꾸도 하지 않았다. 혹시 경비를 부르고 있는 건 아닌가 하는 생각이 들었다.

나는 여성 센터 입구 근처에 작은 대기실이 있는 걸 발견했다. 나는 에스컬레이터 밑에 앉았다. 내 맞은편에 엘리베이터가 한 쌍 있었는데 거기 타려고 했다간 아마도 체포될 것 같았다. 그리고 여기, 기다란 형광등 불빛이 적나라하게 비치는 병원 복도에서―정식 가족, 정식 커플들이 사방에 있는 가운데—내가 벌인 일이 너무 바보 같아서 웃음이 터질 뻔 했다.

내가 대체 뭘 바라고 있었던 걸까? 한나가 언니를 돌보는 일을 잠시 중단하고 메시지를 확인하고, 이메일도 몇 통 읽어볼 거라고? 한나가 남편이 보낸 문자를 읽고 이렇게 생각할 거라고. *아, 환상적인데! 아이 아빠가 에디 윌리스라니! 그런데 여기 왔다고. 너무 잘됐어! 그리고 날 맞으러 나온다고?*

나는 두 손에 머리를 파묻은 채 해미시가 비즐리에서 나처럼 이러고 있을지 궁금했다.

내가 사라를 되찾겠다는 희망을 품으려면 글로스터셔 로열 병원으로 돌진하는 것 이상의 일을 해내야 한다. 사라는 내게서 반마일도 안 되는 곳에서 반년이나 살았다. 그녀에겐 반년 동안 나랑 연락하고, 내가 아빠가 될 거라고 말할 시간이 있었는데 그녀에게서 찍 소리도 못 들었다.

하지만 지금 여기 있어봤자 별 의미가 없다는 걸 알면서도 그대로 있었다. 나는 떠날 수 없었다. 또다시 그녀에게 등을 돌릴 수 없었다.

엘리베이터에서 땅 소리가 나서 깜짝 놀랐지만 물론 아기를 안고 있는 사라는 아니었다. 그것은 목에 신분증이 달린 끈을 걸고 있는 피곤해 보이는 남자였다. 그의 주머니에서 벌써 담뱃갑이 반쯤 나와 있었다.

우리는 선택할 수 있다고 그녀를 처음 만난 날 내가 말했다. 우리는 단순히 인생의 희생자가 아니며 행복해지는 선택을 할 수 있다고. 그런 말을 해놓고 막상 나는 행복해지지 않는 선택을 했다. 나는 사라 해링턴을 외면했고, 일생에 단 한 번 올까 말까한 사랑에 등을 돌리고, 의무를 선택했다. 반쪽짜리 인생을 선택한 것이다.

한 시간이 지나고, 두 시간, 세 시간이 지났다. 사람들이 들어왔다 나가면서 그때마다 찬 공기가 들어왔다가 이내 퀴퀴해졌다. 백열전구 하나가 고장 나서 가끔 깜박거렸지만 누군가에게 말해야겠다는 생각을 하기도 전에 한 남자가 와서 고쳤다. 나는 NHS를 위해 소리 없이 기도했다. 사라를 위해. 우리 엄마를 위해 기도했다. 지금 엄마의 마음이 어떨지 상상도 할 수 없었다. 아마 펠릭스가 엄마를 보러 왔을 것이다. 인생이 아무리 그를 가혹하게 대해도 쾌활하게, 꿋꿋하게 긍정적으로 살아가는 펠릭스.

시간이 흐르면서 여성 센터에 어둠이 깃들었을 때 내가 있는 작은 대기실에 가족 하나가 들어왔다. 엄마와 아빠와 아이 하나였다. 그 소년은 금발 아프로 머리에 장난기가 많고 말썽꾸러기 같은 얼굴이었는데 보자마자 마음에 들었다. 그는 대기실을 둘러보고 심심하다고 선언하더니, 엄마에게 뭐 하고 놀아야 하냐고 물었다. 엄마는 핸드폰에 정신이 팔려서 만지작거리고 있었다. 그러더니 엄마가 남편에게 면회 시간에 대해 뭐라고 말했다.

그때 그 아이의 말에 내 심장이 멈춰버렸다. "왜 사라 이모 아기는 아빠가 없어, 엄마? 왜 아빠가 아니라 사라 이모 동생이 사라 이모를 도와주고 있어?"

나는 내 무릎만 봤는데 얼굴이 붉게 달아올랐다.

엄마가 대답했다. "사라 이모에게 절대 그런 말은 하지 마, 아가. 우리가 거기 들어가서 이모를 만나면 아빠 이야기만 빼고 다 물어봐도 돼. 루디, 내 말 듣고 있어?"

"응, 하지만-"

"그 이야긴 하지 않겠다고 약속하면, 내일 아이스크림 공장에 데려가줄게. 스트라우드 근처에 있다고 말했던 그 공장 말이야."

내 심장이 방망이질하고 있었다. 슬쩍 그 남자아이를 봤지만 그 아이는 내게 전혀 관심이 없었다.

"사라 이모를 찬 사람이 아기 아빠야? 전화를 안 걸어서 사라 이모를 울린 그 남자가?"

나는 내 피부를 찢어버리고 싶었다.

그 여자가—사라의 친구 조—핸드폰으로 전화를 한 통 받았다. 그녀는 엘리베이터를 타려고 갔고, 루디는 아빠와 같이 놀았다. 다만 그 남자는 아빠가 아니었다. 그 남자와 가위바위보를 해서 연속 다섯 번이나 이긴 후에 루디가 그 남자를 토미라고 불렀으니까.

토미! 사라의 어릴 적 친구! 다만 이건 사라가 자신의 인생에 대해 말해준 이야기와 좀 달랐다. 나는 사라가 보낸 메시지들을 다 외우고 있지만 거기서 토미와 조가 커플이라고 말한 적은 한 번도 없었다. 내가 잘못 읽었나? 사라와 그녀의 삶에 대해 내가 더 많이 알고 있으면 좋았을 거란 생각이 들었다. 사라가 진통을 시작한 날 아침에 뭘 먹었는지, 임신해서 그동안 어떻게 지냈는지, 그 오랜 세월이 지난 후에 어떻게 다시 동생과의 관계를 회복했는지 알고 싶

450

었다. 그녀가 안전한지 알고 싶었다.

조가 돌아왔을 때 그녀는 소지품들을 챙기기 시작했다. 그녀는 루디의 아프로 머리 위로 토미와 눈이 마주치자 고개를 설레설레 저었다.

"엄마? 엄마 왜 가? 엄마! 난 사라 이모 보고 싶어!"

그녀가 아들에게 말했다. "우린 지금 사라 이모의 부모님 댁에 자러 가는 거야. 그 분들이 막 전화하셨는데 우리보고 자러 오라고 하셨어. 시간이 너무 늦어져서 넌 자야 하고, 사라 이모는 오늘 면회할 수 없대. 이모는 어쩌면 내일도 못 만날지 모르겠다."

"그럼 이모를 언제 볼 수 있는데?"

조의 표정은 도무지 읽히지 않았다. "나도 모르겠어." 그녀가 털어났다.

그러자 난감한 상황이 벌어졌다. 분명 사라를 아주 많이 사랑하는 모양인 루디는 절대 갈 마음이 없었다. 하지만 결국―어마어마하게 성질을 내면서―코트를 입었다. 그리고 다 같이 나가는 도중에 토미가 내 옆을 지나가다가 뒤늦게 다시 나를 봤다. 그는 걸어가다가 다시 멈췄고, 그가 날 보고 있는 걸 알았다. 잠시 후에 내가 고개를 들어 그를 봤다. 지푸라기라도 잡고 싶은 심정이었으니까. 사라의 가장 오래된 친구와 손이 오그라들 것 같은 어색한 대화를 해서라도 도움이 된다면 그렇게 할 것이다.

"미안해요. 다른 사람인 줄 알고……." 나와 눈이 마주쳤을 때 그가 그렇게 말했다.

그러더니 다시 돌아섰다가 다시 멈췄다. "저기 당신은…… 혹시 당신이 에디인가요?"

에스컬레이터 밑에 있던 조가 홱 돌아봤다. 그러더니 날 뚫어져
라 봤다. 두 사람 다 그랬다. 루디는 내가 있는 쪽을 보긴 했지만 성
질을 부리는데 몰두해 있느라 나는 보는 둥 마는 둥 했다. 조가 살
벌한 말을 몇 마디 내뱉는 입 모양을 봤는데—화가 나서 그랬는지
아니면 충격을 받아서 그랬는지는 모르겠지만—그러더니 아들을
데리고 성큼성큼 걸어서 자동문 밖으로 나가버렸다.

나는 일어서서 토미에게 손을 내밀었다. 토미는 한참 망설인 후
에야 나와 악수했다.

"당신은 어떻게 알았어요? 사라가 당신에게 연락했나요?" 그가
물었다. 그러면서 이유는 모르겠는데 얼굴이 새빨개졌다. 지금 창
피해야 할 사람은 나인데.

"난 오늘 오후에야 알았어요. 이야기하자면 길어서. 하지만 한나
는 내가 여기 와 있는 걸 알 거예요."

그가 뭐라고 대꾸해야 할지 생각해 내기도 전에 내가 불쑥 내뱉
어 버렸다. "사라는 좀 어때요? 괜찮아요? 아이는 태어났어요? 사
라는 괜찮아요? 미안해요, 내 말이 미친 사람처럼 들리는 거 알고
있고, 작년 여름에 내가 사라를 너무나 힘들게 했다는 것도 알지
만, 난…… 도저히 견딜 수가 없어서. 난 그저 사라가 괜찮은지만
알고 싶어요."

토미의 얼굴은 점점 더 붉어졌다. 거기다 그의 눈썹은 마치 지금
부터 해야 할 연설을 생각하고 있거나, 지극히 난해한 퍼즐을 풀고
있는 것처럼 사정없이 꿈틀거리고 있었다.

그러다 결국 입을 열었다. "나도 솔직히 모르겠어요. 조가 방금 사라 어머니와 통화했는데. 루디 앞에서 자세한 이야기는 하고 싶지 않았나 봐요."

"젠장. 그럼 나쁜 소식이 있다는 뜻인가요?" 내가 물었다.

토미는 어찌할 바를 모른 채 아주 곤혹스러운 표정이었다.

"나도 모르겠어요." 그는 거듭 그렇게 말했다. "그러지 않기를 바라고 있는데. 내 말은 사라 부모님이 아까 여기 오셨다가 집에 가셨으니까, 아마도 그건……. 저기, 난 가봐야 해요. 나는……." 그는 말끝을 흐리면서 출구를 향해 뒷걸음질을 쳤다. "미안해요." 그는 그렇게 말하고 가버렸다.

지금은 한밤중이다. 나는 영화에 나오는 사람들처럼 서성거리고 있었다. 이제 그 사람들의 마음을 이해하겠다. 앉아 있는 건 마치 누군가가 내 피부에 뜨거운 금속을 대고 누르는 동안 꼼짝 않고 있는 것과 같아서 그렇다는 걸.

대기실에는 나 말고 파자마를 입은 나이가 지긋한 남자가 있었지만 우리 둘 다 서로에게 말을 걸지 않았다. 그는 나만큼이나 불안해 보였다. 아마 할아버지일 것이다. 나처럼 그도 할 수 있는 일이 하품하고, 무릎을 흔들고, 가끔씩 분만실 출입구를 멍하니 바라보는 것밖에 없었다.

나는 연옥이 분명 이런 느낌일 거라고 판단했다. 영원한 유예 상황. 공포에 가득 차 온몸과 마음을 다해 기다리는 것. 천천히 움직이는 시곗 바늘 외에는 아무것도 움직이지 않는 상황.

알란은 날 안심시키려고 애쓰면서 계속 분만에 대한 기사들을 보내주고 있었다. 지아가 출산은 텔레비전에 나오는 그런 공포 영화 같은 게 아니라는 말을 전해달라고 했다고 아까 문자로 보냈다. 여자들은 전 세계에서 매일 아이를 낳고 있다고. 그러니까 과장된 드라마들은 다 잊고 사라가 길고 느리게 숨을 들이쉬는 모습만 상상하라고. 그렇게 천천히 숨을 쉬면서 아이를 낳는 모습을 상상하라고.

뭐 대충 그런 요지의 메시지를 보냈다. 그 말을 진지하게 받아들여야 했지만 너무 정신이 없어서 아무것도 머리에 들어오지 않았다.

절망에 빠진 나는 사라가 지난여름에 내게 보낸 메시지들을 읽기 시작했다. 그녀가 내 헛간을 떠난 날부터 우리가 산타 모니카 해변에서 만나기 전날까지 보낸 메시지들을 다 읽었다. 그걸 두 번, 세 번 읽으면서 거기서 사라가 차마 내게 전하지 못했던 말이 있지 않을까 찾아내려고 애를 썼다.

그때 분만실 문이 열려서 심장이 미친 듯이 뛰기 시작했다. 하지만 모자를 쓴 직원 하나가 하품을 하면서, 손을 코트 주머니에 찔러 넣으며 나오고 있었다. 그녀는 대기실에 있는 우리 두 사람을 슬쩍 곁눈질로 보고 지나쳤는데 언뜻 봐도 녹초가 됐다.

나는 견딜 수 없었다.

나는 핸드폰을 스크롤 해서 우리가 작별 인사를 하고 20분이 지난 후 사라가 내게 보낸 첫 메시지를 봤다.

집에 돌아왔어요. 당신과 너무나 근사한 시간을 보냈어요. 고마워요, 모든 게. 이런 메시지였다.

나도 근사한 시간을 보냈어요. 사실 내 인생 최고의 한주였어요. 이런 일이 일어났다는 걸 아직도 믿을 수가 없어요. 나는 이제 답장을 썼다.

레스터로 가는 길에 당신을 생각하고 있어요. 사라는 두어 시간 지난 후에 그렇게 메시지를 보냈다.

나도 당신을 생각하고 있었어요. 그 당시 내 생각은 당신 생각처럼 아름답고 솔직하진 못했지만 그래도 내가 당신에게 절망적으로 빠져 있었다는 것만은 알아주면 좋겠어요. 그래서 너무나 괴로웠어요. 난 정말 정신 못차릴 정도로 당신을 너무나 사랑하고 있었으니까. 당신이 세상에 존재한다는 사실조차 믿을 수 없어요. 아직도 그래요.

그다음에 걱정하는 메시지들이 계속 왔다. 헤이, 당신 괜찮아요? 개트윅 공항에 제시간에 맞춰 갔나요?

나는 마른 침을 꿀꺽 삼켰다. 그녀의 불안과 공포가 현실로 드러나는 걸 지켜보면서, 내가 그걸 멈출 수 있다는 걸 알고 있었기 때문에 이 메시지들을 보는 건 끔찍하게 고통스러웠다.
그 뒤에 몇 개 더 읽다가 멈췄다. 죄책감이 너무 커서 더 이상 읽을 수 없었다.

당신은 내가 알았던 여자 중에 가장 멋지고 아름다운 사람이에요. 우리가 함께 보냈던 첫날 그걸 알았어요. 당신이 잠들었을 때 나는 이 여자와 결혼하고 싶다고 생각했어요. 사랑해요, 사라. 나는 썼다. 울고 있다는 생각이 들었다. 나도 당신 옆에서 당신을 응원하고 싶은데. 당신과 아기가 안전하기만을 바라고 있어요.

당신 옆에 있어 주지 못해 너무나 미안해요. 그랬더라면 얼마나 좋았을까. 우리가 계속 함께 있었더라면 얼마나 좋았을까. 내가 더 용감했어야 했는데. 엄마 문제를 내가 해결할 수 있을 거라고 믿었어야 했는데. 그 어떤 문제에 부딪쳐도 멈추지 말았어야 했는데.

나는 이제 확실히 울고 있었다. 굵은 눈물방울들이 내 핸드폰 화면에 고이기 시작했다. 더러운 옷소매로 그걸 닦으려다 화면이 흐릿해져버렸다. 그때 또 한 방울이 떨어지면서 이제 통곡할 위기에 처했다는 걸 깨달았다. 나는 벌떡 일어서서 다시 걷기 시작했다. 밖으로 나가자 밤공기가 북극해만큼이나 차가웠지만, 바로 눈물이 그쳐서 거기 계속 있었다. 주차장은 이제 조용했다. 구릿빛 조명을 받은 잎이 다 떨어져 버린 나무들이 세찬 바람에 몸을 흔들고 있었다.

당신에게 필요 없을 거라는 건 알지만 그래도 내 모든 힘과 용기를 끌어 모아 당신에게 보내요. 당신은 비범한 여성이에요, 사라 해링턴. 내가 아는 최고.

손가락들이 떨리기 시작했다. 추위가 벌어진 더플코트 앞쪽을 칼날처럼 찔러왔지만 내 생각은 털끝만큼도 들지 않았다.

제발, 당신이 준비됐을 때, 우리 다시 시작해볼 수 없을까요? 우리 함께 모든 것에 선을 그을 수는 없을까요? 우리가 넘을 수 없다고 내가 생각했던 선마저도, 우리 같이 처음으로 돌아갈 수 없을까요? 당신과 함께 있는 것보다 더 나를 행복하게 해주는 건 세상에 하나도 없어요. 당신과 나, 아기. 작은 가족을 이루고 싶어요.

사랑해요, 사라 해링턴.

앰뷸런스 사이렌이 울려 퍼졌고, 모든 감각을 마비시키는 강풍이 내 얼굴 옆을 후려쳤다.

사랑해요. 미안하고.

49

사라

나는 천천히 빙글빙글 돌면서 내 삶 위에서 맴돌고 있었다. 거기
엔 육각형들과 팔각형들이 있었는데 어쩌면 천장 타일들일지도 모
르고, 아니면 그냥 아까 내가 팔뚝을 기대고 있던 그 의자의 무늬
일지도 모르고,

이 유사 우주에 있는 동안 가구의 아주 작고 세세한 형태들이 점
점 커져서 그 나름의 패턴을 이룬 채 빙글빙글 돌고 있는 것들이
보였다. 마치 천국에 있는 만화경 같았다.

행복한 시간들. 긍정적인 이미지들. 옥시토신 호르몬 분비를 촉
진 시키는 것들. 지금은 그런 것들을 생각하고 있어야 하는데. 나는
머릿속으로 행복했던 때를 떠올리고 있었다. 토미 옆집에 살았던
아줌마 것인 통통하고 작은 조랑말이 있고-

통증이 포효를 지르며 폭포수처럼 쏟아져 내렸다. 하지만 나는

458

내 몸을 믿는다고 계속 말했다. 사람들이 나에게 그렇게 하라고 시켰으니까. *나는 내 몸을 믿는다. 내 몸이 내 아기를 데려다줄 것이다.*

거기에 토미의 고양이인 휴고도 있다. 여름에 물을 잘 마시지 않았던 웃긴 고양이다.

조산사가 내 배에 다시 뭔가 하고 있었다. 무슨 장치의 끈을 묶고 있었다. 이 병실로 옮겨온 후부터 의료진은 실험실 기구처럼 생긴 장치로 내 아기의 심장을 모니터하고 있었다. 센서 하나는 당신의 진통을 감지하는 거고, 또 다른 센서는 아기를 모니터하는 거예요. 조산사가 내 표정을 보고 다시 알려줬다. 나는 고개를 끄덕이고, 다시 행복했던 추억으로 돌아가려고 했다.

거기에 한나라는 아이가 있었다. 그 아이는 열두 살이다. 그 아이는 팔걸이 붕대를 차고 있고, 퉁퉁 부은 눈은 초록색이고, 피부는 여기저기 베이고 사방에 멍투성이였다. 그 아이의 단짝 친구가 죽었고 그 아이는 날 증오한다.

아니야, 이건 행복하지 않아. 나는 여러 겹의 고통과 탈진 속을 뒤지며 좀 더 나은 걸 찾았다. 나는 넷을 세면서 숨을 들이마시고, 여섯에 내쉬었다. 아니면 여덟에 내쉬는 건가? *당신의 몸을 믿으세요. 당신의 몸을 믿으세요. 출산 과정을 믿으세요.* 수업에서 강사들이 그렇게 말했는데.

하지만 나는 일종의 터널에 들어갔는데 터널이 너무 깊어서 내가 어디 있는지 알 수 없었다. 거기에 약들이 있다는 생각이 들었다. 내 짐작이 맞았다. 누군가 내 허벅지에 주사를 놨는데 그 약이 내 입 근처까지 올라왔다. 나는 그걸 꽉 잡고 또 다른 산을 올라가기 시작하면서 달콤한 이야기들을 들이마셨다. 그것이 둥둥 떠다니고 있었는데 누군가 그걸 빼앗아가려고 해서 내가 붙잡고 매달렸다.

의료장비로 가득 찬 방이 하나 있었고 거기에 아까 그 소녀, 한나가 있었는데 다만 그녀는 이제 달랐다. 그녀는 다시 내 여동생이 됐지만 이제는 가족과 직업이 있는 어른이 됐다. 한나가 지금 내 출산을 돕고 있다. 한나는 그동안 상담을 받아왔다. 자기 자신을 별로 좋아할 수 없어서였다. 한나는 그동안 내게 못되게 굴었다고 했다.

하지만 한나는 못되지 않았다. 전혀 그렇지 않았다. 한나는 좋은 기억들이 쌓여 있는 둑에 서서 내가 이 터널을 나갈 수 있도록 도와주고 있었다. 나는 처음 그녀를 봤을 때 느꼈던 경이로운 감정을 들이마셨다. 할아버지 장례식 날 아침에 한나가 부모님 집에 온 바로 그 날이었다. 처음에 한나는 내 앞에서 뻣뻣하게 서 있다가 금방이라도 울음을 터트릴 듯 얼굴이 일그러졌다. 거의 20년 만에 내 여동생을 껴안았을 때 온 세상 행복을 다 가진 느낌이었다.

더 많은 형태와 패턴들이 보였다. 움직이는 스크랩북 같았다. 나는 이제 방에 있는 사람들, 그들이 내 몸에 하는 일들, 그 친절한 지시들을 절반 정도만 의식하고 있었다.

나는 한나와 내가 성인으로 첫 데이트를 갔던 스트라우드의 카페를 기억해냈다. 그 침묵, 긴장한 웃음소리. 우리 둘 다 서로에게 한 사과, 한나가 자기 가족을 만나러 집에 오라고 초대했다는 말을 아빠에게 하자 아빠가 우시던 모습.

하지만…… 내 아기. 내 아기는 어디 있지?

바다가 다시 위로 솟구쳤다가 떨어지고 또 떨어졌고, 어둠이 깃든 숲속에서 뻐꾸기가 두 개의 음으로 노래를 불렀다. 에디가 웃고 있었다. 그들은 다시 내 몸을 검사하고 있었다. 사람들, 아주 많은 사람들이 삐죽삐죽하게 그어진 선들이 나오는 화면을 보고 있었다.

내 아기는 어디 있지?

내 아기. 내가 에디와 만든 나의 아기.

에디. 난 그를 아주 많이 사랑한다.

에디. 한나가 내게 그 이름을 말하고 있었다. 그녀는 내게 에디에 대해 말하고 있었다. 그가 밖에 있다고. 한나는 충격을 받아 놀란 표정이었지만 나는 이제 의사의 말을 들어야 한다. 그는 내 몸에서 튜브를 꺼내고 아주 천천히 그리고 분명하게 말하기 시작했다. "유감스럽지만 더 이상 기다릴 수 없어요…… 이 아기를 꺼내야 해요. 아직 자궁이 완전히 열리지 않았지만…… 태아 혈액 샘플을 보니…… 산소가…… 심장 박동이…… 사라, 지금 내가 하는 말을 이해해요?"

"에디? 밖에?" 내가 물었다. 하지만 의료진이 계속 말하고 있었고 그러다 내 침대가 움직이기 시작했다. 내가 있는 침대가 이 방을 나가고 있었다.

터널이 흐려지고 있었다. 거기에 천장 타일들이 있었다. 한나의 목소리가 내 귓가에서 들렸다. "언니는 방금 제왕절개 분만을 하는데 동의했어. 아이가 힘들어하고 있어서. 하지만 걱정하지 마. 이런 일은 자주 있으니까. 언니는 곧바로 수술실로 갈 거고, 아이는 금방 태어날 거야. 모든 게 다 괜찮을 거야……."

나는 한나에게 에디에 대해 물었다. 한나가 한 이야기는 만화경 같은 터널에 있는 이야기에 지나지 않을지도 모르니까. 난 너무나 피곤했다.

하지만 산소가 충분하지 않다고?

그건 터널에서 나온 이야기가 아니라 진짜 사실이었다. 에디가 날 기다리고 있다고. 밖에서. 그는 내 핸드폰에 계속 메시지를 보내고 있었다. 그는 날 사랑한다고 했다.

"그리고 계속 미안하다고 하고 있어." 그렇게 전해주는 한나는 경악한 표정이었다. "에디 윌리스라니." 한나가 중얼거리는 사이에 누군가 그녀의 팔꿈치를 잡고 그녀도 수술 가운을 입어야 한다고 말했다.

"언니 아기의 아빠라니. 그게 무슨 말이야?"

에디는 날 사랑한다고 했다. 내 아이는 곤경에 빠졌다.

그러더니 의사들이 내게 달려들어 한꺼번에 이야기했다.

50

에디

나는 똑바로 일어나 앉았다. 분만실 문이 열리고 있었다. 나도 모르게 자고 있었다는 걸 퍼뜩 깨달았다. 끔찍한 기분이 들었다. 거기다 추워 죽을 것 같아 온몸이 덜덜 떨리고 있었다. 왜 모자나 장갑 같은 걸 안 가지고 왔을까? 왜 이 일을 제대로 계획해서 움직이지 않았나? 왜 나는 사라가 6월에 내 집을 떠난 순간부터 모든 걸 망쳐왔는가?

"여기 에디 월리스라는 분 계세요?" 분만실 입구에 서 있는 여자가 물었다. 그녀는 수술복을 입고 있었다.

"네! 저예요!"

그녀는 잠시 아무 말도 하지 않고 있다가, 엘리베이터를 향해 고개를 끄덕여 보였다. 대기실에 있는 다른 사람이 듣지 않게 우리 둘이 이야기하자는 뜻이었다. 자고 있던 그 노인도 이제는 질투심

463

이 어린 눈빛으로 나를 보고 있었다.

학교에서 보여주는 과학 비디오처럼 내 몸속에 공포의 화살들이 계속 돌아다니고 있었다. 나는 너무 천천히 걸었다. 수술복을 입은 여자가 팔짱을 낀 채 나를 기다리고 있었고, 그녀가 바닥을 보고 있다는 사실을 깨달았다.

곧바로 그 상황이 마음에 들지 않는다는 생각이 들었다.

또한 그보다 더 빨리 그녀가 만약 나쁜 소식을 전한다면 내 인생은 다시는 예전으로 돌아갈 수 없으리란 것도 눈치챘다.

그래서 완전히 공포에 사로잡혀 귀가 먹어버리는 바람에 처음 몇 초 동안 그녀가 하는 말이 전혀 들리지 않았다.

"아들이에요." 내가 아무 말도 듣지 못했다는 사실을 알아차리자 그녀가 다시 말했다. 그리고 미소 짓기 시작했다. "사라가 약 한 시간 전에 아주 잘생긴 아들을 낳았어요. 지금 산모와 아기에게 몇 가지 검사를 해보고 있지만, 사라가 아들이고 건강하다는 말을 전해달라고했어요."

나는 깜짝 놀라서 그녀를 멍하니 바라봤다. "아들이요? 아들이라고요? 사라는 괜찮아요? 사라가 아들을 낳았어요?"

그녀는 생긋 웃었다. "사라는 녹초가 됐지만 괜찮아요. 정말 잘해냈어요."

"그리고 사라가 내게 이 말을 전해달라고 했다고요? 내가 여기 있는 걸 아나요?"

그녀는 고개를 끄덕였다. "당신이 여기 있는 거 알아요. 우리가 제왕절개 수술을 하려고 사라를 데려갈 때 알게 됐어요. 동생이 말해줬대요. 그리고 당신 아들은 아주 미남이에요, 에디. 끝내주는 미남이에요." 나는 몸을 앞으로 굽혔는데 그 순간 경이로움, 기쁨, 안도, 놀라움, 그 밖에 이름을 결코 붙일 수 없는 수만 가지 감정들이 울음으로 터져 나왔다. 그건 웃음소리 같이 들리기도 했다. 어쩌면 웃고 있는지도 모르겠다. 나는 두 손으로 얼굴을 감싸고 울었다.

그 여자가 내 등에 한 손을 올렸다. "축하해요." 내 위쪽 어딘가에서 그녀의 목소리가 들렸다. 그녀가 웃는 소리를 들을 수 있었다. "축하해요, 에디."

결국 나는 간신히 허리를 펴고 일어섰다. 그녀는 돌아서서 가려고 했다. 그녀가 또 다른 생명들을 태어나게 하려고 간다는 게 믿기지 않았다. 이런 기적이 그녀에겐 흔한 일이라니.

아들! 내 아들!

"사라는 지금 병실에서 회복 중인데 산부인과 병동에 며칠 입원해 있어야 해요. 유감스럽게도 오늘 밤은 면회가 안 되지만 내일 오후 2시부터 가능해요. 다만, 물론, 그것도 사라에게 달렸지만." 그녀가 말했다.

나는 바보같이 기쁨에 차서 고개를 끄덕였다. "고마워요." 그녀가 가기 시작했을 때 나는 속삭였다. "정말 고맙습니다. 제발 사라에게 사랑한다고 전해주세요. 난 그녀가 너무 자랑스러워요. 나는……."

내 어린 동생이 죽었다는 소식을 들은 후로 이렇게 울어본 건 처음이었다. 하지만 그때는 내 인생 최악의 순간이었고, 지금은 내 인생 최고의 순간이다.

오랜 시간이 흐른 후에 나는 비틀거리며 밖으로 걸어갔다. 밖은 바람도 그치고 옅은 회색이 밤하늘에 스며들어오고 있었다. 내 울음소리와 콧물을 훌쩍이는 소리 외에 아무 소리도 들리지 않았다. 지나가는 차 소리 하나 없이 그냥 나와 이 거대하고 아찔한 소식만 있었다.

"난 아빠야."

나는 아직 동도 트지 않은 세상에 대고 속삭였다.

"내게 아들이 태어났어."

나는 그 말을 몇 번이나 되뇌었다. 그것 말고는 달리 할 말이 없었으니까. 나는 여성 센터의 차가운 벽에 기대서 내가 아는 우주의 모습을 다시 바꿔 이 기적도 포함하려고 했지만 불가능했다. 나는 상상할 수 없었다. 계산할 수도 없었다. 믿을 수 없었고, 아무것도 할 수 없었다.

차 한 대가 주차장에 들어와 내 맞은편에 있는 장애인 주차 구역으로 들어갔다. 세상이 깨어나고 있었다. 그 세상에 내 아들이 있다. 이건 다 내 아들의 것이다. 이 공기, 이 새벽, 언젠가 아빠라고 불리게 될 울고 있는 이 남자도.

그때 주머니가 윙윙 울리면서 사라 이름과 메시지란 말이 화면에 떴다. 나는 다시 얼이 빠져서 걷잡을 수 없이 엉엉 울면서 그걸 읽었다.

아기는 아름다워요. 세상에서 가장 놀라운 존재예요. 사라가 썼다.

그녀가 그 밑에 또 쓰는 동안 숨죽이며 지켜봤다.

아이는 당신을 닮았어요.

제발 내일 와서 우리 아들을 만나줘요.

그리고 마지막 줄. 나도 당신을 사랑해요.

51

사라

   오늘은 6월 2일이다. 브로드 라이드에 나온 또 다른 6월 2일이
자 스무 번째로 나온 날이기도 하다는 걸 깨달으면서 나는 머리를
하나로 모아 고무줄로 묶었다. 오늘은 세찬 바람이 불어와 구름들
을 재빨리 하늘 저편으로 밀면서 후려쳐서 소용돌이무늬를 만들어
냈다. 그 바람이 내 머리카락도 낚아채서 내 손이 닿지 않는 곳까
지 휘날리게 만들었다.

   나는 비가 너무 많이 와서 쐐기풀들이 납작하게 구부러지던 해
와 바람이 너무 세게 불어서 쓰고 있던 모자가 홱 날아가 버렸던
해를 생각했다. 작년도 떠올렸다. 그때는 너무 더워서 공기가 나를
찍어 누르는 것처럼 느껴졌고 새들마저 입을 다문 채 나무에서 죽
은 것처럼 움직이지 않았다. 그 해에 에디를 만났고, 이 관계가 시
작됐다.

에디. 나의 에디. 나는 지칠 대로 지치고, 아무 생각도 못 할 정도로 극심한 수면 부족에 시달리고 있는데도 웃음이 나왔다. 대책 없이 웃음이 나왔고, 가슴이 콩닥콩닥 뛰었다.

동네 공터에서 그와 우연히 만난 후로 일 년이란 세월이 흘렀는데도 여전히 이렇다. 에디가 자기도 그렇다고 했는데 진심으로 하는 말이란 걸 안다. 얼굴에 그렇게 나와 있으니까. 가끔 나는 이게 우리가 서로를 찾아내서 같이 있기 위해 치렀던 전쟁의 여파가 아닐까, 하는 생각이 들었다. 다만 그것보다는 원래 연인이란 그렇게 느끼기 때문에 그렇다는 생각도 들었다.

엄마의 심장이 부풀어 오르는 걸 느낀 것처럼 알렉스는 코를 킁킁거리면서 내 가슴속으로 더 깊이 파고들었다. 알렉스는 한 시간 전에 그를 여기저기 찔러보고 애정에 찬 말을 속삭여 주던 사람들에게 시달렸는데도 금방 잠이 들었다. 나는 알렉스를 안고 아기 띠로 꼭꼭 싼 후에, 아이의 작고 따뜻한 머리에 키스를 퍼부었다. 알렉스를 안고 있으면―너무 피곤해서 개밥그릇 속에서라도 기쁘게 잘 수 있을 정도지만―마치 불이 반짝 켜지는 것 같은 기분이 든다. 내가 뭐든, 누구든 이렇게 사랑할 수 있다고는 상상도 못 했는데.

알렉스가 태어난 다음 날, 에디가 장난감 다람쥐 하나를 가지고 내 병실에 들어왔다. 손이 덜덜 떨리고, 두려워서 얼굴이 하얗게 질려 있는 걸 봤을 때 우리가 해낼 수 있다는 걸 알았다. 내가 그에게 아들을 건네주자 그는 깜짝 놀라면서, 목 놓아 울며, 알렉스를 "멋진 사나이"라고 불렀다. 나중에 간호사가 알렉스를 에디 품에서 뺏어가자, 에디는 몇 분 동안 나를 바라본 후에 사랑한다고 말했다. 무슨 일이 있어도 내가 그를 받아준다면 그는 내 것이라고 그가 말했다.

그래서 퇴원했을 때 그는 나와 같이 우리 부모님 집에 갔다. 우리는 몇 주 후에 그의 헛간으로 거처를 옮겼다(에디는 아기 침대를 만들었다. 아기 침대라니! 거기다 침대 윗부분에 마우스를 매달아 놨다). 그의 어머니는 나에 대해 이야기도 하지 않으려 하고, 하루에도 몇 번씩 에디에게 전화하는 습관이 생겼지만, 내 돈은 한 푼도 남지 않고 다 떨어졌지만, 에디의 헛간 천장에 새는 곳이 생겼고, 나는 유선염이 걸려 너무 아팠지만, 그래도 나는 세상에서 가장 행복한 사람이다. 우리는 헛간에서 자고 일어난 첫날 아침에 침대에서 나오지 않았다. 그냥 아들과 같이 누워서 젖을 주고, 꼭 껴안고, 잠을 자다 깨다 하고, 키스하고, 기저귀를 갈아주고, 웃으며 하루를 보냈다.

처음에 에디는 매일 어머니의 전화를 두, 세 번 정도 받다가 점점 줄여서 곧 한 통만 받게 됐다. 그건 에디에게 힘든 일이었다. "너무 힘들어", 에디는 어느 날 아침에 일어났다가 간밤에 부재중 전화가 세 통이나 온 걸 보고 말했다. "밤에 걸려온 전화들이 최악이야." 그가 침대에서 일어나 앉아 떨리는 손으로 어머니에게 전화를 하는 동안 나는 의자에 앉아 알렉스에게 젖을 먹였다. 그리고 에디는 전화를 끊은 후에 어머니에게 갔다. 돌아오자마자 어머니가 괜찮다고 했다. "그냥 밤에 안 좋으셨대. 하지만 엄마는 지난 20년간 적어도 한 달에 한 번은 그렇게 안 좋았는데 살아남으셨어. 이젠 나도 엄마가 혼자 해내실 수 있다고 더 믿어봐야지."

오랫동안 나는 윌리스 가족의 불행을 상상하며 괴로워했지만, 그래도 엄마에 대한 에디의 책임감이 어느 정도인지 보자 충격을 받았다. 하지만 어머니가 수도 없이 걸어대는 전화와, 아직도 어머니를 자주 찾아가는 것에 대해 에디가 사과했을 때 나는 그러지 말라고 했다. 세상 여자 중에 당신의 그런 처지를 가장 잘 이해할 수 있는 사람이 나잖아요, 라고 말했다.

나는 또한 어머니의 병보다 더 크고 중요한 일이 에디에게 일어났다는 사실을 알았다. 에디가 아빠가 된 일이었다. 아빠가 돼서 형언할 수 없는 다양한 본능과 감정들이 생긴 것이다. 알렉스는 에디의 인생에 작고 따뜻한 몸과 세상의 신비를 풀어버릴 것 같은 표정으로 도착해서 아빠에게 말 한마디 하지 않고—손가락 하나 들지 않고—에디의 책임이란 풍경을 완전히 그리고 영원히 바꿔버렸다.

이제 그의 어머니가 전화하면 에디는 받지 않고, 나중에 메시지만 보냈고, 주로 알렉스에게 관심을 쏟으며 지냈다. 어느 날 에디가 말했다. "어머니가 괜찮으시길 기도해야지 뭐. 이제 내가 할 수 있는 일로도 충분하길. 더 이상은 할 수 없으니까, 사라. 난 그러지 않을 거야. 이 꼬마에게 내가 필요하잖아. 이제 내가 돌봐야 할 사람은 알렉스야."

그래도 오늘 자신의 어머니가 오지 않아서 에디가 상처받았다는 건 알 수 있었다. 나는 오지 않을 걸 알고 있었다. 그도 알고 있었다. 어머니는 지난 석 달 동안 알렉스를 보러 여섯 번 오셨는데, 그때마다 에디만 그 자리에 있으라고 고집을 부렸다. 하지만 어머니 없이 이 파티를 시작해야 했을 때 어깨가 축 처진 그를 보자 내 마음도 갈기갈기 찢어지는 것 같았다.

제니와 자비에가 비행기를 타고 6월에 놀러오겠다고 했을 때 에디와 나는 알렉스의 탄생을 축하하는 파티를 열기로 했다. 부모 둘 다 무신론자라 알렉스가 세례를 받을 일은 없으니 대신 작은 의식을 치르는 계획을 세웠다. 친구들 몇 명이 몇 가지 이야기를 하고, 그다음엔 본격적으로 먹고 마시기로 했다.

제니는 지난 열 달간 아주 힘들어했다. 우리는 적어도 일주일에 두 번은 통화를 했는데 제니가 너무 슬퍼해서 우울증이 바닥까지 치기도 했지만 이제 최악의 상황은 끝나고 서서히 올라오고 있는 게 느껴졌다. 어제 아침에 도착한 후로 그녀는 계속 좋아 보였다. 그녀는 아까 내게 자비에와 같이 아이 없이 사는 둘의 인생이 어떨지 알아볼 준비가 된 것 같다고 했다(어쩌면 여행을 갈지도 모르지? 그녀가 말했다). 제니는 심지어 '근사한' 분야에서 석사 학위를 딸까 고민 중이었다. 불쌍한 루벤은 제니까지 떠나면 아주 심란하겠다.

브로드 라이드에서 6월 2일에 그 의식을 치르자고 제안한 사람은 에디였다. 알렉스와 한나의 아지트가 있던 곳에서. 나는 완벽한 곳이라고 생각했다.

하지만 물론, 우리 인생이 그렇듯 그 행사는 완벽하게 진행되진 못했다. 우리가 의식을 치르는 동안 내 여동생이 키우는 개인 스멜리가 대부분의 음식을(커다란 초콜릿 케이크까지 포함해서) 먹어 치웠다. 그래서 제부인 해미시가 스멜리와 함께 지금 동물병원 응급실에 있고, 한나의 아이들은 스멜리가 초콜릿 케이크를 먹다가 죽었을까봐 겁이 나서 울어댔다. 에디의 단짝 친구인 알란은 연설을 해야 하는 것이 너무 긴장돼서 맥주를 너무 많이 마시는 바람에 마침내 일어서서 연설해야 할 때는 이미 곯아떨어졌다. 그의 아내 지아는 너무 화가 나서 그에게 말도 걸지 않았다. 그다음에 루디는 카우 파슬리가 피는 은밀한 동굴 속에서 내가 산모 요가 교실에서 만난 친구의 큰 딸과 키스하다 들켰다. 이제 루디는 여덟 살 밖에 안됐으니 앞으로 족히 4년 동안은 여자들은 짜증나는 존재라고 생각해야 정상일 텐데. 게다가 내 요가 친구는 바로 지난주에 자기 딸이 요즘 아이들과 달리 성에 일찍 눈을 뜨지 않아서 얼마나 기쁜지 모른다고 자랑까지 했는데.

조는 웃음을 멈추지 못했는데 그것도 이 당혹스러운 상황을 수습하는 데 별로 도움이 되진 않았다.

그래도 해미시와 에디의 어머니만 빼고 모두 다 왔다. 제니, 자비에, 내 여동생과 여동생 가족, 알란과 지아(이 부부는 아주 따뜻하고 다정하게 나를 환영해줬다), 거기다 자기들만의 러브 스토리에 빠져 있는 토미와 조도 왔다. 둘 다 내가 지금까지 본 중 가장 행복해 보였다. 다만 조가 손에게 토미에 대해 이야기한 후로 손과의 상황은 좋지 않았다. 하지만 조에겐 여태까지 없었던 진정한 삶의 동반자가 생겼다. 그러니 그 문제를 잘 해결할 것이다.

그리고 물론 우리 부모님이 오셔서 당신들의 두 딸이 어울리는 모습 하나하나를 뛸 듯 기뻐하며 보고 있었다. 두 분은 아직도 내가 영국에 돌아왔다는 사실을, 한나와 내가 다시 가까워졌다는 사실을, 우리가 다시 한 가족이 될 수 있다는 사실을 믿지 못하고 있었다. 물론 알렉스가 예뻐서 죽고 못 사는 할아버지와 할머니가 됐고. 아빠는 알렉스를 위해 첼로 연주곡을 하나 작곡했다. 아무래도 이따 그걸 연주할 것 같은 불길한 예감이 들었다.

나는 키시(달걀, 우유에 고기 야채, 치즈 같은 것을 섞어 만든 파이 — 옮긴이)하나를 들고, 아직 알렉스가 자는 틈을 타서 에디를 찾았다.

저기 있었다. 그는 주머니에 두 손을 넣은 채 싱글거리며 우리를 향해 오고 있었다. 저 미소는 평생 봐도 질리지 않을 것 같다.

"안녕." 에디는 그렇게 말하고 내게 키스하더니 다시 키스했다. 그리고 우리의 아주 작은아들을 내려다봤다. "안녕, 멋진 사나이." 그는 속삭였다. 아니나 다를까, 알렉스가 깨기 시작했다. 알렉스는 눈을 반쯤 뜨면서, 얼굴을 사정없이 찡그리더니, 내 가슴을 작은 머리로 들이받다가 다시 잠들어 버렸다. 에디는 아들의 정수리에 키스했는데, 거기서 세상에서 가장 완벽한 냄새가 났다. 그리고 에디는 내 키시를 몰래 한 입 먹었다.

알렉스가 다시 깼는데 이번에는 잠들지 않을 것 같았다. 알렉스는 게슴츠레한 눈으로 아빠를 봤는데, 호박같이 우스꽝스러운 아빠의 얼굴이 미소로 활짝 빛나고 있는 걸 보고 잠시 뭔가 생각하더니 생긋 웃었다. 그러자 에디는 아들이 웃으면 항상 그러듯 넋이 나가버렸다.

에디는 아기 띠에서 아들을 꺼내기 시작했고, 갑자기 내 눈에 우리 두 사람이 보였다. 작년에 목장에서 탈출한 양을 같이 지키게 된 우리 두 사람. 돌풍처럼 불어 닥치던 희망과 기대에 이어 우리는 그때 의식도 하지 못했던 과거가 걷잡을 수 없이 드러났다. 그 후로 많은 것이 변했고, 앞으로도 그럴 것이다. 하지만 이제 나를 막을 건 하나도 없다. 마음속에 숨어 있는 어두운 구석도 없고, 임박한 산사태 같은 재앙도 없다. 그냥 우리의 인생만 남았다.

에디 윌리스가 내 문제의 해결책일 거라고 그 누가 상상이나 했겠나? 많고 많은 사람들 중에 과거로부터 도망치는 날 멈추게 해줄 사람이 에디라는 걸 누가 알았겠나? 누가 날 제자리에 가만히 앉아서, 숨을 쉬고, 자신을 좋아하게 만들 수 있었겠나? 그 사람이 에디 윌리스라고, 내가 그 오랜 세월 그를 피해 숨어 있었는데 그가 나를 이토록 간절히 집에 돌아가고 싶게 만들 거라고 누가 생각이나 했을까? 그가 내 뿌리를 펼치고 마침내 어딘가에 정착하게 해주리라고 생각이나 했을까?

고개를 들자 캐롤 윌리스가 보였다.

그녀는 우리 모임의 가장자리에 서서 다른 쪽 소매가 헐렁하니 축 늘어져 있는 한 남자의 팔짱을 끼고 있었다. 그 사람은 펠릭스가 분명했다. 내 몸은 그 자리에 얼어붙었고, 심장이 빠르게 뛰었다. 내가 지금 이 상황에 준비가 됐는지도 알 수 없었다. 이기적으로 말하자면 이 상황을 원하는지조차 알 수 없었다. 알렉스의 탄생을 축하하는 날에 소란이 일어난다면 감당할 자신이 없었다.

하지만 그녀가 여기 왔다. 그리고 이미 사람들이 모여 있는 곳을 가로질러 날 향해 다가오고 있었다.

그녀는 에디를 향해 오고 있는 거야. 내 얼굴은 보지도 않을 거야. 나는 스스로에게 말했다. 에디는 아들을 자신의 머리 위로 들어

올리면서 아들의 경이로워하면서도 어리둥절한 표정을 보며 웃고
있었다. 나는 캐롤과 우리 엄마가 동시에 서로 보는 모습을 봤다.
우리 엄마가 그녀의 팔에 한 손을 대고, 뭐라고 말하면서, 미소를
지었다. 캐롤은 정말 충격을 받은 표정이었다. 그녀는 어색한 자세
로 뻣뻣하게 서서 엄마를 보며 눈만 깜박이다가 간신히 대답했다.
그녀의 표정에 순간 미소가 스쳐 지나간 것 같기도 했다. 엄마는
또 뭐라고 말하면서 피크닉 테이블을 가리켰다. 펠릭스는 따뜻한
미소를 지으면서 우리 엄마에게 고개를 끄덕이고, 고맙다고 인사
했다. 펠릭스가 캐롤을 봤지만, 그녀는 나와 에디를 향해 돌아서서
다시 걸어오고 있었다.

"에디." 내가 조용히 불렀다. 그는 아직도 아들에게 말하고 있었
다. "에디, 어머니가 오셨어."

그가 홱 돌아섰는데 그의 몸이 갑자기 경계 태세를 갖추는 걸 느
낄 수 있었다. 그가 어떻게 해야 할지 궁리하는 사이에 격렬한 침
묵이 흘렀다. 순간 그는 움직여서 자신의 엄마가 내게 오기 전에
끼어들려고 했다가 멈췄다. 그는 그대로 멈춰서, 그 자리에 버티고
선 채 내 손을 잡았다. 그리고 다른 손으로는 알렉스를 안고 엄지
로 알렉스의 작은 멜빵 면바지를 쓰다듬었다.

나는 고개를 들어 그를 바라봤다. 그의 관자놀이에서 맥이 툭툭
뛰고 있었다. 그의 목은 한껏 긴장돼 있었다. 그가 지금 이 순간 도
망치고 싶은 마음을, 엄마를 불러 세우고 싶은 마음이 너무나 크다
는 걸 알고 있었다. 하지만 그는 그 자리에 그대로 서 있었다. 그리
고 내 손을 그 어느 때보다 꽉 잡고 있었다. 우린 부부예요, 에디는

어머니에게 그렇게 말하고 있었고, 그래서 에디가 좋았다. 난 이제 혼자가 아니에요. 나와 이 사람은 하나가 됐어요.

캐롤은 아들만 보고 있었다. 그녀가 다가오는 동안 펠릭스는 따라오지 않고 뒤에 남았다. 그는 내게 따뜻한 미소를 지어 보였지만 그것만으로는 이 상황이 괜찮을 거라고 믿을 수 없었다. 펠릭스 뒤에서 우리 부모님이 지켜보고 있었다. 조도 보고 있었다. 알란도 보고 있었다. 사실 안 보는 척하면서 다들 보고 있었다.

"안녕, 아들." 그녀는 우리 앞에 도착했다. 그제야 펠릭스가 옆에 없다는 사실을 알아차린 듯했다. 그녀는 불안한 표정으로 뒤를 흘끗 봤지만 펠릭스는 꿈쩍도 하지 않았다. 그녀는 여기 있기로 결심한 것 같았다. "오늘은 알렉스를 위한 특별한 날이니 와야겠다고 생각했다."

에디는 내 손을 더 꽉 잡았다. 이제 아프기 시작했다.

"안녕, 엄마." 에디가 말했다. 마치 모든 것이 괜찮은 것처럼 유쾌하고 느긋하게. 나는 생각했다. 당신은 참 다정한 사람이구나. 그토록 오랜 시간 동안 엄마에게 이렇게 다정하게 대했구나. 당신 속이야 문드러지든 말든 항상 엄마가 안전하다고 느끼게 해줬구나. 당신 정말 대단한 사람이야.

"알렉스! 알렉스, 할머니가 오셨어!" 그가 속삭였다.

알렉스는 배가 고팠다. 그는 계속 에디의 가슴에 코를 박았다. 거기에선 아무리 애써도 젖을 찾을 수 없는데. "한 번 안아 보시겠어요? 얼른 젖을 먹고 싶어 할 것 같지만 몇 분 동안은 괜찮아요." 에디가 엄마에게 물었다.

캐롤은 난 보지도 않은 채 싱긋 웃고 팔을 벌렸다. 아주 조심스럽게 에디가 우리 아기를 건네줬다. 그는 엄마가 완전히 안을 때까지 손을 놓지 않았다. 그리고 아들의 정수리에 키스했다.

그리고 뒤로 물러나서 내 손을 다시 잡았다. 캐롤의 얼굴에는 내가 보게 될 거라고 상상도 하지 못했던 큰 미소가 피어났다. 그 오랜 세월 내 마음속 한구석을 차지하던 그 얼굴에서. "안녕, 사랑하는 아가야." 그녀는 속삭였다. 그러더니 눈에 눈물이 가득 고였다. 나는 에디의 파란 바다같이 아름다운 눈이 그녀의 눈과 똑같다는 걸 이제야 깨달았다. "안녕, 내 사랑스라운 손자. 아, 할머니는 널 얼마나 사랑하는지 모른단다, 알렉스. 정말이야!"

에디는 손을 뻗어서 알렉스의 통통하고 작은 발을 잡았다. 그러더니 내게 곁눈질을 하면서 내 손을 꽉 쥐었다.

"엄마. 사라랑 인사했으면 좋겠어요. 내 아들의 엄마잖아요." 에디가 차분하게 말했다.

캐롤 윌리스는 아무 대꾸도 하지 않고 알렉스에게 뭐라고 중얼거리고 있었다. 알렉스는 그녀의 품 안에서 몸을 꿈틀꿈틀 움직이고 있었다. 에디는 내 손을 놓고 내 어깨에 팔을 둘렀다. 캐롤은 고개를 들지 않았다. "아유, 착하기도 하지. 넌 아주 착한 아이구나." 그녀는 알렉스에게 중얼거렸다.

"엄마." 그때 그녀는 천천히, 머뭇거리면서 나를 봤다. 그녀는 나를, 내 아들의 머리 너머로, 나만 알 수 있는 고통에 찬 20년이란 세월 너머로 나를 봤다. 나도 엄마로서 그녀의 고통을 진정으로 이해하기 시작했다. 그 순간―번갯불이 비쳤다 사라지는 것처럼 짧은 순간―그녀가 미소를 지었다. "손자를 낳아주다니 고맙다. 고마워, 사라. 이 아가를 태어나게 해줘서." 그녀의 목소리가 떨렸다.

그녀는 알렉스에게 키스하고, 돌아서서 안전한 펠릭스가 있는 곳으로 돌아갔다. 사람들의 대화가 다시 시작됐다. 바람이 느려지고, 해는 더 따뜻해졌다. 사람들은 재킷이나 스웨터를 벗기 시작했다. 아이 하나가 카우 파슬리 줄기들 사이로 파고 들어가면서 꽃들이 사정없이 흔들렸고, 우리 주위를 둘러싼 야생의 풀밭 위를 나비들이 스치듯 날아가서, 우리를 과거로부터, 우리가 스스로에게 그 오랜 세월 해왔던 이야기들로부터 격리시켜줬다.

나는 에디의 허리에 팔을 둘렀고, 그가 미소 짓는 걸 느낄 수 있었다.

| 감사의 글 |

   먼저 조지 파글리에로와 엠마 스톤스에게 고맙다고 말하고 싶
어요. 어느 덥고 기묘했던 날 우리 모두 내가 더 이상 미루지 말고
이 책을 써야 한다는 데 동의했죠. 그 후로 두 사람은 무한히 열정
적으로 절 지원해줬습니다.

   내 편집자인 팸 도먼에게도 마찬가지로 감사하다는 말을 전하
고 싶어요. 팸은 편집자로서 아주 유익한 지혜를 발휘해줬고, 이 작
품을 깊이 이해하면서 강한 비전을 제시해줬죠. 파멜라 도먼 북스
바이킹 출판사의 브라이언 타르트, 케이트 스타크, 린제이 프레빗,
케이트 그릭스, 로잰느 세라, 제라미 오르톤과 나머지 팀원들도 감
사합니다. 이런 훌륭한 분들과 일하게 돼서 영광이었습니다.

   지칠 줄 모르고 나를 위해 헌신해준 내 미국 에이전트인 앨리슨
헌터도 고맙습니다. 앨리슨은 운동 수업에서 날 죽일 뻔했지만 그
사태를 호전시켜서 제가 평생 꿈꾸던 그런 출판 계약을 할 수 있게
해줬습니다. 내 영국 에이전트인 리지 크레머는 모든 계약 과정을
물 흐르듯 완벽하게 처리해줬고, 리지가 없었다면 나는 아무 것도

할 수 없었을 겁니다. 해리엇 무어와 올리비아 바버에게도 고맙다는 말을 하고 싶군요.

처음부터 이 이야기를 사랑해주고, 예리하면서도 친절하게 편집해준 영국의 맨틀 출판사 편집자인 샘 험프리에게도 고맙다는 말을 하고 싶습니다. 샘이 마법과 같은 솜씨로 이 이야기를 아주 멋지게 다듬어줬습니다. 이 이야기를 작업하게 된 전 세계의 모든 편집자들도 감사합니다. 난 아직도 이런 일이 일어났다는 걸 믿을 수 없어요! 데이비드 하이햄의 앨리스 하우위과 그녀의 번역 부서에 감사의 뜻을 전합니다. 엠마 제임슨, 에밀리 랜들, 카밀라 두비니, 마고 비알레론, 안나벨 처치 모두 감사합니다.

올드 롭소니언즈 팀에게도 진심으로 고맙다고 말하고 싶습니다. 이분들은 내가 정말 좋아하는 진짜 축구팀입니다. 이들은 이 책에 언급된 아동 자선 단체인 CLIC Sargent에 큰돈을 기부해주셨습니다.

내가 클라운닥터 자선단체들을 조사할 때 도와주신 젬마 킥스와 훌륭한 자선 단체인 Hearts & Minds에도 감사의 뜻을 전합니다. 나는 이 단체의 클라운닥터들이 아이들의 인생을 실제로 멋지게 바꿔놓은 걸 보면서 매일 놀라고 감동받았습니다. 브리스톨 아동 병원의 린 바로도 감사합니다.

시 소속 정신과 간호사인 엠마 윌리암스와 가구 제조업자인 제임스 갤러허도 감사합니다. 그리고 어린 아들들의 부모인 빅토리아 보디도 고맙습니다. 페이스북에 대해 끝도 없이 물어본(자주 아주 사적인)저에게 친절하게 대답해준 많은 친구들 고마워요.

이 원고의 초안을 쓰면서 다양한 단계에서 유용한 조언과 피드백을 준 엠마 스톤스, 수 몽그리디이너, 케이티 리건, 크리스티 그린우드, 엠마 홀랜드에게 감사의 뜻을 전합니다. 그리고 저의 저술 파트너인 데보라 오도너휴에게 정말 고맙다는 말을 하고 싶습니다. 그녀가 없었다면 난 이 책을 쓰지 못했을 겁니다. 이 책에 나온 수 많은 멋진 아이디어는 다 데보라 네가 준 것이지. 고마워. 네가 직접 쓴 소설을 책장에 꽂을 날을 기다리고 있어.

제가 소속된 작가 단체인 SWAN에도 감사의 뜻을 전하고 싶습니다. 이 동료 회원들은 절 지지해주고, 맛있는 점심을 같이 먹고, 같이 웃었죠. CAN 회원들에게도 역시 고맙다고 말해야겠어요. LA로 조사하러 갔을 때 도와준 린지 켈크도 고마워. 그때 우리는 여기 글로 쓸 수 없는 토론들을 했었지. 그 아름다운 계곡에서 언제까지나 추억에 남을만한 시간을 선하해준 로지 맨슨과 그녀의 가족에게도 고맙다는 말을 하고 싶습니다. 그리고 마저리 켐프의 정신을 유지하고 있는 엘리 틴토에게도 고맙다는 말을 전하고 싶군요.

린 브라이언, 캐롤린 원시에게도 고맙다는 말을 하고 싶어요. 이들은 내가 하는 모든 일을 적극적으로 격려해줬고 내가 내 이름을 걸고 작가로서 전진하는 것을 뿌듯하게 생각해줬죠. 모두 고마워요. 그리고 무엇보다 내 동반자 조지와 사랑에 대한 내 생각을 영원히 바꿔버린 작고 완벽한 사나이에게도 고맙다는 말을 전하고 싶어요.

전화하지 않는 남자
사랑에 빠진 여자

1판 1쇄 인쇄 2019년 8월 14일
1판 1쇄 발행 2019년 8월 22일

지은이 로지 월시
옮긴이 박산호

발행인 양원석
본부장 김순미
편집장 김건희
디자인 RHK 디자인팀 박진영, 김미선
해외저작권 최푸름
제작 문태일, 안성현
영업마케팅 최창규, 김용환, 윤우성, 양정길, 이은혜, 신우섭, 조아라,
　　　　　유가형, 김유정, 임도진, 정문희, 신예은, 유수정

펴낸 곳 ㈜알에이치코리아
주소 서울시 금천구 가산디지털2로 53, 20층 (가산동, 한라시그마밸리)
편집문의 02-6443-8902　　**구입문의** 02-6443-8838
홈페이지 http://rhk.co.kr
등록 2004년 1월 15일 제2-3726호

ISBN 978-89-255-6761-7 (03840)